Ольга СЛАВНИКОВА

БАСИЛЕВС

Ольга
СЛАВНИКОВА

БАСИЛЕВС

Москва · АСТ · АСТРЕЛЬ

УДК 821.161.1-31
ББК 84(2Рос=Рус)6-4
С47

Художник *Ирина Сальникова*

Славникова, О.А.

С47   Басилевс: [роман, рассказ] / Ольга Славникова. —
М. : АСТ : Астрель, 2011. — 380, [4] с.

ISBN 978-5-17-069373-3 (ООО «Издательство АСТ»)
ISBN 978-5-271-29986-5 (ООО «Издательство Астрель»)

Загадка героинь книги Ольги Славниковой «Басилевс»
в их обыкновенности. «Бездарность таинственна и герметич-
на...» Одинокую, растерянную вдову и таксидермиста Эртеля
связывает кот Басилевс. Студентку Вику и талантливого математика — супружеские узы.

ОН готов на все ради нее; ОНА его только использует. Не
просто ради денег и красивой жизни, «что-то заставляет ее
наступать, расширять свое пространство».

УДК 821.161.1-31
ББК 84(2Рос=Рус)6-4

Подписано в печать 02.12.10. Формат 84х108/32.
Усл. печ. л. 20,16. Тираж 3 000 экз. Заказ № 9402.

Общероссийский классификатор продукции
ОК-005-93, том 2; 953000 — книги, брошюры

ISBN 978-5-17-069373-3 (ООО «Издательство АСТ»)
ISBN 978-5-271-29986-5 (ООО «Издательство Астрель»)

ОДИН В ЗЕРКАЛЕ

РОМАН

Итак — подбираемся к концу.

Владимир Набоков. Приглашение на казнь

I

Очень хорошо одетые, они поднимались по грязной лестнице, изгаженной кошками, что лежали тут же на окнах и батареях, будто старые шапки в полупустой комиссионке, — и там, куда не достигал скошенный пролетами и перилами свет уцелевших ламп, кошачьи глаза отсвечивали, словно полированные металлические кнопки. Вика шла впереди, ее небольшие крепкие икры, окрашенные, точно малярной кистью, серой белизною перекрученных чулок, поочередно напрягались, спадала пятка правой розовой туфли, — и ее законный муж Антонов, шагая следом через две ступени в расстегнутом, касавшемся коленей пиджаке, махал руками, точно неумелый лыжник.

Дверь, которую им предстояло открыть, была на шестом этаже и железной коробкой выпирала из стены. Лампа здесь не горела давно, грязно-белые осколки колпака лежали в железной сетке, будто в мусорной корзине. Недовольная Вика отошла в сторонку и прикурила сигарету от шелкового длинного языка зажигалки, осветившего на минуту матовую, сильно втянутую щеку и сахарную вату ее обесцвеченных волос. Антонов, нашаривая в маленькой новомодной сумке ключи, более похожие на слесарный инструмент, чувствовал запах лестницы, одновременно острый и пустой, намертво впитавшийся в голые стены, набравший от них застарелой горечи штукатурки и кирпича, — запах совершенно нежилой, неспособный уже принять никаких посторонних примесей и бывший как бы выражением безнадежности возвращения всегда в одно и то же место, в именуемый домом двухкомнатный либо трехкомнатный тупик. Терпкие нити табачного дыма, что вились в полутьме, словно продолжая колебания породившего их огонька, не могли заполнить пустоты, стоявшей в шахте лестницы косыми срезами света и мрака; эта лестница всегда напоминала Антонову заброшенный цех.

Налегая телом на вошедший по самый набалдашник рубчатый стержень, Антонов отворил железную махину, ударившую о соседский грубо сваренный сейф; внутренняя дверь, с незакрашенным прямоугольником от сорванного почтового ящика, требовала кропотливой работы мелкими ключиками, похожими на разные пилки. Управившись, Антонов снова вышел на площадку, чтобы пропустить вперед нахмуренную Вику, — эта возня с двойными дверьми всегда создавала у них неловкость и замешательство, будто переход через неисправный турникет. Вика, нагнув крахмальную головку, прошагала мимо Антонова; упрямо держась к нему спиной, она повсюду включала свет и одновременно стаскивала короткий розовый жакетик, который, выворачиваясь, показывал атласную подкладку и кучу этикеток, похожих на отрывные билетики уличного объявления: их Антонову всегда хотелось состричь. Квартира, неистребимо похожая на тот, где покупалась мебель, длинный магазин, стояла дневная, раскрытая: ночь в незашторенном окне темнела до потолка, свежевылитое яйцо светильника подрагивало там сырым желтком, Викины цветы на подоконнике напоминали китайские иероглифы.

Морщась, Антонов потянул портьеру, зацепившуюся за кактус; строго придерживаясь к Вике геометрической спиной своего превосходного пиджака в полоску (не защищавшего, впрочем, от жаркого зуда между лопатками), он прошел в неосвещенную спальню, немного постоял, глядя сквозь собственный темный, манекенный силуэт на улицу, где в соседнем доме пара окон желтела, будто застежки на портфеле, и горели ночными соблазнами коммерческие киоски, числом напоминавшие гаражи. Потом Антонов все проделал аккуратно: задернул, поправил, зажег прикроватную лампочку в шелковом чепце, повесил на плечики костюм с безупречными елочками швов, подумав при этом, что торчал сегодня на вечеринке, будто поднятый шлагбаум. У него разрывалось сердце, поэтому он постарался по крайней мере не порвать тесноватую и очень тонкую рубашку, зная уже, насколько бессмысленно выражать через что-то внешнее свои настоящие чувства. Переодевшись в домашнее трико, он вернулся в большую комнату: вывернутый жакетик, похожий на освежеванную заячью тушку, валялся на полу, а Вика, полусъехав, сидела на диване и пыталась закинуть ногу на ногу, виляя на каблуке, что странно напоминало попытку взобраться на лошадь. Ее глаза, раскрашенные будто елочные игрушки, совершенно слипались, лиловая помада с серебром, красоты которой Антонов не понимал, была размазана по подбородку; увидав у нее под рукою на тумбочке мутную рюмку и полупустую бутылку коньяку, которая с утра была нераспечатана, Антонов понял, что Вика абсолютно пьяна. Собственно, все проходило нормально: они без приключений вернулись с вечеринки и были в собственной своей квартире, где прожили уже полтора счастливых года; то был укрепленный семейный остров среди недавно переименованного города, место, где хранилась их новая одежда и где они иногда натыкались друг на друга, от неожиданности обнимаясь в напрасном усилии заполнить пустоту: тогда Антонов чувствовал сердце жены, отягощенное маленькой грудью, — два плода на одном черенке, мягкий, готовый для любви, и тверденький, еще не созревший.

* * *

История, которую я собираюсь рассказать, случилась в действительности — с людьми, мало мне знакомыми и не сумевшими выразить собою суть произошедшего. Собственно, так они все и восприняли: как совершенно чужое, но свалившееся почему-то на них. Женщина, названная Викой, была лет примерно на десять старше героини, имела толстый нос-грибок и страшноватые, навыкате, глаза под нарисованными тоненькими бровками; мужу она изменяла спокойно, со знанием дела, полагая это частью своих коммерческих контактов. Впрочем, никто не мог, как это всегда бывает в реальной жизни, засвидетельствовать с точностью факта измен, происходивших за горизонтом видимого — всей этой суеты с накладными и наличностью в полиэтиленовых мешках, разъездов на груженных товаром «чебурашках», куда псевдо-Вика мостилась задом, будто на качели, и потом каким-то ловким поворотом подбирала в кабину полные ноги в тугих коротких сапожках. Помню эти сапожки на стесанных о землю каблуках, морщинистые и остроносые, «производство Италия», но видом совершенно азиатские; помню замерзшую пухлую руку, большой, глупо-радостный перстень с розовым рубином, похожий на конфету в развернутом фантике, на разгрызенный пушкинской белкой золотой орех. Почему-то этот перстень, пускавший солнечных зайцев, когда псевдо-Вика тыкала ногтем в кнопочки калькулятора, вызывает теперь саднящую грусть; говорят, накануне того, как с нею случилось несчастье, у нее вильнул наточенный кухонный нож и рассек ей указательный палец вдоль, будто рыбье брюхо. В памяти моей вокруг псевдо-Вики всегда двадцатиградусный холод, всегда зима, похожая на пустую белую ванну с резкой, исходящей паром струей кипятку; все бесплотно и дымно в морозном тумане, перспектива улицы сияет, будто выставка сантехники, псевдо-Вика, похожая в меховом жакете на ежика, бежит от подвального склада к полуразбитой, еле теплой, хляпающей дверцами машинешке. Возможно, кипяток — это предчувствие. Возможно также, что товарищ ее по несчастью был ей вовсе не любовник, а просто сотрудник; никто ничего не узнает наверняка — реальность имеет свойство ускользать и прятаться в тени своих незначащих мелочей.

Существовал, разумеется, и псевдо-Антонов. Человек как все, кандидат упраздненных ныне наук, тоже пытавшийся продавать не то мануфактуру, не то растительное масло, он запоминался единственно способностью подолгу стоять на ногах позади спокойно сидящих и что-то обсуждающих людей: внешность его при этом терялась совершенно, и дело, по которому он явился, для большинства оставалось неизвестно. По-моему, бизнес его не клеился: пока этот невзрачный человек, всегда дополнявший своей фигурой число присутствующих до круглой цифры, терпеливо дожидался очереди, держа перед собою кремовую папочку с каким-нибудь договором, сделка, о которой он хлопотал, преспокойно совершалась за его спиной. В сущности, про реальных людей можно сказать гораздо меньше, чем про литературных героев: в распоряжении автора имеются только сплетни и личные впечатления, остающиеся так или иначе личным его, автора, делом. Мое впечатление: псевдо-Антонов в помещении сильно отличался от себя же самого под открытым небом, особенно на ветру. На улице псевдо-Антонова можно было даже и вовсе не узнать: верхняя одежда, всегда болтавшаяся кое-как, странно его увеличивала и даже как бы приподнимала над землей, на голове залихватски сидело что-то клетчатое, беретка или кепка, закрывавшее левое ухо и выставлявшее правое, похожее на большую красную тройку. Встречный псевдо-Антонов несся посередине тротуара, движущимся подбородком придерживая шарф; он сильно вышагивал одною ногой, так что откидывалась и мелькала листиком зеленая подкладка. Думаю, если бы он двигался без направляющего протяжения улиц, где-нибудь в лесу, то энергично бегал бы по небольшому кругу, находя свои же окурки среди белобумажного, полуобсыпанного курева березовых стволов. Впрочем, и в городе он старался преодолеть его прямоугольную геометрию, обставленную светофорами: перекрестки перебегал наискось, где-нибудь на середине проспекта отделяясь от идущей по «зебре» толпы и пускаясь в пляс среди тронувшихся потоком вкрадчиво-стремительных автомобилей. Думаю, что пешая ходьба была для псевдо-Антонова формой свободы и одиночества, она возмещала ему стеснительное и стесненное стояние в разных конторах, где он становился физически меньше, но все равно загораживал свет из окна, делая комнату заметно темней, либо не давал хозяевам кабинета открыть как раз необходимый по делу шкаф; его, как самого *невидного,* всегда подозревали в порче комнатных цветов и присвоении зажигалок.

Все-таки, несмотря на какое-то количество всплывающих в памяти подробностей, я не вижу его лица, только неопределенное пятно с резким носом и тенью от носа, похожими вместе на часовую и минутную стрелки; при попытке разглядеть яснее подставляются разные лица других знакомых, даже и не совсем подходящего возраста, которых я тут же вспоминаю по именам. Думаю, что для бедного псевдо-Антонова лицо не имело *личностного* смысла: он, приученный тишайшей научной жизнью подолгу стоять в очередях, был принципиально человек со спины, имевшей в его персональном случае некий перекос, какой бывает у мебели от застрявшего ящика; он видел перед собою всегда другую спину, то есть стену, воплощенное ничто, иногда с торчащей из-за ворота петлей или этикеткой, а в конце встречался лицом к лицу с представителем власти или товара: думаю, его приводили в замешательство автоматические руки и скользящие туда-сюда, будто костяшки на счетах, взгляды продавщиц. Почему он не работал в бизнесе вместе с женой, которой крупноблочный пресный шоколад и голубоватые бутылки водки, оклеенные небрежно, будто столбы объявлениями, блеклыми этикетками (иногда по две и три зараз), приносили реальный доход? Вероятно, псевдо-Антонов искал в коммерции то, чего там не было никогда, то, чего ему недоставало и в прежнем, скудном, наперед расписанном благополучии. Он хотел свободы и самостоятельности, а может, даже одиночества и носился по улицам с пластмассовой папкой, в то время как его опережали, будто хищные клекочущие птицы, телефонные звонки, — и место, куда он наконец вбегал, тяжело дыша застегнутой на пуговицы грудью, было для него совершенно пустым.

Псевдо-Антонов получил в конце концов свое одиночество; не представляю, на что он теперь живет. Как убедить читателя и убедиться самой, что это реальный человек? Вероятно, его тщедушный облик потому и стерт в моем представлении, что существует оригинал. Можно выбрать время, сесть на троллейбус, проехать четыре остановки, выйти возле универмага, в чьей витрине, помнится, томился дамский манекен с отбитыми под корень пальцами поднятой руки, с пустою сумочкой на этой руке, в великоватом платье где-то так пятидесятого размера, стянутом на условной талии жалким пояском. Память смутно сохранила расположение дома, мрачной шестиэтажки горчичного цвета, осторожно спускающейся под уклон нечистоплотного переулка, подставляя под себя дополнительный, зарешеченный и скошенный этаж. Из восьми или девяти подъездов, похожих коричневыми разбитыми дверьми на старые шкафы, мне нужен четвертый или пятый; около квартиры, расположенной в точности как у одной моей знакомой, прибит очень опасный для хозяина металлический крючок: по рассказам псевдо-Вики, муж ее не раз и не два оставлял на нем висеть полные сумки продуктов, исчезавшие с поразительной быстротой, а потом интеллигентно и оскорбленно объяснялся с шустрой соседкой пенсионного возраста, не стеснявшейся его посылать на буквы русского алфавита. В общем, примет у меня достаточно: можно как-нибудь вечером поехать туда, позвонить в запачканный звоночек, грустной кукушкой отвечающий из глубины квартиры. Хозяин выйдет в чистой, поспешно наброшенной рубахе, словно оттертой от загрязнений стирательной резинкой, и в слабых на коленях тренировочных штанах; будет непременно лето, с его огрубелой зеленью, с холостяцкими запахами несвежей пищи и пыли, а в прихожей на вешалке я увижу похожий на большого игрушечного медведя псевдо-Викин китайский пуховик. Надо думать, псевдо-Антонов очень удивится моему приезду, и удивление это будет написано на его возникшем в проеме лице, которое я смогу рассмотреть во всех реальных подробностях. В самой возможности такого смотрения кроется нечто фантастическое; боюсь, что ничего не смогу ему объяснить.

Кажется, я наконец понимаю, чем реальный человек отличается от литературного героя. Человека можно встретить и разглядеть, но ничего нельзя увидеть его *настоящими* глазами: когда я пытаюсь представить что-нибудь от имени псевдо-Антонова или псевдо-Вики, в моих глазах темнота. Но темнота эта получается разного качества. В первом случае — выпуклая и влажная, будто под закрытыми веками: густая капля на предметном стекле микроскопа, где подрагивают толстые реснички и проплывают косыми толчками одноклеточные существа. В случае втором — темнота абсолютная, в которой открытым глазам всего лишь холоднее, чем закрытым, — та непроглядная тьма, что поглощает смотрящего, через отверстия пустого взгляда заливая мозг; тьма, которая входит в тебя настоятельней и полней, чем может видимый мир, и растворяет протянутую руку до потери счета истончившихся пальцев. В такой темноте исчезнувший человек становится совершенно прозрачен и делает робкие летательные движения, точно превращается в ангела.

II

Литературный герой прозревает *вдруг*, имея при себе, будто нераспакованный багаж, собственное прошлое и будущее: там, в этих двух увесистых чемоданах, может оказаться нечто совершенно лишнее, не его размера и цвета, нечто от его прототипов, приходящихся ему как бы дальними родственниками. Прозревание напоминает то, как человек пробуждается от глубокой задумчивости: только что он витал далеко, перебирал в уме события и возможности событий, и внезапно — *здесь,* где вроде бы и должен находиться, но все вокруг него немного недостоверное; он осторожно кладет на место самый странный из всех окружающих предметов, который бессознательно держал в руках.

Я представляю, как Антонов помещает на тесно и грязно заставленный стол свою тарелку с куском горбуши, похожей грубым мясом на размоченное дерево; вилка, проехав по часовой, падает на пол, к мужским и женским, очень дорого обутым ногам. Антонов на вечеринке, он приглашен сюда как муж своей жены. Это — офис фирмы, где Вика работает менеджером по сбыту: несколько жестко-белых комнат с темной упитанной мебелью и глухими суконными полами представляют друг друга в дверных проемах как бы обещанием разнообразных деловых возможностей и словно не имеют отношения к тому, чем являются с улицы. Находясь внутри, нельзя вообразить, что офис расположен в одном из длинных корпусов скучного жилого дома, с болотными потеками по старой штукатурке и ржавыми балконами, похожими на пустые железные клетки, где иногда появляются, будто служители зоопарка, неряшливые жильцы. Кажется, что пристроенные к фасаду мраморные сенцы с вывеской «КОМПАНИЯ ЭСКО» и есть вся компания ЭСКО — декорация, аттракцион, временное украшение для какого-то городского праздника. Однако серый мрамор, рисунком похожий на здешние косые снегопады и дожди, — самый настоящий; взошедшего на крыльцо обозревает лиловый птичий глаз телекамеры, а после автоматического щелчка серьезных дверных запоров встречает невысокий крепыш в камуфляже, чьи коротко стриженные волосы напоминают Антонову распределенные в магнитном поле металлические опилки. Антонов знает по секрету с пьяных и хвастливых Викиных слов, что деньги, на которые приобретается сбываемая компанией бытовая техника, — тоже аттракцион, один необеспеченный «воздух», чьи-то кому-то долги, так возросшие в рублевом и долларовом исчислении, что теперь принимаются всеми за положительные и реальные суммы;

с другой же стороны, самый товар забивает до полной непроходимости городские торговые площади, выстраивая целую Арктику из холодильников, морозильных камер и микроволновых печей. Всякий раз, когда Антонов в привычном для себя математическом виде воображает полувоздушный замок фирмы, куда незадачливая Вика преспокойно ходит на работу, он чувствует неразрешимое преобладание мнимых, подставных величин. Фрагменты реального, встроенные в эту конструкцию, кажутся ему потенциально опасными: математическое чутье подсказывает моему герою, что не будет ничего удивительного, если его жену попросту раздавит какой-нибудь упавший набок двухкамерный «Индезит».

Служебная пьянка была щедра, и перед крепышом в его служебном закутке тоже стояли тарелка со снедью и тяжелый, как боксерская груша, баллон с коричневой пепси-колой, грузно бултыхавшейся, когда охранник наполнял мягчевший и темневший изнутри пластмассовый стакан. Парень жевал и прихлебывал, вздувая жилы на висках, и не отрывал совершенно прозрачного взгляда от маленького экрана, испускавшего синий свет и являвшего скошенное, как бы зимнее крыльцо: там, в синеватой искусственной зиме, мерзло двигались по белому асфальту голорукие прохожие. Праздновали чей-то день рождения — Антонов думал, что сухопарой дамы в алом мохнатом платье с висячими блестками, что-то говорившей, нелепо вспыхивая, круглому, как совенок, исполнительному директору фирмы. Исполнительный директор — очень грешный перед шефом, но незаменимый, по сообщениям Вики, в иных деликатных ситуациях, когда требовалось изыскать приемлемые формы участия в прибылях для некоторых нужных для фирмы персон, — вежливо кивал и скашивал глаза в свою коньячную рюмку, которую грел и кругообразно покачивал в ладони, как бы ожидая от содержимого сосуда результатов какого-то химического опыта. Сухопарая дама (кажется, это была супруга владельца компании) мученически улыбалась, перетаптываясь и наступая на собеседника, а собеседник пятился на Антонова неряшливой, со ссадиною мела, толстенькой спиной, и отсиженные хвосты директорского пиджака, выдавая трудолюбие владельца, были заскорузлы, точно сапожные стельки.

Если бы Антонов был совсем посторонний, он бы решил, что чествуют именно Вику, с которой они расстались, едва переступив порог. Словно в подзорную трубу, он видел жену в перспективе двух раскрытых кабинетов: она сидела, слегка подкручиваясь на высоком кресле, и юбка ее лежала мягко, будто рукоделие на коленях у примерной девочки. Запрокинутое лицо с полузакрытыми глазами было спокойно, будто Вика загорала на пляже, руки расслабленно стекали с подлокотников, едва не теряя своих потупленных колец, — и Антонов знал, что контраст между этой ручьистой расслабленностью и напряжением косой чертою поставленных ног есть сильнейшее Викино оружие, против которого не устоит ни один мужчина. Сколько он мог разглядеть, общество дальней комнаты и состояло из одних мужчин: они разгуливали там вразвалку, плечистые, с маленькими рюмками, чинно беседовали, обратив друг к другу сложные профили, напоминавшие резьбу различных, к разным замкам подходящих ключей. Некто важный, лысый, будто осьминог, — между прочим, шеф и владелец конторы собственной персоной — медленно склонился к Викиной руке, коснулся ртом и носом безвольных пальцев, и по морщинам шефа, резко сдвинутым выше на лоб, Антонов догадался, что он глядит туда, где у Вики в нежной дышащей ложбинке играет кулон. У траурно-внимательного шефа, чье опьянение всегда выражалось в чрезвычайно пристальном рассматривании вещей, было все написано на лбу, а другой, в подбритой, словно тушью нарисованной бородке и в острых лацканах, изображавших вместе с галстуком орла, распластанного на узенькой груди, держался около, качаясь с пятки на носок и приподымаясь так высоко, что его голова выскакивала над прочими, будто поплавок над мелкими волнами. Антонов знал, что этот, в чертячьей бородке, — какой-то средний чин из деятельной, украшенной крупными дамами районной администрации и что он получает от фирмы регулярное вознаграждение за какой-то интеллектуальный вклад. Он и еще один представитель не то комитета, не то комиссии — рыжий молоденький толстячок в курчавой шевелюре, похожей на женскую шапку, на которую он в холодное время года сверху, обеими руками, торжественно и осторожно опускал свою мужскую, — неуловимо отличались и от химерически улыбчивых сквозь самый мутный алкоголь сотрудников фирмы, и от настоящих партнеров по бизнесу, неизменно являвшихся на вечеринки в окружении собственных химер. Эти, богатые самостоятельно, обладали некой общей недостоверностью облика, не очень заметной издалека, но нараставшей по мере сближения до полной невозможности стоять вплотную около субъекта. Странная коротконогость в сочетании с благородными лебедиными линиями пиджаков; сочетание плотных, неуловимо инсектицидных мужских парфюмов и ненатурально ярких галстуков, словно как раз и источавших в пространство эти дурные ароматы; молодые шелковые морды над галстуками, неприятно миловидные, с минимальной мимикой, целиком уложенной в минимальное число волнистых, словно детской рукою нарисованных морщин, — все это составляло странно стилизованную картину, цветастый и грубый лубок. Каждый раз, наблюдая эти иллюстрации к новейшим народным сказкам (совершенно не зная собственно текста), Антонов удивлялся тому, для чего он притащился на очередной служебный прием, и ему становилось как-то не по себе, когда на расписного королевича садилась отдохнуть совершенно живая и достоверная муха.

Не было сейчас для Антонова ничего более запретного, чем эта дальняя, сверху вниз освещенная комната, где пластмассовый, очень натурально выполненный плющ шуршал и щелкал на вентиляторном ветру. Антонов убеждал себя, что непринужденно подойти к жене ему мешает какая-то неявная симметрия офиса, замаскированная отсутствием некоторых стен и расстановкой неодинаковой мебели, тучнеющей по мере приближения к украшенному полуколоннами шефскому кабинету. Все-таки эта симметрия существовала и делала *другую* половину офиса как бы не вполне реальной, словно это было отражение в зеркале, где каждому человеку по эту сторону зеркального стекла уже соответствовал двойник. Поэтому Антонову не было места там, где Вика теперь ужимчиво пощипывала большую, как баранья голова, виноградную кисть, которую услужливо держал перед нею на тарелке рыжеволосый консультант. Такой же точно чернильный виноград имелся и на *этой* половине помещения: Антонов, машинально поедая сырые несладкие ягоды (возможно, *там* они были более сахаристы), старался не думать, кто из тех вальяжных, в аккуратную меру пьяных мужиков действительно является тайным его заместителем, кому принадлежит так ясно видная отсюда, как бы театральная на расстоянии и свету красота его кокетливой жены. Между тем ее хрипловатый мальчишеский голос, черная, похожая на перечное зернышко родинка над верхней губой, манера с дрожью потягиваться, сжимая кулаки, остались те же, что и тогда, когда Вика вроде бы любила Антонова и заставляла его смеяться над устремленными к ней мужскими взглядами. Эти взгляды, с каким-то боковым пугливым блеском или тяжелые, мутные, Вика чувствовала кожей, как рыба чувствует толчки и звуки в воде, и насильно целовала Антонова, у которого что-то обрывалось в груди, и выдавливалась набок, в сторону от поцелуя, глупая улыбка. Из тех, кто на нее смотрел, Вика не пропускала ни одного, все они оказывались примечены, и каждому, в зависимости от позы и более или менее определенной внешности, давалась роль в сумасшедшем доме: Вергилий, Цезарь, Наполеон. Впрочем, когда полуживая Вика сама однажды оказалась в стационаре того самого комедийного жанра, она уже не смеялась и выходила к Антонову понурая, со слезящимися глазами, держась почему-то за правый бок, в ужасной голубой косынке, которые там полагалось носить: видно, не нашла в свежепостроенной и хорошо озелененной психбольнице ни одного Бонапарта. Антонов знал за собой одно бесполезное свойство: иногда он глядел на что-нибудь и чувствовал, что будет это вспоминать потом, без всякой связи с настоящим; так он запоминал иногда случайных уличных наполеонов — бокастого генерал-майора с погонами как пирожные, украшенные звездами вместо кондитерских розочек, пригожего представителя какой-то фирмы, раздававшего, в костюме и при галстуке, блекло отпечатанные рекламные листки, злого обритого пацана с неправильным, будто картофелина, шишковатым черепом, в длинной узкоплечей куртке, подвернутой до локтей, смотревшего на Вику глазами убийцы, в то время как его подружка, полная девка в черной коже с заклепками, раскрашенная, будто чашка, прямо по фарфоровой коже лица, держала приятеля двумя руками за брючный ремень. Должно быть, оба они — каждый по-своему — думали, что Антонов старый высохший зануда, а Вика, только что сдавшая сессию на счастливые тройки, требовала мороженого.

Сейчас Антонов знал, что запомнит эту вечеринку, над которой, шевеля золотые конфетные фантики и наматывая, будто водоросли, сигаретный дым, плавно ходили вентиляторные винты. Антонов снова очнулся в тех же самых комнатах, схематичных и знакомых, будто некий уровень компьютерной игры, где симметрия была только одной из замаскированных ловушек и где его только что убили из непонятного оружия. Перед ним топталась и что-то вежливо говорила дама в красном, виновница торжества: бокал в ее руке, где давно угасли остатки перекипевшего шампанского, был весь замазан по краю ее губной помадой. Она была невыносимо лишняя, угнетающе трезвая, и более всего Антонов хотел глядеть сквозь нее на белую, декоративно-шершавую стену, но все-таки видел мягко выделяемые платьем тазовые кости и низкий наплыв живота. Тело хозяйки вечера походило на старый, с женственным изгибом и оплывшей корою древесный ствол; Антонов знал, что где бы ни встретил ее теперь, в *другой* беседе будет незримо присутствовать ее двойник (бывший, в свою очередь, Викиным двойником по *эту* сторону зеркала) — одетый в красное, безымянный, протягивающий, опасно наклоняя в сторону собеседника, тарелку крошева от шоколадного печенья.

Женщина не загораживала дальней комнаты, где Вика, облитая светом, теперь танцевала под невнятную, словно водою размытую музыку, и лысый ее партнер, расплываясь у нее на плече улыбкой, похожей на шелковый бант, все двигал обнимающими руками, поднимая дыбом Викино короткое платьице. Антонов знал заранее, что, когда эта пьянка совсем распадется на части, он снова встретится с Викой у порога в маленькой передней, где женщины, слегка приседая, столпятся со своей расчехленной косметикой перед наклонным зеркалом. Потом остатки компании выйдут в чернильную, на асфальте отпечатанную ночь с химической зеленью фонарей, и те, с кем Вика будет напоследок обмениваться свежеокрашенными поцелуями, вскоре, усевшиеся, проедут мимо в одинаково ныряющих и исторгающих магнитофонную музыку автомобилях, перенимая друг у друга вкруговую освещаемых пешеходов, отступивших в кусты. В сомкнувшейся наконец темноте, расставляющей потихоньку припрятанные вещи на места, Вика под конвоем безмолвного Антонова угрюмо побредет к трамвайной остановке и в пустом вагоне будет стоять над тусклыми, в затылок выстроенными сиденьями, опасаясь за костюм. А дома она напьется и будет бестолково шевелиться, словно перевернутый на спину тонконогий жучок, уже неспособная поговорить с Антоновым, помнящим, что надо так ее раздеть, чтобы не испачкать расплывшейся косметикой это чертово нежное платьице, разнимаемое мелкой, как песочек, «молнией» на два свисающих куска и стоящее даже без жакета три его доцентские зарплаты. Вика, всхлипывая, коленями полезет на кровать и рухнет поперек, а Антонову останется пухлый, но короткий плюшевый диван сырых фиолетовых тонов, всю ночь терзающий ворсом сбитую простыню; наутро сквозь остатки сна раздастся отдаленное пиканье, непрозревший Антонов, сумбурно ища ногами тапки, разъезжаясь вместо тапка на попавшейся под ногу игрушечной машинке, ринется в тяжелые ароматы спальни, чтобы выключить забытый под собственной подушкой электрический будильник. Так, с головной угарной боли и телесной ломоты, начнется новый день — не хуже и не лучше остальных.

* * *

Можно было и не ходить на офисную пьянку, а остаться дома и провести свободный вечер с какой-нибудь пользой. Тогда бы Вику привезли на автомобиле к подъезду, откуда еще минут пятнадцать, изнуряя Антонова, доносилось бы птичье хлопанье клюющих дверец и возбужденное кудахтанье разнообразных голосов. Она бы поднялась одна, заранее пьяная, уже вполне в кондиции, о чем известила бы Антонова сумасшедшая синусоида дверного звонка. Этой Вике, с нежным, мармеладным, чьими-то зубами прикушенным синяком на шее под волосами и с более грубым, курино-синюшным, на бедрышке от удара о мебель, было бы глубоко плевать на украсившее отворот жакета пищевое пятно; размалеванная, будто маленький клоун, в ярко-красной помаде, размазанной до ушей, она бы развлекала Антонова, пока бы тот возился с нею, умывал и раздевал, показывала бы ему, рассыпая ради нескольких спичек давленый коробок, какой-то «французский», тоже рассыпающийся фокус, а повалившись в постель, увлекла бы Антонова за собой и, поднимая одеяло, будто косой тяжелый флаг, забросила бы ему на спину вместе с полотнищем косолапую ногу. Когда она вот так приезжала с вечеринок одна, хмель ее, круживший предметы, будто прозрачный ветер, отличался от тяжелого и стоячего, который она высасывала из домашней запылившейся бутылки; иногда ее рвало в унитаз тягучим шоколадом, иногда она, не справившись с застежками, долго плясала с вывернутым шелковым мешком на голове, давая Антонову возможность как бы тайно разглядеть свое небольшое, простоватое, чуть оплывшее тело, изогнутой спиной и задиком напоминавшее поварешку. Кружевные трусики от миниатюрности своей сидели низко и наискось, открывая сзади две темные мягкие ямки, а потом, когда

Антонов осторожно их тянул, они оказывались приклеены, будто бумажный обрезок на засохшую кисточку. Какой-то азиатский, соевый запах измены не то ощущался, не то мерещился под вздыхающим, будто кузнечный мех, одеялом и становился собственным запахом оскаленной Вики, бившей Антонова пяткой по спине. Антонов знал, что может получить жену, только когда она приходит вот так, принося в себе *другого*, имея на белье крахмал измены; стерильная, она была недоступна, и Антонову уже казалось умонепостижимым, что когда-то именно он преодолел ее девическую дрожь, защиту скрещенных рук.

Он никому бы не смог рассказать, что делает дома один. Он не смог бы объяснить, почему становятся так ужасны топот и шлепот соседских детей над головой, новенький, послушный пульту, с лопающимся звуком и сухими мурашками расцветающий телевизор. Предлогом, чтобы остаться, была работа Антонова, незаконченная монография для мифической уже докторантуры: ею он оправдывался перед взбудораженной и обиженной Викой, за которой ходил будто на привязи, пока она яростно терзала утюгом его беспомощную парадную рубашку, извилисто влезала — сверху и снизу — в колготки и платье, чем-то душно и густо опрыскивалась, надевала вприпрыжку валкие туфли, заранее вынутые из папиросного нутра коробки и неуверенно стоявшие на полу. Наконец наступал момент необходимого полупримирения: в прихожей Вика, криво улыбнувшись, целовала Антонова в щеку и выскальзывала, плечиком вперед, в полуоткрытую дверь, после чего Антонов основательно запирался — с отчетливым чувством, будто заводит часы. На его рабочем стуле, просиженном глубоко, словно птичье гнездо, — единственном предмете мебели, попавшем в квартиру из его, антоновского, прошлого, — висела длинная, словно бы ночная, ненужная рубашка: Антонов бережно переносил ее вместе с воздухом на измятую сборами постель, потом усаживался плотно, по пояс, зажигал излишнюю и бледную при дневном убогом свете настольную лампу.

Рукопись молчала. Последние ее измазанные страницы были будто раскисшая в слякоти дорога, где, буксуя, оставляя так и сяк рубчатые следы зачерканных строк, навсегда застряла мысль. Антонов пробовал разбежаться с середины, оттуда, где мысль, бывало, брала поворот за поворотом, проскакивала с ходу боковые интересные возможности, на полях помеченные сидящей птицей да несколькими съехавшими, как под насыпь, торопливыми символами. Но рукопись теперь была как будто чужая: вполне понимая написанное, Антонов чувствовал так, словно не сам вывел все это из чудесно-сумрачного ниоткуда, а заучил когда-то наизусть и теперь подзабыл. Антонов не знал, как дальше: записи разными ручками на пересохшей, будто из опилок сделанной бумаге существовали отдельно от него, объективно существовал измаранный, с земляным пятном от пролитого кофе последний лист, — и Антонов, пытаясь в отчаянную минуту делать какие-то вставки, проследить боковые тропинки мысли, вдруг замечал, что даже почерк у него сделался другой, стоячий, неуверенно переходящий в печатную разборчивость, и теперь даже простенькое уточнение не влезает между прежних, стремительных, словно на колесах несущихся строк.

В иные минуты собственная рукопись казалась Антонову кем-то сокращенной: он не находил в опростившемся тексте тех драгоценных мест, где прежде, помнится, ощущал живительные толчки, внезапные вспышки осмысленности. Тогда, еще не смея записывать, оттягивая удовольствие (которое вот-вот потускнеет), Антонов бежал, счастливый, курить на свою холостяцкую кухню, где на плите торчала кривая, как дупло, почерневшая кастрюля, а из громоздкого буфета, содержавшего осевшие в мешках пенициллиновые от времени запасы квартирной хозяйки, без конца вытекала на пол серая крупа, — и, бывало, пытался вместо сигареты затянуться чадом подожженной, липко почерневшей шариковой ручки, которую бессознательно вертел танцующими пальцами. Сырая набухшая форточка с ветхими стеклами тянула в себя неохотно расплетавшийся сигаретный дым, Антонов тянул саднящим, словно разбитым носом жесткий, с запахом мороженой крови, холод полуночи, глубокого безлюдья: мерещилось, будто он сейчас дышал единым тесным воздухом с чем-то близко подступившим, почти показавшим из темноты нечеловечески странное лицо. Гармоничная эволюция многомерных сущностей, поколения множеств, описанные в нескольких упростившихся, путем взаимного поглощения, формулах, симметрия бесконечно малого и бесконечно большого относительно любой клопиной точки на мокрой от перекипевшего чайника кухне — все это было полно для Антонова самых заманчивых свойств. Ему, молодому и самонадеянному, представлялось очевидным, что человеческое знание, условно изображаемое в виде сферы, окруженной, будто косточка гигантским плодом, областями непознанного, есть в действительности не сфера, а тело неправильной формы, подобное, быть может, разбрызганной кляксе в тетради первоклассника. Антонов думал, что в иные периоды развития науки эта *неправильность* становится критической и приводит к обмелению, отмиранию длинных отростков, а тело знания оказывается как бы червивым, изъеденным изнутри. С сатанинской гордостью, пережевывая без хлеба размокший снизу, будто мыло, совершенно безвкусный сыр, Антонов воображал, как силой и полнотою открытия заполнит темноты, выровняет край, где тут же снова набухнут вегетативные узелки. Пока его результаты, достаточно стройные, *не взаимодействовали,* каждый вывод лживо представал конечным: сокровищем тупика. Однако Антонов чувствовал неким органом равновесия, что способ есть, что единая формула уже записана на обороте одной из имеющихся мыслей. Стоит только отыскать подсказку, ключ, как все неуклюжее хозяйство, где одно все время выезжает поперек другого, сразу оживет и быстренько избавится от лишнего, сойдется в единый вывод — и будет странно, как это раньше глаза не видели очевидного. Были времена, когда не только свои, но и чужие работы, попадавшиеся в научных сборниках между скучных, как партийные доклады, целым президиумом авторов подписанных статей, казались Антонову *живыми.* Пристрастно исследуя находку — четыре-пять листочков где-нибудь в конце кривовато, чуть ли не по тексту, прошитой тетрадки, — Антонов переживал, одновременно с чтением, процесс ее создания, как если бы автор был вторым антоновским «я». Он чувствовал отзывы авторского восторга там, где хорошо заряженная мысль внезапно поражала цель, и порою усыновлял чужие работы, как, должно быть, поэты усыновляют и бормочут на ходу чужие стихи. Изредка случалось так, что незнакомый новосибирец или москвич внезапно приближался к его, Антонова, неогороженной территории: эта встреча в многомерных дебрях, жарко освещенных настольной лампой, иногда служила неопубликованному и потому невидимому Антонову косвенной помощью. Путь незнакомца среди математических растений, заряженных, как ружья выстрелами, возможностями роста, показывал ему несколько важных позиций, откуда он мог по-новому посмотреть на проблему. Чтобы читать зарубежную периодику, сильно отличавшуюся атласными обложками от отечественных сборников, одетых в грубое белье, Антонов частично освоил английский (кандидатский минимум, сданный на отлично, оставил в его распоряжении одни окаменелости, а о школьных, тоже пятерочных, запасах лживого «англ. яза», жуткой помеси советской газеты с букварем, лучше было не вспоминать). Неважно знакомый ей многими разделами своей науки, Антонов заносчиво воображал, что современная математика не так уж далеко ушла от университетского курса, представлявшего ее законы чем-то вроде заводного механизма, встроенного, точно в игрушку, в каждый материальный предмет, или же чем-то вроде планетария, с его деревянными стульями на дне искусственной ночи и желтенькими огоньками, которые, оскользнувшись на куполе, вдруг несутся и глотают, один за другим, какую-нибудь выпуклость штукатурки. Антонову мнилось, будто черта, которую его усилиями вот-вот пересечет математическая наука, такая же радикальная, как и черта между живой и неживой материей, — впрочем, материя как таковая редела и исчезала в понятии бесконечно малого, асфальт из элементарных частиц расступался под подошвой, поглощая ботинок, и пишущая рука погружалась в письменный стол, будто в ванну с плавающим бельем почерканных бумаг. Несмотря на нынешний застой, Антонов верил в будущий триумф. В иные длинные минуты он неотвязно слышал ритм результата, мычал его по слогам, осязал пустой щепотью дробную работу мелка по доске, на которой он буквально несколькими ударами набросает формулу и обернется к коллегам, машинально положив мелок в карман пиджака.

III

Кандидатская у Антонова выскочила сама собой, как продолжение диплома, дополненного несколькими главками, не столько существенными, сколько остроумными, а Вика в том сыром, как старый холодильник, феврале срезала косу и получила паспорт. Тогда у Антонова была другая женщина — старше на два года и выше на два сантиметра, с широким, всегда блестевшим белым лбом и гладко зачесанными медными волосами, дававшими, точно обмотка трансформаторной катушки, угловатый правильный отлив. Антонова странно привлекало противоречие между ее тяжелой, забирающей влево походкой и легкостью больших, приятно пахнувших рук, которыми она невесомо касалась собранной на кафедре чумазой чайной утвари, клавиш компьютера, нежно, как он ни отнекивался, расшатывала и вынимала из стоячей книжной кладки плотно засевший кирпич. Ни один предмет из тех, что она брала, не издавал ни единого звяка и шелеста, точно она руками напускала на вещи умиротворенное беззвучие, таинственную тишину. Простая ее одежда на крепко пришитых, почти пальтовых пуговицах скрывала ото всех, кроме Антонова, что тело у женщины в точности как у мраморной Венеры Милосской; поэтому руки ее, какой-то небесной голубоватой белизны, в иные минуты вызывали у Антонова приступы благоговения, желание поцеловать эти длинные мягкие пальцы, словно никогда не знавшие колец. Однако желание это никогда не осуществлялось; отношения Антонова и его подруги были уклончивыми, как бы не до конца откровенными. Антонов, очень сильно в это время занятый собой, любил при ней молчать, уткнувшись в книжку, пока она, обласкивая вещи бархатной от сырости и пыли тряпкой, прибирала в его однокомнатной берлоге. Он ни о чем не спрашивал подругу, если она замирала, подоткнув поясницу кулаком, или подолгу глядела в раскрытое окно, вытряхнув туда с тряпицы мелкий мусор бедного его жилища, который словно растворялся в солнечной пустоте вместе с тревогами и печалями, осевшими на колченогой хозяйской обстановке, скопившимися в четырех кое-как оклеенных зелеными обоями стенах. Она, эта женщина, была, по-видимому, очень несчастна со своим звероподобным маленьким мужем, водившим, едва виднеясь в кабине, громадный дальнобойный грузовик, но ни отзвука их скандалов не доходило до Антонова, жившего спокойно, точно под защитой и опекой законной родственницы.

Его подруга не умела выражать свои запрятанные чувства: при всяком радостном известии ее малоподвижное, заостренное книзу лицо делалось недовольным, при виде Антонова она сперва отворачивалась и глотала какой-то комок, а улыбки можно было от нее дождаться разве часа через три. И все-таки она была, по-видимому, привязана к Антонову. По каким-то сложным семейным причинам переезжая в Подмосковье, она умудрилась, отправив мужа и дочь, еще неделю оставаться с ним и была в эти дни особенно тиха и сильно мерзла в дешевом плащике на тяжелом и водянистом, будто нашатырем пропитанная вата, майском снегу; ее разбухшие черные туфли пропечатывали на темно-белом снеговом покрове такие же черные следы, будто она и правда оставляла что-то от себя на равнодушном и ничейном городском асфальте, — но тут же следы ее закрывались другими, так что ближе к вечеру на тротуарах белелись только малые обрезки снежной ткани, остатки выкроенного по сложным лекалам общего для всех суетливого дня. Во всю неделю Антонова преследовало чувство, будто они с подругой *теряют время,* но не так, как это бывает в магазинной очереди или за никчемным, нудным разговором, а как-то необъяснимо: считаные дни словно проваливались в неизвестность, не оставляя по себе ничего, кроме ощущения утраты, их отсчет, никак не согласованный с календарем, велся в направлении, обратном календарному, то есть к конечной, заранее потерянной единице. Антонова раздражало, что он в эти дни совершенно не может работать; а внешне оба сохраняли размеренное спокойствие. Несмотря на то что дома женщину уже никто не ждал, не требовал ни стирки, ни еды, она ни в какую не хотела ночевать у Антонова и уходила, как обычно, около шести часов: все было точно так и точно в то же время, что и всегда, только что-то секундно обмирало внутри, и женщина, задерживая чайник над вспухающей чашкой, обливала стол.

В день расставания, отмеченного тою странностью, что время его, будто кусочек сахару в кипятке, таяло гораздо быстрее, чем в обычные дни, Антонов в первый и последний раз был у нее в квартире — собственно, уже не у нее, потому что она держалась в голых комнатах словно чужая, а бокастая и легкая, как мячик, сумка, которую следовало захватить, стояла в коридоре, у самых дверей. Гулкие комнаты пели ее редко слышным, а вот теперь зазвучавшим голосом, когда она в последний раз пошла проверять оконные шпингалеты; пространство, храня на блеклых стенах яркие прямоугольники висевшего, а на мытом полу — вмятины стоявшего здесь, было для Антонова будто незаполненный кроссворд. Их одноактная опера, когда они, полусняв, полузакатав одежду, все-таки легли на старую искусственную шубу подальше от пустого, высоко светившего окна, сопровождалась оркестровым гудением водопроводных труб, а грязно-розовый, в талых колоннах, вокзалище, куда они прискакали на разбитом, с сумасшедшими зеркальцами, частном «жигуленке», звучал как переполненный театр. Антонов на бегу, вывернув тетке рвань рублей из лохмотьев бумажника, купил какие-то оранжевые гвоздики, похожие на клоунские помпоны, — и почему-то остался с ними, оттертый чужим багажом и выкинутый из поезда, уже поплывшего от ног, мимо киосков и торжественно переполненных урн. Серое окно, где ее лицо еще виднелось, как на очень старой фотографии, среди незнакомых и неясных лиц, внезапно сверкнуло на повороте, и все исчезло; а гвоздики, принесенные домой, долго еще стояли осклизлыми будыльями в двухлитровой банке, мешая Антонову, у которого как раз замелькали идеи, полностью лишившие его способности что-нибудь прибирать. Женщина в своей неинтересной Антонову подмосковной жизни помнила о нем: редко, но регулярно от нее приходили письма, явно ношенные в сумочке, протертые до ваты по углам, — их Антонов почти не читал и отвечал открытками к Восьмому марта, какие мог бы отправлять добродетельной старшей сестре.

* * *

В это самое время у пятнадцатилетней Вики был отчаянный роман с одноклассником, проходивший большей частью в разбитой телефонной будке, откуда она, заплаканная, в самодельно и криво укороченной юбчонке, звонила Павлику домой. Мало-помалу на этот угол, открытый железнодорожному полотну и ползущим вразкачку, словно взвешивая на рельсах собственную тяжесть, товарным поездам, стекались, несмотря на поздний час, желающие позвонить со всего района; среди них тихонько, последней в очереди — лицо в тени, домашние тапочки на свету — иногда стояла и грела в горсточке ненужные жетоны маленькая Викина мать. Этот Павлик, по-видимому, угрюмый и самолюбивый малый, с особенным зудом в неутомимых, как рычаги, размашистых ногах, погиб во время турпохода, предпринятого в одиночку: утонул в холодной бешеной речке, ухавшей, будто вытряхиваемый половик, с черных от ее воды горбатых камней, — и когда его случайно нашла на отмели компания грибников, на его нагретой солнцем спине сидела, поеживаясь, угловатая птица.

Эта глупая и романтическая смерть давала Вике право держать фотографии Павлика в столе и на столе: он везде был один, везде без нее, — представлял небывшие Викины воспоминания, потому что она очевидно отсутствовала во всех любительских пейзажах с мутными соснами, странно похожими на пальмы, где светловолосый Павлик без улыбки, словно исполняя обыкновенную походную обязанность, для которой его отвлекли от палатки либо от костра, позировал неизвестному фотографу. В жизни Антонова Павлик появился как образ нечеткого снимка, точно так же, как появился он и в этом повествовании: аккуратный милицейский стенд, чей верхний угол то и дело ощупывала слепенькая тень кривобокой рябины, являл, наряду с белошеей улыбчивой мошенницей и невозмутимым рецидивистом в фигурных бровях и усах, похожих на части орнамента восточного ковра, прищуренного молодого человека, о котором сообщалось, что он ушел из дому и не вернулся. Было видно, что снимок сделан не на документ, и что-то подсказывало, что пропавший красавец относился иронически к девчоночьей любви, оберегая свою независимость, максимально выразившуюся в уходе неизвестно куда. Через несколько дней буквально этот же снимок бросился в глаза поверх оградок умиротворенного, словно детскими кроватками заставленного кладбища; он располагался на пирамидке, торчавшей неловко и шатко, вроде табуретки, на подсохшей могиле, странно пустой среди сорного и жаркого кладбищенского цветения, еще темневшей в растресканной глубине сырою земляною чернотой. Дата рождения и дата смерти, записанные на жестяной табличке разборчивым, как бы учительским почерком, напоминали вместе уравнение с дробями, и нетрудно было высчитать, что икс равнялся восемнадцати годам.

Выходило, что эта таинственная смерть наступила раньше, чем увиделся стенд с фотографией и с призывом «Найти человека»; получалось, что человек уже найден в силу совпадения, в литературе почти невозможного, и в то же время найти его уже нельзя, потому что он сделался персонажем именно литературы, вернее, смертью высвободил персонаж, как разбитая литейная модель высвобождает отливку. Понятно, что совсем не каждый реальный человек способен выделить, без помощи какого бы то ни было автора, полноценного двойника; иногда невозможность явить миру свой художественный образ перерастает в болезнь. Мне приходилось знавать одного сумасшедшего по кличке Ботаник, у которого мания гениальности буквально перешла в представление, будто он является нерукотворным памятником самому себе: этот долговязый прилизанный тип, с галстуком, точно ложка для обуви, и с селедочной синевою тщательно выбритых щек, часто таскал под мышками пару цветочных горшков, откуда, словно арматура из цемента, торчали поседевшие растения. Утвердившись в стоячей или сидячей позе, Ботаник торжественно ставил предметы перед собой и между делом использовал их как пепельницы, отчего однажды завязавшиеся на полудохлом растении никотиновые цветочки более всего напоминали каких-то недоразвитых мух. В этом курьезе, многих приводившем в восторг, мною угадывается смутная истина: желание быть персонажем, воспринимаемым *со стороны*, осуществлялось Ботаником через имитацию *не-жизни*, убедительную даже для голубей, нередко украшавших долгополое, вроде черного халата, пальто Ботаника белыми пятнами как бы от зубного порошка. То же самое стремление быть *героем*, овеянным мужской недоступностью, ощущалось в уклончивой полуусмешке молодого человека; его округлое лицо, немного подпорченное темнотами полового созревания, выдавало тайный страх одному, без персонажа, нести обыкновенный груз собственного «я». Возможно, он свалился в одну из ремонтных ямин большого города, освещаемого ночью как огромный сарай и не имеющего настолько достопримечательных аварий канализации, чтобы обносить их, будто музейные экспонаты, веревками с навязанным красным тряпьем; возможно, его, потерявшего чувство времени посреди просторной ночной прогулки, то и дело переводившей двойные стрелки его долговязой тени, обступили какие-нибудь тощие химеры с единственным ломким ножичком на троих и для начала поинтересовались, который час. Так или иначе, смерть завершила образ, расстояние между героем и зрителями, не всегда, вероятно, дававшееся при жизни, было установлено.

На похоронах отвергнутые девочки, слушая надрывную фальшь и блажь оркестра, могли почувствовать себя уже совершенно взрослыми, имеющими прошлое; они могли пореветь, а потом покурить, затягиваясь сластящими после слез сигаретками, могли по-бабьи обняться, глядя на темные обезьяньи ручки и осевшее лицо покойного, узнавая в гробу полупустой, памятный по одному-единственному медленному танцу выпускной костюм. Конечно же, Вика или подобная ей солистка была среди девочек на первом месте; ей, как первой, не было нужды изображать красивое горе с закушенной губкой и акварелькой поплывшей косметики либо горе деятельное, проявляемое толстыми хорошистками, которые то искали для матери Павлика, превращенной возле гроба в медленно дышащую лягушку, какие-то непрошеные таблетки, то трудились для домашних поминок, обслуживая на кухне чадящие пироги. Вика могла сморкаться в слежавшийся платок и мусолить нос до красноты, могла казаться попросту простуженной, могла вообще ни на кого не обращать внимания и курить отдельно, изъязвляя до паленых дыр свернутый под пепел бумажный кулек. Зато она одна заметила на соседней могиле, заставленной рыжими от старости еловыми венками, большую тускло-черную птицу, рыхлым оперением похожую на дровяную головешку: птица возилась, приподымая крылья, как бы неловко надевая подаваемый сзади пиджак, а потом внезапно размахнулась и, тяжко черпая густой настоявшийся воздух, поднялась над плывущими соснами.

Возможно, в этот миг странного, вслед за птицей, расширения и брожения мира Вика увидала и сосны, чьи корни, словно снабженные когтями наподобие птичьих лап, держали по горсти стиснутой земли, и самую землю, почему-то еще летевшую из могилы, царапая лопаты запеченными в ней тяжелыми камнями. Вероятно, Викина натура, которую Антонов так и не сумел постичь, не была чужда художественных впечатлений; положение центра мироздания, порождаемое такими впечатлениями, воспринималось Викой буквально. Наверное, она вообще слишком много принимала на собственный счет; в конечном итоге память о покойном Павлике досталась именно ей, прочие девчонки уступили, занявшись простоватыми мальчиками, понаехавшими учиться из пыльной и честной провинции, или же своими давними приятелями из соседних пролетарских подъездов, которые теперь, плотные, как боксерские груши, в новеньких кожанах, пасли коммерческие киоски и угощали бодрым баночным пивком.

Иногда девчонки по-душевному, компанией, забегали к Павликовой матери, одиноко шаркавшей по сумрачной квартире, разгоняя опухшими, в чернильных узорах, слабыми ногами легкие пыльные катыши и странно поводя осевшей в плечи головой, точно стараясь получше устроить полужидкие подбородки. Она всегда притворяла в присутствии посетителей маленькую комнату, где те успевали заметить накрытую, как накрывают мертвецов, несвежую постель; усаживая девочек на кухне (там многолетние паутины еще недавно напоминали Павлику середки женских колготок), хозяйка потчевала их синюшными облупленными пряниками, старыми холодными крутыми яйцами, разбиравшимися на части, будто неразрисованные матрешки, подливала в стаканы еле окрашенную и еле тепленькую водицу с черными чаинками, не бравшую сахару и оставлявшую на дне шершавую корку, чью невыпитую сладость уже ничто на свете не могло растворить. Вместе с развитием горя в маме Павлика развивалась метафизическая скупость: она экономила вещество и вела почти бесплотную жизнь, а ночами видела небольшого ангела с кружевными крылышками, точь-в-точь похожего на собственный ее белеющийся лифчик. Большую комнату, всегда закрытую от света плотной, туго натянутой шторой, она превратила в род музея, всюду разложив сыновние вещи — засыхающие приманки для неотзывчивого призрака, тем меньше готового обнаружить свое присутствие, чем более страстно взывала к нему материнская память. Комната и вся квартира были настолько готовы к тому, чтобы Павлик вдруг возник из спертого воздуха, что по ночам осиротевшая мать боялась сына, как будто ходившего невидимой тяжестью по длинным половицам и исчезавшего в стенах, чтобы возникнуть неясным пятном с обратной стороны, — побаивалась его и днем, совершая «для него» разные суеверные усилия вроде попыток перешагивать через уличные препятствия непременно правой ногой, более тяжелой из двух, или отказа от утреннего умывания, отчего лицо на целый день оставалось словно разрисовано каким-то туземным узором. Душевные девочки, приносившие «к чаю» бело-кремовые тортики (после засыхавшие в холодильнике в известку и снег), не могли решить, радуется ли им несчастная мать или их появление только причиняет лишнюю боль; девочек буквально ставило в тупик, что хозяйка, медленно дыша и лаская их исплаканными светлыми глазами, похожими на тающий ледок, все время путает, как кого зовут. Вероятно, память женщины, перегруженная реконструкцией сыновнего образа, ослабела и не держала настоящего, которое бессмысленно, с упорством растения, порождало будущее, так что казалось, будто и пуховая пыль под ногами содержит семена. Мама Павлика отчасти помнила, что у сына были девочки, одноклассницы; то одну, то другую она, выделяя шершавым поглаживанием по обмирающей руке, называла Викой.

* * *

Разумеется, живая Вика (тоже представлявшаяся девочкам чуть ли не покойницей) не казала глаз в этот самодельный музей, где не было и не могло оказаться мужчин. У нее имелась своя экспозиция: ей, как *духовной* вдове, приятели Павлика, небритые брезентовые туристы, по-весеннему пахнувшие средством от комаров, натащили Павликовых фотографий — блеклых снимочков с водою вместо солнца, где присутствовали и сами, более молоденькие и круглолицые, чем явились Вике воплоти. Раздосадованная их невнимательностью и дружным намерением сегодня же ехать куда-то на проходящем поезде, Вика туристов отрезала ножницами и выбросила в ведро, отчего любовно выделенный Павлик оказался словно окружен невидимыми существами, то наполнявшими его протянутую кружку из призрачной, висящей в воздухе бутылки, то как бы сверху его приобнимавшими.

Экспозиция, каждый раз скромно составленная не более чем из пяти экспонатов, требовала зрителя, причем ранимого и восприимчивого — то есть способного впадать в отчаянье и торчать под окнами, сутулым пятном среди пятен собственных следов, будто дерево среди своей облетевшей листвы. В интересах повествования можно предположить, что при отсутствии зрителя Вика, предоставленная снимкам, испытывала боль: накатывало, например, воспоминание о ледяной по тону Павликовой записке, пришедшей на душном уроке литературы через четыре парты безразличных одноклассников, или о сентябрьском походе по грибы, когда ногастый Павлик, шатаясь, перенес ее на руках через синюю стоячую болотину и бережно опустил на зашуршавшие кочки. Если же обратиться к реальности, то есть к тому прототипу героини, от которого взялись не события, а душа и потаенный, устремленный вовнутрь кровоток (об этой субтильной полудевочке, с кровеносной системой будто плакучая ива, с душою, подобной перепонке снега в продуваемых зимних ветвях, еще представится случай поговорить), — словом, если держаться жизненной правды, то боль у Вики возникала не из пережитого прошлого, а из настоящего, из собственного одинокого и неизбывного присутствия, когда вместо Наполеона общаешься с большим, мужского роста, плохо протертым зеркалом и безнадежно красишься перед ним в половине двенадцатого ночи, под тоскливое мычание далеких поездов. У женщин того мечтательного склада, как Вика и ее вполне реальный прототип (ментоловая сигаретка, белые, словно выдавленные из тюбика, складки морщинок под крашеной челкой, взгляд, хранящий свою пустоту ото всех являемых зрению вещей), боль изначальна, мужчины — лекарство; мир, не выделивший им влюбленных представителей, кажется до ужаса *сплошным,* за невнимательным зеркалом твердеет стена.

Вполне вероятно, что до появления Антонова Вика опрометчиво испытала экспозицию на одном или двух подвернувшихся молодцах, глянувших искоса, куда им указывал дрожащий, будто птичкой исклеванный подбородок, и тут же приступивших собственно к предмету, который не зря же пригласил к себе домой и плотно прикрыл от матери комнатную дверь. Возможно, эти неудачные опыты, с барахтаньем в грубых руках, с расстегнутым лифчиком, бесполезным, как спустивший спасательный круг, подсказали Вике не пренебрегать сравнительно молодым преподавателем, не лишенным угловатого сутулого изящества и окруженным к тому же глухим ореолом непризнанной гениальности. Из последнего обстоятельства по-своему чуткая Вика вывела околичностями женского ума, что этот много говорящий доцент, с преобладающим лбом в форме широко раскрытой бабочки и с прекрасными руками слепца, окажется весьма восприимчив, если удастся его как следует зацепить. В последнем Вика не сомневалась ничуть: она гораздо раньше, чем думал Антонов, заметила его окольные взгляды, как будто не находившие ее в аудитории, хотя она сидела на самом виду — откинувшись, с журнальчиком на коленях, норовившим сплыть и шлепнуться под стол. Ее умиляло, что в долговязости доцента просматривается что-то от покойного Павлика, что ходит он так же, словно нащупывая высоко занесенной ногою невидимую воздушную ступень и временами преисполняясь какой-то бесполезной двигательной энергии, сообщаемой встречным дверям и болтавшимся после его прохождения на кнопках, точно сбитые мишени, студенческим стенгазетам. Лекции Антонова сделались для Вики совершенно необязательны: она прекрасно чувствовала, что содержание этих двух академических часов совсем *иное*, не имеющее отношения к объявленной теме и к тому, что доцент, ограниченный пиджаком, тянется писать на белесой, будто промерзлой от скуки доске.

Интуиция Вику не подвела: Антонов оказался восприимчив, хотя не все в его смущении при виде экспозиции было доступно ее небольшому рациональному уму. Подсознательно Вике хотелось мелодрамы, чтобы с ней без конца выясняли отношения на повышенных и в умоляющих тонах, хотелось озябших, жалко пахнущих снегом цветов и сумасшедших писем на шестнадцати страницах — словом, новых экспонатов, которые можно было бы накапливать до лучшей (или худшей) поры. Но Антонов (когда-то не меньше Павлика побродивший по лесам, спасаясь там от вездесущего, как деньги, комсомола) держался в рамках, буквально будто вписанный в невидимый ограничительный прямоугольник, и когда он, обнимая, неловко притягивал Вику к себе, ей мерещилось, будто они сошлись в каком-то проеме, каждый из своего пространства, и между ними, под ногами, имеется порожек, через который надо еще переступить.

Сам Антонов, не склонный ни к каким театральностям, не вполне понимал, чего же от него хотят. Когда он входил, постучавшись, в узкую Викину комнату с далеким от двери окном, где стоял еще более далекий, синевато-воздушный башенный шпиль, неизбежный Павлик встречал его сощуренным взглядом из обрамленного снимка, а непричесанная Вика медленно, опираясь руками, вставала от стола, словно прерывала на важном месте какой-то долгий разговор. Несчастный парень, поступивший в Политех (где Антонов тоже читал небольшой факультативный курс), но так и не явившийся на лекции, несомненно, влиял на его отношения с Викой: видимо, пережившая слишком большое потрясение (что давалось понять большими печатными буквами ясно читаемой мимики), Вика словно унаследовала его надменность и все права на то, чтобы быть самой по себе. В комнате, усадив смущенного Антонова на кое-как заброшенную покрывалом смятую постель, а сама оставшись на стуле, Вика подолгу молчала, будто попутчица в поезде, — и сходство комнаты с купе подтверждалось твердым чемоданом под кроватью, толстым хламом плюшевых игрушек на шифоньере и тем, как Света, Викина мать, постучав еще слабее и просительней Антонова, вносила чай. Иногда случалось, что Вика, выскочив «на десять минут позвонить» (при этом теща Света, как мысленно называл ее Антонов, менялась в лице), исчезала на целый вечер и заявлялась хмурая, с каким-нибудь цветочным скелетом в пустоватой бумаге, в очень грязных, наворотивших целые галоши глины сапогах, которые молча стряхивала с ног, держась за стену и мотая ими над чистеньким полом прихожей. Она не удостаивала посмотреть на Антонова, который тут же начинал собираться, разыскивая у Вики под ногами среди дамской благородной обуви свои неуместно большие плоскодонные туфли. Вика любила говаривать, что у нее *особые* отношения со смертью, а Павлик на фотографии, с неуверенно сходящимися черными бровями и губами в юношеских усиках, будто треугольная почтовая марка, смотрел в никуда, словно не видел фотографа и пейзажа за ним, — не видел ничего за особой чертой, отделившей кадр от остального мира, и только являл себя будто неодушевленный незрячий предмет.

Глядя на снимок, Антонов интуитивно понимал, почему умершие на фотографиях кажутся *знающими заранее*: на самом деле они *не знают*, кто будет на них смотреть вместо приятеля с фотоаппаратом, и сами поэтому смотрят в пустоту. Неумолимая Вика сумела перенять и эту манеру: держаться *в кадре,* ровно перед линией, разделяющей мир пополам на то, что около нее, воспринимается вместе с ней, и то, что несущественно и потому принадлежит другим, — в частности Антонову, не смевшему в такие минуты даже притронуться к ее тогда еще каштановым и теплым волосам, собранным заколкой в мягкую кисточку. То, что условная Викина часть была всегда тесней и меньше *чужого,* придавало ее неестественным позам, с локтями будто культяпки голого птенца, какую-то болезненную беззащитность, а горько опущенный рот и надменный взгляд из-под поднятых на лоб коротеньких бровей, явно у кого-то заимствованный, оправдывались этим ее выставленным напоказ неуклюжим одиночеством. Все-таки несчастный Павлик представлялся Антонову немножко выдумкой, скорее персонажем, чем реальным человеком; поэтому Антонов был бы потрясен, если бы увидел вдруг изодранный дождями милицейский стенд и знакомое, словно бы опухшее лицо, смотревшее на обширную лужу, всею тяжестью привалившуюся к борту тротуара, или бы забрел для чего-нибудь в дальний угол раскисшего кладбища (Вика не бывала там со дня похорон) и обратил бы внимание на лоснящуюся влагой пирамидку, откуда Павлик всегда глядел поверх железных кроватей на дальнюю ретрансляционную вышку, самую небесную и чистую из всей стеклянной посуды, выставленной на горизонте, — не бывшую, однако, вечной.

IV

После снимки перекочевали в коробке из-под конфет на новую квартиру, доставшуюся молодым от Викиной прабабки со стороны отца, долговязой старухи с лицом будто жухлое кружево, которая неожиданно, вместо того чтобы умереть в больничной палате у голой стенки, крашенной в один из российских хозяйственных цветов, укатила во Францию к двоюродной сестре. Там она, судя по отсутствию печальных известий, обрела вторую, непочатую жизнь — среди сельских чрезвычайно зеленых красот, дополненных элегантной бензоколонкой, в каменном домике, где темный плющ на стене был словно положен грубыми мазками масла на загрунтованный холст. Хотя фотографии и не стояли больше на виду и не выдавали Павлика за члена семьи — все-таки они, пересыпанные старым сахаром, как шерстяные вещи бывают пересыпаны нафталином, хранились среди Викиных бумажек для какого-то будущего.

Правда, одной, самой романтической фотографии в коробке недоставало: после того как Вика, подтверждая свой особый статус между жизнью и смертью, все-таки изыскала способ *физически* соединиться с уклонившимся возлюбленным (ложем послужила рябая, словно каменной сметаной залитая ванна с чрезвычайно твердым шишковатым днищем, где Викина кровь чадила в воде, будто горела смола), — после этого возмущенный Антонов, тогда еще жених, изорвал размокший, резиново сопротивлявшийся снимок на кривые клочочки, надолго оставившие на пальцах как бы липкие фрагменты своего изображения. Хитрая Вика сделала вид, будто не заметила потери, а может, и в самом деле не обратила внимания, что один из экспонатов куда-то пропал: слишком уж она тогда *сбилась со счета,* даже март с его солнечными слезами и косой тетрадной синевой древесных теней упорно виделся ей февралем, а еще она все время путалась, что кончаются деньги, хотя денег было столько, сколько всегда. Возможно, при переезде на бабкину кварти ру, заставленную грубо крашенной половою краской величавой мебелью (было что-то явственно надгробное в ее несдвигаемости *с места*, в фальши резных украшений, в букете засохших лилий на пыльной полке, чьи сердцевины напоминали пестиками и тычинками разбитые лампочки), — возможно, тогда растерянная Вика собрала не весь архив, что-то исчезло еще. Так или иначе, фотографии Павлика на время пропали с глаз, хотя ревнивый Антонов отлично знал, что конфетная коробка, перевязанная Викиной школьной ленточкой черного атласа, хранится в нижнем отделении новой блондинисто-светлой итальянской стенки, украшенной длинными лужами якобы древесных разводов, — и где-то там же свернулась слабая, переплетенная тем же галантерейным трауром, уже немного войлочная Викина коса.

Из-за тайного присутствия Павликовых фотографий Антонов не мог открыто прочитывать письма из Подмосковья: он вообще не любил повторять за другими то, что ему не нравилось, был в этом смысле болезненно щепетилен и старался даже случайно не отразить в себе чужого — потому в детстве, бывало, здоровенные двоечники, ужасные своими куцыми, какими-то арестантскими школьными формами, буквально обездвиживали его легкими, на пробу, тычками под ребра, и Антонов превращался перед ними в безвольную куклу с прижатыми вдоль тела руками разной длины, с одной побитой молью бровкой, выскочившей, будто знак ударения, косо на бледненький лоб. Разумеется, этот вздернутый, пляшущий перепутанными ногами, но неподатливый объект не мог не раздражать: Антонову доставалось так, что после петляющая водичка, вслепую ловимая над железной, с воспаленным дырчатым стоком, дребезжащей раковиной, обжигала расквашенное лицо, будто неразбавленный спирт. Все-таки Антонов не желал защищаться и держал иллюзорную, но важную лично для него дистанцию, без которой, он чувствовал, нарушится цельность мира, где он всюду видел собственное, далекое и близкое, *отсутствие*. Между тем терпеливые письма, преодолевая тысячи километров мелькающего, как пустая кинопленка, железнодорожного полотна, все приходили и приходили на новый адрес через руки прежней квартирной хозяйки, чью суровую благосклонность подруга Антонова как-то умела заслужить. Эта профессорская вдова, с бурыми пятнами на папиросном бумажном лице и словно крашенными йодом остатками волос, пережившая пятнадцать лет лагерей, теперь пересылала нежелательных найденышей с тою же неотвязной пунктуальностью, с какою прежде требовала и получала плату за жилье. Нераспечатанные письма, то толстенькие и тяжелые, то истончавшиеся почему-то до единственного твердого листка, хранились у Антонова глубоко под рукописью, под экземплярами его статей и всеми скорыми набросками на разных, от чего попало оторванных клочках, из которых он когда-то думал быстро сделать монографию. Он теперь уже не мог вскрывать конвертов, всегда глядевших с детским выражением, встав впереди больших, открытым текстом набранных газет, из дырок почтового ящика. Слишком наросло отчуждение, и та, другая жизнь, что проходила в полумонастырском, электричками пронизанном городке, сделалась непонятна и тем более далека, что Антонов чувствовал вину, непоправимость своего незнания и запоздалость любого ответа. Порою ему казалось, что *молчание* писем, тихо копившихся в ящике, но еще далеко не заполнивших объем, который пока (или уже) бессильна была набивать счастливыми почеркушками его уснувшая мысль, — что это молчание исходит от самой подруги, от рук ее, наверное, гладивших, заклеивая, еще не надписанные конверты — тем же, в обе стороны, движением, каким стелила на скользкий дерматиновый диванчик свежую простыню.

* * *

Возможно, женщина и не ждала от него никакого отклика, а всего лишь хотела регулярными сведениями о себе сохранить *одновременное* течение собственной жизни и жизни Антонова: если так, то он ее прекрасно понимал. Собственно, то же самое Антонов пытался проделать относительно себя и Вики: все в нем восставало от сознания, что его, Антонова, попросту не было в ее полудетском прошлом, которое жестокая Вика представляла теперь как прежде всякого замужества свершившуюся судьбу.

Чувство было примерно такое, как при мысли о нескольких темноватых годах, непосредственно предшествовавших рождению Антонова. Они представлялись ему провалом, промоиной времени, где события обрели невиданную свободу, — и мать с отцом запросто могли не встретиться, не стукнись две неуклюжие, на веслах как на костылях, прогулочные лодки посреди Центрального пруда, тогда заросшего кривыми, наклоненными к воде березами, теперь налитого до половины гранитных берегов очень спокойной водой, с неизбывным отражением Дома правительства, при котором пруд теперь лежал будто относящийся к нему волнистый гарнир. Это время начала шестидесятых казалось Антонову более далеким и фантастическим, чем правление Екатерины II или Крымская война. Будущие его родители, круглолицые провинциалы, приехавшие учиться «в область» из тишайших городков, прозябавших на одной и той же, словно пальцем проведенной речке, уже записались в стеклянном ЗАГСе у торжественной женщины с небольшими пронзительно-ясными глазами, очень похожей на Валентину Терешкову; они поссорились, потом помирились, сняли «квартиру» в длинном бараке с просторным, как товарный вагон, коридором и тесными комнатками, где зимою окошки превращались в ванночки мутной белизны, а по углам проступала жесткая синтетика инея. Молодые-расписанные бегали по театрам, смирно сидели там в глубоких плюшевых креслах, куда, как бумага на ластик, льнула их парадная одежда; они рисовали стенгазеты против прогульщиков, платили членские взносы, выступали за институт на лыжных соревнованиях — и потому, что снег, пылью осыпавшийся с холодных сосен в лесную тишину, пьянил сквозь запаленное дыхание не хуже водки, на бессолнечном финише, под темными и словно мокрыми флагами союзных республик, произошла какая-то антисоветская история, из-за которой чуть не исключили из комсомола студента четвертого курса Антонова В.П., без одиннадцати месяцев молодого отца. Все это неопределенное, хрупкое, шаткое было уже собственным его, Антонова, небытием — *тем светом,* что проник в нормальную жизнь незаметно для участников более или менее значительных событий, что завершились все-таки рождением бархатистого и толстого младенца. Теперь же упрямая Вика задним числом лишала Антонова бытия и тогда, когда он уже читал студентам лекции в тех самых отсырелых, с разбитыми рядами аудиториях, куда ей только предстояло прийти. Антонов, как мог, отстаивал себя, сопоставляя события своей и Викиной жизни, что были до первой встречи — до столкновения в дверях аудитории номер триста двадцать семь, куда Антонов устремлялся читать первокурсникам вводную, а Вика, тогда незнакомая особа в тесной розовой кофточке, с темными, необычайно широко расставленными и оттого как будто испуганными глазами, почему-то бежала прочь, прижимая к груди расстегнутый, елозивший крышкой портфель. Антонов посторонился, пропустил, прошагал, привычно потряхивая длинными, свисавшими из рукавов руками, на преподавательское место, — но отчего-то сделались тягостны эти новые, слишком свежие и *уличные* лица, неприятно тронутые серым воздухом науки, и первые пустые столы, через которые надо было, как через оградку, что-то говорить скопившимся на задних рядах, в разных позах облокоченным о парты новичкам.

Опираясь на шаткую кафедру, замусоренную внутри, точно старая дворовая беседка, Антонов чувствовал, что у него в дверях буквально отняли жизнь. Он не мог отделаться от впечатления, будто первокурснице, чья родинка над верхней губой выражала презрение ко всем и вся, откуда-то *знакома* его физиономия, знакома до скуки, что антоновский облик ею взят и куда-то унесен и что теперь Антонов остался без этой студентки, будто в лесу без зеркальца, когда постепенно забываешь себя и вспоминаешь, только если выйдешь на какое-нибудь знакомое место со своим же сизым костровищем. Не-существование Антонова продлилось до того момента, пока он наконец не увидал среди опостылевших первокурсников свою прогульщицу, обособленно сидевшую на затененном шторой месте у окна. Прогульщица, оттянув кулаком ненакрашенный, бледный, точно разваренный рот, лениво разлеглась над косо открытой тетрадкой, и когда Антонов, наглотавшись натянутым горлом какой-то комковатой глины, наконец заговорил, она принялась черкать шариковой ручкой, изгрызенной в хрящик, время от времени вскидывая на преподавателя припухшие глаза, полные холодного внимания, явно не имеющего отношения к лекции, — так что Антонову показалось, будто прогульщица рисует на него карикатуру.

После Антонов узнал, что отбирать существование было главным Викиным свойством: она терпеть не могла, когда он, гулко кашлянув в надувшийся кулак, начинал говорить о себе. Те несколько довольно условных совпадений, что Антонов, с помощью сочувствующей тещи Светы (впрочем, часто не имевшей представления о месте пребывания дочери и о ее делах), все-таки обнаружил в своем и Викином прошлом, вызывали у нее демонстративную, ладошкой взбалтываемую зевоту, переходившую затем в настоящие свирепые зевки. Вика не желала признавать, что Антонов был записан в той же, что она, библиотеке, переплетавшей потрепанные книги в красный, как трамвайные сиденья, дерматин, что он мог ее встречать в единственном на город киноклубе, который откочевывал, по мере приватизации центральных ДК, на все более далекие и гиблые окраины, где чаще автобусов ездили трактора, оставлявшие на травяных обочинах полосатые следы, похожие на домотканые половики, да сквозило между деревянных крыш то или иное озеро, оставшееся в городе без естественных своих лесистых берегов, всего лишь с водой, отражавшей погоду, оживляемой изо всех природных явлений только ветром и дождем. Впрочем, Вика мало замечала пейзаж, особенно безлюдный (допуская, вероятно, его исчезновение за границей кадра и присутствие там невидимого зрителя); памятью на даты, впрочем, обладала великолепной и легко доказывала Антонову, что он если и присутствовал там же, где она, то раньше на несколько лет или хотя бы на несколько часов.

Никак не удавалось сократить это мистическое расстояние — тем более что город, где протекали их неодинаковые жизни, менялся с поразительной быстротой. На месте булочной, где студенту Антонову когда-то взвешивали, с грохотом нагребая из короба и осторожно растряхивая с совка на весы, его любимые молочные ириски, теперь располагался пункт обмена валюты; на месте скромной сапожной мастерской, где, бывало, небритый красавец-приемщик задумчиво вертел измозоленную сбрую женских босоножек или постукивал, глядя на подошвы, парой прохудившихся башмаков, теперь сиял магазин «Меха», куда Антонов даже не решался заходить. Казалось, что разрушение, как и строительство, ускорилось многократно: понизу улицы, особенно центральные, сплошь оделись в новое стекло и зеркала, повыставляли мраморных и раззолоченных крылечек там, где прежде не было и вовсе никаких дверей, — зато наверху, если кто решался почему-либо поднять глаза от витрин и реклам, высились руины прежних добротных зданий, отсыревшие и выветренные, в пятнах небесных чернил, которыми были полны проходившие поперек дорожного движения сырые облака. Прошлое отделяла от настоящего инфернальная трещина, которая могла отныне только расширяться, — и непонятно было, как вообще удалось перебраться с другого края на этот и оказаться *здесь,* около Вики, настигнутой Ахиллесом юной черепахи, лениво жующей, согласно рекламе, полезную для предупреждения кариеса резинку «Дирол».

* * *

Антонов и без Вики мог бы доказать, что *жил* в разрушаемом прошлом: предъявить хотя бы свои бумажки и картонки с нацарапанными полувыводами, совпадавшие краями с тем, от чего когда-то были оторваны, — с чужими блокнотами, с коробками из-под обуви, с экземплярами газет многогодичной давности, с обложками старых студенческих курсовых. Но эти лохматые шпионские билетики потеряли всякую силу, потому что нанесенные на них математические смыслы утратили способность развиваться и *не совпадали,* не были взаимно ключами и шифрами, как это мерещилось давнишнему счастливому Антонову, всюду срывавшему бумажки, будто листья в своем лесу райски расцветающих множеств. Что до Вики, то она вообще не понимала, зачем нужна эта коллекция потертых обрывков, где ей порою виделись номера каких-то давних женских телефонов. Очень скоро обнаружилось, что Вика не только не обладала способностями, минимально необходимыми на факультете, но и не испытывала ни малейшего уважения к науке, которую почему-то поступила изучать. Ее пятерки в школьном аттестате по двум элементарным дисциплинам, чьи благодушные задачники, снабженные простыми и удобными ответами, играли с детьми в поддавки, оставались загадкой; каким-то образом содержимым всех математических абстракций, предметом математики вообще, ей виделись деньги. Не то чтобы Вика хронически болела «красивой жизнью» или млела, шлепая страницами атласных журнальчиков, — но ей представлялось естественным, что если вещи и имеют в себе нечто помимо своего физического присутствия, нечто невидное глазом и выражаемое цифрами, то это «что-то» — цена. Деньги казались Вике числовыми двойниками вещей (что подтверждалось свободным обменом одно на другое) — и сколько Антонов ни бился, но не сумел втолковать, что математика есть описание мира, а вовсе не счет каких бы то ни было единиц. Позже бедность Антонова смутно воспринималась Викой как его научная *простоватость,* арифметический уровень личности — тогда как ее осьминогообразный шеф, дополненный за монументальным столом множеством телефонов с витыми перепутанными шнурами, свободно оперировал, по налу и безналу, гораздо более серьезными числами, обладавшими к тому же свойствами реквизита эстрадного фокусника. Вика, пожалуй, подсознательно верила, что мрачный артист в нахохленной, как курица, чалме, усыпляющий предметы коварно наброшенным платком, производит научный опыт, — но Антонов не манипулировал платками и не выпускал из расписного короба молотящей воздух стаи голубей. Для глупенькой Вики, каждый раз встававшей в тупик, если латинская буква в уравнении означала не то, что в прошлый раз, ничего не могло свершиться чудесного в голых, как сараи, помещениях факультета, в аудиториях с ужасными черными досками — разделочными, кухонными досками науки со следами грязной тряпки и мелким мусором недостертых уроков: ошметками пищи, спущенной вариться в ленивые умы. Если бы кто сказал здравомыслящей Вике, что математика — не выпендреж иностранного алфавита, где все эти abcd вечно сидят на каких-то непонятных трубах, а приключение интеллекта и философский предмет, она бы только покрутила пальцем у тонкокожего виска.

V

Самым мучительным воспоминанием Антонова был первый, какой он принимал у Вики, простенький зачет. Зимняя сессия начиналась при минус двадцати пяти, безжизненный снег крахмально поскрипывал под туповатыми и словно очень маленькими, детскими ногами торопливых прохожих, трамвайные рельсы уходили, будто плавная лыжня в зачарованный лес, в туманную мглу завешенного белыми деревьями проспекта, и ненавидимые Антоновым первокурсники, в валенках и толстых свитерах, неуклюже, беззвучно оскальзывались на сером полированном камне университетского вестибюля. Накануне ночью Антонов не спал; стоило задремать, как ему невнятно слышалось, будто кто-то, мелко топоча, бегает наверху, без конца таскает там упирающуюся многоугольную мебель. Никогда, ни перед одним из доброй полусотни сданных за жизнь экзаменов, Антонов не волновался, как теперь: ему мерещилось, будто он и сам все перезабыл — при попытке думать о простеньких, *машинально* известных ему темах завтрашних билетов впадал в неуверенность, какую вдруг испытывает человек, когда у него переспрашивают номер квартиры старого-престарого знакомого или собственный его домашний телефон.

Чувство, будто над головою происходит некое движение, небесная перестановка долго и крепко стоявших на месте вещей, не исчезло и тогда, когда Антонов умостился за низеньким столом, возле покрытого ледяными перьями окна. Перед ним легли совершенно чистенькие, деревянные от новизны зачетки первых пяти добровольцев — как пить дать будущих отличников, красы и гордости курса, всегда сидевших, вслед за пустующим первым, во втором ряду аудитории и знакомых Антонову буквально наизусть. Эти пятеро — среди них одна свирепая низколобая личность с прыщами как помидорные семечки и одна совершенно фарфоровая девушка с ошибочными движениями всегда дрожавших рук — ответили бойко и довольно понятно; за ними потянулись другие — долго, муторно готовились, мусолили три листка казенной бумаги и, отлично видные Антонову, вытягивали из каких-то потайных карманов длиннющие шпаргалки. Вика все не шла; уже билеты перед Антоновым лежали не широким веером, а жидкими отдельными полосками, уже он продрог от окна, где стекла, превращенные ледяными узорными рамами из прямоугольников в портретные овалы, были бумажно-пусты.

Наконец она появилась, буквально ворвалась — нетерпеливая и растрепанная, в короткой юбчонке:

ее колени в тоненьком нейлоне, полусогнутые от высоких каблуков, алели, как яблоки. Теперь Антонов уже совершенно не мог выслушивать отвечавших, что качались перед ним, будто змеи перед факиром, и только автоматически, шоркая локтем, заполнял зачетки. Каким-то образом почувствовав его *отсутствие,* студенты расселись вольготнее, на пол шумно свалился учебник; Вика, высоко поднявши левое плечо, царапала что-то у себя на листке, минутами знакомо, словно на обычной лекции, взглядывая на Антонова — и тому опять мерещилось, будто Вика, как на лекции, рисует его горящее лицо. После, сделавшись ее законным мужем, он будет только удивляться тому, что никакими реальными надеждами не питалась его банально-беззаконная любовь (подобное уже не раз случалось и обсуждалось на факультете — в частности, у подруги Антонова был до него такой же тихий роман со студентом, конопатым и пестрым с лица, как цветущий лужок, малорослым Иванушкой из страшненькой деревни, чьей единственной улицей был разбитый тракт из Москвы на Дальний Восток, куда Иванушка потом и уехал учительствовать, повинуясь направлению, заданному с детства). Антонову даже не мечталось, что, может быть, его схематичные черты, в анфас никак не обещавшие целеустремленного, инструментально-острого профиля и являвшие зеркалу единственно нос, унылой стрелой указующий неизменно вниз, могут быть запечатлены на Викином листке с каким-то трепетным чувством (впрочем, после выяснилось, что Вика вовсе не способна к рисованию и только может, будто дошкольница, обводить на бумаге свою распластанную ладошку, которая получается и больше, и как-то слабее настоящей — пятиконечная лапка, странно выражающая своей пустою белизной неумелость оригинала, ни на чем не оставлявшего заметного следа). Так или иначе, ее прерывистое внимание на лекциях Антонов приписывал не предмету, но исключительно собственной персоне, долбящей доску тупым, до кубика сточенным мелком, — и теперь ему до смерти хотелось вскочить, подбежать, сцарапать со стола проклятые листки и увидеть наконец, что она там наковыряла синенькой кивающей ручкой, в то время как сосед ее, белокурый юнец с ушами будто человеческие эмбрионы, все отлично видел и все ближе подъезжал на отставленном локте, ласково переглатывая, уже почти положив на Викино плечико костлявый подбородок.

Антонов, собственно, никогда не думал, что этот зачет окажется таким испытанием: молодые туманные болваны с шерстяными плечищами и страдальческие девицы, состоявшие из пятен и очков, проходили перед ним непрерывной чередой, а мучительница, с соседом на плече, все корпела, все кивала изгрызенной ручкой, и когда ее коленки непроизвольно стукались, книга, лежавшая, словно в колыбели, у нее в подоле, захлопывалась и глухо чихала. Наконец она поднялась, прошагала разболтанно, какой-то виляющей, икающей походкой, опустилась на краешек стула, подскочила, устроившись поглубже, наступила Антонову на ногу, точно на педаль сцепления, — и Антонову показалось, будто он сидит на преподавательском месте задом наперед. Быстроглазая сощуренная Вика не знала ровно ничего: то, что ей удалось списать (нечувствительно стачав одно доказательство с другим по ложному сходству выражений и по прихоти слипшихся страниц), никак не относилось к теме измусоленного билета номер два, а решение задачи напомнило Антонову попытку перелезть через падающий забор. Он совсем одурел от близости ее, от завитых в шелковые трубочки локонов, от жалобного запаха каких-то оттаявших духов, от касания колен, напоминавшего трение легонькой лодки о грубый причал, изнемогший от поцелуев льнущей и липнущей снизу воды, потому что Вика теперь раскачивалась на стуле, пытаясь сочинить какое-нибудь новое решение, и глаза ее в набухшей слезинками краске превращались в размокший чернослив.

«Вы ничего не знаете», — убито произнес Антонов, не совсем понимая, что конкретно имеет в виду: предмет или собственные чувства, которые вдруг, прямо в разгоревшейся апельсиновым солнцем аудитории, переросли в такое дикое желание, что Антонов боялся скрипнуть стулом, чтобы не выказать своего горячего неудобства. Он чувствовал — сквозь ритмичное шевеление толкавшей его волны, — что *не знает* столько же или даже больше, чем ерзающее перед ним мокроносое существо, что он, Антонов, провалился на зачете и на месте базовых сведений у него зияют пустоты, где ему и Вике, пребывавшей там же, в незнании, просто нечего друг другу сказать. Невыносимо красивая, с этой перечной родинкой и гневными глазками, высохшими в два неодинаковых пятна, его оскорбленная первокурсница забрала зачетку и пошла туда, где на дверь ложился, не совсем совмещаясь, косо набегая с пола, золотой оконный отпечаток. «Послезавтра, в четыре!» — каркнул ей вслед Антонов, трусливо прижимаясь к сиденью, но Вика даже не оглянулась и вышла не в солнце, предлагавшее как-нибудь иначе повернуть зажженную бликом дверную ручку, а в тупо-деревянную, толсто крашенную створу двери, в бубнящую темноту коридора, откуда сразу высунулось чье-то озабоченное лицо в сильных, как магниты, прямоугольных очках. Медленно остывая на твердом натертом сиденье, симулируя для сопящих и вздыхающих болванов печеночный приступ, Антонов кое-как довел до конца этот безумный зачет, стараясь только, чтобы не выскочила еще одна кандидатура на послезавтрашнюю пересдачу. Он уже мысленно промерял протяженность ни на что теперь не годных, словно кем-то отнятых пятидесяти часов, испытывая особенное отвращение к завтрашнему вечеру, когда придется «наносить визит» квартирной хозяйке и чинно чаевничать с нею под маковым цветком обветшалого абажура, вежливо надкусывать засахаренные вензели домашней стряпни, всегда осыпающие, в отместку за отломанный кусочек, неудержимыми колкими крошками. Отправляя восвояси последнего, не верящего своему счастью кретина (того самого, белокурого, наивно списавшего у Вики третий вопрос), Антонов малодушно решил позвонить хозяйке и объявить о своей неплатежеспособности, а деньги, уже приготовленные в свежем, с цветочной картинкой конверте, пока что оставить себе. Все еще держась за печень, хотя его уже никто не видел, он вылез в тихий, посмурневший коридор. Вика, заплаканная и напудренная, с толстым ватным носом, с осевшим портфелем в ногах и учебником в опущенной руке, поджидала его у выхода на лестницу, ведущую, если хорошенько поскользнуться, через замерзшее окошко прямиком на мозолистый лед, под колеса машин.

* * *

После Вика охотно слушала про то, как Антонов страдал весь осенний семестр, когда у нее, по собственному ее признанию, «тоже была хандра», оставившая следы в виде исчерканных фломастерами обоев, сцепившихся намертво в сухие чучела «осенних букетов» и налепленных всюду отходов «Дирола», добросовестно хранивших отпечатки Викиных пальцев. Эти четыре месяца тяжелых погодных перемен, с плаксивым выражением очень длинных, долго обходимых луж, с напористым ветром, ломавшим, точно веники, прутяные хлипкие зонты, с неожиданными оттепелями, чья влага выступала, как слюна на языке, на мелкопупырчатом, торопливо-дышащем асфальте, — эти месяцы были единственным временем, когда Антонову разрешалось существовать как персонажу Викиного прошлого. Впрочем, в его признаниях, сперва добровольных, а потом получаемых при помощи неумелых, но старательных поцелуев, оставалось, по мере повторения, все меньше жизни и правды. Вика, между прочим, не преминула заметить, что Антонов представлялся ей самым тяжелым занудой, которого невозможно слушать, потому что зануда, сгорбившись, точно канюк, на кафедре или колотясь у доски, клекочет исключительно для самого себя.

Еще, несмотря на маленький рост, заставлявший ее порою даже на высоких каблуках подниматься, смешно припрыгивая, на короткие цыпочки, Вика первая разглядела (именно в месяцы, когда держалась от зануды на приличном расстоянии) раннюю нежную лысину, засквозившую на макушке Антонова; сам Антонов, сколько ни приседал и ни бычился перед зеркалом, видел только странный ракурс угловато обтянутого лица да поредевший хохолок с паутинкой ранней седины. Тем не менее, голове Антонова теперь частенько становилось холодно и беззащитно, ему казалось, будто кто-то сверху дует ему на макушку, точно на белый, растрепанный, дрожащий одуванчик; он приобрел неосознанную привычку поглаживать себя по голове теплой укрывающей ладонью, на что жестокая Вика также не преминула невинно указать.

Антонов никак не мог постичь, почему не такая уж роковая разница между Викиными семнадцатью и его тридцатью двумя заставляет его иногда ощущать себя покорным, от всего уставшим стариком.

Когда-то давно, в свои университетские лета, Антонов прочел в темноватых, занимавших обувную коробку фотокопиях роман одного эмигрантского писателя, на долгое время ставший его упоительной и жгуче-стыдной тайной. В романе, порождавшем грешные сны, американская малолетка погубила ученого, или он ее погубил, — но там действительно разверзалась пропасть, потому что девчонке, Лолите, было не то двенадцать, не то тринадцать и любовь *действительно* была преступлением, а не «метафорой преступления», как думалось молодому и умному Антонову о любой взаимности женщин и мужчин. Именно эта *буквальность* и поразила его в романе более всего; буквально и он сделался преступником, когда вступил в половую связь с несовершеннолетней, когда сквозь страшный землистый мороз, в котором солнце горело, будто красный габаритник автомобиля, незадачливый доцент, со склеенными инеем безумными глазами, потащился к студентке домой «объяснять материал». Для пересдачи зачета не потребовалось двухсуточного перерыва: хватило полутора часов «занятий», во время которых двоечница ерзала на стуле, не удосуживаясь поправлять измявшуюся юбку; наконец Антонов, опутав жертву объяснениями и словно бы растянутой ее немым, не слишком яростным сопротивлением одеждой, в каком-то трансе совершил безумие — и ветхая тахта смешно повякивала под ними, будто игрушечный медвежонок.

Вот как это произошло. Антонова, наверное, стоило убить, но он был настолько счастлив, утешая драматически курившую Вику, целуя на ней припухлые следы своих недавних сумасшедших поцелуев, красиво, с филигранной дрожью руки и пера, заполняя зачетку, самолично найденную под тахтой, что его не взяли бы ни яд, ни автомат. Чувство это было, наверное, подобно чувству человека, избежавшего

гибели в какой-нибудь невероятной передряге и как
бы получившего в подарок сразу все радости земно-
го существования. Такому спасенному подсознательно кажется, что оставленную жизнь будет теперь проживать не он, а какой-то другой, более свободный человек, — сказать по правде, такой же
абстрактный, как и тот персонаж, которого имеет
в виду ребенок, когда его спрашивают, кем он будет,
когда вырастет большим. Внезапное *вырастание*
и достижение первоначального идеала, того *большого* человека, готового хоть сегодня отправиться
в Африку или полететь на Луну (неспособного, однако, понимать реального Антонова и погружаться
во взаимоотношения математических частностей,
для которых скрытое целое являлось, надо полагать,
все объясняющим и все разрешающим Богом), было для Антонова неожиданным последствием близости с Викой. Это было нечто совершенно новое,
не испытанное ранее ни с одной из немногих, редко разбросанных по жизни женщин, — тем более не
получалось с той, чьи большие и тихие руки, всегда
одной температуры с антоновским телом, напуска-
ли истомную сонливость, сквозь которую еле-еле
удавалось — едва ли уже не в воображении — довес-
ти нехитрое занятие до скромного финала. У Вики
бледные, легко слипавшиеся пальцы были всегда холодные, казалось, будто она чертит и пишет этим холодом, оставляя на коже Антонова тающую запись
очередного происшествия, — а самая близость напоминала отчаянный и оглушительный аттракцион
лучшего в мире Луна-парка, в котором непонятно
как, но неизменно остаешься цел и поднимаешься
на деревянные ноги, не очень веря встречной дере-
вянной твердости земли. Потому, что сюжеты таких
аттракционов (простейшие по сравнению с уров-
нем техники, аляповато намеченные в дизайне несу-
щейся тележки или в грубых рисунках по дощатой

обшивке павильончика) были того же космонавтско-первопроходческого, героического рода, что и предполагаемые деяния человека, *выросшего большим,* — Антонов с радостью, уже известной ему по его таинственной и благостной науке, ощущал гармонию процесса и результата. В отличие от многих героев литературы и жизни, он беспрепятственно пожинал плоды преступления — и эти плоды были гораздо щедрей, чем могла бы собрать любая добродетель.

К недоуменному огорчению Антонова, Вика как будто не разделяла его беззаконного счастья. В постели она словно бы вовсе забывала об Антонове и глядела магнетическими глазами ему через плечо, потираясь головой о подушку и пяткой о край тахты, с которой постепенно переваливалось на пол груженное их одеждой ползучее одеяло. Как только затихали последние толчки, Вика сразу начинала искать в открывшемся развале свою пижонскую косметичку. Лежа рядом с нею, пытаясь затаить все еще тяжелое и частое дыхание и срываясь от этого на кашель, Антонов думал, что, может, он для Вики просто кое-как намеченный черновик. Иногда ему казалось, что разница в возрасте между ним и Викой гораздо больше и преступней, чем между школьницей Лолитой и несчастным Гумбертом, который не совладал со своим кровосмесительным отцовством, потому что девчонка, одновременно и дочь, и любовница, стала для него до такой невероятной степени единственным человеком, что не захотела этого терпеть. Возможно, в отдаленности Вики от Антонова отражалось нечто общее для всех растерянных от жизни и вечно от чего-то фанатевших Викиных ровесников. У этих долговязых и бледных детей, нескладных, будто пирамида из двух стоящих друг на друге акробатов, представляющих под общим балахоном шаткого ярмарочного великана, — у них личное предбытие пришлось на время, когда под балахоном великанского государства с нарисованными на нем советскими республиками уже зашевелились будущие перемены. Переход от нейтральной — готовой для учебников — истории общества к индивидуальному стечению обстоятельств, ведущих или не ведущих к рождению человека, совпал для этих детей с ситуацией, когда все вокруг сделалось неопределенным. В рождении каждого ровесника новой Лолиты заключалось гораздо больше случайного, чем это нормально бывает у людей; вместо них, взятых в совокупности, мог бы жить другой народ, опять-таки случайно не явившийся на свет. Они и несли в себе эту случайность, частичность — юные люди с неопределенными уличными лицами, со странной рассогласованностью между походкой и зрением: будто они вышагивали вслепую; будто их нелепо длинные ноги и правда принадлежали нижнему, скрытому балахоном акробату, а верхний только управлял, сутуло покачиваясь, окидывая рассеянным взглядом пассажира людскую суету. Разница в возрасте усугубилась каким-то повреждением механизма времени; между Антоновым и Викой словно бы разверзлось не одно десятилетие. Повреждения сказались и в том, что теперь достопамятный роман, когда-то полученный для чтения на несколько ночей, свободно продавался в веселеньких, как балаганчики, книжных киосках и даже имелся, среди потрепанной фантастики и еще советских детективов, на расстеленных газетах, около которых прохаживались или сидели на корточках незаконные мелкие продавцы. Когда-то роман, ставший лучшим украшением антоновского одиночества, передавался по длинной, на много месяцев расписанной очереди и связывал в мистическую цепь множество людей; теперь же его общедоступность — каждому желающему по экземпляру — ошарашивала Антонова. Он не мог себя принудить купить «Лолиту» на глазах у множества народу, не составлявшего, однако, никакого целого: каждый здесь имел по экземпляру самого себя, и только одиночество было общедоступно. Зато среди этой толпы Антонов сознавал, что может кичиться своей мужской и человеческой удачей, молча радоваться тому, что он, непризнанный и лысый, все-таки не один.

VI

Может быть, ревность Антонова началась как раз со злополучной лысины, которую сам он, вероятно, обнаружил бы не раньше чем через несколько лет. То, что главный виновник его несчастья (который, в отличие от Антонова, формально преступником не был) оказался впоследствии совершенно лыс, лыс, как осьминог или Фантомас, показалось Антонову злейшим сарказмом судьбы. Этот непроявленный до времени человек, этот шеф полуреальной конторы, словно выложенной в виде веселенькой мозаики на стене обыкновенного дома с опухшими и пьющими жильцами, не имел на голове ни единого волоса — и даже по дугообразным, много выше очков расположенным бровям, которые он, по-видимому, красил каким-то новейшим парикмахерским способом, невозможно было определить его первоначальную масть. Лысина его, отражавшая, будто собственный нимб, любую горящую лампу, была замечательно ровного желтоватого цвета, всегда присутствовавшего и в рисунке его болтливо-пестрых галстуков; притом что Викин шеф совершенно свободно двигал рубчатой кожей на лбу, основная лысина казалась приклеенной к черепу, даже были как будто видны отверделые пятна, где клей оказался залит и прижат. Несмотря на грузную комплекцию, лысина давала почувствовать, что внутри субъекта находится довольно-таки слабенький скелет: это внутреннее спичечное существо, укрытое в многослойном мешке моллюсковой плоти, казалось, не вышло еще из детского возраста, что подтверждалось видом маленьких, как мыльницы, лакированных ботиночек, трогательно глядевших снизу вверх из-под наплыва кашемировых штанин. Этот человек вздыхал, когда садился, вздыхал, когда вставал, иногда сморкался в радужно-клетчатый платок со звуком, напоминавшим аварийный визг автомобильных тормозов; сидеть рядом с ним на диване (что случалось нередко во время псевдодемократических вечеринок, где никто, однако, не смел напиваться больше положенного уровня) было сущим мучением. Словно желая побыть в анонимном одиночестве среди оживленной толкотни нарядных подхалимов (четко разделенных симметрией офиса на важных и гораздо менее важных персон), начальник, ни на кого не глядя, бухался на свободный край общедоступной мебели; его раздражение, бесконечное уминание под собою персональной ямы, нервное трясение высоко закинутой ноги физически чувствовалось всеми, кто имел несчастье быть застигнутым на коллективном насесте. Застигнутые старались держаться прямо и желали только одного: не свалиться на хмурого шефа в придачу ко всем несчастьям, которые тот, по-видимому, стоически переживал. Иногда он сам, замахивая рюмашку за рюмашкой, в одиночку переходил установленную границу, но все-таки лез за руль своего «мерседеса», всегда стоявшего поодаль от других машин, с черной дамской вуалью из лиственных теней и неясными игрушками за ветровым стеклом, которые при круговом выруливании на покатую и пеструю дорожку разом начинали плясать, будто какие-то приборы, регистрирующие близость аномалии — или маячившего впереди фонарного столба.

Ревность Антонова как-то не выделяла этого страдающего типа из ассамблеи наполеонов, всегда окружавших его *невинную* жену. Единственный, кто взаправду мог претендовать на место в Викином незрелом тверденьком сердечке, был покойный Павлик: по отношению к нему Антонов испытывал неловкое чувство, будто он, преподаватель, всерьез враждует или соревнуется с подростком, которому смерть придала какие-то ложновзрослые, даже, пожалуй, стариковские черты. Про остальных мужчин не было ничего известно наверняка: к их расплывчатому сообществу мог быть причислен любой, кто в университетском гардеробе подавал неторопливо изготовившейся Вике рыжее пальтишко с одним набитым, как верблюжий горбик, рукавом или исследовал тяжелым взглядом ее виляющую, ломкую походку, в которой было что-то от угловатого полета бабочки в ветреный день, от попытки расписаться левой рукой, от случайного, уводящего в сторону уличного зеркала. *Неверность* была, в представлении Антонова, не отношением Вики с неизвестным соперником, но собственным Викиным свойством, чертой характера, возможно, существующей только в его, Антонова, воображении, — призрачной, как, например, знаменитый Викин эгоизм, совершенно растворявшийся в жалобной ее и теплой улыбке, с болячками солнечных бликов на бледных губах, но тут же занимавший все ее существо, когда она злобно чистила тяжелый, приобретающий грубые формы картофель или ссорилась с матерью, швыряя по комнате свою «дрянную» одежду.

Ревность Антонова держала Вику на виду, будто луч сверхмощного прожектора, высвечивала даже поры на лице, которое из-за слоя косметики походило на розовым паштетом намазанный батон, суживала ее зрачки, отчего позеленевшие радужки приобретали нечто пронзительно-кошачье. Нестерпимо было хотя бы на минуту выпустить из луча драгоценный предмет — и тщетно Вика на прогулках обращала внимание Антонова на темневших тут и там потенциальных поклонников, странно *невидных* из-за полной поглощенности смотрением и искажавших собою течение толпы, как искажает негорящая буква течение световой рекламы. Праздношатающийся Антонов, как и остальные угрюмые бонапарты, видел только Вику, от упругого, гладкой завитушкой хвостика на затылке до мелькающих каблуков, и плелся за нею, выполняя ею выбранный маршрут, нисколько не интересуясь киосками и торговыми чумами с многоярусным трикотажем, в которые приходилось то и дело слепо утыкаться. Удивительно, но именно угрюмость проступала на лицах всех заприметивших и пожелавших Вику мужчин; возможно, что отчаянье и маета ее отутюженного шефа, зачем-то отпустившего тонкие, как машинная строчка, пижонские усики, были того же порядка — возможно, именно они служили приметой имевших место отношений, о которых Антонов узнал последним из всех заинтересованных людей.

* * *

Ревность заставляла Антонова во время жениховства проводить непомерно много времени в праздности, которая для Вики была абсолютно естественна; ее совершенно не интересовала его заброшенная монография, более того — она была уверена, что все действительно талантливое делается за несколько минут. Антонов малодушно уходил от обсуждения природы творчества, которое разгоряченная его подружка продолжала сама с собой, перевирая фразочки из своего пошлейшего цитатника мудрых мыслей — тяжелого залистанного тома, как бы имев-

шего в переплете некий мускул, благодаря которому
его упитанная толща слитно колыхалась и меняла
форму, будто шепелявый глумливый язык. Заглянув
туда разок-другой, Антонов обратил внимание, что
цитатник составлен по принципу кулинарной книги; темы глав были на много уже собранных выска-
зываний, что вызвало у него неприятие в смысле
множеств и подмножеств, — но потом внезапно
оживило в мозгу некую неуверенную точку опоры
и поворота, обещавшую больше, чем было *понято*
до сей поры. Благодарный за эту драгоценную точку,
принадлежавшую в целом свете ему одному, он не
особенно анализировал Викин максимализм, требу-
ющий, чтобы «подлинный» талант содержал в себе,
словно подарочная коробка, все уготованные им для
человечества продукты, в любой момент могущие
быть предъявленными для проверки на «подлин-
ность». Вика была уверена, что все «настоящее» должно возникать ниоткуда, как бы «не от себя», и порою
Антонов задавался вопросом, как она представляет
себе исходную сущность или существо, соотносит-
ся ли оно с христианским Богом или с неким абс-
трактным Небесным Начальником, назначающим
того или иного индивида, к примеру, гениальным
живописцем либо прирожденным доктором математических наук.

Было, во всяком случае, что-то почти религиоз-
ное в ее стремлении к пустоте, к ничегонеделанью,
к погружению в бесконечный *настоящий момент*,
порой до крайности ее утомлявший. Вика словно
специально держала чистым собственный ум и категорически отказывалась прочесть целиком те клас-
сические труды, которые так часто и запальчиво ци-
тировала; а может, ей это просто казалось лишней
работой, уже проделанной составителями цитатника, за что она и заплатила, покупая книгу. К удивлению Антонова, скоро обнаружилось, что Вика ожи-

дает от него, как от нормального влюбленного, чтения стихов. Для этого она сознательно выбирала обстановку — искала и находила в самых суетных кварталах подходящий *кадр* с раздобревшей березой и меланхолической перспективой, желательно еще с какими-нибудь сентиментально-парными предметами, вроде беленых цветочных чаш или новеньких, похожих на стаканы в подстаканниках чугунных фонарей. В этом обрамлении Вика принимала позу выжидательной задумчивости, глаза ее пустели и подергивались дымкой. Антонов и правда перечитал за жизнь множество стихов: он с четырнадцати лет питался ими — сначала неразборчиво, радуясь уже одному отсутствию «ленинской» либо «рабочей» темы и считая любого мало-мальского лирика героем, после гораздо более взыскательно, не удовлетворяясь сходящимися, как карточные фокусы, разнополыми рифмами и прочими пасьянсными эффектами иного мастерского стихотворения, но отыскивая, как верблюд, ту глубокую влагу, что будит спящие *обычные* слова и, приподняв, пускает их по строке. Антонова привлекал в стихах поразительный закон сохранения слов — каждое слово, как билет, до конца поездки, — не действующий более ни в каком разряде литературы. Правда, некоторые стихи он помнил не наизусть, они удерживались памятью как бы в виде неполного отпечатка, с пробелами ритмической немоты, — но именно это и сообщало им удивительно яркую жизнь, точно Антонов угадывал авторский черновик и разделял волнение создателя, только еще расставившего по местам основные пароли и отзывы, но не проникшего в главную тайну. В общем, Антонов мог бы почитать для Вики кое-что хорошее — и в то же время не мог. Что-то подсказывало ему, что Вика, ожидавшая, облокотившись, под каким-нибудь романтичным локоном пейзажа, будет просто оскорблена, начни он ей читать *не совсем* про любовь. Антонова, в свою очередь, коробило, что Вика провоцирует его на стихоизвержение ухватками, какими скромницы обычно провоцируют кавалеров на вольности рук; однако, когда он пытался заменить декламацию всего лишь теплым поцелуем в щекотную детскую завитушку, что оставалась у нее за ухом от поднятых волос, возмущенная Вика грубо вырывалась и цокала прочь, дико косясь по сторонам и едва не вывихивая на плохом асфальте поцарапанные, словно зубами покусанные каблуки.

Антонов, автоматически устремляясь за убегающей Викой, ловил себя на том, что совсем не пытается ее *изучать:* ее неверность как свойство души отрицала всякие связи причин и следствий, побуждений и поступков; никакая ревность не заставила бы Антонова рыться в пестрых, как кучи осенних листьев, завалах ее бумаг или читать невнятные (местами явно срезанные ножницами) подписи на оборотах Павликовых фотографий. Антонов даже не задавался вопросом, *по-настоящему* ли любит его молоденькая индивидуалистка: неожиданные Викины поцелуи, похожие на безграмотные запятые в скорой ее болтовне, были всего лишь проявлениями собственной ее пунктуации и прихоти. Лежа рядом с нею в постели, наблюдая, как она, раскрыв над собою треснутую пудреницу, изучает в смугло запыленном зеркальце бледные и словно бы фланелевые части своего лица, Антонов думал, что минуту назад она принадлежа ему как будто целиком, сомнамбулически плавала в своей виртуальной реальности, куда ему, Антонову, изначально не было доступа. Впрочем, он пока еще не был готов по-настоящему встречаться с Викой; он просто хотел держаться около нее — и хотя стеснялся молодежи в тяжелых хлопающих кожанах, неторопливо, с мерностью песочных часов запрокидывающих к мокрым губам бутылки рыжего пива, но и радовался этим глупым детям как свидетелям, несомненно запоминавшим возле запоминающейся Вики такого длинного меланхолика, у которого пестрый турецкий свитер гораздо новее брюк.

* * *

Несколько раз Антонов приводил принарядившуюся Вику к старинным своим приятелям, еще сокурсникам, чье существование доказывало хотя бы то, что прошлое Антонова не исчезло бесследно. Собственно, оставались Алик, отрастивший за последние годы изрядное брюхо, делавшее его похожим на матрешку, разделенную на половинки брючным ремнем, и Саня Веселый, когда-то смешивший всех своими обезьяньими выходками, а теперь действительно ставший как печальная больная обезьяна, с темной водою в обвисших морщинами глазах и с опущенными вдоль тела тяжелыми лапами, равнодушными, будто карманы, иногда неловко бравшими бутылку. Оба были давно и монотонно женаты; супруги их, поначалу совершенно разные, сделались с годами похожи, как сестры, и стали готовить одинаковые сытные борщи, превращавшие кастрюли в неподъемные тяжести. Здесь еще помнили предыдущую подругу Антонова и говорили с Викой неестественными *добрыми* голосами, будто с чужим ребенком, на что она отвечала противным манерным кокетством — не столько ела, сколько прихорашивала содержимое своей тарелки и норовила чокнуться рюмкой с хозяином дома, избегавшим смотреть за вырез ее чрезмерно дамского платья, где рисовались в наклоне две нежные сосульки и узкая грудная кость. Антонов чувствовал, что присутствие Вики смущает всех, включая детей, которые за столом толкались и топили хихиканье в болбочущих кружках, выглядывая оттуда с блестящими глазами и мокрыми подбородками, — а потом их возбуждение переходило в буйное веселье и драку, отчего линялые семейные пожитки, упрятанные в сравнительно новую мебель, оказывались бесстыдно вывалены на сравнительно чистый палас. Антонов, конечно, и мысли не допускал, что Викино кокетство и хитрая игра ее красиво обутых ножек (она никогда не брала предлагаемые прямо с ноги, теплые чужою теплотой хозяйские тапки) могут как-то подействовать на его друзей. Но ему почему-то не нравилось, что Вика, третируя обидчивого Алика и за глаза называя его «конфетным фунтиком», необъяснимо симпатизировала Сане и с готовностью разглядывала его пропыленные, сильно обедневшие коллекции минералов и значков, болтавшихся по нескольку потертых штук на рваных, как куски яичницы, поролоновых пластах, — а Саня, извлекая для гостьи на глазах жены этот забытый домашний хлам, не расцветал, а мрачнел, так что под конец уже не мог выдавить ни слова и только мучительно скалился, показывая высоко заскобленные десны и старые трещиноватые клыки. Не отношение к Сане, а разница сама по себе была тревожно-подозрительна; кроме того, Антонов, несколько раз погостив семейно, почувствовал разочарование. Мир его прежних друзей, уже почти не встречавшихся между собой, становился, по общению и по интересам, все более *женским* — полным забот о покупке еды и выкраивании денег на ремонт, выкраивании времени на безделье в пределах собственной мебели, расставленной по стенам и лучше всяких стен ограничивавшей передвижения и желания своего владельца. Антонов рядом с юной Викой стремился быть или хотя бы выглядеть настоящим мужчиной; получалось, что он мог добиться этого только вопреки своей давнишней молодости (где тоже, между прочим, были рискованные походы на тихие, глотавшие огонек зажигалки старые шахты, похожие из-за лиственничных крепей на погребенные заживо избы, и были даже вызовы в КГБ за перепечатанные на пару с Аликом диссидентские стихи). Антонов понимал, что из-за Вики прошлое уже не с ним; он под каким-то туманным предлогом не повел ее на день рождения к растолстевшей и страдавшей высоким давлением Саниной жене, что вызвало у Вики приступ злобной хандры. Ею был приготовлен, чтобы показаться «теткам», неимоверно узенький костюмчик, сшитый, на взгляд Антонова, из каких-то плохо совпадающих частей; поскольку у Вики имелось свойство на каждый праздник, чей бы он ни был, делать подарок прежде всего себе, теща Света без единого слова выложила ей четыре тысячи пятьсот — ну а раз событие не состоялось, Антонову пришлось тащиться за огрызающейся Викой «в клуб». Клубом оказался крепко зарешеченный полуподвал, прежде принимаемый Антоновым за винный магазин; там, среди квадратных, будто табуретки, до самого пола укрытых бумагою столов и дико расписанных стен, перетаптывались под музыку, словно едва выдерживая друг друга, задастые пары, между парами шатались полурасстегнутые типы с неуверенными, странно замедленными глазами, похожими на шарики, которые загоняют в лунку, качая в руках коробочку с игрой. Вечер вышел из самых худших: Вика не встретила ожидаемых знакомых, всем вокруг был по фиг ее костюмчик из бутика «Евростиль»; Антонов, двигавшийся по «клубу» с опаской (может, по причине, что музыка стояла где-то на полу), налетел спиной на перепуганное, обвешанное спутанными бусами существо и, ударившись головою о банальное, задвинутое в угол пианино, набил огромную шишку, похожую на поднявшийся в хвое и травке молодой груздок.

С этих пор, окончательно расставшись с друзьями собственной юности, он покорно следовал за активной Викой на все мероприятия, которые больше подошли бы для окружавших ее на лекциях двадцатилетних молодцов. В оглушительных концертных залах на тысячи кишащих мест, где музыка лупила из динамиков и не было, казалось, ни малейшей надобности в далекой сцене с блистающей и скачущей фигуркой певца, Антонов отсиживал смирно, будто в чинной, по головам и рядам распределенной филармонии, целиком обращенной к гармоничной и стройной механике оркестра. Модная в городе дискотека за один-единственный раз до смерти утомила его духотой и бесплотным скольжением прожекторов, что бледно пронизывали ритмичную толчею и вдруг проливались, округлым желтком из своей железной скорлупы, прямо на застывшего Антонова, оставляя его в ослеплении, — пока не проступал перед глазами сосредоточенный, косо зализанный бармен, с клиновидными тенями на длинном лице и с каким-то профессиональным соответствием между галстуком-бабочкой и высоко приподнятыми остроугольными ушами, раскладывающий по коктейлям, словно сахар по чайным чашкам, толстые кубики белого льда. В этом мире, где даже кусочки застывшей воды странным образом обращались в сладости, Антонова поражал агрессивный, с непременной прокладкой ритмически *сердечной* музыки, оглушительный шум. Если сам он при этом шуме был способен только молчать, то приятели Вики, словно приводимые в действие звуковыми толчками, начинали активно общаться, передавая по кругу приторно тлеющие, грубо набитые сигаретки, чей густой, как лапша, сытно разваренный в воздухе дым выпускался из молодых глубоких легких словно меловая пыль. Антонову казалось, что из-за повторяемости музыкальных оборотов, однообразных, будто некий трудовой процесс, молодые люди говорят друг другу абстрактными губами все время одно и то же; сам он втайне, делая вид, будто всего лишь подпирает щеки, затыкал измученные уши, но выходило так, будто уши толсто и больно набиты самой плотью звука, норовившего протолкнуться как можно глубже и возрождавшего в памяти Антонова ватный ужас каких-то позабытых медицинских процедур. Несколько раз они посетили «клуб»; однажды там проводилась выставка из четырех квадратных, как столы, темноватых картин, где схематичные человеческие профили с пустыми, четко прорезанными глазами напоминали гардеробные бирки, и десятка мелких абстрактных скульптур, которые понравились Антонову как бы естественным забвением форм реального мира, каким обладают многие точные механизмы. Зато ему не понравились незнакомцы, явно имевшие отношение к выставке, — интеллигентные перестарки его примерно возраста, с посеребренными бородками, укрывавшими нежный одутловатый жирок, и с волчьими взглядами, бросаемыми на ушибленных и мирных завсегдатаев «клуба»; один из незнакомцев, поговорив о чем-то с вертлявой, до ушей накрашенной Викой, помрачнел и, отвалив разболтанную крышку давно оглушенного посторонней музыкой пианино, набрал на нем одной рукою что-то тоненькое, жиденькое, пролившееся, как водица из испорченного крана в гулкую пустоту гудящих голосов, и почему-то запомнившееся Антонову, как много других мелочей, про которые он не знал, что с ними нужно делать и куда приложить.

Праздные прогулки по хорошей погоде, превращавшей в перец городскую жесткую пыль, обостряли у Антонова чувство безалаберно улетавшего времени — буквально пускаемого на ветер, ставший из-за лысины врагом Антонова. Он добросовестно пытался по крайней мере теперь нанести себя на простенькую карту Викиной реальности. Он не выражал протеста, когда его наивная подруга из свойственного ей понятия об устройстве города выбирала, чтобы шляться, торговую толкучку, преобразившую некогда пустоватый, ровнейшими квадратными метрами серо-гулких плит выложенный центр в изобильный и тесный развал. Вика любила места, насквозь озвученные бьющими по ушам киосками магнитофонных кассет, которые дополнялись сумбурной музыкой из наплывавших на перекрестки автомобилей да рваным баритоном здоровенного мужика в растворявшихся на воздухе седых волосах и бороде, по виду того самого дворника, который когда-то заметал с безлюдных плит скромные бумажки да мучнистый, скудный прах прожитого дня, а теперь вот пел, рывками вздымая грудь в расходящемся, дополнительно отвернутом медалями пиджачишке и выставив далеко перед собой на мостовую большую коробку для денег, где, однако, ерзало от случайных пинков всего лишь несколько монет. Иногда Антонов и Вика гуляли почти одни, без трения в толпе, в невесомости тополевого пуха, превращавшего лужи в сухие заячьи шкурки, — на задворках привозной торговли, где часто попадались мемориальные доски на крепкой, как точильный камень, кирпичной кладке старых домов, покосившиеся павильоны кружевного чугуна, чугунные же бюсты неизвестных писателей или ученых в окружении жестких ушастых цветочков, толстые пушечки с яблочной горкой червивых ядер, с бумажками от мороженого в мирно нагретых стволах. Беспокойная Вика то и дело забегала вперед, обнимала голыми руками какую-нибудь неудобную, отвернувшуюся статую или облокачивалась, выгнув спину, о балюстраду пруда, где отражение Дома правительства, целое у основания, постепенно размывалось колебательными полосами и оставалось без верхних этажей, замененное томным и солнечным сиянием воды. Вика улыбалась Антонову, словно в объектив, а он переминался с пустыми руками, не имея фотоаппарата и не умея с ним обращаться, не смея пересечь черту, за которой начинался *кадр*.

Иногда Антонову мерещилось, что она замирает и смотрит на него перед тем, как исчезнуть. Мучением Антонова были улицы, полные гладко вспыхивающих, как бы колеблемых светом автомобилей: Вика, выкрутив руку, которую Антонов порывался схватить, без всяких светофоров устремлялась вперед и через минуту уже запрыгивала, вильнув каблучком, на противоположный тротуар, а растерянный Антонов, не в силах уследить одновременно за мельканием ее как будто неподвижной фигурки и потоком слишком близкого и слишком неожиданного транспорта, то ступал на проезжую часть, то пятился, то замирал в смятении прямо перед собачьей мордой скулящего от натуги, приседающего джипа, водитель которого, бешено кривясь, выворачивал руль и в конце концов объезжал нарушителя, едва не обрывая пуговиц с распахнутого антоновского пиджака. Улица с автомобилями, будучи двойным потоком зеркал, искажала Антонова до полной невозможности двигаться, буквально разнимала его на множество угловатых и растянутых частей, оставляя только ужас, что, пока он медлит и ловит себя, словно бабочку, в проезжающих стеклах, Вика убежит или обернется афишей, будкой с абонементами — любым вертикальным, подходящим по цвету пятном. Может быть, Антонов чувствовал в улицах с автомобилями какую-то знобящую подсказку относительно будущего; собственное несуществование странно обостряло восприятие реальности, включая постоянное движение над головой, где высокие облака, будто улитки с чудовищно сложными раковинами на спине, волочились и пятнали зубья полуразрушенных домов. Вечерами, когда низкое солнце становилось особенно *внимательно* и рассматривало на просвет каждый древесный листок, косые тени на расщепленных, полосатых сторонах углубившихся улиц казались Антонову похожими на ответы, что печатают, курсивом и вверх ногами, под загадками в детских журналах, — но он никак не мог принять такого положения, чтобы хоть что-то прочесть. Близость ночи, все как будто не наступавшей, все медлившей, выбеливая известью укромные тропинки в скверах и позволяя детям носиться среди пепельных, нагретых автомобилями заставленных дворов, странно томила душу и давала почувствовать, что будущее никак не связано с прошлым, что существует только вот эта бесконечная минута, когда Вика, припрыгивая, отламывает такую тощую по сравнению с целым потревоженным кустом, тоже прыгающую ветку сирени, по которой бежит, все никак не отрываясь, крепкая нитка коры. Близость ночи, проступавшей не тьмою, но бледностью асфальта, стен, просохшего и полегчавшего на воздухе белья, делали ее любимое лицо удивительно пустым — и Антонову приходила непонятная мысль, что даже это призрачное междувременье не может вызвать у Вики ни малейшего страха смерти.

VII

Сложный и своеобразный оттенок ревности Антонова порождался обстоятельством, не сразу им обнаруженным, но тем более разительным: у памятливой Вики, никогда не ошибавшейся относительно дат и никогда не затруднявшейся соотнести день недели и число, совершенно не было чувства времени — не имелось даже простеньких ходиков, что тикают в самом несложном уме и позволяют жить в согласии с природным календарем. Вероятно, отсутствие чувства времени было как-то связано у Вики с полным отсутствием математических способностей; только память, где формулы высекались недвижно, будто на гранитной скале, помогала ей кое-как перетягиваться через экзамены, после чего коллеги иронически косились на Антонова или откровенно сочувствовали, предлагая перевести его «подопечную» в педагогический институт. Над самой простенькой, едва ли не школьной задачкой Вика зависала, словно в невесомости, и могла неопределенно долго покачиваться на стуле, держась за виски и растягивая пальцами глаза; бугор леденцов за щекой или синяя тень от ветки на немытом окне, придававшая всему наружному дымчатому миру странную двуслойность, погружали Вику в подобие транса, отчего в духовке пригорал до черной смолы давно обещанный Антонову пирог. Условия задачки — их запоминание и было работой Вики, тем единственным, что она могла представить в качестве работы за столом, — никак не связывались с решением, которое Антонов, покорно ломая зубами кусок фанеры с остатками перепрелой начинки, расписывал на ее листке неловким и разборчивым почерком третьеклассника: получался скачок, которого обозленная Вика была не в силах осознать.

Точно так же она, не оставлявшая и в замужестве диких повадок своего свободного девичества, убегала «ненадолго к подруге» и там проваливалась в совершенное безвременье. По мере того как ясное утреннее солнце, от которого вся посуда на тесной кухне, включая зеленые пластмассовые ведра, казалась полной до краев прозрачной воды, уходило из квартиры куда-то наверх — Антонов все обреченнее предчувствовал бессонную ночь. Самым гнетущим был момент, когда, уступая требованию поскучневшей книжной страницы, пропитавшейся насквозь типографской чернотой, Антонов зажигал электричество; полная видимость комнаты, включая сбитый плед на плюшевом диване и три-четыре недопитые чашки на разных углах озарившейся мебели, давала понять, что он совершенно один. Задергивая окно с цеплявшимися за штору цветами и щербатой двухкопеечной луной, Антонов избавлялся от своего театрально-демонического, махавшего портьерными крылами отражения — но в зоопарковой клетке Викиного трюмо оставалось неопределенное количество подобных существ, очень беспокойных, вскакивавших на ноги от каждого движения человека по комнате. Время Антонова, целый просторный выходной, оказывалось сожженным дотла; уже не в силах что-нибудь читать, он мучительно думал о Вике, которая вечно вязнет, словно во сне, в каких-то незначительных делах и вдруг обнаруживает часы, показывающие сощуренными стрелками фатальное опоздание.

Ночное ожидание неизбежно таило предел: внезапно пошаркивание будильника, сливаясь с хромым постукиванием кухонных ходиков и еле слышным, но плотным шелестом двух непохожих наручных часов (Вика всегда забывала свои), делалось подобным стрекоту кинопроектора, показывающего на любой, к какой ни повернешься, стене домашний любительский фильм. Чувствуя на себе скользящие пятна нереального кино, Антонов, словно погруженный в какую-то водяную, цветную, зыбкую рябь, медленно стелил постель, медленно снимал одежду, отделяя ее от себя пятно за пятном (на которых тут же что-то начинало складываться и размыто жестикулировать). Холод под одеялом, особенно в ногах, не давал спокойно вытянуться в рост, и Антонов, скрючившись, захватив одеяло снутри, собрав его в ком под небритым подбородком, так дрожал, что у него из углов судорожно улыбавшегося

рта бежала слюна. Он пытался отстраненно сплани-
ровать порядок утренних действий: звонки по боль-
ницам и моргам (тупики разбитых, еле шевелящих
дисками автоматов по дороге на службу, неизбежно
отвлекающие от нужного номера троллейбуса), беспомощные переговоры между «парами» с *бывшими*
приятельницами жены, которые своей хорошо про-
рисованной мимикой старшекурсниц неизбежно
дадут понять, что их и «Антонову» разделили некие
сложные обстоятельства, которые они сейчас не готовы обсуждать... Наконец, когда Антонову начинало
казаться, будто сам он лежит, с цветной и ледяной
проказой, на больничной койке, — в освещенной
прихожей раздавался *несвоевременный,* словно
снящийся сквозь тишину глубокой ночи, короткий
звонок. Ничему уже не веря, Антонов как бы дважды
надевал вывернутую рубаху и, полутораногий в недо-
застегнутых штанах, с каким-то посторонним ощущением одетости чужими руками, воскресавшим вдруг
из глубокого, в другой квартире запертого детства,
шаркал вприскочку на повторную трель. Очень
бледная, смутно улыбавшаяся Вика, с урчанием
в круглом животике и с вульгарной розой, изобра-
жавшей выпученными лепестками готовый поцелуй, смирно стояла на квадратах лестничной площадки; поодаль от нее, несколькими ступеньками
ниже и ближе к выходу, вежливо скалился неизвестный мужик — вероятно, муж подруги, добросовестно доставивший до дому полусонное сокровище.
Всякий раз этот тип, благоразумно державшийся,
независимо от роста, в треугольной лестничной тени, был или казался Антонову не тем, что в прошлый раз: то мордастый, помеченный крупнозер-
нистой оспой, вроде дождевого сора на рыхлом песке, то в плоской крупноклетчатой кепке на партию
в крестики-нолики, то неожиданно курносый, в больших не по носу, то и дело терявших равновесие

очках, незнакомец не давал себя как следует рассмотреть и с неразборчивым учтивым бормотанием утекал по лестнице вниз, где, покрутившись в пролетах с возрастающей скоростью, будто в сливной трубе, бесследно утягивался в ночь. Вика, шаркая бедрышком по стенке, задевая мебель полурассыпанной розой, протискивалась мимо Антонова в комнату, где кое-как задернутая, нахмуренная на своем карнизе полосатая штора скрывала пространство ее неизвестных похождений; иногда от Вики внятно, будто от мокрых осколков на крыльце магазина, тянуло спиртным.

Антонов допускал, что подружки, собравшись на девичник, имеют право выпить под конфеты бутылку-другую вина; он соглашался с тем, что приятельница может одолжить своего мужчину для путешествия по ночному городу, раз уж пришлось засидеться и обсудить откровенно «очень-очень важный вопрос». Ревность его, носившая, если бы кто-то мог оценить явление со стороны, пространственно-математический характер, требовала единственного: знать, где именно находится Вика в каждый данный момент. Эта потребность, эта ежесекундная жажда простейшей трехмерной истины, готовность ради этой истины принять за плоскость разнообразный и холмистый город, местами прелестный в соединении естественного и строительного камня, по ночам являющий что-то непреднамеренно-праздничное в ярусах огней, не всегда дающих разобрать, что именно они обозначают в темноте, — все это казалось почти предательством какой-то иной любви и не имело отношения к *другим* мужчинам, бывшим всего лишь обстоятельствами Викиных путешествий. Речь могла идти только о самом Антонове, брошенном в небытии, лишенном главной координаты своего существования, — на протяжении почти что суток точно знавшем, сколько именно теперь часов и минут. На расспросы и попытки объясниться Вика реагировала готовыми слезами и нервной беготней — причем глаза ее, разные из-за клякс неодинаковой величины, казались слишком трезвыми и словно что-то ищущими на полу, пока внимание Антонова отвлекалось вытряхиванием вазы под злополучную розу, швырянием снятой одежды, падавшей иногда на сбитый торшер и впитывавшей, точно губка, содержимое комнаты. Вика не желала понимать, что Антонов не мог, в свою очередь, «сходить проветриться» в город, представлявшийся ей чем-то совершенно простым — несложной молекулой, явленной на схеме метро, — она отказывалась верить, что ее отсутствие буквально запирало Антонова дома, как когда-то в детстве его запирали и оставляли одного на гладкокрашеном полу, где горячий, будто ванна, как бы с паром и водяным дрожащим струением, отпечаток солнца из окна не совпадал с направлением половиц и толстых, сбитых до голого дерева мебельных ног, — и все это сквозное, косое, полунарисованное устройство как-то соответствовало устройству стрелок высоченных, в персональном шкапе закрытых часов, что скакали по цифрам как-то не вместе и долго-долго не давали нужного сочетания: большая на двенадцати, маленькая на шести — после чего в страшноватой, как чулан, тяжелой обувью заваленной прихожей вспыхивал свет. Заплаканная Вика не желала даже слышать что-нибудь про Антонова, просидевшего на всей пригодной для этого мебели целое воскресенье; она твердила все ту же историю про подругу, вспоминала чей-то день рождения, куда они внезапно оказались приглашены, путалась, рассказывала то, что говорила уже неделю назад; каким-то внутренним чутьем Антонов понимал, что Вика не лжет по существу, хотя ее глаза и резкий голос, пережимаемый наклонами за разбросанным по комнате тряпьем, были лживы и напоминали Антонову игру на сцене, где сам он был актером, не знающим текста. Безо всякой просьбы с его стороны Вика начинала выдавать какие-то ненужные подробности о подвозивших ее наполеонах, бывших, по ее словам, психически нормальными и очень скучными людьми, годными только на то, чтобы сидеть за рулем, — но Антонов почти не слушал и только сознавал, что занимаются опять не им, и старался не показать обиду, от которой, будто от неподходящих, слишком сильных очков, ломило переносицу. Он побыстрей нырял от говорливой Вики в ледяную постель, где еще держалось слабое пятно его тепла, с которым он теперь не мог совместиться, — не мог опять задремать, не совместившись как бы с контуром тела, какие обводят и оставляют на месте убийства в интересах следствия. Вика, все еще ворча, залезала с краю и, бесцеремонно кутаясь, натягивала одеяло между собой и Антоновым; Антонов, придерживая угол одеяла, точно лямку, на плече, что-то спрашивал напоследок, Вика сонно отвечала, и все это было абсолютно безнадежно.

* * *

Теща Света, наконец скопившая денег на установку телефона по коммерческой цене, иногда брала на себя вину и тяжесть Викиного отсутствия: говорила Антонову, выбравшемуся из своего заточения до одного безотказного автомата (какого-то очень старого, памятного с детства, мойдодыровского образца), что Вика у нее и принимает ванну, либо пошла с поручением к какой-то тещи-Светиной знакомой, либо послана к бабушке мыть *большое* окно — нелепый многоэтажный мушиный дворец, который, насколько помнил Антонов, теща Света сама ходила мыть неделю назад. Слушая в трубке делано бодрый, почти что Викин голос, Антонов понимал, что теща Света лжет — и мистика ночных, калечных, тут и там понаставленных автоматов (в сущности, остававшихся и днем предметами ночи) соединялась с представлением о подругах, подругах подруг, имевших где-то в сонно бормочущем городе, похожем на ловящий разные станции радиоприемник, свои таинственные адреса.

Антонов знал, что теща Света суеверна: боится жирной черной кошки с неопрятными, будто прилипшие семена сорняков, выпушками белого меха, живущей у нее в подъезде, пугается всяких несчастливых номеров, что бросаются ей в глаза с трамвайных абонементов и даже с магазинных ценников. Теща Света, конечно, не могла не чувствовать коварной и тонкой связи между собственной ложью и возможным несчастьем, которое только и выжидает успокоения заинтересованных лиц, чтобы случиться не в воображении, а на самом деле; все-таки она старалась, как могла, наврать Антонову и в одиночку переживала терзания неизвестности, умножаемой стрелками часов на возрастающие цифры. Надо полагать, она, сидя у себя на кухне, где множество посудин, как будто в доме протекала крыша, стояло в самых неожиданных местах, перебирала мысленно все варианты насилий и убийств — в тщетной надежде, что судьбе не удастся изобрести что-нибудь такое, чего она не сумела мысленно обезвредить. Теща Света всегда *переживала* — словно чувствовала некую обязанность в полной мере ощутить любую неприятность и даже заплатить вперед, как платила вперед за квартиру и за все, что просила кого-то купить. При этом ей самой многие были должны и преспокойно не возвращали долгов — например, хозяйка черной кошки, пьющая плаксивая старуха с беспокойной клюкой, из-за которой звуки ее передвижения напоминали мытье полов при помощи швабры, регулярно притаскивалась «в получку» и брала, закалывая их в кармане тугой английской булавкой, регулярные пятьдесят рублей; на замечание Вики (почитавшей деньги как универсальную меру вещей), что старуха практически влезла в родство, теща Света отвечала виноватой улыбкой и по возможности делала дочери подарок на ту примерно сумму, какую соседка, по тещи-Светиным смутным прикидкам, перетаскала за обозримое время. Выходило, что теща Света сама оказывалась *должна,* — а у Вики всегда имелся в запасе проект покупки, которую она как раз бы сделала, если бы «чертова пьяница» наконец рассчиталась: магазины дорогой одежды, где даже зимой, при свете солнечного электричества, горели летние, чуть ли не пляжные краски, подвергали Вику неотразимому гипнозу. Теща Света тоже обожала тряпки, заваливалась ими по самый потолок, но ходила на свою охоту в рыночные ряды, от которых простодушно ожидала чуда, словно дитя от кочевого балагана; иногда, если ей удавалось откопать обновку «дешевле, чем в магазине», она начинала верить, будто перекошенное платьице или дикого вида босоножки, похожие, по мнению Антонова, вообще не на обувь, а на пару тяжеленных пресс-папье, — «приносят счастье». Может быть, грошовая и призрачная выгода, которую теща Света сторговывала у ошалевших от своего товара продавцов, представлялась ей уже неотъемлемой собственностью, незримо заложенной в бренную тряпку, — тем немногим, что она уже никому не должна; может быть, мистическое отношение к деньгам было у женщин Антонова семейной чертой, но скорее теще Свете подсознательно хотелось, чтобы одноразовое счастье стало постоянным, все время присутствующим в жизни, чтобы оно сохранялось где-нибудь помимо выдыхавшихся чувств, которых не хватало даже до нового, словно нарисованного под копирку, серого утра. Как-то ей все время не везло; ничего не выпадало хорошего, что имело бы значение дольше чем на сутки; дурные приметы были куда как многочисленней счастливых, и теща Света, даже чтобы убедить язвительную Вику, остерегалась связывать с ними, с дурными, какие-то «конкретные случаи», отчего выходило, что все плохое, предсказанное трусливыми пробегами приседающей кошки или влетевшим в форточку воробьем, у тещи Светы еще впереди.

Отношения Антонова с тещей были нетипичные. Теща Света оказалась старше Антонова всего на четыре года, в то время как Вика была моложе на пятнадцать: получалось, что Антонов по возрасту пришелся ближе к теще, чем к жене. Худенькая и сутулая, из-за искривления позвоночника со спины похожая на ящерку, теща Света обладала зато небесно-синими, всегда припухшими глазищами, какие не могли достаться просто от природы, а могли только передаться по наследству, будто фамильная драгоценность. Их заметную даже на расстоянии, почти неуместную красоту не портили ни короткие, как у Вики, неправильно сидящие бровки, ни отекшие подглазья, ни даже грубая и жирная косметика, которую теща Света накладывала без меры, таращась и близко моргая в моргающее зеркало. Небо, стоило ей взглянуть наверх, проявлялось в тещи-Светиных глазах немедленно, точно в сообщающемся сосуде, — и, может быть, как раз поэтому настроение ее до смешного зависело от погоды. Если заряжали долгие, с висячей бахромою по крышам, занудные дожди, она буквально расклеивалась и могла заплакать от любого пустяка, кишечное бурчание далекого грома прерывало чтение любовного романа, после находимого на полу; мокрый снегопад, от которого блекло все, кроме ярко-красных трезвонящих трамваев, и круче казались спуски между еле видных, махровыми полотенцами висящих в воздухе домов, наводил ее почему-то на мрачные мысли о кладбище. Теща Света была чувствительна: одиночество и отсутствие под боком близких людей всегда означало их страдания где-то вдалеке. Антонов мог легко вообразить, что переживала она плохими, ветреными ночами, когда отяжелевшие, непомерно грузные деревья с шумом ворочались за окнами и Вика пропадала в неизвестности, увеличенной недавним враньем; вероятно, положив телефонную трубку, теща Света еще какое-то время сидела у аппарата, а потом включала телевизор, пустой почти на всех программах, кроме какого-нибудь шоу, — будто книга с картинками и с исчезнувшим текстом. Ночная квартира, где никто не спал, была неодушевленной, и никакие движения бодрствования ничего не могли в этом изменить.

Наутро невыспавшегося Антонова, отчасти уже забывшего терзания прошедшей ночи, звали к телефону в скромный, как домоуправление, предбанник деканата: в трубке, заглушаемая трескучим звонком из коридора, теща Света спрашивала, как дела, — голосом Вики, не сдавшей зачет, — и у Антонова внезапно сжималось сердце. Он стоял, опираясь ладонью о стол, вспоминая почему-то, как по совету Вики купил для тещи на Восьмое марта билеты новой суперлотереи и ошибся с датой розыгрыша — все номера оказались пустыми. Однако из-за отсутствия денег молодожены все равно вручили принаряженной теще Свете радужные бумажки, добавив какую-то парфюмерную мелочь, — притворились, будто не видали таблицы, и старались не думать, как она в одиночестве будет спускаться пальцем по расстеленному на столе газетному листу. Это было опасно — дарить такому человеку лотерейные билеты: числа, особенно свободные от реальных предметов счета, всегда таили неблагоприятные для тещи Светы комбинации, арифметика была для нее родом адской машины; лотерея могла обернуться несчастьем — выигрышем наоборот. Заслоняясь от бдительного коллектива сутулой спиной в стоящем до алых ушей пиджаке, чувствуя себя совершенной свиньей оттого, что не позвонил истомившейся теще Свете с троллейбусной остановки, Антонов поспешно сообщал о полном порядке — и счастливый звук ожившего голоска заставлял его залиться краской до самой лысины, отлично видной секретарше декана с ее высокого винтового стула. Антонов клялся себе, что непременно сделает для тещи Светы что-нибудь хорошее, что теперь-то уж точно не отложит это на неопределенное потом.

* * *

Несмотря на слабость духа и маленького тельца, теща Света работала на серьезной должности в большой рекламной фирме, уставившей город угрожающе-яркими щитами, видными из самых неожиданных точек и гораздо более заметными, чем реальные здания или бледные в своей однообразной и отсвечивающей зелени городские деревца. Шедшие мимо щитов человеческие фигурки не имели значения, как одиночные буковки, — тогда как буквы на щитах шагали в ногу и выстраивались в надписи, а кое-где даже показывали физкультурные упражнения; на щитах преувеличенные товары буквально лезли из небытия и порою даже подавались с техническими фокусами, вроде надувания, вращения, перемены ракурса с мгновенной перестановкой нарисованных теней, — и было в этом что-то глубинно подобное как бы *изображениям* новых контор на облупленных стенах домов, то и дело оживляемым проходами целеустремленных личностей в нейтральных костюмах, со спины одинаковых, будто игральные карты. Все это, словно бы выдуманное, взятое из головы, перло воплотиться, сделаться предметным — совершенно помимо предметного и реального мира, где многие вещи, особенно сваленные на железных балконах, были стары и уже никак не выражались в деньгах.

На работе у тещи Светы, как на всех богатых фирмах, часто случались по разным поводам служебные, по составу главным образом дамские, вечеринки, где она любила немножко выпить и являлась оттуда хулиганистая, с пылающим личиком, с бусами на спине. Впрочем, она была весела, пока оставалась на ногах, а стоило ей присесть на крытый ковровой попонкой кухонный табурет, как веселье переходило в тяжелые вздохи, и она уже не могла подняться, чтобы выключить под плюющимся чайником заливаемый желтою злобой, перекошенно пышущий газ. На своей невидимой Антонову службе теща Света безысходно враждовала с какой-то «сукой Таней» и была неразделима с нею, будто со своим сиамским близнецом, потому что неизменно делала работу за двоих; посмурнев на кухне, перед простой пролетарской пепельницей, похожей на рыбацкую банку с червяками и землей, теща Света неизменно объявляла, что их контора вот-вот разорится, как разорилась предыдущая фирма, где «сука Таня» работала не кем-нибудь, а коммерческим директором. Видимо, следы того разорения (от которого у «суки Тани» образовалась, словно из воздуха, новенькая «девятка») остались в синенькой душе у тещи Светы, тоже имевшей там какой-то трудовой договор, — как, впрочем, и в городе, все еще содержавшем кое-что из продукции того предприятия, по делам которого до сих пор ожидалось и откладывалось с месяца на месяц четыре суда.

Эта реклама, представлявшая, в свою очередь, разнообразно разорившиеся структуры (при этом в атмосфере, являвшей посредством облачности странные и темные водяные знаки, растворилось немало денег доверчивых граждан), до сих пор преобладала в непрестижных выцветших районах, где не только штукатурка, но даже кора деревьев казалась размыта руслами дождей. Реклама торчала высоко над невнятной кириллицей плохо одетой, главным образом стариковской толпы: несколько облагороженные дождевой сентиментальной живописью, эти щиты оказались неустранимы потому, что крепились с социалистической индустриальной основательностью, еще не утраченной за несколько лет очнувшегося капитализма. Они возвышались на могучих, ржавых, словно прокипяченных осадками металлоконструкциях, прочней мемориальных досок держались на блекленьких стенах хрущевок, кое-где в декоре рекламы даже была использована яшма цвета сырой говяжьей печени — и теперь демонтировать эти порождения цивилизации оказалось дороже, чем некогда установить. Один пенсионер, отчаянный мужчина с белым ротиком мелкой рыбешки и с орденскими планками величиною с хороший журнальный кроссворд (его показывали, на фоне кисейной и мертвой квартиры, в программе теленовостей), умудрился, едва не выпав из своего окна, крайнего на четвертом этаже, разодрать специально изготовленным крюком висевшее на торце изображение трех знаменитых бабочек, оставивших его без средств на собственные похороны. Телеоператор показал и это голое окно, освобожденное для дела от завалов землистых газет, и средневеково-жуткий крюк, на котором, как на трости, покоились вспухшие руки пенсионера, похожие на мертвый мозг, и пенсионерскую чистую коечку с убранной, будто невеста, одинокой подушкой — и собственно рекламный плакат, висевший снаружи как раз напротив коечки, словно отмечая местопребывание пенсионера для посетителей кромешно-черного от народа вещевого рынка. Теперь тройная энтомологическая красота была испорчена рваной дырой с висящим жестяным лоскутом, и, возможно, эта дыра соответствовала некой черной звезде в сознании пенсионера, облегчая ему видения его послевоенных снов. Весною жесть обрастала мелкими, как пипетки, быстро каплющими сосульками, зимой туда наметало снегу, и никто ничего не исправлял, никто не вкладывал денег, несмотря на то, что по торцу пятиэтажки расползалась от поврежденного щита яркая охряная сырость.

В общем, разорение все время висело дамокловым мечом над всеми, в том числе над тещи-Светиной, по видимости, преуспевающей фирмой. Все время им кто-то не платил по договорам (очень может быть, что «сука Таня» крутила эти недошедшие деньги на стороне); раздражительная Вика, если ей случалось присутствовать при материнских полупьяных сетованиях, сильно дышала через нос и курила так, что сигарета наливалась воспаленной краснотой. Потом хорошая девочка набирала полные руки питья и еды и уходила к себе, шаркая и сплескивая из кружки в неподатливых дверях. Антонов, хоть его и тянуло вслед, в одних носках по кляксам пролитого кофе, все же оставался с тещей Светой на маленькой кухне, наполнял опустевший чайник, ставил его, забрызганный, на непросохшую, в горелой лужице, конфорку, поначалу дававшую, после нескольких обводов спички, только три-четыре голубых устойчивых шипа. Чайник, напитанный через водопровод водяным тяжелым холодом улицы, как это всегда бывает поздними вечерами, скоро начинал побрякивать крышкой; постепенно теща Света отходила от своей печали, доставала, чуть не падая с табурета в распяленную на полу хозяйственную сумку, измятые в компрессы остатки учрежденческого пиршества, и они с Антоновым замечательно ужинали слипшимися бутербродами, кусками разных тортов, красивыми, как медузы, в полиэтиленовом мешке, дававшими, при выворачивании мешка, картину вскрытия мясистого и влажного организма. Все получалось забавно и весело, у Вики за стеной звучала неясная, как будто содержавшая и человеческий голос, магнитофонная музыка, теща Света, раскрасневшись, как уголек, рассказывала истории про «суку Таню» и неприличные анекдоты.

VIII

Выражения, произносимые в адрес этой особы за облитым и обсыпанным сахаром столом, Антонов не рекомендовал бы своим студентам, но все равно ему нравилось общаться с тещей Светой, когда она вот так откидывала все официальное и взрослое и становилась постаревшей девчонкой с ухватками шпаны, которой Антонов, некогда отутюженный и мешковатый, точно ногтем проглаженный отличник, смертельно завидовал двадцать лет назад. Тогда он, примерный маменькин сынок, не осмеливался даже близко подойти к сырой, оплывшей песком из песочницы и заплеванной дождичком детской площадке, где, разместившись с неосознанной картинностью, компания *больших* парней (среди которых непременно обнаруживалась парочка принарядившихся школьных мучителей) слушала по-собачьи лохматого гитариста, сидевшего, расставив джинсовые потертые коленищи, на спинке обломанной скамьи и мерно бившего по струнам своего обклеенного красотками щегольского инструмента. Настоящие, живые девушки стояли тут же, их короткие и тесные юбки словно соревновались за предельную высоту отметки. Робость почему-то обостряла зрение Антонова — он видел от спасительных дверей своего подъезда и отклеившийся пластырь под ремешком босоножки, и розовые звезды расчесанных укусов; иногда один из парней ленивой лапой обнимал подружку за плечо, и она переступала на месте, расставив чуть пошире тонкие ноги, делавшиеся странно-неуверенными, что вызывало у Антонова приступ какой-то сладкой дурноты.

Он настолько явственно ощущал тогда свое *отсутствие* в той живописной, на погляденье двору развлекавшейся компании, что и теперь ему было непросто подойти к студентам, если их собиралось более трех и кто-нибудь притискивал девицу, сохранявшую деловитое выражение беличьей мордочки и наступавшую шнурованным ботинком сорокового номера на плоскую, как грелка, ногу пошатнувшегося кавалера. У этих музыка шкворчала из наушников, болтавшихся, пока они беседовали, наподобие докторских стетоскопов, а у тещи Светы в комнате висела презираемая Викой настоящая гитара, украшенная увядшим бантом. Антонов, как всякий человек, не умеющий играть на инструменте, удивлялся ему как предмету сложно-бессмысленному, слишком легкому для своего объема; струны у гитары оказались проволочные, грубые, режущие пальцы, деления ее казались Антонову непостижимыми. Эта старая облупленная штуковина словно оглохла, как деревянное ухо, и забыла всякую музыку, но сделалась зато болезненно-чувствительна к любому прикосновению, отвечая на него царапаньем, шорохом, стонущим стуком, отзываясь маленьким эхом на падение о пол тяжелых предметов. Все равно гитара возбуждала у Антонова сентиментальные чувства: он думал, что мог бы вместо Вики жениться на теще Свете, которая словно была одною из тех, на кого он когда-то заглядывался, нацепляя для конспирации сползающие по расплавленному носу темные очки. Тогда он мог бы не страдать, а просто воспитывать Вику как свою приемную дочку; порою быть без нее казалось Антонову таким же немыслимым, невероятным счастьем, как и быть ее мужчиной — главным Наполеоном, со всеми признаками клинического сумасшествия.

* * *

Теща Света, в общем, была одинока; в прошлом у нее имелась история любви и развода, о которой она, даже хорошо подвыпив, предпочитала не распространяться. От Вики Антонову было известно, что «бывший» ее отец теперь «состоит при церкви»: несколько лет назад он бросил тещу Свету, начинавшую зарабатывать для семьи первые, небольшие, но тогда невиданные доллары, ради свирепой нищеты и жизни на далекой, как деревня, окраине, в какой-то котловине, изрезанной кривобокими подобиями улиц, почти немедленно кончавшихся либо реденьким забором, за которым простиралась на клочке цветущая картошка, либо полной неопределенностью, открытой в никуда и заросшей метровыми сорняками, между которыми длинные паутины поблескивали, будто трещины в мокром стекле. Теща Света, проглотив обиду, съездила туда однажды с полной сумкой хороших продуктов, почти нашла глуповатый по звучанию адрес (название улицы походило на название детского садика), но так и не решилась определить, в которой из нескольких черных халуп, имевших общий вид только что залитого пожара, обитает со своими книгами, буквально вынутыми из стен и из души квартиры, бывший супруг. Она, пораженная одинаковостью деревянного запустения, обзелененного сочной, как бы давленой травой, не насмелилась дернуть за сырую бечевку щелястых воротец, неизвестно к какому строению ведущих через закоулки сараев и тускло желтевших поленниц.

Больше, чем одышливой собаки, таскавшей, с тяжелым ерзаньем и бряканьем, извилистую цепь по тесному, как тарный ящик, дощатому двору, теща Света забоялась новой сожительницы мужа, богомольной женщины с толстым и гладким лицом в аккуратном ковшике сурового платочка, на котором не замечалось ничего, кроме небольшого шрама через щеку, похожего на белок, вытекший из трещины вареного яйца. Улыбнуться ей стоило такого же тугого усилия, как и нагнуться, например, за оброненными спичками. (Тут, помимо воли автора, в текст проникает совершенно реальный прототип, потому что Антонов не мог, конечно, знать эту двухметровую тетку, мало с кем вступавшую в разговоры, а теща Света старалась даже мысленно ее не видеть, тещи-Светин страх как бы содержался в самом моросящем воздухе над халупами, где низко плыл сквозь морось печной пахучий дымок.) Эта разлучница, эта громадина, почти ничего не евшая и читавшая чуть ли не по складам, обладала, тем не менее, непонятной внутренней силой, не различающей в себе мускульного и духовного, и каким-то очевидным бесстрашием большого предмета. (В реальности тетка, работая санитаркой в роддоме, всегда боялась крови рожениц, все равно содержавших эту жидкость, несмотря на бледность при одном ее появлении с тяжелой, в собственный ком упиравшейся шваброй, а у самой санитарки, бросавшей свои ежемесячные отходы в туалетную корзину незавернутыми кусищами, кровь была темная и жирная, точно мазут из протекающего грузовика.) Богомолка, совершенно заслонив собою тщедушную фигуру своего высокоученого приемыша (очень быстро делавшего новую карьеру и потому обвенчавшегося с нею немедленно после гражданского развода), отлучила тещу Свету и Вику от чего-то важного в жизни; словно мелкая бедная нечисть, они теперь избегали отстроенных церквей, звякавших нехитрыми, как ведра, новыми колоколами как раз в обеденный перерыв и собиравших вокруг себя порою больше иномарок, чем оживающее к ночи райскими огнями городское казино. Все-таки эти храмы, несмотря на свежую побелку и даже позолоту, торчали как уцелевшие печи на пепелище, что-то вокруг них и над ними *отсутствовало,* их украшение выглядело нелепостью — Антонов, по крайней мере, ощущал, что логичнее было бы их разрушить совсем, тем более что храмы, состоявшие по большей части из естественных материалов, способны были уйти непосредственно в природную среду, тогда как новейшие здания, сооруженные с применением пластиков и химических красителей, не могли, даже после длительных воздействий, не оставить после себя неуничтожимого мусора, хотя бы цветной шелухи. Но тещу Свету, множившую работой в рекламной фирме эту самую искусственную неуничтожимость, ужаснула бы одна только идея разрушения храма: под своими китайскими, пухом и бисером украшенными кофтами она всегда носила суровый, как дубовый лист, православный крест и стыдилась его, будто собственной наготы, Антонов подозревал, что это был единственный подарок сбежавшего мужа, род его завещания — разумеется, невыполнимого, потому что бедную тещу Свету совершенно некому было поддержать.

Однажды (допустим) Антонов сподобился увидеть «бывшего» Викиного отца: высокий худой человек, странно топчущийся кривоватыми ногами, будто из опаски поскользнуться, осторожно выпускал на проезжую часть построенных парами детей, по-сиротски одетых в одинаковые долгополые пальтишки, будто во взрослые пиджаки, — и от них, по-видимому, только что попрощавшись, отходил благообразный тучный батюшка: его облачение сзади, на пояснице, то опадало, то вздымалось косыми складками, внушительное движение телес было таково, что мерещилось, будто батюшка не шагает вперед, а как-то осторожно пробирается назад. Тем не менее он достиг немытого, в грязи до стекол, чьего-то частного «жигуленка», показавшегося возле батюшки игрушкой с паркового автодрома: «жигуленок» качнулся, будто лодка, и, переполнившись, потемнел изнутри. Дети семенили и припрыгивали перед бамперами настоящих больших автомобилей (в каждой паре один держал, другой вырывался, все поголовно были оделены какими-то блестящими, на одно большое яблоко, подарочными кульками), «бывший» Викин отец, почему-то, вопреки своей неуклюжести, кощунственно похожий на учителя танцев, галопировал боком, как в мазурке, вдоль перебегающего выводка, выбросив перед водителями растопыренную пятерню в мышастой вязаной перчаточке, и на голом его волосатом запястье блестели кругляшом железные часы. Вся эта сцена казалась поставленной *нарочно,* чтобы Антонов и Вика могли посмотреть: «жигуль» со священником еще не отъехал от обочины и ерзал лысыми колесами по присоленному гололеду, дети, запыхавшись и разгоревшись ожившими личиками, скапливались на той стороне, в прибывающей куче от тесноты зарождалась и мельтешила измятыми, словно выжатыми, кульками веселая драка. Воспитатель косил беспокойным глазом на открывшуюся за последней, самой мелкой парой уличную пустоту, зацепляя и Антонова, спрятавшего Вику за спиной. «Хоть бы он ушел, хоть бы он ушел», — бормотала Вика, сзади вцепившись в Антонова, дыша в него большими горячими пятнами, и тому мерещилось, что она вот-вот укусит его от ужаса за толстое драповое плечо. Настороженное бритое лицо «бывшего» отца, с перехватцами морщин и выпяченным подбородком, без малейшего налета православной святости, напоминало Антонову поставленный на цыпочки старый ботинок.

* * *

Несмотря на фразы о «прошедшей молодости» и «конченой жизни», теща Света нуждалась, конечно, в обществе мужчин. Изредка к ней заходил «посидеть» потертого вида настырный мужик, в вечно измятых джинсах, похожих на недонадетый на брюхо картофельный мешок, со сложно изломанным носом, напоминавшим грубо пользуемый тюбик детского крема. Он был какой-то «тоже журналист» со спортивным прошлым и непонятным настоящим: печатал во множестве газет заметки размером с трамвайные талончики, промышлял процентами с заказов для каких-то районных, донельзя чумазых типографий, чья продукция неистребимо пахла свеженачищенными армейскими сапогами, а также занимался мелким продовольственным бизнесом, по поводу которого имел контакты в десятках открывавшихся ему с торца коммерческих ларьков.

Впервые Антонов с ним столкнулся буквально во второй визит к неожиданно доставшейся ему ошеломительно-прекрасной Вике, разрешившей явиться официально и с цветами. Еще Антонов и оживленная теща Света не успели толком разглядеть друг друга за накрытым столом, украшенным похожей на голову насекомого дико дорогой орхидеей (квартирной хозяйке все же пришлось подождать с деньгами), как в коридоре дернул и залился трелью как бы аварийный звонок. В поспешно распахнутой двери открылся заснеженный мужик, шатаемый взваленным на грудь картонным коробом, другой такой же короб, с шорохом елозивший от пинков, стоял углом у него в ногах. Антонов, принявший короба за какие-то заказанные тещей Светой домашние припасы, с готовностью поднырнул, оторвал от пола заходившую ходуном неверную тяжесть, состоявшую из стопок каких-то брякавших консервов, еле донес до уголка, откуда взбудораженная хозяйка без разбора выкинула сапоги, и вовремя увернулся от верхнего груза, едва не съехавшего на место по его сподручно согнутой спине. После этого мужик, не вытирая зерен пота с багрового лба, деловито объявил, что эти шпроты постоят до завтра-послезавтра, пока не объявится покупатель, — но короба занимали угол целых четыре месяца, и сострадательная теща Света постепенно скупала неликвид по розничной цене, так что Антонов по горло наелся солеными и жесткими хвостами, напоминавшими завернутый в промасленный пергамент мелкий инструмент.

Помимо того что мужик использовал тещи-Светин коридор как бесплатный склад (короба, бывало, совершенно зарастали шапками и шарфами), он еще искал у нее «сочувствия» своему историческому роману, который создавал не один десяток лет. Роман представлял собою три, не то четыре лопнувшие от натуги толстенные папки, едва державшие тесемками растрепанное содержимое; в отдельной плоской папке красного дерматина у Геры (так он представился Антонову, тиснув ему набухшие саднящие пальцы поверх сырых от снега шпротных коробов) хранились отзывы на его произведение, которые автор охотно показывал всем — несмотря на то, что ответы редакций, иные пожелтевшие от времени, иные свеженькие, откатанные на принтере, более или менее определенно выражали сомнение в Герином таланте и в возможности напечатать «для начала главу». Однако Гера в каждой из этих бумажек умудрялся вычитать комплимент; один только вид собственной ласкательной фамилии, присланной ему из самой Москвы, заставлял его буквально пыжиться от гордости; его небольшое лицо, где морщины возле глаз и ниже казались настоящими, а на лбу — нарисованными для значительности и красоты, сияло самодовольством. Рукопись его была неистребима и продолжала подыматься словно на дрожжах — во-первых, потому, что герои эпопеи без конца рожали детей, которым автор давал чрезвычайно разнообразные имена, а во-вторых, текст размножался вегетативным способом: на серых страницах истертой и ветхой машинописи тут и там темнели свежие, мелким горошком рукописные вставки, заключенные в пузыри, какими на карикатурах показывают речь персонажей, что в сочетании с обширными диалогами придавало роману невероятную болтливость и приводило к появлению все новых печатных стопочек. Над ними теща Света добросовестно просиживала при старомодном свете монументальной настольной лампы, набиравшей полный колпак медлительного дыма от одной-единственной струящейся из пепельницы сигаретки. Похоже, что Герин роман было вообще невозможно издать: у рукописи была другая, вольная форма существования, книжные корки стали бы гробом дикому цветению разрастающихся образов; тем не менее Гера на чем свет стоит ругал издателей, местных и московских, высказываясь в том смысле, что все они *подкуплены,* — и Антонов поражался, насколько сходна с Викиной его подспудная уверенность, что деньги мистически участвуют во всем и являются чем-то вроде нечистой силы, ополчившейся лично на Геру и отказывающейся ему служить, как другим, несмотря на то, что Гера отрывается ради денег от творчества и мотается по всей ухабистой области на своей трескучей жукообразной машинешке.

У Геры имелся один на самом деле примечательный талант: везде, где он появлялся, он нарушал равновесие между предметами и людьми. От одного его присутствия Викины сухие букеты с тряским шумом валились набок и ломались на царапучие будылья и труху; чаевничая, он как-то так перетягивал локтями скатерть, что пара блюдец друг за дружкой лодочками ныряла на ковер. У Геры была неприятная привычка — если кто вставал и начинал ходить по комнате, он пристально глядел человеку на ноги, с отвратительной буквальностью прослеживая именно действие, которое человек совершал, и заставляя того спотыкаться в упирающихся шлепанцах. Теща Света рассказывала, что маленькая, почти нарошешная Герина машинешка служила не раз причиной серьезной аварии: когда он очень медленно, плотно занимая собою свою таратайку, поднимался в гору, словно намереваясь не взобраться, а постепенно срыть препятствие, за ним выстраивался долгий, гудящий, но не заглушающий его рабочего треска автомобильный хвост, и когда какой-нибудь нетерпеливый «жигуль» совался на обгон, его сметало и изрядно било встречным налетом свободного транспорта.

Но самое главное — Гера, посидев в гостях какой-нибудь час, нарушал и без того непрочное равновесие в отношениях между матерью и дочерью. Не отрывая от Вики тяжелого, как-то понизу идущего взгляда, он авторитетным голосом делал ей замечания, высказываясь в том смысле, что девицу мало пороли, и при этом поддергивал на себе висячее, отягченное бумажником и мелким железом джинсовое хозяйство, державшееся на обруче засаленного до черноты широкого ремня. Естественно, что Вика не оставалась в долгу и отвечала открытым текстом, не щадя и пресловутого романа; тещи-Светин примирительный голосок поначалу робко вмешивался в спор, но скоро она и Вика уже орали друг на друга, а оскорбленный Гера, взвалив волосатый локоть на спинку стула, выставив перекошенное брюхо, густо рокотал и дергал ногой, как если бы у него молотком проверяли рефлекс. В конце концов пунцовая Вика, брякнув вилку поперек тарелки с истерзанным омлетом, бросалась вон из комнаты; теща Света, помигав, отправлялась к ней под дверь и там, сгорбленная над щелью, занудно требовала вернуться и доужинать, вымыть посуду. Тем временем Гера, отставив свою аккуратно объеденную, наполовину целую порцию, молча собирал и утряхивал проседающие кипы своего тысячесловного труда; затем он так же молча перся в прихожую, почему-то приволакивая ногу, и там процедура обувания обтерханных, ломаной землею сыплющих кроссовок сметала с подзеркальника кучу мелкой дамской дребедени — что было уже излишеством по отношению к беспорядку в комнате, напоминающей воронку с центром в замятой яме, где недавно томилась тяжкая Герина задница. Теща Света с разбитой улыбкой собирала дребезжащую, роняющую вилки посуду, оставляя голую скатерть со свежими пятнами и кусками хлеба, где отдельным букетиком курчавились Герины выеденные корки и колбасные шкурки. Антонов, тупо постучав, заглядывал со всеми предосторожностями в душную Викину комнату, странно напоминающую зоопарковую клетку с притаившимся зверьком. Отрешенная Вика, подтянув колени к подбородку и трогая слипшиеся, как пельмешки, некрасивые пальцы смутно белеющих ног, сидела далеко в стороне от включенного света настольной лампы или прикроватного ведрообразного торшера; иногда ее и вовсе не было видно в неширокую щель, где Антонов маячил нехитрой приманкой, — только под лампой раскрытая книга, как бы боком облокотившаяся на тонкий непрочитанный остаток, лежала в задумчивости, и необычайно резкая, почти фосфорическая белизна ее приподнятых страниц говорила Антонову о том, что в книге, быть может, напечатаны стихи. Антонов предпочитал, сделав назад и кругом танцевальный шажок, оставлять увиденное нетронутым: его почему-то пугали и оставленная книга, странно похожая на ловушку, уже поймавшая в свои теневые сети бьющегося, призрачно-огромного мотылька, и какое-то угрюмое вдохновение на опущенном, слепом, как локоть, Викином лице; он знал, что теперь она и теща Света будут «не разговаривать» несколько дней и держаться друг к дружке строго спиной и Вика станет грызть сухари да морковку, не обращая внимания на приносимые тещей Светой ей под дверь обильные подносы с украшенными, будто торты, салатами и «вторыми».

Каждый раз Антонов надеялся, что Вике не удастся вывести его из себя своей молчаливой хандрой, невидимой чертою на немытом, пуховой пылью заросшем полу, которую ему не дозволялось переступать, а также пакостными фокусами, которые Вика вытворяла в таком «отрешенном» настроении. Она могла, например, кольнуть себе палец иглой и долго его мусолить, нахмуренно наблюдая, как из бордовой подушечки нагнетается темная кровь; если у нее имелись ссадины или царапины, она беспрерывно их раскапывала, превращая в непросыхающие болотца; прыщи на лице заставляли Вику надоедать то тому, то другому зеркалу и, после работы острых ногтей, напоминали мелкие птичьи следы. Ею овладевало сосредоточенное, смешанное с отвращением, любопытство к собственной плоти и крови; внимание к себе, непрерывное рассматривание себя не приводило ни к какой красоте — наоборот, Вика в такие дни горбилась и дурнела, одевалась в растянутые майки и полусгнившие свитера, кривой пробор в немытых волосах белел, словно засыпанный хлоркой; казалось, она если и способна чувствовать боль от мелких копотливых самоистязаний, то только в виде какой-то кислятины, а другие и вовсе не могли ожидать от нее никакого сочувствия. Однажды, когда отключили горячую воду и Антонов, помогая теще Свете, ворочал для стирки кастрюлищи вспухшего кипятку, этот жгучий свежесваренный кисель сплеснулся через край; шипя и отрясая отяжелевшую штанину, испускавшую нежный парок, Антонов перехватил от Вики такой *раздосадованный* взгляд, что распрямился и стерпел. Он мысленно хвалил себя за выдержку, за то, что ни разу не сорвался; иногда ему жутко хотелось встряхнуть глумливо ухмылявшуюся Вику, отобрать у нее раскладной маникюрный кошелечек, где поблескивал клювами малый пыточный набор, — однако он отлично знал, что теща Света повиснет у него на руках, лаская его быстрыми от ужаса синими глазищами, и, чтобы добраться до Вики, ему придется отшвырнуть на мебель, на пол это безрассудное существо, не получающее от дочери ни капли человеческого тепла.

IX

Подвижник Гера с его бесконечным романом послужил причиной совершенно гнусной, несоразмерной его персоне, неприятности — впрочем, причина случившегося могла быть, по мнению Антонова, только глупой и никакой другой. Накануне обычная ссора приобрела какие-то трагедийные, оперные оттенки, орущая троица все время попадала друг другу в рифму, пыльная гитара гудела, стол с посудой разболтанно брякал, отвечая каким-то китайским лепетом на удары тещи-Светиного мизерного кулачка. Все это предвещало по меньшей мере неделю хандры, поэтому Антонов не удивился, что Вика не явилась на лекции, его беспокоило только, как те-

перь поступить с билетами на шоу пожилой, муже-
подобно растолстевшей эстрадной знаменитости,
чьи наивные глазки, похожие в распахнутых ресни-
цах на солнышки с лучами, нарисованные детской
рукой, красовались на всех городских афишных тум-
бах. Выждав небольшое время на видном месте у ста-
диона «Динамо», куда с трамвайной и троллейбусной
остановок стекалась на концерт лоснистая от мороси
толпа, Антонов позвонил: голос тещи Светы в холодной трубке был дрожащий и размытый, она как будто не понимала, чего от нее хотят, и только после нескольких заходов сообщила, что Вику увезла в больницу скорая помощь.

Добиться от нее чего-то большего было невозможно; стоя выдержав тяжеловесные и вежливые
маневры очень спокойного троллейбуса, кланявше-
гося каждой поперечной легковушке, сохраняя
троллейбусные покачивания в нетвердых ногах, Антонов с трудом взобрался по разворачивавшей его
туда-сюда, смутно сереющей лестнице подъезда. Теща Света не сразу пришла на звонок; когда она открыла (глухие обороты замка тоже были частью замед-
ленного круговорота вещей), оказалось, что в квартире полный разгром, на полу валяется раздернутая
чьими-то шагами ослепительно-свежая простыня,
а коридор затоптан водой, будто раздевалка в общественной бане. Теща Света была в костюме, но босиком, на мокром ее рукаве расплывалось двойное, как
бы фруктовое пятно.

Всхлипывая сквозь сцепленные зубы, она повела
Антонова в ванную — там по фасонистым стеклян-
ным полочкам словно пронесся ураган: махровые
полотенца, в разных стадиях сползания с вешалки
и стиральной машины, были, как питоны пищей, на-
питаны влагой, а в ванне на треть глубины стояла,
цветом похожая на компот из сухофруктов, темная
вода, в которой Вика пролежала несколько часов.

Расковыряв свои мягонькие вены тупыми лезвиями
«Балтика», налипшими на бортик ванны вместе
с жалкими, завитыми в вензель волосками, она уле-
глась умирать в новом итальянском купальнике, скук-
сившемся теперь на полу, возле полного тяжелых
овощных отходов мусорного ведра. Жизнь ее, как
пояснила бледная теща Света, так и не ступившая
в разгромленную ванную, была вне опасности. Съез-
див с Викой в больницу, теща Света вернулась за вещами, которые теперь собирала, выкладывая и тут
же теряя где-то в квартире, среди странно сохраняв-
шегося присутствия *чужих,* ходивших и распоря-
жавшихся здесь, оставивших после себя ничейный
холод и большие вафли уличной земли. Попутно теща Света пыталась прибирать, но предметы, которые она поднимала и ставила на полки, не держали
прежнего порядка и располагались с ошибками, ре-
завшими глаз, будто грамматические ляпсусы в знакомых строчках; мокрая смерть из водопроводного
крана, сколько теща Света ни шлепала пресыщенны-
ми водою желеобразными тряпками, не могла исчезнуть из комнат, точно она была погодой, установ-
ившейся здесь на долгие времена. Антонов догадался, что теща Света не может себя принудить к тому,
чтобы спустить из ванны в канализацию Викину
кровь; закатав манжету, он сам полез в неожиданно
холодную, как бы выпуклую глубину, на ощупь выдернул соску-затычку: глубина, отрыгнув, заволновалась, попыталась проглотить и затычку, и руку Антонова, — как вдруг ему на костяшки налепилась какая-
то бумага, до того беззвучно и плоско лежавшая на
дне. Выудив раскисшую добычу из водоворота, уже
образовавшего дудку, Антонов узнал одну из Павликовых фотографий — совершенно мертвую с лице-
вой стороны, но на обороте сочившуюся чернила-
ми, вероятно, прибавившими цвета жидкости, что
с присасыванием уходила в зарешеченную, с шапоч-

кой пены, водопроводную дыру. Охваченный каким-
то остервенением, пачкая пальцы, точно первоклассник, Антонов растерзал реликвию на мелкие,
липкие, как пластырь, клочочки; какое-то время он
еще сидел на краю опустевшей ванны, пупырчатой
от холода собственной белизны, и думал, что человеку столь же неестественно лежать в этой мокрой
и шершавой емкости, как покоиться в гробу.

Теща Света явно кого-то ждала; нетрудно было со-
образить, что этот кто-то — Гера, тут же и ввалив-
шийся, как только Антонов про него подумал: в на-
пыженной короткой курточке, с полиэтиленовым
кульком апельсинов, губчатых и тусклых, словно по-
порченных сыростью и серостью дня. Теща Света,
кружась и подбирая подбородком шарфик, влезла
в рукава своего размашистого пальто, и все поспе-
шили вниз. На улице было еще мокрее, чем в квартире; сетчатый дождик вздрагивал в поределой листве,
аттракционы детской площадки, сваренные из железных, словно во многих местах протекающих
труб, казались порождением вылезшего на поверхность водопровода, и Антонов, ступив в застеленную
листьями топкую лужу, почувствовал, как забирается
в податливый ботинок отвратительно холодная вода.
Герина машинешка, размером с перевернутую ванну,
ожидала за углом; нагнув тугую спинку переднего
сиденья, теща Света и Антонов пролезли друг за другом в сумрачную тесноту, где долго устраивались,
вытягивая из-под себя какие-то длинные, умягчен-
ные сыростью робы и штаны. Внутри все было как бы
детского размера и нежно пахло бензином, пара рас-
клеившихся «дворников» неодинаково елозила по
ветровому стеклу, со скрипом отжимая грязноватую
влагу и показывая в косых полосатых окошках мед-
лительную, будто кипящая каша, проезжую часть,
уходящие влево и вправо смутные стороны улиц
с неожиданно близкими столбами и спортивно-яр-

кими, болтавшимися на проводах по нескольку штук дорожными знаками. Из негромких реплик, которыми теща Света и Гера обменивались в полутьме (когда последний говорил не поворачивая головы, он словно делался тяжелей, и его сиденьице, наполняясь, плотно поскрипывало), Антонов уяснил, что Вику увезли в отделение, которым заведовала какая-то Герина знакомая — тоже, вероятно, жертва без конца создаваемой исторической эпопеи. Антонова нервировало, что «самолучшая», по Гериному выражению, клиника оказалась психушкой: ему казалось, что Вику надо спасать от потери крови, от возможных двигательных неполадок с руками, — уж он-то знал как никто, что на самом деле Вика абсолютно нормальна, куда нормальней тех, кто ее безответно любит и, полусуществующий, крутится около, вызывая Викино раздражение неспособностью заняться чем-нибудь своим. Антонову было муторно в этой машинешке с низким потолком, вызывающим на спине ощущение горба; вращение заливаемых дождем, каких-то излишне широких улиц, не согласованное с поворотами «дворников», плюс вращение руля, словно имеющее целью завинтить повыше всю четырехколесную таратайку, вызывали у него уже знакомое головокружение и чувство, будто он не едет к Вике, а бессмысленно крутится на месте. Теще Свете, судя по всему, тоже приходилось нелегко: когда на светофоре вспыхивал красный, зажигая расплывчатый ответный огонек в углу ветрового стекла, и пешеходы, застоявшиеся на кромке тротуара перед глубокой лужей, принимались перескакивать и бежать, кое-как справляясь с качкой цепляющих воздух зонтов, — теща Света вся каменела, и Антонов чувствовал ребрами ее оттопыренный локоть.

Наконец кружение и мокрый длинный шелест улиц закончились: Гера привез пассажиров на самую окраину, в больничный городок, где они неуклюже вылезли, опасливо вставая на отнявшиеся ноги. Корпуса городка, расположенного на рыжем лохматом болоте и обнесенного драной железной сеткой, были разные по цвету и числу этажей: это блеклое и мокрое разнообразие показалось Антонову нарочитым, рассчитанным на то, чтобы сделать болото как бы обитаемым и жилым, скрыть от глаза одинаковость койко-мест, бывших элементарными единицами здешнего существования. Деловитый Гера, устроивший Вику *по блату* в это славное местечко, повел Антонова и тещу Свету не по одной из длинных асфальтовых дорожек, наглядно выделявших пустоту и дикость незастроенных частей больничной территории, а по протертой в болотном сене боковой тропе, что скрытно петляла между жухлых и встопорщенных, словно наизнанку вывернутых, кочек и воровато жалась к корпусам, где струи с крыш, лупившие по ржавым кляксам, то и дело доставали тещи-Светин синенький зонтик крупной увесистой очередью. Служебная, сильно забеленная дверь привела в темноватые сенцы, где все переобулись в заношенные плоские тапки; даже избавившись от протекшего ботинка, Антонов чувствовал одной ногою сырую черноту, словно нечаянно ступил в какое-то мертвое вещество, и еле ковылял за Герой, взбиравшимся по лестнице, сильно размахивая кульком.

Его знакомая, заведующая отделением и кандидат наук, оказалась из породы тяжелых дам, что ходят на каблуках будто животные, вставшие на задние лапы, — что в данном случае противоречило властному выражению породистого лица, состоявшего из вычурных черт и украшенного гипюровой сеткой шелковых морщин. В совершенно кубическом и очень холодном кабинетике она усадила загипнотизированную тещу Свету на низенький стульчик и сверху, через заваленный стол, долго расспрашивала ее, обнимавшую пакет, об условиях проживания, об употребляемых дочерью наркотиках и принимаемых лекарствах. Поспешные и чересчур подробные ответы она записывала в грубый гроссбух; кабинетик был битком набит этой медицинской писаниной — полуразваленными тетрадями и журналами, словно намокшими и высушенными, сильно покоробленными водой; впечатление усиливалось тем, что многие разбухшие тома были оклеены пленкой и подлечены скотчем, как бы для дальнейшей непромокаемости. Антонову, переминавшемуся у окна, за которым без неба, в одном белесом дожде, лежал маслянисто-туманный пейзаж, мерещилось, будто нога, побывавшая в луже, сделалась босой.

Исписав и отмахнув налево не менее десяти синюшных страниц, докторша наконец повела посетителей в палату, предупредив, что больная уснула и можно только посмотреть. В коридоре Антонов не увидел ожидаемых тюремных зарешеченных ужасов: тихие фигуры в сизых, почти бесцветных халатах бродили абсолютно свободно, вряд ли замечая даже обыкновенные стены со своими расплывчатыми, тоже сизыми тенями; иные сидели рядами, будто на приеме в поликлинике, имея за спинами мягкие теневые темноты, — и Антонов подумал, что незамечаемые, всюду длящиеся стены, скрытные в своей шероховатости и краске, отражают и видят людей ничуть не хуже зеркал. Палата, куда они вошли, длиной и узостью напоминала собственную Викину комнату, и Вика лежала, укрытая до подбородка, словно бы на собственном месте — слева у окна. Она похрапывала, разинув в каком-то вялом удивлении расслабленный рот, ее всклокоченные волосы выглядели на плоской подушке темнее обычного и пушились, словно вымытые шампунем. Теща Света, неловко приподняв одно плечо, присела возле Вики на единственный стул; откинувшись назад, приняла у Геры, вставшего на цыпочки, растопыренный кулек апельсинов и машинально поместила его на пустую переступившую тумбочку. Антонов, застыв у дверей (с сердцем как сумасшедший молоток), подумал, что и остальные три кровати могут быть частями иных, где-то существующих комнат; две, застеленные тощими одеялками, стояли пустые, на третьей длинноносое существо с воспаленными глазами и торчащими из-под тугой косынки скорлупинами ушей ковырялось спицами в маленьком, как бы на ребенка, вязанье, временами высоко поддергивая нитку и нисколько не заботясь о клубке, мягонько прыгавшем где-то на полу и утекавшем в неизвестность от каждого рывка. Эта терпеливая работа, протянутая через всю палату, косвенно выражала ненормальность происходящего; важный Гера, получивший где-то по дороге персонально белый халат с короткими, как у пионерской рубашки, рукавами, висевшими у него за спиной, пару раз задел ногою косо идущую нить, но даже он, чье присутствие само по себе грозило разрушением всему, не мог ничего поделать со странным равновесием этого места, в котором участвовали, учитывая друг друга, абсолютно все предметы и тела, включая посетителей, ногами ощущавших, что и им немедленно нашлось соответствие, примерный противовес. Тяжелый воздух (запах прокисшей мочи, дезинфекция, кухонная вонь, поначалу разъедавшие ноздри, внезапно пропали в общей сладковатой духоте) контрастировал здесь с бесцветностью существ, чьи тени были больше и гораздо ярче их самих; казалось, пациенты — это самое последнее, что можно здесь заметить; даже скромные решетки, все-таки имевшиеся в отделении, но окрашенные белой эмалью и потому пропадавшие, как и запахи, в общей смутной неразличимости, стоило пару раз поглядеть сквозь них на далекий предмет, были все-таки видней.

Теща Света между тем, вытаскивая вещи из туго набитого пакета, то и дело роняла их и нашаривала у себя под ногами, между ножек скрипучего стула. Она, по-видимому, уже торопилась уйти, выпить тихонько, дома, рюмку коньяку — но от удара о пол раскрывшейся мыльницы Вика тяжело повела под одеялом огрузневшей ногой и закрыла рот, словно что-то проглотила. Теща Света засуетилась около нее, зашептала, получая в ответ невнятное мычание, помогла достать из-под одеяла две большие, как колоды, мохнато забинтованные руки, которые Вика выпрастывала по очереди каким-то неуклюжим полуподобием заплыва на спине. Ее нефтяные волосы еще больше вздыбились на подушке; она теперь смотрела на Антонова не отрываясь, совершенно спокойными и очень темными глазами, в которых был отлив, напоминавший оптику бинокля. Антонову казалось, что с такого маленького расстояния Вика видит не его, а полосатый галстучный узел, подробности бритого подбородка, отдельные пуговицы, — все округлившееся и жидкостное, какое бывает под лупой. Антонов знал наизусть, что именно должен чувствовать сейчас по отношению к подлой предательнице: обиду и твердое намерение перевоспитать и желание набить себе цену, потому что он не заслужил такой пощечины вместо концерта, и уж тем более теща Света не заслужила обнаружить дочь в недвижном компоте, едва ее, должно быть, прикрывавшем, и быть в такую минуту совершенно одной. Вместо этих законных и правильных чувств Антонов испытывал томление в ногах. Если бы холодеющая вода не уходила тихонько в неплотно закупоренный слив, сомлевшая Вика могла бы захлебнуться — соскользнуть, точно в ложку, в свою погибель; смерть не зачерпнула ее только потому, что не хватило жидкости, — это Антонов понял только здесь и сейчас, и понял еще, что до сих пор не понимал, как близко подступало *нечто,* как единственно чудом оно убралось, оставив в квартире тещи Светы слякотные следы и немного земли. Вика, что лежала теперь перед ним и перед всеми в казенной пародии на собственную комнату, была не совсем настоящая, ее лицо казалось слишком маленьким по сравнению с большим оплывшим телом под белым одеялом. То, что от нее оставалось — глубокие, близко высверленные ноздри и очень широко поставленные темные глаза, — еще не гарантировало полного возвращения и вызывало у Антонова невыразимую жалость; при мысли, что если бы она съехала в смертельную воду по краю ванны, то оказалась бы в той же самой позе, какую принимала для него одного, Антонову хотелось тихонечко выть.

Теща Света, космобоко поднявшись, пустила Антонова на фанерный стульчик; Вика не сразу сумела перевести заторможенный взгляд, а когда нашла потерянное, Антонову почудилось, будто теперь перед нею расплывается только влажное, тинистое, реснитчатое пятно, похожее на рельеф какого-то дна, заваленного обросшими бревнами, освещенного бликами солнца, роль которого выполняло горевшее среди дня угрюмое электричество. Осторожно держа ее неловко скрюченную лапку с неживыми пальцами, Антонов понимал, что плохо ей было не тогда, когда она, привычно осязая ступнею толстую шишку ворчащей в ванне струи, докопалась-таки бритвой до первого кровавого выхлеба, а плохо ей как раз теперь, в этом прежнем теле, онемевшем от лекарств, в этой размывчивой комнате, где она сама как будто на привычном месте, а остальное куда-то делось, замещенное чужими одинаковыми койками, — и по полотняному от влаги оконному стеклу, словно разлезающемуся на полосы бинтов, криво стекают слезливые пресные капли. Понимая, что с Викой, бормочущей околесицу, сейчас нельзя

ни о чем говорить, не имея сил терпеть до выясняющего разговора, Антонов прощал ее заранее и только хотел, чтобы она вернулась. Туго наклонившись
в перекошенном костюме к ее усталому лицу, Антонов попытался бережно ее поцеловать, но синеватые губы были холодны и ответили бесстрастным
колебанием, как могла бы ответить водная поверхность, равнодушно отпускающая рот, не сделавший
глотка.

* * *

Антонов, конечно, натерпелся страху; настоящий
страх пришел поближе к вечеру и нарастал всю
ночь, когда ветер расшваркивал за окном остатки
листьев, будто огромная метла, и Антонову мерещилось, что у него на лице растут водяные усы. Было
еще несколько нарастающих приступов, застигавших Антонова на самом виду у людей — в загончике
кафедры, где ноги Антонова внезапно становились
слабее рук, упиравшихся в борта, на улице перед лужей с бурыми листьями, похожей на замоченную
сковородку с пригорелой картошкой. Левый ботинок по-прежнему протекал, Антонову накануне зимы пришлось разориться на новую пару — избегая
мраморных, ложноглубоких магазинов, одному
бродить по дешевым, большей частью деревянным
лавкам, копаться в сырых тяжелых кучах с перепутанными шнурками и выворачивать на свет чудовищные подошвы, похожие на каких-то окаменелых
трилобитов. Молодые приятели Вики ежедневно
справлялись у Антонова о ее самочувствии; по особому оттенку *свойской* почтительности, по новой
манере предлагать ему и стрелять у него сигареты,
по множеству нюансов, которыми эти невыразительные юноши всячески уснащали свое поведение,

Антонов догадывался, что они одобряют Викин поступок и придают ему некую, только *своим* понятную значительность — точно Вика выдержала экзамен по предмету, о котором Антонов не подозревал.

Антонова больше ни разу не пустили в ее палату: он был формально не родственник, а преподавателю, даже не куратору студенческой группы, пропуска к больной не полагалось. Теща Света одна, с пакетами до полу, волоклась по белой, все белеющей по мере подъема больничной лестнице на шестой этаж, а Антонов оставался ждать ее в приемном закутке, куда спускались — не к нему — полузнакомые обитатели в бесцветных халатах, тащившие на нетвердых ногах, точно путы или кандалы, свои бесформенные тени. Антонов пару раз пытался заговорить с длинноносой Викиной соседкой, подолгу сидевшей, привалившись боком, возле малорослого, по-женски терпеливо вздыхавшего мужичонки с желтоватой, как куриные перья, сединою и каким-то подгнившим, морщинистым местом около запавшего, явно беззубого рта. Оба они ничего не отвечали Антонову, только привставали одинаково, с добрыми дырявыми улыбками, и с колен у них раскатывались по полу блеклые, в бородавках и родинках, дешевые яблоки. Собрав кое-как в линялый полиэтиленовый пакет некрасивые фрукты — впечатление было, что не все, — Антонов уходил от униженных благодарностей на другой конец помещения; он столько думал о шестом этаже, сохранявшем свое идеальное равновесие у него над головой, что это лишь однажды виденное место казалось ему знакомым — неожиданно обнаруженным материальным подобием тех математических построений, где сам он был одним из обитателей, одним из призраков, чующих друг дружку по отзвукам мыслей, а может быть, маний, но неспособных стать реальными людьми. Все дело было, наверное, в пустых стенах: реальность обретало только то, что вплотную лепилось к ним, — например, запомнившиеся зрению Антонова висячие растения, похожие, вместе с горшками, на сильных, внезапно замерших пауков; пациенты тоже стремились сидеть вдоль стен, чтобы хоть немного чувствовать себя; в этом, собственно, не было еще никакого сумасшествия — ведь любой человек, как понимал Антонов, в состоянии покоя прислоняется к чему-нибудь — к стене, или к дереву, или к столу, — присоединяет себя, для пущей собственной реальности, к какому-либо предмету, а оказавшись в чистом поле, кажется себе потерянным, почти несуществующим. Но там, на шестом этаже, где даже белые решетки, кое-где утыканные, словно чугунами в ухватах, теми же горшками с плесневелой, пустившей из себя растение землей, не значили ровно ничего и растворялись в любой мало-мальски пригодной перспективе, — там было слишком легко отделиться, отпуститься ладонью от реального и исчезнуть насовсем. Поэтому Антонов с нетерпением поджидал, когда же теща Света сойдет в своих домашних тапочках по кое-как начерченной лестнице; сообщения, что Вике лучше, что она хорошо поела котлет, избавляли его от страха на несколько часов.

Он упорно и ежевечерне ездил в психбольницу вместе с тещей Светой, входившей в какой-то азарт и нагружавшей Антонова целыми мешками наготовленной, толсто укутанной еды, которая грела его в автобусе печным теплом и привлекала сдобными, мясными запахами внимание серолицых пассажиров. Уже просеялся на землю похожий в воздухе на эфирные помехи, поглощающие цвет изображения, суховатый снежок; чистое снеговое одеялко укрыло и увеличило в размерах клумбу перед главным больничным корпусом, старые автопокрышки и битые банки на задворках психиатрички. Кустистая болотина, где утопали в мгле больничные корпуса, держала снег, бывший там не одеялом, но пустым бельем, угловато на весу; на горизонте, там, где сходил на нет похожий на столбик сгоревшей сигареты пепельный лесок, снежная земля и небо сливались так, что лишь какое-то возвратное движение взгляда по кочкам либо по мягким, как перина на панцирной сетке, сероватым облакам намекало на существующую границу. При одном только взгляде на эту картину хотелось лечь и лежать; Антонов думал, что пейзаж за окном, должно быть, отнимает у больных последние силы и, просачиваясь в палаты серым водянистым светом, буквально держит их на казенных койках. Часто он подбирался, оскользаясь новыми ботинками на мерзлых шелестящих кочках, под окошко Викиной палаты. Не было никакой приметы, каждый раз приходилось отсчитывать восьмое с угла — и хотя заботливая теща Света уверяла, что Вика выглядывала и махала ему рукой, Антонову все же казалось, что он напрасно пялился и пятился: возникавшее в сизом окошке неясное пятно могло быть чем угодно, вплоть до отблеска бледного солнца, бывшего всего лишь дырою в несвежих больничных облаках. Эти свидания на вечереющей болотине были бессловесным разговором пятен, более похожих на души, чем на лица, — и чувствовалось, гораздо больше, чем при употреблении слов, что разговор происходит *в воздухе,* обретающем в сумерках над белым снеговым пространством ту пустую протяженность, какая бывает летом только над гладью обширных озер. Возможно, для Вики Антонов воплощал собою сбывшуюся в психушке сумасшедшую мечту о верном поклоннике под окнами, о бродячем певце, чей самый глубокий след в снегу темнеет жалобно, словно шапка для мятых рублей. В отличие от Вики, укрытой в палатной полутьме, Антонов осознавал себя внизу словно на ладони и одновременно с собою ощущал окружающее; ему казалось ужасным, что Вике ежедневно и в его отсутствие открывается вид на специфическую больничную помойку, где из обыкновенных изоржавленных контейнеров выпирают, в целлофане и пропитанном тряпье, слипшиеся дряблые предметы, похожие на дешевые куриные наборы; раз он видел, как тощая, ребра да полосы, взъерошенная кошка, припадая и двигаясь на манер осторожной гусеницы, волокла от помойки неудобный встопорщенный кусок, а за куском волочился длинный, цеплявшийся за мусорный бетон перекрученный бинт.

X

Через какое-то время исхудалая Вика, сопровождаемая понизу взглядом дежурного охранника в буро-зеленом, как здешние растения, камуфляже, стала спускаться к Антонову в приемный закуток. Низкие морщины казенной косынки, повязанной до бровей, делали ее непривычно серьезной, она ни разу не улыбнулась (видимо, могла пока что улыбаться только на расстоянии, из окна, тогда как в закутке, даже и с прибавлением лестницы, для этого не хватало места), и Антонову казалось, что он буквально слышит ее полотняную глухоту, скрипучую грубую ткань. Теща Света, немного поговорив, оставляла их вдвоем — умудрялась находить какие-то занятия в холодном вестибюле с зарешеченным пустым гардеробом, откуда, будто из киоска, тетка в волосатой мохеровой кофте продавала такие же кофты и свитера, с беленой пещерой начатого в дальнем углу и растасканного по полу ремонта, от которого становилось еще холодней.

Антонову и Вике было не так-то просто приладиться друг к другу; хорошо, если удавалось сесть —

тогда костлявенькая Вика, запеленав халатом голые синюшные коленки, позволяла себя приобнять. Она то побаивалась Антонова, то напускала на себя высокомерную таинственность, туманно намекая, что приобрела дорогостоящий, не всякому доступный опыт. Она, похоже, гордилась засыхающими швами в сгибах локтей; Антонов догадывался, что Вика, обычно обеспокоенная малейшим пятнышком на платье, малейшим зернышком осыпавшейся туши, будет теперь нарочно носить короткие рукава, чтобы всем демонстрировать уродливые следы своего отчаянного подвига, потому что эти шрамы ничем не хуже дряблых синюшных впадин у иных ее приятелей, у которых детский страх перед уколами перерос в обожание шприца. Антонов, как всякий преподаватель и отчасти педагог, попытался добиться от Вики обещания, что она «такого больше не будет», — но получил в ответ одну принужденную кривоватую усмешку, с какою иные ее приятели пытали шприцами вывернутые руки, бесчувственные, словно брюхи дохлых рыб, и поддевали, словно для разделки, собственную плоть, висевшую складкой на грубой игле. Антонов знал, что Вика побаивается наркотиков — и, видимо, не потому, что так уж стремится сохранить здравый и трезвый разум: видимо, Вику останавливала непредсказуемая цепь возможных расходов, что мешало бы ее, забиравшим все выше в смысле цены и фирменности, приобретениям вещей. Но теперь, после финта со смертью, Антонову начинало мерещиться, что Вика пустится во все возможные тяжкие — тем более что мокренький и слякотный ее суицид так и остался необъясненным. Вика упрямо не желала изложить простыми человеческими словами то, что намеревалась сказать Антонову и теще Свете своим полуутопленным трупом. Похоже, Вика вообще не признавала, что Антонов и теща Света имеют какое-то отношение к происшествию, являются адресатами какого-то сообщения; у Антонова, однако, создалось впечатление, что она жалеет испорченный желтый купальник. Щурясь мимо Антонова на лестничный проем, где маялся, сцепляя руки то сзади, то на груди, взбудораженный охранник, имевший вид, как будто пришел сюда на свидание к девушке, которая безнадежно опаздывает, Вика спокойно объясняла, что она попробовала и знает теперь, что *дверь открыта* всегда, а значит, можно пожить еще и ради интереса посмотреть, что из этого получится. Свое самоубийство она упорно называла *отложенным;* на беспомощные упреки Антонова, требовавшего пожалеть хотя бы мать (в действительности имевшего в виду исключительно себя), Вика, попыхивая ноздрями, заявляла, что ненавидит *вранье.* Пятнистый охранник, теперь зараженный Викой и временем, точно какой-то лихорадкой, то и дело поглядывал то на свои наручные часы, то на настенные, по видимости неподвижные, словно круглая казенная печать, — и, вероятно, разница в несколько минут составляла для него дополнительное, никак не проходящее мучение. Вероятно, он объяснял себе, что дожидается окончания дежурства; Антонов при всем желании не мог ему сочувствовать, хотя прекрасно знал из опыта своих ночных одиноких дежурств, что такое постоянно сравнивать показатели разных циферблатов и, чем бы ни занимался, дожидаться неизвестно чего. Он понимал, что Вика теперь совершенно рассталась с чувством *времени;* время ее сделалось неопределенным, несчитаным и чужим: стоячим водоемом, где она решила пока побултыхаться, не особенно заботясь, сколько его прошло и сколько осталось до конца — потому что *конец,* как она любила теперь повторять, уже позади. Антонов, усмиряя обиду, уговаривал себя, что Викины *особые* отношения со смертью — всего лишь юношеская бравада, всего лишь несколько фразочек из тех, которыми без конца перебрасывается эта новая молодежь с изначально морщинистыми лбами, похожими в мыслительном процессе на коврики, о которые вытирают ноги. Антонов говорил себе, что Вика — просто одна из них, из этой генерации, которую он совершенно не знает и даже не замечал до сей поры, хотя и видел их перед собою практически каждый день.

На дне его души, в илистой компотной мякоти, тихо колыхалась уничтоженная фотография: Антонов чувствовал ее чернила. Иногда, возвращаясь ночью из больницы, один посреди едва белеющей тощей зимы, зашорканной на тротуаре до асфальтовых дыр, он внезапно пугался, что Вика, оказавшись дома, первым делом хватится своей реликвии, без которой, возможно, подвиг ее окажется неполным. Вдыхая играющий в воздухе снежный порошок, от которого, словно от кокаина, немело лицо, Антонов изобретал мистические, сродные Викиному действу варианты исчезновения фотографии. Собственное участие в этом казалось Антонову настолько неуместным и пошлым, что он стонал и глубже зарывался носом в надышанный, мокрый, будто полотенце после бани, полосатый шарфик; кокаиново, мертво сияющий снег, полосами наметенный вдоль зданий и кромок тротуара, казался ему отравой, нарочно кем-то засыпанной около щелей.

И бывало, что в эти одинокие возвращения Антонова окликала вдруг такая же оставленная, как и стопка уцелевших Павликовых снимков, так же упрятанная под другие бумаги, давным-давно не виденная рукопись. Ощущая в груди тепло, переходящее в жжение, Антонов то вспоминал какую-нибудь особо изящную штуку, когда-то оформлявшуюся с мультипликационной легкостью на ночной холодной кухне, прокуренной до запаха остывшей печи, то обнимал особым ясным чувством рукопись целиком, в загадочном равновесии ее написанной и ненаписанной частей, — причем ненаписанное казалось раем, вполне заслуженным и обеспеченным теми наработками, что уже лежали, надежно зафиксированные, в одном из легких, будто санки, ящиков хозяйкиного столика, стучавшего при письме, как во время спиритического сеанса. Но внезапно Антонову приходила мысль, что записи остались от какого-то *другого* человека, которого, как и персонажа фотографий, вряд ли можно считать живым. Шаги его невольно замедлялись, он опасливо расшаркивался перед черными, пунктирными вдоль тротуара ледяными катушками, уводившими скорей, чем надо, в перспективу промерзшей до состояния макета, абсолютно неподвижно освещенной улицы; сжимая в кармане твердую палку хозяйского ключа, способного открыть по крайней мере одну из ночных, очень крепко запертых дверей, Антонов чувствовал какое-то потустороннее бессилие, потерю крови. Горящие вывески над банком и аптекой давали ему понять, что *сейчас* он не может прочесть ничего, кроме этих полуметровых печатных уличных букв, что он каким-то образом сделался почти неграмотным, — и рукопись теперь казалась напоенной жгучим ядом, она становилась враждебна, ненаписанная ее половина представлялась возможной (и уже создаваемой) где-то в раю, за смертной чертой. Оттого, что Антонов, из-за силы и свежести первоначального замысла, не мог восстановить по памяти, где именно, на каком разбеге мысли прервалась из-за прогульщицы его желанная работа, эта черта — между сделанным и несделанным, между жизнью и смертью — казалась расплывчатой и почти мистической. Иногда — потому что задубелые ботинки предательски скользили по желтым роговым мозолям тротуара — Антонову мерещилось, будто эта черта может обнаружиться прямо впереди, где-то под ногами, и ровно ничего не стоит внезапно через нее переступить. Тогда ему не верилось даже в самое ближайшее будущее, простиравшееся перед ним в виде тусклой уличной перспективы, не верилось, что он когда-нибудь достигнет своего разбитого подъезда, вечно окруженного парною лужей от прорыва канализации, превращавшейся ночами в рыхлые наплывы топленого сала, не верилось, что сможет уснуть в давным-давно незастилавшейся, словно затоптанной постели, под тихую рыдающую дрожь водопроводных труб. Антонов сам прекрасно понимал, что становится неврастеником. Ему по ночам стали сниться утомительные сны — необыкновенно яркие на абсолютно черном фоне, чем-то похожие на палехскую живопись. Универсальное лекарство лежало в незапертом столе: стоило, не поехав разок в больницу, продолжить работу, и он бы снова почувствовал жизнь — ее значительность, ее упругость, ее невысыхающие краски. Но Антонов каким-то образом догадывался, что, при полной бестолковости его бесплодных, суетных дней, все, что происходит с ним сейчас, для чего-то нужно, все это необыкновенно важно, все это — необходимый этап устройства жизни и его, антоновской, метаморфозы, после которой из него обязательно вырастет по-настоящему *большой* человек. Следовало всего лишь перетерпеть, пережить, вверить себя на время течению событий, подчиниться диктату обстоятельств. И Антонов покорно подчинялся: заметил, между прочим, что у него, несмотря на неврастению, стало гораздо лучше получаться жарить яичницу, штопать носки.

* * *

Все-таки он пытался добиться от Вики чего-то положительного, позитивного, даже рисковал «выяснять отношения» (отчего маленькая теща Света в глубине вестибюля, около радушной тетки, завлекавшей ее своим мохеровым причесанным товаром, внезапно застывала, силясь уловить в общем расслабленном гомоне их зазвеневшие голоса). Скоро Антонов заметил, что такие стычки стали повторяться до буквальной одинаковости слов. Теперь ему и Вике было проще говорить о ком-то постороннем — хотя бы о других пациентах шестого этажа, например, о Викиных соседках, посильно выражавших собою свою непричастность к реальной действительности, порою выглядевших здесь, внизу, совсем обыкновенно, вроде уборщиц, присевших поболтать и отдохнуть. Конечно, в этой зауряднейшей психушке, окруженной болотом, которое походило теперь на залитые белым жиром комья холодной тушенки, не обнаружилось ни цезарей, ни наполеонов; имелось, правда, мужское отделение, и обитатели его более, чем женщины, напоминали узников, потому что часто стояли около решеток и держались за них заскорузлыми пальцами, а иные даже робко ставили ноги в спадающих тапках на нижние перекладины, как бы надеясь для чего-то долезть до пустого потолка. Насколько Антонов мог судить по тем, кто спускался в приемный закуток, здешние нервнобольные мужского пола могли быть соотнесены с великими людьми только по разновидностям бород, весьма, однако же, неопрятных и не слишком густых, так что сквозь пересушенный волос рисовались собственные их небольшие, вроде корнеплодов, подбородки. Среди психов присутствовал, например, совершенный Достоевский, только с уклоном в азиатчину, с излишней высотою скул и татароватыми шипами усов; имелся и Чехов, в затемненных, как перегоревшие лампочки, модных очочках, временами, видимо, настолько забывавший о собственном присутствии, что ронял из вздрогнувших рук принесенные ему мешки. Антонова поразил еще один пациент, по внешности худой и незначительный, но с тяжкой, словно нагруженной роком, походкой Каменного Гостя; когда он, негнущийся, гладко выбритый в отличие от прочих психов, садился отключенным задом на хрустнувший стул, окружающие один за другим перемещались от него на другой конец закутка, словно стараясь общей массой скомпенсировать его ощутимую тяжесть, которую не могла уравновесить в закутке ни одна отдельно взятая вещь. Около бритого оставались только те, кто пришел непосредственно к нему, — богемного вида мужики, среди которых тоже не просматривалось ни одного нормального, плюс очкастая низенькая особа с мелкими, будто маникюрный наборчик, чертами недовольного лица, на сильно побитых, напоминающих мебельные ножки каблучищах (последнее есть автопортрет). На пятачок перед стулом, куда заранее никто не наступал, пациент неизменно ставил принесенный откуда-то сверху цветочный горшок, тоже тяжелый, точно залитый свинцом, из которого, однако, топорщилось патетическое и жалкое растение: карикатура на тропики, словно забинтованное по стеблю полосками бурых тряпиц. Антонов, если ему случалось проходить по закутку, старался избегать оцепенелого взгляда сгорбленного пациента, не становиться по возможности зрением этой статуи, у которой перемещение предметов явно вызывало некое движение мыслей, — и поэтому статуя неохотно, несмотря на собственную неподвижность, выпускала что-нибудь из сектора обзора.

Ощущение при выходе было такое, как при подъеме из ванны, с новой тяжестью сосуда, зачерпнувшего воды. Видимо, не один Антонов боялся *зачерпнуть:* даже ленивый охранник при необходимости старался быстренько проскочить тогда, когда перед бритым возникала преграда в виде какого-нибудь посетителя; никому не нравилось чувствовать, что представление пациента об окружающем совершенно и буквально соответствует тому, что он видит перед собой (эта буквальность, вероятно, существовала за счет отсутствия представлений о самом себе), — и даже Вика, чего с ней никогда не бывало под взглядами мужчин, проходя, смущенно запихивала пальцами под косынку петли привядших волос, придерживала халатик там, где болталась на серой нитке верхняя полуоторванная пуговица.

Женщины были попроще и действительно напоминали не больных, а какую-то обслугу, уборщиц или санитарок. Антонов, расспрашивая Вику, все пытался понять, в чем же заключается их сумасшествие, но не обнаруживал ничего разительного, кроме разве того необъяснимого факта, что фамилии обитателей шестого этажа, включая персонал, представляли собой целую кунсткамеру окаменелых грамматических ошибок: так, длинноносая Викина соседка звалась Люминиева, а заведующая отделением, поклонница Гериного таланта, носила фамилию Тихая. Другая соседка, Засышина, которую Антонов видел только внизу, осанистая женщина с темной тенью летнего загара на добротном, от природы тщательно отделанном лице и с тою торжественной посадкой большого живота, какой бывает у подушек на деревенских кружевных кроватях, все время собиралась в дорогу; каждое утро она готовилась к выписке, раскладывая по мешкам свое постиранное и помытое имущество, раздавая остатки картофельных, с черным луком, пирогов и каменных мелких конфет. Засышина всем говорила, что поедет сегодня на поезде, — она и правда была не здешняя, а откуда-то из северного леспромхоза, как будто из довоенных, еще раскулаченных переселенцев; неправдоподобная дальность якобы предстоящего ей путешествия объяснялась, возможно, семейной памятью о поездах, шедших, словно сквозь туннели, сквозь множество ночей, из лета в осень или даже в зиму, — о поездах, строчивших, будто швейные машинки, и надставлявших расстояние кусками времени, так что годы, минувшие с той поры, тоже пошли, пристрочились туда же, — и Засышина теперь собиралась «домой», в нереальную даль, каждый раз степенно прощаясь со своими городскими тщедушными родственниками, щербатыми и гнутыми, будто столовские ложки и вилки, похожими рядом с большой и красивой Засышиной на постаревших без взрослости детей. Люминиева, наоборот, не ожидала никаких перемен: бесконечно наживляя на спицы рыхлую нитку, приходившую откуда-то из-под кроватей с нанизанными клоками пуховой пыли, она без конца рассказывала про мужа, что работал на заводе слесарем-наладчиком, про сыновей Андрюшу и Гошу, девяти и тринадцати лет. Как будто и не было ничего хоть сколько-нибудь ненормального в этой семейной повседневности, все, напротив, было очень обыкновенно; но оно все время как-то стояло перед Люминиевой, существовало одновременно в реальности и ее сознании — и это было удвоение, которого женщина, по-видимому, не могла постичь. Во всяком случае, Антонов понимал, почему Люминиева, так много говорившая о муже, что брезгливая Вика уже почти ненавидела этого чесночно-табачного, словно давленного для крепости запаха, мужичонку с рублевой медалькой на коричневом пиджаке, — почему она, сосредоточенная на нем и детях, в первый момент словно не совсем узнавала его. Люминиева, заколебавшись несмелой улыбкой, осторожно трогала тылом ладони его багряные и холодные с улицы щечки, убеждавшие ее, что муж пришел издалека, — в то время как он смущенно щерился и дергал сухой головой, будто растягивал тесный воротник. Вероятно, самая частота его преданных появлений грозила умножением двойного, что безопасно отстояло друг от друга на расстоянии половины замерзшего города, глиной глядевшего из-под снега в слабосильном свете окраинных фонарей. Замешательство Люминиевой при виде мужа чем-то напоминало колебательную улыбку воды, куда погружается, целиком в свое отражение, тяжелый и крупный предмет. Вероятно, муж ее каким-то образом чувствовал, что внезапное его появление может буквально расплескать ее стоячий разум, и потому никогда не топтался, как другие, прямо у лестницы за спиною охранника, а, позвонив по заезженному внутреннему телефончику, хоронился в сторонке и давал спустившейся супруге время разглядеть сначала чужих, понимая, что с ними она спокойней воспримет и его, опять не утерпевшего прийти. Люминиева, не сразу отпускаясь от лестничной стены, осматривалась, видела мужа, ощупывала его, гримасничая и мигая пронзительными и одновременно сонными глазами, — а потом в ней появлялось что-то человеческое, она деловито присаживалась на кушетку, мелко жевала на целых передних зубах какой-то гостинец, отчего стянутый рот ее словно завязывался снутри бесконечным узелком.

Раздражительная Вика, которой семейная соседка успела изрядно надоесть, не желала видеть в Люминиевой что-то особенное — но Антонову порой казалось, что он улавливает в псевдосумасшествии этой обыкновеннейшей женщины отражение реального положения вещей. «Замирание времени», — говорил он себе, удерживаясь рядом с дремлющей тещей Светой на краешке полутораместного сиденьица сотрясавшегося всем своим железом пьяного автобуса. Они ехали очень долго, одиннадцать туманных, обставленных киосками остановок, — но улицы города, где за последние несколько лет так усилилось движение легковых, все более зверевших автомобилей, никуда не вели. Город целокупно переходил из ночи в день и изо дня в ночь — но улицы его, чересчур *очевидные,* в центре упирались в помпезные туманные здания, содержавшие учреждения, ненужные большинству из едущих и идущих, а на окраинах выползали из-под серых горбушек разломанного асфальта и растворялись, с сыпучим шуршанием под колесами какой-нибудь местной залатанной машинешки, в уродливых просторах карьеров и пустырей; последняя жилая изба, всегда заросшая одичалой зеленью, горькой на цвет, значила здесь не больше, чем брошенный на обочину спичечный коробок. Город пребывал в нигде, в замирании времени и пространства, и самое лучшее, что можно было себе представить, — будто улицы, замысловато переплетаясь, сливаются в шоссе, что утекает сквозь четкую выемку в лесистом горизонте, мимо уходящих под насыпь пропыленных домишек и огородиков с кучерявой картошкой, куда-нибудь в Москву. Улица, ведущая в другой, возможно, лучший город, — это представление могло служить опорой человеку, достаточно свободному для праздного витания мыслей. Но повседневная трудная жизнь, протекавшая *здесь* и не имевшая лучших перспектив, была подобна слову, повторенному множество раз, и наизусть впечатывалась в умы — так что бедная Люминиева не выдержала, ей потребовалась больница. Жестокая Вика рассказывала, что семейная соседка, лежа в этом «санатории», чувствует свою вину, но боится выписки. Однажды Антонов видел в приемном закутке детей Люминиевой: два тонкошеих пацана с ушами будто большие скорлупины и с нежными вихрами, точно кто легонько подул на их одинаковые белобрысые затылки, имели во внешности множество не просто похожих, а поразительно одинаковых, только по-разному сложенных черт. Младший был уже ростом с гордого пунцового отца; старший, выше целой головой, красовался в дешевом, явно отцовском галстуке. Они неловко переминались и старались не глядеть на мать, вероятно, обманувшую всех, что она больна, — а младший, исцарапывая пальцами и поднимая плечи, тихо тянул из-под свитера манжеты рубашки, точно и сам хотел как-нибудь утянуться в воображаемый панцирь. Всем своим видом некрасивые сыновья Люминиевой выражали скуку и тоску: Антонов понял, что и здесь, приведенные матери на глаза, они скучали по ней и тосковали, потому что не видели способа примириться с материнским отсутствием в то самое время, когда оба они безвозвратно взрослели и входили в возраст, в котором человек, по их понятиям, уже не может мириться ни с кем и ни с чем — тем более с матерью, то и дело тянувшей руку, подсиненную, будто жгут отжатого белья, чтобы поправить на Андрюше или Гоше великоватый воротничок. Безо всякой связи с происходящим Антонов тогда подумал, что у Вики, слава богу, абсолютно правильная фамилия, может быть, единственно нормальная на всем шестом этаже: Иванова.

XI

Лишенный сумасшедшим домом права на родственность, Антонов пытался утвердиться и бывал у тещи Светы по выходным: заявлялся задолго до того, как им надо было ехать в больницу, получал перепрелый сытный обед и поглощал его не торопясь, в присутствии запыленного, давным-давно невключаемого телевизора. Собственно, настоящее сумасшествие происходило именно здесь. Пока Антонов и теща Света сидели одни, вполголоса обмениваясь малозначащими фразами, между ними возникала какая-то тонкая гармония; открытая и непривычно прибранная Викина комната, с гладкой постелью и ясным окном, где далекий морозный шпиль казался бесплотным, точно луч дневного прожектора, тоже участвовала в этом покое и представляла собой опрятную перспективу вещей, строго параллельных стенам и потолку. Но неизбежный Гера тоже не дремал — казалось даже, что он и вовсе не спит, настолько красны и горячи бывали его бегающие глазки, когда энергичный друг семейства, отряхиваясь от талой снеговой шелухи, раздевался в забитой его товарами прихожей. Возможно, что таинственная эта воспаленность объяснялась ночными Гериными трудами за пишущей машинкой, которым он предавался со страстью прирожденного фальшивомонетчика; во всяком случае, рукописи он с собой пока не приносил, а продолжал таскать для Вики толстокорые огромные фрукты — коричневые, похожие на картошку, очень твердые груши, все те же пористые апельсины, проложенные снутри рыхлой стеганой ватой: когда Антонов вскрывал для Вики в больнице эти глухие мячи, пальцы делались горькими, будто аспирин. Гера больше не возил Антонова и тещу Свету на своей машинешке, объявив, что «агрегат сломался», и не составлял им компанию в усыпляющих автобусных путешествиях. Однако Антонов подозревал, что Гера бывает в психбольнице в неприемные часы и деловито общается со своей приятельницей Тихой. Во всяком случае, боковая тропа, по которой он провел однажды подавленных родственников к скромным, густо замазанным краской служебным дверям, оставалась хорошо утоптана и канавой темнела на слепящей сыпучей целине, обманно указывая направление на главный корпус и скрытно заворачивая в золотом, пронизанном дрожью бурьяне. Антонову даже казалось, что он различает на мерзлом мякише болотины взрытые, словно копытные, Герины следы.

Продолжая жить своей таинственной кипучей жизнью, Гера затеял проект: ему предложили выгодную «схему» торговли не то бумагой, не то какими-то трубами, и он решился наконец регистрировать предприятие. По замыслу его, Вике в психбольнице, опять-таки по блату, должны были оформить инвалидность, после чего расторопный Гера принимал ее на работу, что было крайне выгодно в смысле налогов, а Вике давало возможность получить, по выражению предпринимателя, «исправительный урок капиталистического труда». Антонову, ненароком заставшему обсуждение нового бизнеса, не сразу удалось дознаться до сути проекта: теща Света, совершенно растерявшись, поспешила на кухню к переполненной раковине, где под струей пулеметно застрекотала грязная посуда; сам же Гера, только что темпераментно, чуть ли не с ленинской жестикуляцией рисовавший ей, сидевшей смирным калачиком в углу дивана, выгоды и перспективы (главным образом свои, но теща Света, нежно и испуганно мигая, принимала их на собственный счет), немедленно повернулся к Антонову спиной. На Гере был, в соединении с неизменными бряцающими джинсами, малоформатный разлетный пиджачок с большими дырьями петель по борту, а также коротенький, пуком, ацетатный галстук именно того индустриального оттенка, какой рисовали на портретах Ильича, предназначавшихся для средних и высших учебных заведений; он остервенело рылся в своей многокарманной, набитой скоросшивателями сумке и даже царапал там по днищу, намереваясь, как видно, немедленно заняться бизнесом. Все попытки Антонова обратить на себя внимание и выяснить, что за инвалидность, насколько это связано с реальным состоянием Вики и почему вообще такие вещи решаются помимо него, нарывались на кашель и бурканье, и тут же перед ним опять оказывался серый, как бы слоновий, джинсовый круп. «Ты здесь кто? А? Чтобы я давал тебе отчеты? — вскидывался Гера, оставаясь руками в сумке. — Я тебя не знаю, кто ты, и говорить с тобой не хочу!» Он махал на Антонова своими бумагами, его сосборенный, рвущийся говорок и внезапный переход на пролетарское «ты» выдавали не волнение и опаску, а скорее возбуждение, как будто самый факт, что Антонов ему сопротивляется, говорил о солидной, даже сверх ожидания, выгоде будущих сделок. Отчаявшись добиться толку, Антонов бегал к теще Свете на распаренную кухню, где она, работая локотками, похожими на сточенные теркой морковины, то и дело тылом мокрой ладони проводя по щеке, купала в сизой мыльной пене глухо тарахтевшие банки. Она, хлопоча, расшаркиваясь между раковиной и духовкой, где жарилась для Вики курица с грибами, тоже держалась к Антонову спиной (после эту манеру, взятую от друга семьи, ему предстояло узнать в более артистичном Викином исполнении). В ответ на возмущение Антонова теща Света жалобно оправдывалась, что она еще ничего не знает, но, может, так будет действительно лучше. «Ты же сам сердился, что у нее никаких математических способностей», — повторяла она, путаясь в расставленной посуде, и Антонов внезапно понял, что эта маленькая женщина, которой удается жить обыкновенной жизнью, какую она и мыслила себе до всяких рыночных преобразований, считает Вику подвешенной в воздухе, неспособной продолжаться, как она, и обреченной в самостоятельном будущем чуть не на голодную смерть. «Как только Вика выпишется, я на ней женюсь!» — брякнул Антонов ни к селу ни к городу и тут же понял, что опаздывает с этим заявлением, если уже не опоздал. От неожиданности теща Света уронила вареную картофелину в кастрюлю с винегретом, где и так валялось много недокрошенных, грубых кусков, а Гера в соседней комнате затих, но тут же продолжил свое бормочущее, царапучее копошение.

Скоро он убежал, раскачиваясь и хватаясь за предметы, точно устремляясь вперед по ходу курьерского поезда, а теща Света понемногу отошла — и в перемороженном полупустом автобусе, где только стоявшие казались живыми людьми, а сидевшие были безвольны, точно рассаженные по местам неуклюжие куклы, она уже улыбалась, протаивая розовым пальцем белый оконный ледок. Все сидевшие, застегнутые криво, но надежно, с руками и ногами в виде толстых матерчатых калачей, темнели вдоль длины автобуса по одному, только теща Света и Антонов были вдвоем и вдвоем держали на коленях теплую, хлебно пахнувшую сумку, потому что курица на морозе тоже пахла свежеиспеченным хлебом, — и от замерзшего тещи-Светиного пальца на белом окне расплывалась, впитываясь большим пятном, нежная темнота. Антонову было весело: он действительно думал, что сумеет отстоять свои права, потому что без Вики, чье присутствие лишало его любых реальных прав, препятствия в виде Гериных прожектов, тещи-Светиной нерешительности и даже больничной, не пускавшей его без пропуска охраны казались единственно существующими и при этом преодолимыми.

Противостояние с Герой продолжалось весь ноябрь и половину декабря, неожиданно рассыревшего, отчего осунувшиеся улицы превратились под колесами в сплошное пюре, а теща Света, водянистая с лица, мучилась головными болями и держалась пальцами за виски, словно учила какой-то занудный урок. Антонов подозревал, что Вику так долго не выписывают из-за Геры, который через свою Тихую специально тянет время, думая, будто он его выигрывает. Герина неприязнь к Антонову, ранее выражавшаяся в простом, но ощущаемом даже на расстоянии превосходстве большей массы над меньшей, теперь принимала такие сварливые формы, что Гера, полностью одетый на выход, уже затянувший до носа трескучую «молнию» бодро-красной, бодро посвистывающей курточки, бежал, бывало, обратно в комнату, чтобы выкрикнуть «интеллихенту» еще какое-нибудь оскорбление или не совсем понятную угрозу. Когда они, разделенные тещи-Светиным виноватым присутствием, вместе сидели в комнате, Гера делал все, чтобы Антонов ощущал, как он его не любит. «Налей, налей ему чаю, пускай хлебает!» — иронически поощрял он тещу Свету, осторожно спускавшую в чашки свежий, комками плюющийся кипяток, и тотчас чашка Антонова, выпучившись пузырем, переливалась через край.

Несомненно, что в Гериной вражде, помимо практических соображений, присутствовала подсознательная неприязнь к математическим занятиям Антонова, которые, в силу своей очевидной беспредметности, представлялись ему, должно быть, родом злостного безделья. Всякая абстракция была для Геры заведомым обманам, а небольшие деньги, которые Антонов получал в университете, казались ему, должно быть, чем-то вроде карточного выигрыша. Притом что «сухая» математика, по мнению Геры, была заведомо враждебна художественному творчеству, по некоторым репликам его можно было вычислить, что образ Антонова смутно сливается в его сознании с одним поэтом-модернистом, известным в городе персонажем и любимцем четырех гуманитарных факультетов, даже зимою ходившим с непокрытыми нейлоново-седыми патлами и в таких же седых, свалявшихся войлоком свитерах. Его лишенное возраста лицо, с расходящимися вниз, как на древесном листе, глубокими морщинами, то и дело мелькало в телепередачах и в прессе, его стихи печатали центральные журналы, и Гера, на основании собственного опыта, искренне считал, что вся причина в бабах, что сидят по московским редакциям и, обладая гнилыми вкусами, близко не подпускают настоящих, нормальных мужиков. Антонов как-то не сталкивался в университете с блуждающей знаменитостью, но однажды поэт завалился в полуподвальный «клуб», нетрезво ступая тонкими ногами, похожими в старых потертых джинсах на крашенные синим облупленные деревяшки, и обнимая за плечи необыкновенно красивую женщину в длинной роскошной шубе, словно вылизанной языком волосок к волоску, с высокими начерненными бровями на голубизне, точно нарисованными поверх других, многократно стертых в поисках наилучшего выражения надменности и печали. Модернист протащился настолько близко, что Антонов почувствовал запах — не алкоголя даже, а какого-то химического опыта, разогретой серной кислоты, плюс плотный, с шерстью, дух неухоженного немолодого тела, что показалось Антонову крайне неприятным. Но когда поэт, забравшись на квадратный стол, резким лицом под резко освещенный потолок, начал, сбиваясь и нараспев, читать свои томительно-невнятные стихи — они показались Антонову не то что хорошими (он ценил в поэзии совсем, совсем другое), а как-то подсознательно знакомыми. Ему почудилось, будто в тех математических чащобах, где он, исследователь, оставался Homo sapiens, то есть самим собой, этот человек в потертом джинсовом костюме, здесь какой-то не совсем живой, напоминавший деревянного солдатика, с которого облупилась краска, — будто *там* он был диковинной птицей, певшей на голой, странно изогнутой ветке; поэт, в отличие от Антонова, умел преображаться *там* в иное существо, в самую настоящую птицу с собственным своим лицом, с этими тяжелыми, навыкате, глазами, так странно смотревшими поверх отступившей к стенам и к выходу публики. Получалось, что Гера, с его подспудным, каким-то даже беззащитным чутьем, был не так уж не прав, проводя параллель; правда, из реплик его выходило, что Антонова и поэта сближает нечто сугубо здешнее, а именно использование глупых женщин в собственных интересах.

* * *

Противостояние шло с переменным успехом. Нередко Антонов, появившись у тещи Светы часов в одиннадцать, заставал неприятеля занявшим плацдарм: что-то уже поевший, с застрявшим в зубах самым вкусным кусочком (что выражалось в сосущем чмоканье и толстой защечной работе языка), Гера упоенно терзал тещи-Светин хорошенький телефон. Перетащив аппарат за шкирку на ветхий журнальный столик, поставленный углом между чудовищных раздвинутых колен, Гера дергал пальцем цепляющийся диск и, соединившись, лаял в трубку распоряжения по сделкам. Его растрепанные записные книжки с завитыми углами, раскрытые одна на другой, содержали множество потертых номеров, а также лощеных визиток с шулерскими виньетками, заложенных по какой-то хитрой системе; тщетно глубокое тещи-Светино кресло, одетое в рыхлый, до пола, старушечий бархат, но обладавшее, как было известно Антонову, мощью экскаваторного ковша, пыталось успокоить и уложить ретивого бизнесмена: дернувшись и повозив ногами, Гера неизменно выкарабкивался и продолжал, сидя словно на коленках у бабушки, баловаться аппаратом — в то время как теща Света, боком перелезая через косо натянутый телефонный шнур, несла ему дребезжавшую на блюдце чашку горячего кофе и одновременно шепотом и страшными глазами отправляла Антонова на кухню, где тарелка со следами Гериной трапезы напоминала палитру художника, только что создавшего шедевр.

Антонов никак не мог уяснить, какие все-таки отношения связывают тещу Свету с этой живой карикатурой, является ли Гера в полном смысле слова «ее мужчиной» или же теще Свете отводится роль всего лишь наперсницы по литературным делам, в принципе неспособной на прямую и жесткую критику и потому как бы тоже несущей ответственность за судьбу произведения, доверяемого ей неизменно в исчерканном и бледном четвертом экземпляре. Прежде Антонов смущался задавать себе подобный бестактный вопрос, его останавливал какой-то внутренний барьер, а кроме того, приходило воспоминание, как в самый первый раз, явившись в этот дом, он был застигнут без брюк поворотом ключа, усталыми шагами в коридоре, звуком шаркнувшей, будто лодка о берег, хозяйственной сумки, — и как после сквозной минутной тишины, во время которой Антонов и Вика впервые за вечер посмотрели друг другу в глаза, полегчавшие шаги быстро повторили все в обратном порядке, притом что на улице стоял тридцатиградусный мороз. Теща Света проявила тогда деликатность ценою сильнейшей простуды, и когда она через несколько дней официально принимала Антонова в гостях, горло ее, вероятно, было таким же пестрым, как и принесенная Антоновым ангинозная орхидея; странно, но Антонов, обычно не любивший вспоминать о том, как ему сделали добро (оно насильственно нарушало его равновесие с миром, тщательно соблюдаемый нейтралитет), на этот раз с удовольствием чувствовал, что может быть привязчивым и благодарным, он даже мысленно носился с воспоминанием, как эта неразобранная сумка, откуда торчала теплеющим хвостом промерзлая гранитная рыбина, скромно стояла в прихожей, прижавшись к стене. Теперь же Антонов, несмотря на полученный урок целомудренного невмешательства, следил, как шпион, из темного угла, не проявятся ли на просвет во взаимных перемещениях Геры и тещи Светы некие многозначительные водяные знаки. Шпионские наблюдения выявили, тем не менее, что между хозяйкой и гостем нет ничего подозрительного: даже когда в тещи-Светиной квартире внезапно, с ликующим курлыканьем, на несколько часов остыли батареи, эти двое не потянулись друг к другу за животным теплом, но укрывали каждый свое, глубоко запахиваясь на мужскую и на женскую стороны. Вероятно, Гера просто обладал счастливой способностью становиться родственником в самых разных семействах — как догадывался Антонов, главным образом в неполных, так что, располагай он достоверной информацией, он мог бы возвратить романисту его обличения насчет использования баб или, по крайней мере, с достоинством отразить беспорядочную пальбу жеваными комьями слов, часть которых Антонов если и сумел бы выговорить, то разве только с каким-нибудь иностранным акцентом. Во всяком случае, завотделением Тихая явно была не единственной Гериной поклонницей на стороне — хотя бы уже потому, что существовали и другие экземпляры романа, вероятно, составлявшие, вместе с черновиками и вариантами, целый монумент из переработанной бумаги, что-то вроде античной развалины в Герином, как он его называл, «домашнем кабинете», — и имелся, конечно, первый, парадный царь-экземпляр, который набивала где-то в недрах отвергавшего Геру издательства преданная ему немолодая машинистка.

Теща Света, как понимал Антонов, представляла собой для Геры объект идеальный. Все ее гуманитарное воображение, очень мало востребованное в рекламной фирме и не шедшее ни на какое собственное творчество, тратилось на романтизацию чужих, в частности Гериных, страданий, которые представлялись теще Свете столь же отличными от собственных ее эмоций, сколь отличны от обыденных речей высокопарные стихи. Теща Света физически не могла смотреть на экран, если после «ее» рекламного ролика, зазывавшего в новый, паразитом внедрившийся в развалину стеклянный мини-маркет, по телевизору показывали муравейник голодающих негритянских детей или место автокатастрофы, где сквозь стекло разбитой грузовой «чебурашки» белелось прижатое нечто, напоминавшее белье в окошке поработавшего стирального автомата. Антонов не усматривал ничего удивительного в том, что под рекламными щитами тещи-Светиного изготовления сразу же заводились нищенки, с лицами пустыми, будто вывернутые мятые карманы, с байково-грязными, мертвенно спящими детьми на бесчувственно-вислых руках, — и любая драная гармошка, наполнявшая горестной вальсовой музычкой сырую полутьму подземного перехода, без труда выманивала из укрытия тещи-Светин скромный кошелек. Гонимый Гера и был для жалостливой тещи Светы романтический герой: она бы ни за что не смогла добавить ко всем ударам со стороны издательств и рецензентов еще и собственную критику, боялась даже ненароком, околичностью, согласиться с этими бесчувственными чиновниками от литературы, оказаться на их стороне, — и в результате трусила самого горластого страдальца, забиравшего все шире власть. Антонов понимал, что теща Света именно *боится* отмеченных страданием людей — еще и с тем оттенком страха, с которым впечатлительные женщины боятся мышей и привидений, — и поэтому, случись на самом деле с кем-нибудь из близких настоящее несчастье, она навряд ли сможет быть достаточно тверда, чтобы под свою ответственность наладить для себя и для другого нормальную жизнь. Однако фальшивый, исполненный кипучей жизни страстотерпец вроде Геры мог вить из нее веревки: для него теща Света была готова на что угодно и мотыльковой пантомимой умоляла Антонова из-за Гериной покатой, плохо укрывающей спины как-нибудь перетерпеть его безостановочный террор.

Антонов ловил себя на том, что и сам боится оккупанта: еще у входных дверей, заслышав Герин голос, транслирующий себя в телефонную трубку, он чувствовал тошную слабость в груди, и раздевание его, с длинным сволакиванием хрустящего, словно соломой набитого, пуховика и сложным обменом ботинок на разъятые тапки, превращалось в сплошное мучение — а после эти же тапки на черной тяжелой резине грубо упирались в линолеум коридора, когда Антонов, с белым перышком на мятом рукаве, пытался независимо войти к коварному врагу. Первые слова приветствия вырывались у него из шершавого горла с каким-то добавочным клекотом; антоновское чувство собственного достоинства, мешавшее ему удобно и вольно усесться на стуле, служило для Геры неистощимым источником потехи; ледяное «вы», которое Антонов при общении с врагом пытался сохранять, было таким же незащищающим и нелепым, как и тощий антоновский кулак, похожий на яблочный огрызок по сравнению с целым и крупным Гериным фруктом, иногда ложившимся для острастки поверх упитанного слоя коммерческих договоров. И если для Геры «интеллихент» Антонов служил доступным продолжением обидного в своей неуязвимости поэта-модерниста, то для Антонова в Гере внезапно воплотился давний призрак, главный кошмар его отрочества — молодец-второгодник с нечистой мордой, похожей на паленую куру, и с устрашающим набором кусковатых зубов, желтых, как плохие янтари. Это было жуткое исчадие мужского туалета, где оно курило, пило марганцевый, с нерастворившимися крупинками, неотстираемый от одежды портвейн и откуда иногда выползало, источая крепкий запах канализации, на избранный урок.

В том же туалете, снабженном, чтобы было больнее обрушиваться, тремя фанерными зелеными кабинками как бы из прессованной хвои, происходили разборки с неугодными, которые начинались с курносой боли от тычка ковшово-темной, картофельным ящиком пахнувшей пятерни в ослепшее лицо и заканчивались на мерзостном полу, где жертву, сопя, окапывали пинками. Горячая, хвойно-горькая дурнота, чужие, всегда как бы *левые* руки, шарившие по распяленным карманам в поисках рублевок и монет, и каменеющая тяжесть мочевого пузыря, которую Антонов носил, будто каторжное ядро, по бесконечно наклонным школьным коридорам, со сползающими на пол, точно старые стенгазеты, окнами и дверьми, с отвратительно живой, комочком шевелившейся водицей питьевого фонтана, из-за лепета которой приходилось буквально затягиваться узлом, — все это наплывало теперь чудовищно яркой волной, возвращалось к Антонову единым махом, и он обращал к осклабленному Гере такое же точно вытянутое постное лицо, с каким, бывало, терпел, боясь заглянуть в туалет. Из-за того, что их борьба происходила как бы при участии прототипов, она приобретала некую литературную окраску, условную сценичность; Антонов (соавтор, как и всякий главный герой романа) догадывался, что если бы поэт и двоечник столкнулись наяву, они бы, может, подрались до окровавленных рож — а в данном *словесном* случае все было очень, очень смягчено. Иногда, в отсутствие врага, Антонову даже мерещилось, что он придумал большую часть неприятных Гериных качеств, а на самом деле Гера скорее несчастен, чем злобен: ведь не зря все эти женщины, хозяйки его разбросанных по городу убежищ, так стремятся восполнить собою что-то недоданное ему, так охотно становятся сообщающимися сосудами его переживаний, — и тещи-Светина в этом смысле особенная небесность поднимала грубияна Геру на известную высоту, чего Антонов в глубине души не мог не уважать.

Но даже когда проклятый Гера отсутствовал в тещи-Светиной квартире (вероятно, рыскал по области на своем стреляющем драндулете), от него все равно не было никакого спасения. Превратив помещение в собственный офис, Гера насажал на тещи-Светин телефонный номер множество паразитов. Незнакомцы прорезывались сиплыми, не сразу набиравшими полное и слитное струение междугородними звонками, их задыхающиеся, как бы подростковые голоса пробивались сквозь шумовую метель, которой вторили вихри молочного снега за мутноледяным, с зеленой трещиной, окном, — и Гера очень сердился, если теща Света неправильно понимала и записывала эти прерывистые сообщения. Бывало, что и сам он добирался слабой, крупно-угловатой трелью из какой-нибудь богом забытой дыры: если Антонову случалось оказаться одному во внезапно ожившей комнате и услышать Герин голос, звучавший словно из погремушки и уменьшенный ровно на столько, на сколько Гера вживе преувеличивал его, надрываясь в тещи-Светин телефон, — Антонов не выдерживал и, с какой-то размазанной дрожью во всем существе, придавливал аппарат, который, впрочем, тут же, под рукой, принимался выделять тугой горох повторного звонка. Реальность брала свое: счет за междугородные Герины переговоры, случайно увиденный Антоновым у тещи Светы на подзеркальнике, превысил за ноябрь четыреста рублей.

XII

Но самое главное мучение Антонов претерпевал в действительное и полное Герино отсутствие. Тогда в его воображении наново звучали все обидные слова, все хвастливые угрозы и хамские выпады, на которые Антонов в реальности умел достойно реагировать только через посредство тещи Светы, обращаясь к ней с каким-нибудь церемонным замечанием, после чего антоновские нож и вилка (в правой и, соответственно, в левой руке) начинали танцевать в тарелке как бы на цыпочках. Гера превратился в наваждение; однажды секретарша декана, немолодая почтенная сплетница с пластилиновыми расцветками угрюмого макияжа и с глубокими морщинами, точно ее лицо получилось из какой-то другой, перелепленной пластилиновой фигурки, обратила внимание Антонова на то, что он довольно громко разговаривает сам с собой. Открытие было таким же ошеломляющим, как и открытие лысины; действительно, Антонов тут же понял задним числом, что коллеги, собираясь к нему обратиться, вежливо выжидают паузы, как если бы Антонов общался еще с каким-то невидимым собеседником. Еще Антонов уяснил, что, бормоча под нос, он не только выступает от себя, но и проговаривает реплики Геры, который буквально вселился в него, подобно злому духу, и, казалось, носил его новый, совершенно юный по сравнению с остальным десятилетним гардеробом *молодежный* свитер, поедал в столовой его водянистый морковный обед.

Должно быть, доктор Тихая, незримо парившая над зимним металлическим городом в своем кубическом кабинетике, нашла бы в этом вселении вполне разборчивые симптомы; но именно мысль о сумасшествии, которого нет и не может быть, поддерживала в Антонове чувство правоты, что было равнозначно спасению от Геры собственного «я». С сумасшествием, представлявшимся ему не болезнью, не чем-то, объективно имеющимся в человеке помимо медицины, но неким способом употребления пациента со стороны специализированных врачей, у Антонова были давние счеты — еще с наивной юношеской поры, когда он полагал, будто зимние и летние сессии, сдаваемые каждый раз на круглые пятерки, и есть важнейшие проверки содержимого его мозгов. Иллюзии кончились, когда неосторожного Алика, владельца ярко-черной, с золочеными морскими пуговицами пишущей машинки, на которой перепечатывались «секретные материалы», забрали сладостным, как девичьи дешевые духи, весенним вечером в учреждение желтого профиля: тогда оно таилось прямо на задворках центрального проспекта, овеянных запахами хлебозавода, и представляло собою крашеный особнячок, если и отличавшийся от соседних, хозяйственных и конторских, то разве что особым выражением окон, совершенно ледяных по раздышавшейся весне и словно читавших справа налево удивительно твердую улицу, что днем и ночью перетряхивала до последней железки пыльные грузовики. Мама Алика, артистка музкомедии, всегда с веселым грудным говорком, всегда в сыроватой бархатной пудре, казалось, так же ей присущей, как цветку присуща пыльца, целый месяц плакала в платочек, отчего ее глаза расползались на лице, точно две трикотажные дыры, и, надев огромную, кружевную, брассом плывущую шляпу, ходила по влиятельным друзьям, только чтобы Алика не долечили до бесповоротного диагноза.

Антонов тогда вляпался совсем не так глубоко: дело ограничилось серией бесед с двумя настойчивыми, но чрезвычайно вежливыми мужчинами в штатском, которые были бы совершенно однотипны, если бы не разница в габаритах, — из-за чего и нервный изящный малыш, и долговязый великан, все время смотревший себе на колени, точно тайком читавший под столом какую-то книгу, казались какими-то нестандартными, а потому и не очень опасными экземплярами. Звания их находились в обратной пропорции к размерам; вопросы, задаваемые Антонову в предположительно-утвердительной форме, касались даже не столько Аликова дома (где по уик-эндам появлялся, в качестве неизбежного гостя, интеллектуальный, с бодрой кроличьей улыбкой, факультетский стукачок), сколько периферии дома и семейства — некой туманной, приливавшей и отливавшей стихии со своими двоякодышащими обитателями, — стихии, не соединявшей дом с остальным, дождливым и каменным миром, но превращавшей его в зачарованный остров, где горела мандариновая лампа. Эта-то стихия и выходившие из нее неясные фигуры (артистический старец с хохлатыми висками и с перхотью на черном пиджаке, узенькая поэтесса, делавшаяся по-крестьянски большеногой, когда тяжело ступала на пол с высоченных каблуков, еще какая-то москвичка с облупленным, как ржавчина, сочинским загаром, прочая разнополая богема, одетая так, как вещи висят на вешалках в шкафу) более всего интересовали капитана и старшего лейтенанта. За внешней их доброжелательностью происходила видимая Антонову *изнаночная* работа: штатские все время обменивались какими-то записями — долговязый, двинув бумагу старшему по званию, одновременно шаркал под столом подошвой и тут же снова утыкался в воображаемую книгу, а малыш, пригораживая полученное согнутым локтем, не забывал поощрительно кивать лепетавшему Антонову, который так уставал во время этих собеседований, словно сидение на стуле было самой неестественной позой на свете. Он действительно сидел перед своими вопрошателями настолько напряженно, что к нему на сомкнутые колени можно было, как на стул, посадить еще одного ответчика; он запоминал навеки толстую стеклянную пепельницу с аккуратно запечатанным «бычком» на желобке, импортные, цветные, как счетные палочки первоклассника, канцелярские принадлежности малыша, и ему уже казалось, что он вообще не знает в жизни ничего, кроме этих людей и этого места, и выходит отсюда в цветущую теплынь совершенным чужаком.

Собственно, вопросы, задаваемые штатскими, как раз показывали Антонову, что он не имеет ни малейшей информации о людях, вечерами витавших в перламутровой от табачного дыма гостиной, где мандариновая лампа над круглым, с шелковыми кистями, столом освещала главным образом руки — дамские, плавно расставлявшие тарелки, старческие, в жилах и веснушках, державшие с павлиньей важностью богатый веер игральных карт: верный проигрыш в «дурака». До Аликовой берлоги, где его измятая лежанка теряла всякую мебельную родовую принадлежность среди наносов и завалов великого множества книг, иногда доносились декламация рояля, неестественно красивое, немного режущее сопрано. Могло бы показаться, что в гостиной царит сплошное веселье, хотя в действительности там все время поминали каких-то умерших, еще более незнакомых, чем эти туманные живые, представленные на столе пустыми либо недопитыми рюмками: среди них одна, нетронутая, была полна прозрачной водкой до самых краев, и там, как зародыш в яйце, содержалось нечто цветное от этой комнаты, и пожилой артист, расстегнувшись, держался за сердце.

Жизнь «молодежи» сосредоточивалась налево и наискось, через темный и узкий, точно горная щель, коридор: у Алика сидели на полу, крутили юливший музыкой и шарахавший треском радиоприемник в поисках «голосов», разбирали, передавая по кругу, скользкие пачки фотографий, где не было людей, а был очередной «антисоветский» текст, расплывавшийся от какой-то человеческой близорукости, свойственной «Зениту» Сани Веселого, который трудился, будто Пимен, над свитками фотопленки, если Алику удавалось раздобыть очередной крамольный оригинал. Аликова берлога, конечно, обособлялась от гостиной, четверть которой занимал огромный, как черная Африка, гудящий, как джунгли, рояль, но все-таки и берлога принадлежала к острову, удивительно далекому от внешнего мира, где таилась угроза, но главным образом — скука. Там, вовне, флаги и лозунги на почти бесцветных, разъедаемых воздухом зданиях походили на одежду, свисавшую из ящиков неряшливых шкафов; там молодец-второгодник (тоже, как и многие, перебравшийся в местную столицу из отравляемого кислым и едким заводом районного центра) работал на колхозном рынке рубщиком мяса и смачно тюкал по глухим деревянным тушам, похожим на вытянутых в беге игрушечных лошадок, — заматеревший, с мощными, как у соснового пня, корнями багровой шеи, с левой половиной золотых, неестественно крупных зубов, которые мокро скалились, когда он хекал по жирному дереву или устанавливал на сером, скользком, словно намыленном чурбаке какой-нибудь сложный кусок. Внешний, за пределами острова, мир был совершенно *нормален,* он содержал и являл индивидууму норму — в виде трамвайных правил поведения пассажиров или настенных учрежденческих инструкций по спасению в центре ядерного взрыва, где картинки напоминали панораму колхозных полевых работ. Даже водка на магазинных витринах стояла прозрачно-трезвая, как бы *пустая,* а цумовские манекены комсомольского возраста настолько мало обращали внимания на свою одежду (действительно не имевшую значения), как редко удается кому-либо из людей, зато их убедительные жесты инструкторов неизменно привлекали внимание толпы. На острове нормы не существовало вообще; этого не понимал стукачок Валера, старавшийся изо всех интеллектуальных возможностей сделаться в этих многолюдных комнатах своим. Потому он и торчал у всех на *виду; одетый диссидентом* в навозно-желтый замшевый пиджачок и тесные, с болезненной гримасой в паху, вельветовые брючки; его заученные жесты, явно *вычисленные* путем наблюдения за обществом, выдавали, повторяясь, производственный процесс.

* * *

Здесь сумасшествие было игрой: поскольку эта область относилась не к обществу, а к личности и к потаенным ее глубинам, не вполне постигнутым наукой, то и делать из себя немножко психа считалось делом сугубо личным, в лучшем случае — делом кружка, куда человек приходил с колыхавшимся мешком целительного пива и с разнеженным от чтения журналом «Иностранная литература». Здесь не только пили, читали и слушали радио: сюда, бывало, попадал от взрослых по чьему-то недогляду драгоценный кокаин. Тончайшее снадобье удивительно плотной и холодной белизны содержалось в дамской фарфоровой банке с туго отнимавшейся крышкой; проделав в три приема процедуру ответственного отвинчивания, сосредоточенный Алик брал на острую, совершенно игрушечную ложечку такую же острую порцию и, помаргивая, постукивая пальцем, отчего алмазная мука помаргивала тоже, выкладывал на карманное зеркало две неровные, с избытками, дорожки, после чего первый приобщавшийся получал пластмассовую соломину и, наклоняясь, прижимал дрожащим пальцем лишнюю ноздрю. Ледяной бодрящий кокаин замораживал нос, превращая его в видимый скошенным зрением плотный отросток, зато в полегчавшей голове озарялась синим светом блаженная пустота, и сложно было представить, как у человека может что-нибудь болеть.

Все чувства у Антонова становились праздничными, даже дырявые носки, цеплявшиеся снутри за ногти скрипучих пальцев, казались почему-то шелковыми, хотя и были самыми простыми — а что касается чувства времени, которое Антонов знал, сколько помнил себя, то оно, обычно ровное и точное (еще не обладавшее теми стройными перспективами, тою таинственной архитектурой, какие получило в дальнейшем), обогащалось как бы волной. Будущее, перетекая в прошлое, словно проходило через лупу, и в настоящем, державшемся ненормально долго перед остекленелыми глазами Антонова, все было выпукло, влажно, немного мохнато, журнальная страница была как таблица на приеме у окулиста, хотя Антонов совершенно свободно разбирал превосходный, черезвычайно остроумный текст. Вообще обстоятельства, в обычной жизни досадные, теперь становились источником удовольствия: некоторая скованность словно продрогшего тела, остолбенение, какое бывает зимой на остановке в долгом ожидании автобуса, здесь никому не мешали веселиться. Те, кому это было нужно, передвигались, словно пингвины, среди сидевших на полу, среди их сгибавшихся и разгибавшихся, застревавших на пятках разнообразных ног, — и все получали из гостиной замечательные пирожные с белоснежным кремом, чей чопорный вид на изогнутом блюде вызывал по-женски мелодичный смех исключительно мужской, живописно расположенной компании. Конечно, по утрам Антонову бывало хреново: головная боль напоминала начало сильнейшего гриппа, а главное — вокруг него возникала какая-то несовместимость поверхностей и фактур, его продирало, если сахар просы-

пался на липкую кухонную клеенку или шерстяной хозяйский плед касался мокрого полотенца,
кое-как служившего компрессом и при отжимании
выпускавшего такую серую воду, точно им помыли
полы. Вещи были недотрогами; выпаренная за ночь
щетина горела на лице; тугая боль наполняла глаза,
египетские от засохших потеков воды, что ползли,
холодея, из нагретого полотенца; квартирная хозяйка — тогда еще другая, кареглазая старушка
с комсомольской стрижкой двадцатых годов и не-
излечимой болезнью сердца, пронесенной через
всю учительскую жизнь, — очень беспокоилась
и давала Антонову свои лекарства в виде накапан-
ного в чашку мятного молока и каких-то мелконь-
ких таблеток, увязавших во рту, словно комочки
муки в перемешиваемом тесте. В таком раздавлен-
ном состоянии Антонов даже начинал побаиваться
последствий игры, но и отказываться не хотел. Его
привлекал не столько праздник чувств, за который
потом приходилось платить, сколько то, что, как он
думал, доставалось совершенно бесплатно. То была
особенная, интимная любовь к самому ритуалу,
равная разве что той, какую Антонов испытывал
к неторопливому копанию в книжках, к ладной тяжести потертого тома, к ощущению в руке его за-
прятанного, точно слиток, содержимого, к сухим,
осенним запахам больших библиотек. У Антонова
теплело на душе, когда у Алика в длинных факир-
ских пальцах появлялась фарфоровая банка с б_ле_д-
но, как бы изнутри, нарисованным цветком и все
обменивались понимающими взглядами, не забывая и того, кто почему-либо замешкался в углу, ласково поджидая, когда отставший нескладно ото-
рвется от пола и присоединится к остальным. Во
время медлительной процедуры, должно быть, не-
эстетичной для стороннего наблюдателя (лица
кривились и глаза косили над ледянисто-мутным

кокаиновым зеркалом), Антонов всем существом переживал усилия товарищей, будто он сам пугался коснувшейся снадобья пряди волос или ронял обхитрившую пальцы соломину, после чего неуклюже искал ее около собственных двух, широко расставляемых ног, недоуменно заглядывая за свои отступавшие пятки. Антонов испытывал странную нежность и сочувствие к подержанному, исполненному плоского достоинства Саниному пиджаку, к черной от пота серебряной цепочке на тощенькой шейке некрасивой девицы, все-таки затесавшейся в компанию мужчин, к ее босым ступням, белеющим будто ангельские крылышки; каждого, кто наклонялся с ищущей соломиной к дорожкам кокаина, Антонов хотел бы погладить по голове. Даже появление в дверях доброжелательного Валеры, небрежно державшего в сложенных комариком пальцах золоченую кофейную чашечку и время от времени тонко касавшегося губами испачканного края, вызывало только ответные улыбки. Никто, кроме Антонова, не знал, сколько времени Валера, вытесненный взрослой и молодой компаниями, проводит в темном коридоре, завешанном горами бесформенной, как бы беременной одежды, к которой он иногда припадает плечом, посасывая сквозь зубы кофейную гущу. Антонов считал необходимым приглядывать за Валерой, и, если кто-нибудь надолго занимал разбитый, верхним перекошенным углом горевший туалет, он был уверен, что там, на желтом от старости унитазе, коротает время за чтением рваной газетки одинокий стукачок. Однако когда на божий свет появлялся, ломко отслаиваясь с ложечки на зеркало, заветный порошок, даже Валера становился как бы членом семьи, и хотя он неизменно, прикладывая руку ковшиком к сердцу, отказывался попробовать, его приглашали «просто посидеть» со всеми на полу, среди разбросанных фотоснимков и брошюр, — что и было, вероятно, самым непростительным сумасшествием.

* * *

То, что сумасшествие не является личным делом гражданина, а, напротив, является делом государственным, стало понятно всем, когда на выходе из читалки к недоумевающему Алику подступили какие-то двое с одинаковыми темными затылками и он куда-то с ними исчез, а после обнаружился в больничке, где дверь с окошком для приема передач была точь-в-точь такая, за какой Антонова поджидали капитан и старший лейтенант: мерещилось, будто они и съедают содержимое утягиваемых внутрь, с глухим перебряком на невидимой приступке, объемистых мешков. Даже невнятный, расплывающийся по поверхности стук, извлекаемый посетителями из обеих серо-железных дверей, был абсолютно одинаков; когда долговязый, появившись сперва в окошке, затем оттаскивал толстую дверь, шуршавшую по линолеуму, изъезженному ею до вида и звучания затертой грампластинки, у Антонова было полное ощущение, будто он попал в дурдом и что назад дороги нет. Войлочные лохмы на черном ступенчатом срезе двери были настолько неопрятны, что чудилось, будто зрелище это редко открывается человеческому глазу и по большей части остается запечатанным, а от беседы у Антонова почему-то оставалось впечатление, какое бывает, когда переворачиваешь камень, сверху горячий и потресканный, снизу сырой до синевы, словно бы с зернами грязного льда, и видишь земляной холодный жир — сплющенное разрастание толстых, шелковисто-белесых стеблей, юркие извивы маслянистой многоножки. Иногда

Антонов бывал настолько измучен, что даже хотел пожаловаться штатским на этот ужас, который они на него наводят. Штатские, в свою очередь, выглядели каждый раз весьма довольными результатом собеседования, хотя Антонов мог бы поклясться, что не поведал им ничего, что не было известно тому же Валере; давая показания, которые долговязый тщательно заносил на оттираемые локтем в сторону бумажные листы, Антонов придерживался внешней стороны вещей, той хорошо поставленной *видимости,* которая благодаря сценическому опыту большинства участников для любого постороннего зрителя выглядела будто музыкальный спектакль. Тем не менее штатские, заполучив в свое распоряжение очередной протокол, провожали Антонова двумя мужскими ясными улыбками (у долговязого улыбка была слабее на какую-то точную долю служебного чувства) — и Антонов не мог себя пересилить, чтобы не протянуть руки навстречу розовой и маленькой, будто детский первомайский флажок, ладошке капитана. После, мучаясь мыслью, что выложил собеседникам больше, чем хотел и чем казалось самому, Антонов пытался — хотя бы для себя — демонстративно вытереть опозоренную руку о штаны; однако если это и получалось, то весьма ненатурально, потому что ладонь капитана не была ни липкой, ни сырой, вообще не отзывалась на плотный контакт, и ощущение было такое, будто рукопожатие проделано капитаном в матерчатой перчатке.

Антонов считал своей обязанностью рассказывать матери Алика о содержании этих мучительных бесед, но почему-то не мог вдаваться в подробности, словно вдруг разучивался выговаривать самые как будто обыкновенные слова, — а она особо и не расспрашивала. В квартире с пыльными золотыми окнами было до странности пусто, многие предметы лежали не совсем на своих местах, словно размагнитившись и потеряв ориентацию в пространстве, и погрузневшая хозяйка тоже сделалась рассеянной, все время что-нибудь искала, стукаясь длинными бусами о мебель, — и вдруг замирала в недоумении, забыв, что же такое хотела найти среди своих очевидных, никуда не девшихся вещей. Антонову было бы намного легче, если бы, явившись с отчетом, он застал кого-нибудь из прежних завсегдатаев, только что им описанных и мысленно увиденных с неотвязностью цветной галлюцинации, — но пустые, непролазно сдвинутые стулья в гостиной казались принесенными от соседей, мандариновая лампа горела мутно и приторно, словно в ее раствор густо намешали меду, и тишина стояла такая, что было слышно, как в малую ее прореху сыплется золотой песочек наручных хозяйкиных часов. Через полчаса в пустой гостиной Антонову уже казалось, что он приходит совершенно зря и зря *выставляется* своею немощной честностью, что в этом есть что-то такое же стыдное, как и в стараниях безногих нищих, что заголяют на подстеленных газетках ярко-розовые, непристойно шевелящиеся культи.

Саню Веселого, по-видимому, тоже таскали *в отдел,* но он об этом глухо молчал и только бегал в одиночку, с белесым выгоревшим рюкзачишкой, куда-то в синие леса, ощущаемые об эту пору в городе, как в квартире ощущаются открытые окна. Должно быть, прозрачный, как водица, дневной костерок, да огуречные цвета молоденькой зелени, пробивавшейся из парниковой серости прошлогоднего лета, да мохнатые, холодные у корня весенние цветы, сильные под ладонью, будто пойманные бабочки, и отдающие глубокой почвенной тягой, когда собираешь недолговечный, байковыми тряпочками обвисающий букет, — все это, вероятно, служило для Сани гораздо лучшим лекарством от *отдела,* чем для Антонова покаянные отчеты, приносимые женщине, казалось, только для того глядевшей на него с неотрывной пристальностью, чтобы не слышать, что же он такое говорит. Единственное, что Саня поведал Антонову, было весьма определенным выводом, сделанным в обстановке, в которой у Антонова начисто отключались аналитические способности: с улыбкой, похожей на ожерелье дикаря, Саня сообщил, что «им» не нужен ни Алик с его брошюрками, которых как открыток в каждой приличной семье, ни алкоголики-актеры, чей велеречивый темперамент глубоко претил холодному тайному ведомству. По Саниным догадкам выходило, что «они» нарочно устроили шухер во всем тараканнике (из-за того, что ведомство внушало некрасивый страх, работники его, подобно всем коллегам в истории и в мире, болели отвращением к своим немужественным, трусящим, при этом вредным клиентам, будь то академики или популярные артисты, — и, может быть, разворошенные гнезда крупных творческих особей становились истинным испытанием для нервов этих образцовых мужчин). Настоящей «их» целью, по Саниному мнению, было вычислить кого-то единственного, возможно, привязанного к дому и хозяйке более нежными чувствами, чем мог себе позволить платный агент мирового империализма.

Естественно, что после Саниного сообщения Антонов захотел самостоятельно догадаться, кто же этот искомый, — но попытка вытянуть какую-нибудь одну фигуру кончилась тем, что остальные персонажи рассыпались, будто части карточного домика, и смешались в сознании Антонова тем более безнадежно, что многих он с тех пор не видел никогда. Зато в атмосфере гостиной выявилось нечто, незамечаемое прежде: тонкая чашка с просмоленной трещиной, полная нежного чая до самых чувствительных краев, передаваемая кем-то кому-то, с конфеткой на треснутом блюдечке, будто огромная ценность; букет величественных, старческих, со склеротическими жилками гладиолусов, оставивший в прихожей на полу невыразимо печальный оберточный абажур; частные танцы под залихватский рояль, когда, вопреки излишне близкой музыке и многошаговой тесноте прущих друг на дружку в мебельном танго стульев и столов, то та, то иная пара оборачивалась вдруг необычайно слитным вензелем двоих, в каком-то смысле абсолютно бессмертным, — все это открылось Антонову только сейчас. Он, до жалости молоденький, думал раньше, будто мама Алика, с ее ужасной кухней, более похожей на грязную гримерную, с синтетическими красотами переливчатого вокала, с толстокожими белыми пальцами, сильно опухающими от колец, всего лишь сорокалетняя тетка. Теперь же он увидел с необычайной ясностью внутреннего зрения, как перед хозяйкой, взявшей мятую полупустую сигарету, вспыхивают поспешно огоньки — и трепетно освещенное женское лицо становится на минуту подобно большеротому языческому идолу. Неизвестный, которого пытались вычислить «они», несомненно присутствовал в гостиной, Антонов угадывал его как бы с завязанными глазами — но присутствие это было множественным, было скорее собою переполненным теплом, а если удавалось что-то нащупать как бы протянутой рукой, то чудилось, будто темнота — это портьера или занавес, сквозь которые человек неопознаваем и матерчат и легко ускользает, оставляя в пальцах распадающиеся складки пустоты. Обнаружилось, что взрослое общество, словно бы все время игравшее спектакль, было в действительности пронизано невидимыми нитями: так свежая, тугая, радужная паутина соединяет вдруг по воздуху неподходящие предметы — нечто, стоявшее десятки лет, с забытым дачниками на одну-единственную ночь, — и длинно, двойным скольжением проблескивает на солнце, вовсе не будучи препятствием к тому, чтобы так же вдруг распался скрепленный ею маленький мирок.

То, что распалось в один прекрасный день, когда на бумажных, макулатурных газонах только-только появились первые весенние почеркушки, пробы зеленого пера, было беспорядочно и без учета реальности пронизано любовью — сумасшествием почище кокаина. В нем Антонов как-то не сумел принять участия и маялся теперь, поверив на слово решительному Сане, ходившему в леса, как выяснилось вскорости, со старостой группы, крупной, уютной девушкой, совсем на внешность простой и из-за этого не похожей ни на одно животное, а только на человека. Посреди горячей, пахучей весны, испарявшей бензин и без конца рокотавшей и искрившей моторами гроз, отсутствие Алика и всех остальных только намекало Антонову на отсутствие кого-то другого — а Вика в это время, получив похвальную грамоту за окончание второго класса, катила на веселом поезде к морю, которое уже проглядывало в переменчивых горных разрывах то в ту, то в эту сторону наклоненной чашей и пахло сквозь железнодорожный ветер горячим лимонадом, — и из-за растущего, целиком единого, дымчато-зеленого морского пространства казалось, будто тающие горы с шершавинами синих теней и с ниткой поезда на солнечном боку вздымаются, будто нарочно, для большей красоты, поставленные статуи. Страшно одинокий Антонов бесчувственно сдавал четыре как бы квадратом расположенных государственных экзамена, где позы профессора и ассистента в любой момент могли напомнить ему привычную позицию штатских, тоже его поджидавших (не воспрепятствовавших, как ни странно, зачислению его в аспирантуру), — а городская, бледная, прыщавенькая Вика, в розовых трусиках и в розовом, двумя пустыми кармашками болтавшемся лифчике жарилась на твердой гальке под мерные накаты моря, забиравшего понизу горсти рокочущих камушков, старавшегося посадить повыше и покрасивей ярко-белый, словно занявшийся с краю фиолетовым огоньком, стаканчик из-под мороженого пломбир. Из-за местного мороженого с пережженными орехами, напоминавшими вкусом о бормашине, из-за модной цветомузыки, вечерами превращавшей простоватый фонтан с березовым наклоном водной струи в ознобный и невиданный источник сладкой газировки, из-за тропической роскоши побитых колоннад и балюстрад девятилетнюю Вику забирала обида, что она чужая здесь и может побыть каких-нибудь восемнадцать дней, и то за большие деньги, ради которых мать не купила ей хорошенькие белые кроссовки. Такие кроссовки мелькали на каждом шагу, проходили на пляже перед самым носом; опершись о забытую книгу, где буквы были словно мошки на лампе дневного света, Вика приподнималась вслед и видела, как обладатели кроссовок иногда вырастали, по мере удаления, в загорелых красавцев, слегка подернутых мужским интеллигентным жирком, — и ее, акселератку, сжигала непонятная жажда мести, порою заставлявшая объект растерянно оглянуться на пройденные тела сквозь темные шпионские очки. Было ли все это как-то сопряжено во времени, уходившем у Вики в виде траты доступных по деньгам, всегда недостаточных порций удовольствия, а для Антонова превратившемся весною в злой цветочек циферблата, предмет среди предметов, не имевший отношения к пустоте *чужого*, тихо распадавшегося дня? Было ли это *одновременным* существованием главных героев романа, очень тогда молодых и принадлежавших не столько общему со всеми настоящему, сколько собственному будущему? Если предположить обратное — то есть что они пребывали в разных временах, — это означало бы не только несуществование Антонова, отмененного Викой задним числом (ей на самом деле не улыбалось, чтобы он имелся еще и в прошлом как укор за многие, без него вполне невинные проступки), это означало бы не-существование обоих героев, их распад на прототипы, в реальности и не помышляющие ни о какой такой возвышенной любви.

XIII

Может быть, имеет значение то, что важное в жизни Антонова и Вики происходило все-таки синхронно (до чего бедняга-муж так и не докопался). Когда Антонов впервые смутно ощутил, что между девушками, словно бы слишком многочисленными оттого, что они поделили между собою малыми частями какую-то томительную, отзывающую единством красоту, все-таки отсутствует одна, — тогда же и Вика, впервые испытавшая на пляже мечтательную боль девического одиночества, догадалась, что в будущем согласится на мужчину не высшего сорта, как раз на что-то вроде Антонова — немного затхлого и даже лысоватого, зато высокого ростом и способного страдать перед нею, признавая тщету своего подтвержденного научной степенью интеллекта. Очнувшись вдруг под ослепительным приморским солнцем от сумерек детства и осознав нормальную жизнь как череду удовольствий, Вика в душе осталась тою самой бедной, нестоличной девочкой в криво стоптанных парусиновых тапках и с такими же тапкообразными лопатками, тоже как бы косолапившими при быстрой ходьбе; поэтому она никогда не брала того, чего хотела по максимуму, чтобы, при ограниченных средствах, на потом осталась возможность нового удовольствия и тем продлилось самое Викино существование. Но во время того восемнадцатисуточного отпуска (когда у молодой и вытянутой в струнку тещи Светы, чьи губы были точно красные цветы на ее летящем шелковом платье, случился единственный в жизни курортный роман) с Викой произошло и кое-что еще. Она отлично помнила, что на карте, висевшей в классе, Черное море есть всего лишь неправильный треугольник в окружении преобладающей, политически окрашенной суши, — но, стоя тормозящими тапками на покатом, до половины заливаемом валуне, она своими глазами видела преобладание мреющего, светоносного морского пространства над подсиненной землей, гораздо большую его величину. Земля, все время воздвигавшая одно на другое, громоздившаяся сама на себя, оставалась всего лишь набором вещей; море знало на вкус все ее береговые пресные камни (облизанная, словно леденец, зеленая стекляшка шла на сладкое), но само оставалось невещественно и относилось скорее к области чувств. Синие фигурки недалеких островов, за которыми сквозил, отсвечивая белым, остроносый теплоходик, казались сделанными вручную — и это свойство сделанности (или, может быть, *сотворенности)* странным образом переносилось на все предметы суши, включая горы, словно еще и не вполне законченные, кое-где всего лишь прорисованные по контуру тонким синим карандашом, — а море колебалось и играло бликами, будто по нему только что быстро прошел, оставляя неполные следы, какой-то человек. Вику очень удивляли местные жители, маленькие щеголеватые мужчины и долгополые женщины с лицами цвета хозяйственного мыла, с какими-то бахромчатыми торбами на смоляных головах: море составляло как минимум половину их обитаемого места, но они на море не глядели вообще и жили как будто только одной половиной назначенной жизни — даже пляжные спасатели, мускулистые коротконогие красавцы, на самом деле не умели плавать и только перекрывали плотный купальный шум гортанным мегафоном, выкликавшим «дэвушэк, который плавает за буйки».

Тогда девятилетняя Вика ощутила, не без холодка под ложечкой, что есть и *другая* половина жизни: это, остаточное, Антонов чуял в своей прогульщице подо всем бездарным вздором, составлявшим как будто ее независимую узенькую личность, вот только Викино море досталось не Антонову, а лысому шефу: несколько раз деловитая Вика летала в Сочи на какие-то семинары, возвращалась оттуда еще более деловитая, в красных разливах свежего загара, напоминающих симметричные пятна на туловище стрекозы. Наскучавшийся Антонов, белый под одеждой, как картофельный росток, видел в глазах своей сопливой бизнес-леди странный, неутоленный голод — притом что она с одинаковой страстью отталкивала тарелки с ужином и самого Антонова, решившегося потянуться с невинным (для начала) поцелуем, а по ночам иногда тихонько скулила и подтыкала подушку кулаком.

* * *

До Вики было очень далеко, в ее существование почти не верилось, когда Антонов, одуревший от пышного лета, от сирени, выпустившей тяжелый цвет, подобный кистям винограда, от скорых и разреженных дождей, оставлявших недокрашенный, черепахово-пестрый асфальт, мечтал бродить по городу не один. Он был бы рад вниманию хотя бы той некрасивой девицы с окисленной серебряной цепочкой на немытой шейке, чьи небольшие глазки, цветом, морганием и легким косоглазием похожие на двух самостоятельных мух, иногда останавливались на нем с подобием интереса. Но девица тоже пропала, как все, эвакуировалась с зачарованного острова даже раньше остальных, почуяв, как видно, нечто тревожное — может быть, запах мокрого пороха, оставляемый в воздухе пролетевшим дождем. Разумеется, никто и не думал тогда, что эта грязнуля и халявщица, чья нежнейшая носовая перегородка была уже искривлена, как обмылок, даровыми понюшками кокаина, еще во что-то оформится, — а именно в тот самый шикарный Викин прототип, который Вика и сама имела в душе, кочуя по примерочным дорогих магазинов и высматривая в зеркалах свой истинный облик, который иногда можно было бы назвать совершенным, кабы не свисала из-за шкирки этикетка с недоступной ценой.

Не имея совсем ничего, кроме феноменального чутья, позволявшего ощущать окружающий воздух, как ощущает его сквозное деревце, — *слышать* опасность всеми внутренними деревьями нервной, кровеносной и дыхательной систем, — грязнуля была при этом не способна ни к какому самостоятельному действию, даже к простейшей работе, требовавшей как минимум добраться до офиса в течение утра. Зато она безошибочно вышла за человека, способного разбогатеть, — что он и сделал вскорости, каким-то образом используя чутье жены в своих коммерческих делах, и превратился из простецкого Сереги в изысканного Сергея Ипполитовича, в котором от прежнего облика осталась только мясистая, несколько расквашенная губастость. Бывшая замарашка, чей точеный носик после пластической операции утратил былую прозрачность и сделался словно пластмассовый, вела в своей двухэтажной, перезеркаленной до полной потери подлинных объемов, неистребимо грязноватенькой квартире вполне растительную жизнь. Но боже мой, какие по-

тенциалы, какие рудные залежи несчастья таила эта
судьба! Новорусская леди, отражаемая во всех чула-
нах своего Зазеркалья в виде картинки из журнала
мод, изначально *была хорошая девочка,* со своими
понятиями о верности и честности, со своими *пра-
вилами,* которые она не могла нарушить, как не
могла доставить себе и простейший прокорм, не говоря об удовольствиях, в которых заключался наив-
ный смысл ее безобиднейшего (муж ее прессовал
конкурентов в кровавые брикеты) существования.
Она всего лишь хотела того же, чего и другие; в ее
небольшую головку, с мягоньким скосом на темени
и младенческими влажными височками, ни при каких обстоятельствах не могла прийти идея, что она
не такая, как все.

Вика этого романа родилась в бурный осенний
вечер, весь опутанный, будто черными сетями, ветвя-
ми и тенями ветвей, в которых при каждом порыве
ветра метались пугливым рыбьим косяком остатки
листвы. В квартире с освещенным полом и темным
потолком, где неизвестное количество напряженно-
тихих замарашкиных гостей сидело в неестествен-
ных позах или пробиралось, странно побрыкивая
развинченными, как бы брезгливыми ногами, между посуды и ночников, стоявших прямо на ковре,
маленькая хозяйка тоже вытянула белым носиком
немножко кокаина со своего специального зеркальца (все прочие зеркала в квартире, кое-как протертые, с белесыми и радужными следами тряпки,
имели тот же налет наркотического безумия) — и на
нее, по-цыгански раскинувшую на низком диване
цветастое платье, нашел говорливый ликующий
стих. Среди своих молчаливых гостей, старавшихся
только правильно дышать (некто, сидевший на кресле одною ягодицей, с ногами как будто разной длины, всхрапывал на манер коня), хозяйка срываю-
щимся голоском рассказывала, как *хорошо* она по-

ступила, выйдя замуж за Сережу, как многого они достигли вместе, своей *хорошей* семьей, — все говорила и говорила, поглаживая кошку, лезущую, по-китайски растягивая кровянисто-золотые глазищи, у нее из-под руки, а в дверном проеме маячил очень похожий костюмным силуэтом на Сергея Ипполитовича совершенно трезвый охранник и служебно наблюдал за оргией. Вика тогда уже существовала в первом куске размытого текста, где шли полупрозрачные процессы, напоминавшие деление клеток под микроскопом, — существовала в виде начального наброска, нескольких зерен набухающей каши, еще не обозначившей органов, то есть главных и второстепенных характеров романа. Теперь мне кажется, что написанное тогда — спадающая туфля, вид со спины, трехлетний ее ребенок, от которого после, чтобы не впасть в излишние сантименты, пришлось отказаться, — все это относилось не к ней, а к малознакомой женщине, блеклой Лилит, уступившей место иному образу, как только сделалось понятно, откуда в жизни Вики взялся и как утвердился человек-осьминог. Возможно, создание Лилит — необходимая стадия создания главной героини, потому что так повелось изначально и потому что *место* тоже должно быть создано, а потом Лилит, собрав детей, уходит так неслышно, что главный герой даже не замечает развода или разрыва, просто оказывается рядом с новой женщиной, в которую уже вселился охочий до готовенького прототип. Талантливый Антонов, может быть, стал единственным героем, заподозрившим неладное, — не зря же он с такой настойчивостью принялся сверять свое и Викино прошлое. Но Антонов проигрывает автору, потому что прошлое и будущее в тексте создается одновременно.

Однако Антонов, как главный герой, продолжает быть соавтором текста — и в этом качестве он хотя бы мельком знаком со всеми реальными людьми, послужившими исходным материалом для придуманных персонажей данного романа. Он неслучайно (хотя считал, что просто от одиночества) высматривал невзрачную девицу в полупустых, не реагирующих, по случаю летней сессии, на механически подаваемые звонки коридорах университета; он, должно быть, тоже чувствовал, что там, в этой только-только начинавшейся судьбе, заложено нечто, касающееся его самого. Невзрачная девица имела *правила,* но имела и чутье, подсказавшее, как эти правила применить к суровой реальности, как остаться хорошей девочкой без всяких усилий, совершенно задаром. Страшно было подумать, что стало бы с нею, кабы не изначальная древесность, слепая и чуткая *растительность* ее внутреннего «я», — и именно это подумалось и представилось автору, тоже сидевшему (сидевшей) на том замечательно толстом ковре, среди малознакомых выпученных личностей, иногда по-обезьяньи бравших из посуды какую-нибудь снедь. Несмотря на искажение кокаином физических чувств, включая замороженную тупость стиснутых зубов и странное, как бы певческое напряжение пересохшей гортани, автор вполне соображал (соображала) и тут же понял (поняла), что получил (получила) искомый психологический ключ. Все дело в том, что Вика первое время тоже, конечно, была уверена, будто *хорошо* поступила, выйдя за Антонова; он попросил, она согласилась — и увидала счастье на его ослабевшем, слегка одуревшем лице. Это счастье, буквально увиденное собственными глазами и принятое за *общее,* разумеется (я это так представляю), длилось недолго. Скоро Вика призналась себе, что это замужество было с ее стороны *плохим* поступком — что соответствовало действительности, но по причинам более тонкого порядка, чем она могла себе вообразить. Она же наблюдала жизнь — ее перезеркаленные улицы, ведущие мимо своих поднебесных руин в иные, лучшие города, — и понимала, что эта жизнь ставит Антонову тройку с минусом, справедливо наказывает его за неуспеваемость — тощей, как лавры из супа, пачечкой зарплаты, дешевыми тяжелыми ботинками, состарившимися от грязи за месяц каторжной ходьбы. Можно вообразить, какая ее охватывала злость: задним числом ей все время припоминалось, что в лице Антонова, ослабевшем от счастья, когда она сказала «Да, хорошо», было что-то немужское, бабье. Недаром ведь она, после удара робости от внезапно официального, внезапно отчужденного предложения руки (сделанного почему-то в университетском коридоре, словно Антонов вдруг захотел вернуться к самым истокам их отношений), испытала разочарование, совершенно неуместное в самый главный предсвадебный момент, получившийся совершенно будничным возле серого промерзлого окна, дававшего не свет, но иссушающий жар батареи, точно серая в сумерках деревенская печь.

* * *

Чтобы не стыдиться и не отвечать за мужа, хорошей девочке Вике (как логически рассуждает автор) следовало сделать работу над ошибками. Жизнь предоставила возможность: могущественный шеф, носивший на пальце лучистый, будто астра, бриллиант, стал при виде Вики высказывать знакомую мрачность уличного наполеона. Он завел обыкновение оставлять распахнутой дверь своего кабинета — и, скрываемый простенком, то и дело вставал, показывался, шаркал зачем-нибудь к стеллажу. Собственно работа над ошибками началась тогда, когда начальник, поскользнувшись влажной скрипнувшей ладонью на Викином столе, ткнулся усатыми губами в ее склоненную шею. Референтка шефа элегантно отвернулась к пискнувшему компьютеру (здесь, в ЭСКО, и не от такого умели отворачиваться совершенно вовремя), и Вика почувствовала у себя за ухом артикуляцию глухонемого. Она, я думаю, вряд ли связывала лихорадочный рост своего оклада непосредственно с *отношениями* в настоящем — скорее, с перспективами в будущем, когда жена начальника, официальная женщина с шеей как кишка, с тщательно прорисованным, будто мультипликационным ртом на страдальческом лице, говорившем, видимо, всегда не то, что она хотела бы сказать, — когда она куда-нибудь тихо исчезнет, уедет, например, на постоянное жительство в Швейцарию, а Вика заполучит нормального, успешного мужчину.

Антонов, конечно, оставался проблемой; представить тихое его исчезновение было гораздо трудней. Я думаю, Вика испытывала настоящую боль, силясь вообразить наперед, как придется все ему объяснять. Наверное, ей казалось, что она уже объясняет что-то, когда возвращается с такой веселой без него, такой сердечной вечеринки (у шефа за кабинетом имелся еще и закуток, где еле помещался старый — твердая спинка размером с черную классную доску — кожаный диван). Она пыталась для начала обезболить правду тщательными, словно протирание перед уколом, супружескими ласками, от которых внезапно плавилась густая, раздражительная тяжесть, оставшаяся в ней после комковатых и слабеньких усилий осьминога. Без конца проделывая первую часть объяснения (совершенно забывая обо всем через четыре минуты постельного заплыва), Вика никак не могла приступить ко второй и была принуждена опять и опять заходить сначала — между тем как понятие *верности* заставляло ее при Антонове чувствовать себя подругой шефа, а при шефе — мужней женой.

Принадлежа одному, она в это самое время гораздо больше принадлежала другому, оставалась с другим; я предполагаю, что Вика, лишенная чувства времени, возмещала этот недостаток привычкой счета различных единиц и потому нуждалась, чтобы от одного мужчины до другого проходило по крайней мере столько же часов, сколько длилась близость с предыдущим: чтобы отплыть от острова в свободное пространство, ей надо было выйти из тени берегов. Поэтому, мне кажется, Вика была особенно несчастна, прилетая из Сочи: сидя с Антоновым на пованивающей, всю неделю не убиравшейся кухне, она еще пребывала внутри и в области притяжения своей поездки, в горячем, сладковато-соленом городе, где море было синим фоном для домов и кораблей и оживало только у самых ног, вызывая желание ступить на уходящую волну, как на эскалатор метро. Там, после ежеутренней любви в большом, с половину офиса ЭСКО, номере пансионата, Вика ходила раздраженная, тяжелая своей неразрешимой тяжестью, словно беременная на последнем месяце, даже походка у нее менялась, к тому же болела шея, потому что шеф, пихаясь и наезжая как лодка на берег, заталкивал ее в какой-то душный угол между вздыбленных подушек. Он был (допустим) даже деликатен: трогательно ухаживал за ней, будто за больной, если южный дождик, тепленький и пресный, как водопроводный душ, затягивал серое море, на взгляд не более пригодное для купания в непогоду, чем огромная ванна с замоченным бельем; когда же выходило с утра желанное солнце, шеф, вместо того чтобы неспешно, движениями ползунка, пересечь вытягивающий его коренастые очертания комфортабельный бассейн, покорно спускался с Викторией Павловной на непрогретую помойку пляжа, перегороженного валом из водорослей и пластмассы, потому что Виктории Павловне хотелось заплыть за буйки. К ее услугам были все удовольствия побережья, включая рулетку, похожую на старинный корабельный навигационный прибор, показывающий направление счастья; поцелуи шефа — пожилого уже человека, выдыхавшего по утрам земляной, погребной запашок, — словно содержали еще какие-то слова, доверяемые не слуху, но осязанию кожи и губ; его подстриженные жесткие усишки ползали по ногам, точно дамская бритва «Жилетт». Вся покрытая его невысказанными речами, щекотной щипковой письменностью, которую даже при желании не смогла бы разобрать, Вика прилетала в северную осень, где красные и желтые листья на мокрых деревьях казались после юга вырезанными из цветной бумаги лимонами и яблоками, нарочно развешанными, чтобы обманом утешить нерадостных горожан. Она привозила на холодном, словно бы стерильном самолете свою тяжелую, донельзя раздраженную беременность, которую вынуждена была скрывать от Антонова, — хотя именно они требовался для избавления от мук. Именно он излечивал ее в конце концов — но перед этим Вика, словно под присмотром своего осьминога, отпихивала мужа несколько ночей. Хорошая девочка усвоила с детства, что половое чувство не самое главное, поэтому Антонову в такие ночи доставались тяжелые вздохи и грузные, нагруженные сонностью, толчки, он даже не мог приобнять жену, потому что она лежала к нему лицом, скорчившись незнакомым, неудобным зигзагом, словно лежа сидела на коленях у кого-то третьего, притаившегося у самой стенки; Антонов не мог различить, спит она или притворяется, хотя обычно всегда это понимал по оттенку тишины, прозрачной для мелких тикающих звуков, если Вика бодрствовала, и густой, полной ее дыхания и присутствия как раз тогда, когда она уходила в свои, должно быть, нарядные сны. Теперь же тишина проявляла не звуки, но запах, кисловато-горячий, будто Вика болела с высокой температурой; она же, мучаясь больше, чем Антонов мог вообразить, силилась отделаться от мысли, что бедра у шефа — грибообразные, бабьи, и все устройство женственного комля как будто не предполагает присутствия холодненького, дохло-индюшачьего органа, отдающего на вкус каким-то затхлым соленьем трехгодичной давности, — и, стало быть, ей опять попался не настоящий мужчина, а какая-то подделка для бедных.

Чтобы как-то избыть приливы горячей тяжести, Вика то и дело залезала в ванну и разваривалась там, щекоча ступню о бурный подводный клубень струи, а потом еще долго лежала в неподвижности, плоская и тонкая, слегка зеленоватая — пока покойницкая ласка остывшей воды и пупыри озноба даже ей не напоминали о проделанном над собой эксперименте. Что до Антонова, то он давно уже беспокойно (на самом деле безумно волнуясь) побрякивал двигавшейся треугольно, как знак извлечения корня, наружной задвижкой. Для него, с известного момента предпочитавшего исключительно душ, многочасовые Викины купания с долгими паузами, когда ни единый всплеск не выдавал, что она еще жива, превращались в испытание нервов, и вся остальная квартира, поступавшая в полное его распоряжение, становилась нежилой, как продолжение подъезда, который, в свою очередь, сообщался с улицей удивительно активно и шумно для позднего часа, то и дело разражаясь серией звуков из заряжающего скрипа, гулкого дверного выстрела, плоских взбирающихся и круглых, как мячи, сбегающих шагов. Викина неплещущая жизнь таилась, скрывалась, как в нормальной ситуации скрывалась бы смерть, припрятанный труп. Ничто не могло полнее выразить исчезновение после эксперимента какого бы то ни было чувства времени, чем эти купания за полночь, когда у Вики в ванной все было тепло и мокро и по окошку под кухонным потолком вода стекала кривыми набухавшими дорожками, точно там, в электрическом мороке, шел бесконечный тепленький дождик, — а Антонов сидел на плюшевом диване, будто на садовой скамейке, невольно принимая позу человека, к которому не пришла на свидание обманувшая женщина. В голове у него построения монографии, за которую можно было бы, по идее, сейчас приняться, превращались в какую-то систему хитрых задвижек, защелок, мелких увертливых рычагов. Не было сил все это двигать и разбирать, потому что в таком состоянии *все* представлялось *одинаковым.* Обычные иллюзии дежавю были ничем перед этим пустотным чувством, как-то отвечающим вертикальной гулкой пустоте подъезда; собственное отсутствие становилось самоочевидным. Одинаковыми были секунды, минуты, часы; какая-то неуловимая одинаковость проступала во всех знакомых женщинах, включая тещу Свету; одинаковыми были и обе свадьбы, где Антонову довелось реально присутствовать, — не считая свадьбы родителей, о которой он каким-то образом помнил, точно видел во сне простую, как кусок железнодорожных рельсов, ковровую дорожку, упиравшуюся в письменный стол, и лже-Терешкову, стоявшую по другую сторону стола с раскрытой папкой, словно она была певица, готовая к сольному выступлению, и одновременно женщина-космонавт с какой-то яркой медалью на темно-синем, по-мужски квадратном пиджаке.

XIV

Она же, только очень уже одряблая, с измятым замшевым лицом и с кукольными волосами искусственного золота, регистрировала брак Аликовой мамы и артистического старца, явившегося на церемонию в мефистофельском гриме и в обтерханном фраке, который он то и дело одергивал, напыживая желтовато-крахмальную грудь. Покрытые йодистыми пятнами руки регистраторши слегка тряслись, когда она держала перед собою нарядную папку, — и эта псевдопевческая поза составляла странный контраст с присутствием настоящей певицы, бодро улыбавшейся из-под плавной шляпы и умерявшей походку под вороний разлапистый шаг жениха с терпением хорошей медсестры. Однако именно регистраторша, вместо пения задавшая равнодушно-торжественным голосом положенные вопросы вступающим в брак, и казалась здесь единственно настоящей: прочая компания, представлявшая собою какие-то случайные, наспех собранные остатки обитателей острова, словно разыгрывала сцену из спектакля, все несли к официальному столу свои букеты с тою неуловимой профессиональной привычностью, с какою гардеробщики носят неудобные на руках чужие шубы и пальто. Может, из-за необычайно сильного солнца, не желтевшего, но белевшего на полу стеклянного и бетонного ЗАГСа, вся несомая (с отставанием чьей-то округлой, как черепаший панцирь, крепдешиновой спины) волна цветов отдавала на вид папиросной бумагой. Алик, четыре дня как выпущенный из психушки, осторожно держал себя сзади левой рукою за правое пухлое запястье, словно незаметно щупал пульс, а на другом запястье часы крутили время сами по себе; рубаха, надетая навыпуск, перед тем измятая запихиваньем в брюки, была на нем длиною как женский халат.

За каких-то шесть недель в больнице Алик сильно пополнел, прежняя одежда сделалась ему маловата, рубахи распяливались между пуговиц, будто наволочки на тугой подушке. Теперь по виду со спины, по общему очерку позы стало невозможно догадаться о выражении лица, на котором глаза стояли независимо от мимики, будто циферблаты без стрелок, — а между тем внутри явно тикал прежний механизм, хотя и сбившийся, быть может, на много часов. Когда Антонов и Саня, услыхавшие о выписке только на другое утро, прибежали к Алику домой, они сперва не узнали его в одутловатом парне, выбиравшемся, с выпадением на пол нескольких книг, из свежайшей, но сильно помятой постели, около которой в середине дня горела желтая, словно очень пыльная, настольная лампа. Во все недели заключения приятели не могли прорваться к узнику: свидания в особнячке, тоже окруженном цветущей, какого-то серого милицейского оттенка, почти не пахнувшей сиренью, разрешались только в исключительных случаях. Саня, сильно загоревший во время побегов в леса, но не так, будто был на солнце, а будто сидел в тени и впитывал тень, пробовал несколько раз штурмовать высоченный, горячий от солнца забор, скрывавший особняк с обратной стороны. Этот забор, зеленый, будто театральный задник, изображающий еловую чащу, волнообразно шатался, когда нетерпеливый Саня, взгромоздившись на спину Антонова, припечатанную газеткой, пытался наскоком одолеть его шершавую и голую высоту. Антонов, удерживая хребтом толчки и равновесие Саниной тяжести, чувствовал вровень с собою дыхание большого, зловонного, когтистого пса, бегавшего с той стороны забора с неустанной монотонностью волка в зоопарке; Саня, когда ему удавалось, продрав ребром подошвы по занозистым доскам, немного подтянуться, видел такие же, как и с улицы, ледяные безлюдные окна, кое-где замазанные белым и похожие на банки из-под сметаны, из которых выскоблены ложкой последние остатки. Окон, впрочем, было немного; единственным человеком, которого удалось наблюдать во дворе, была толстуха-санитарка, сощурившаяся на втожение толстым лицом, похожим издали на стиснутый кулак. После нескольких Саниных прыжков забор начинал играть в глазах Антонова, будто беззвучный баян, сытный запах хлебозавода мешался с удушливым запахом псины и сладковатым духом подзаборной загаженной почвы. Попытки проникнуть и просигналить кончились совершенно ничем; им даже не было известно, на котором этаже содержат «политических». Сгоряча неуклюжий Антонов клялся, что ночью заберется в здание по ржавой, еле державшейся в своих ухватах водосточной трубе; подурневшая мама Алика, страдальчески прикладывая ладонь к искаженному лбу, умоляла его, ради бога, ничего не предпринимать.

Перемены, произошедшие в узнике, обескуражили Саню и Антонова, летевших на встречу коротким путем через крапивные сомлевшие задворки с тем же отрешенно-яростным чувством, с каким они штурмовали забор. Известие о близкой, буквально немедленной свадьбе плюс присутствие старца, по-домашнему кушавшего кофе на краю невытертого кухонного стола, дали им ощутить свою ненужность и неуместность любого сочувствия. Толстый Алик, щерившийся оттого, что по влажному носу сползали новые, ужасные после прежних импортных, какие-то пионерские очки, выглядел так, будто не мучился в психушке, а отъедался на курорте. На месте, где драматически отсутствовала конфискованная пишущая машинка, а байковая ее подстилка с глубокими вмятинами лежала точно прибитая гвоздями, теперь помещалась огромная миска переспелой черешни. Алик, каждый раз перещупывая ягоды, слепо выбирал по нескольку штук и механически закладывал в рот, аккуратно выделяя в кулак объеденные розовые косточки; неподвижность его белесого взгляда, поразительная по контрасту с жующим ротовым мешком, дала понять приятелям, что их свирепую радость по поводу выписки и победы над системой им лучше держать при себе.

* * *

Антонов и Саня так никогда и не расспросили его, как ему понравился дурдом. Жилец своей библиотеки, Алик, должно быть, особенно страдал оттого, что на стенах палаты, голых, однотонно крашенных в гигиенически-зеленый цвет (бодро обновлявшийся, а не старевший, как его домашние обои, в солнечных квадратах из окна), начисто отсутствовали книжные полки, эти необходимые человеку в его жилище батареи отопления. Книги отсутствовали вообще, их сюда не пропускали по приказу главврача — и во всей хлорированной больничке, где даже в страшном, почернелыми экскрементами заляпанном туалете не имелось ни единого клочка бумаги, совершенно нечего было читать. Вопреки, а может, и благодаря бесчисленным уколам в растрясаемые протиранием хитиновые ягодицы, желание погрузиться в какой-нибудь роман переросло у Алика в наркотическую жажду. Уколы, наполняя тело, как горячий чай наполняет рыхлеющий кусочек рафинада, вызывали на голове, в волосах, подобие едкого тления, а в мозгу какой-то дикий, мутный голод, обострявшийся ночами, когда бормотание и сон на соседних койках были будто длинные тексты, слепленные неисправной машинкой в неразборчивые черные абзацы. Решетчатая темнота словно запирала дневные вещи в свою кладовую, бодрствующему мозгу совершенно нечем было питаться — а на свободе, за окном, куда Алик подолгу смотрел, успокаивая расческой зуд в волосах, чужая улица была пустынна и залита тем же точно разбавленным синюшным светом, что молчавший за спиною, параллельный улице больничный коридор. Если удавалось задремать, Алику снилось, будто у него во рту, замороженном понюшкой кокаина до холодной пельменной скользкости, занемевшие зубы легко вываливаются из гнезд и брякают в тепловатой, лавровым листом отдающей слюне. После таких кошмаров даже днем любая твердая частица в больничной слизистой пище заставляла исследовать находку языком и переживать иррациональные подозрения насчет съедобности собственных зубов; приятели так и не поняли, что поедание прежде любимой черешни было для свежевыписанного Алика добровольно принятым мучением. Они не догадывались, какую *неудовлетворенность* вызывает у него теперь любой наличествующий и видимый предмет, о котором, собственно, нечего сказать; любой реальный предмет, этот громоздкий, собирающий пыль эквивалент единственного существительного, привязывал Алика к реальному, как бы больничному времени, спасением от которого могли служить книги и только книги.

После психушки природа его книгочейства разительно изменилась и сделалась видом постоянного голода, удовлетворяемого с неразборчивой жадностью, заставлявшего жеваться в магазинной очереди, в общественном транспорте, где низенький Алик висел на поручне, подлетая на ухабах и держа перед пионерскими очками плотным квадратиком сложенную газетку. Притом что Алик мог питаться одним бутербродом в день, пожирание книг как бы восполняло недостачу пищевых калорий и даже создавало их переизбыток. Алик не переставал толстеть, черты его сделались странно размытыми, и весь он, оплывая, терял физическую индивидуальность, так что было уже невозможно выделить его издалека среди других толстяков. Больше всего он любил читать про путешествия — Тура Хейердала, Джералда Дарелла, других столь же деятельных испытателей природы и человеческой натуры, — но сам становился все более неподвижным, годами не бывал на прелестной рассохшейся дедовской дачке, где забывшая тяжесть шагов, ничего сама уже не весившая лестница во второй этаж все еще могла играть хроматические гаммы, в подполе хранились темные, зеркальные под ватной пылью банки двадцатилетнего варенья, концентрические паутины в палисаднике повторяли, будто чертеж на невидимой кальке, рисунок с торцов посеревших, растресканных бревен. С течением времени Алик все с большим толчковым усилием, с предварительным раскачиванием себя и стула переваливался из сидячего положения в стоячее: неподвижность сиденья — какого-нибудь тяжелого кресла или фундаментальной парковой скамьи — передавалась ему и привязывала его невидимыми путями, которые не сразу удавалось разорвать.

Он почти нигде не бывал; хорошо утоптанная кривая, соединяющая дом и место службы (откуда нечувствительно вычитался всегда один и тот же путь, проезжаемый на уютно-укачливом троллейбусе), принадлежала Алику в той же степени, что и личная подпись. Погружаясь в книгу, Алик абсолютно отсутствовал; если случалось забыть приготовленный том или внезапно дочитать, он, оказавшись наяву, не смотрел на людей, взгляд его, дрожавший и бегавший от привычки к строкам, не находил в окружающем необходимых параллельных линий для восприятия смысла. Не глядел он и на свою высокую, высоколобую жену, общей жилистой худобою и шириною бедер похожую на кенгуриху. Эта женщина, принесшая ему приданое в виде двух неподъемных, исцарапанных от таски чемоданов с полным брокгаузовским словарем, взялась неизвестно откуда и первое время водила Алика за руку, на перекрестках поворачивая туда и сюда благородно посаженную голову, не скрывавшую под женскими житейскими красотами превосходного черепа. Никто не мог понять, что она нашла в капризном, занудном, неопрятном Алике, чья извечная возня с полуобсыпанной расческой, терявшей свои хвоины прямо в его курчавых, с пенкой, волосах, неприятно усложнилась с образованием (гораздо раньше, нежели у Антонова) беленькой, как яичко в гнезде, раздражительной лысинки. Безусловно, мир, который построила для себя эта скромная пара, получился женским: о чувствах, украшающих супружество, оба узнавали из любовных книг — и, чтобы стать не плохим и эгоистичным, а, наоборот, хорошим мужем, Алик из читателя превратился в читательницу. Все у них в семье делалось по писаному, а вернее, по печатному: жена, когда готовила на посерьезневшей кухне тяжеленные солдатские обеды, всегда справлялась в кулинарной книге, распахнутой среди очисток на рецепте и хорошенькой картинке, в то время как поварешка рулила в вареве вслепую, а на сковородке пригорал аккуратно нарезанный лук. Еда, разогревавшаяся потом в продолжение нескольких дней и превращавшая кастрюли изнутри в глубокие ямы, никогда не получалась похожей на изображение в книге — впрочем, Алик и его жена презирали картинки за то, что они склоняют читателя к праздности и искажают словесную суть. Постепенно научная литература стала у них цениться превыше художественной, тоже являвшейся в конечном счете набором развлекательных картин. Росту болезней в семье соответствовало накопление книг по медицине: *вычитанные* заболевания, подобно героям романа, выходили из-под контроля — и примерная супруга, считавшая брошюрки по гинекологии чем-то вроде порнографии, расплачивалась в стационаре за свои небывшие грехи.

Все-таки они оказались по-своему счастливы, эти двое книгочеев, выбравшие мушиную жизнь на поверхности книжной страницы, — и Вика, принимая их презрение к иллюстрации за ограниченность и даже глупость, была не права. Тем более она не могла понять, что внутри молчаливой тетки с сине-морожеными ногами сорокового номера и с остатками рыжеватого пигмента в ранней, туго стянутой седине заключен, как основа возможного человека, скелет совершенной красавицы. Впрочем, Вика и своего любовника не умела рассмотреть, не замечала его детского скелетика и всего того, что было в *нем невзрослого,* — проявлявшегося, например, за рулем, когда он работал короткими ногами, будто катил на трехколесном велосипеде, и норовил попасть колесом послушного «мерса» на что-нибудь интересное, вроде кучки черного клея и перьев, оставшихся от голубя, или игриво мигающего пятнышка в лиственной тени. «Мерс», полулежаче-мягкий изнутри, увешанный по лобовому стеклу занятными игрушками, был его люлькой, его колыбелью, и шеф нежился в автомобиле, иногда почти засыпая, в то время как дорога бесконечным пустым файлом уходила под незыблемо сияющий капот, а на мелькающих столбах кое-где темнели, будто странные птичьи гнезда, траурные веночки.

* * *

Антонов так и не определил, кто же был истинным избранником хозяйки зачарованного острова, превратившегося после свадьбы в самую обыкновенную квартиру — с работающим, сквозь пыль и солнце, бледным телевизором, только в тени проявлявшим чуть цветные изображения, с газетами на полу возле ветхого желтого кресла, с резкими запахами духов или лекарств, будто только что кто-то разбил пузырек. То неясное тепло, которое Антонов угадывал вблизи мандариновой лампы, тихо растворилось, его уже не было на спектакле, сыгранном в ЗАГСе остатками труппы; как это часто бывает после театрального представления, реальность теперь казалась слишком простой и плохо освещенной, люди торопливо расходились в разные стороны, и было понятно: если чуть задержишься — останешься совершенно один. Вероятно, артистический старец был утвержден на роль жениха только лишь потому, что оказался наиболее очевиден: он непременно присутствовал на каждой вечерней ассамблее, по нему, как по внешней примете, можно было узнать именно данное общество, хотя остальной состав мог меняться почти на сто процентов. Он был словно долгополый король на балетной сцене, перед которым (но спиной к нему, а улыбкой к ложам) красуются и вспыхивают истинные солисты и с воздушным топотком, забирая по кругу, проносится кордебалет. Он оказался, как ни странно, партийным: прочитывал с карандашиком целые пачки прессы, работал с газетами, будто с чертежами, мог часами толковать о подспудном смысле вручную разлинованных передовиц.

Он прожил, держась за сердце, еще четыре года, а когда он умер, рот его раскрылся, как у рыбины, у которой из губы вырвали крючок. Со смертью история, в которой он скромно участвовал, как водится, не кончилась. Накануне собственной свадьбы, коротая последние холостяцкие вечера уже в квартире отбывшей старухи (где обойные узоры на светлых прямоугольниках, оставшихся от мебели и картин, странно напоминали извилистую жизнь под перевернутыми камнями), Антонов увидал в программе местных новостей знакомое лицо. На экране новенького телевизора SONY, на фоне выгоревших азиатских гор, неожиданно возникла фотография того, кто был когда-то долговязым старшим лейтенантом, упорно смотревшим себе на колени во время допросов. Постаревшее небритое лицо в обвислой коже было так же маловыразительно, как нога в полунадетом шерстяном носке; сообщалось, что подполковник ФСБ такой-то, командированный на таджикско-афганскую границу, героически погиб при захвате наркокаравана, в результате операции изъято более тонны гашиша. На экране дергалось, постреливая, маленькое раскаленное орудие, окруженное игрушечными солдатиками, белое знойное небо было как старое зеркало, попорченное, словно пятнами отставшей амальгамы, серыми темнотами почти невидных облаков, и не отражавшее ровно ничего — как будто и не было внизу медленно редеющей пыли от выстрелов, оружия, кидаемого, как дрова, на какие-то бурые тряпки, зеленого мыльного потока на камнях среди дрожащих кустов, по которому хрустела гусеницами раскаленная техника. Телевизорная, существующая только на экране азиатская война (где смерть представала в виде облака пыли, дневного призрака, с характерным восточным поклоном таявшего в воздухе) неожиданно взяла совершенно чужого Антонову человека — и Антонов промучился несколько часов от непонятного стыда, чувствуя себя не то завербованным органами, не то кого-то все-таки предавшим. Неотвязная мысль, что его никогда вот так не убьют, что он по-прежнему материально наличествует, заставляла его со странным ощущением отчужденности глядеть на себя в свежекупленное Викино трюмо. Трехстворчатое зеркало, еще не укрепленное, а просто прислоненное к стене, еще не слившееся правильным образом с прямоугольностью квартиры, глядело вверх и заостряло дальние углы, а полураздетого Антонова показывало совсем молоденьким и словно в невесомости, с поднятыми в воздух темными волосами. Холодок отчуждения странно соответствовал холодку бредово-ясной зеркальной поверхности, и Антонов, находя в своей угловатой, под разными углами удлинявшейся физиономии темное сходство с погибшим подполковником, задавал себе совершенно ночной и безумный вопрос: неужели я — это я?

XV

Свадебная церемония, обошедшаяся теще Свете в немалые деньги, состоялась в радужный весенний денек, с кучами мокрого и грязного снегового сахара на тротуарах и прожекторной силой горячего солнца, косо бившего в окна ЗАГСа и позволявшего глядеть только в темные углы. Антонова не оставляло чувство, будто вокруг, на всех пустых и светлых стенах учреждения, показывают кино: будто каждый проходящий мимо человек одновременно проползает по нему, Антонову, неприятным смазанным пятном, будто он, Антонов, погружен в какую-то призрачную рябь и видит в слоистых солнечных лучах, пропекающих костюм не хуже утюга, характерное для кинозала мерцание кадров.

Впечатление усиливалось оттого, что Гера (с которым у Антонова тут же начался машинальный мысленный диспут) явился с видеокамерой и в операторском азарте командовал сбившейся кучкой «своих», взмахами лапы отгоняя зазевавшуюся «чужую» невесту, семенящую чернявую девицу, которой белизна ее неудобного кисейного платья и хромота на каблуках придавали что-то инвалидное. День был свадебный, пятница, невест в фойе собралось до десяти: в большинстве хорошенькие и блеклые, как юные розочки, одна ужасная, с прыщами, обильными, словно ягоды в варенье, при апатичном длинноволосом женихе, внимательно смотревшем, как она, подлезая пальцем, поправляет великоватую туфлю, — но никто в знаменательный день не выглядел особенно счастливым, и Антонов некстати подумал, что он-то уже до подробностей знает, как пройдет у него и Вики первая брачная ночь.

На Вике, в отличие от остальных, было простое тяжелое платье, которое она, шагая, расталкивала ногами, ненавистные шрамы от бритвы скрывались в раструбах каких-то длинных, чуть не до подмышек, атласистых перчаток, и хотя одна перчатка была — вероятно, при выходе из грязной машины — запачкана весенним земляным мазком, Антонов не мог не признать, что его невеста очень выделяется в простоватой принаряженной толпе. Взбудораженный Гера, в драном свитере с висящими нитками, но зато в каких-то особенных, вроде игрушечных космических вездеходов, сияющих башмаках, покрикивал, шаркал, пылил, переваливался на корточках, выискивая ракурсы; к нему, принимая его за работника ЗАГСа, робко подступали с вопросами солидные и потертые представители прочих свадебных делегаций. Только теща Света как бы ни в чем не участвовала, и не потому, что событие было ей безразлично: наоборот, она единственная сияла счастьем, нюхала какой-то букетик, завернутый в бумажный кулек, будто двести граммов простеньких конфет, и набожно глядела на грандиозную мерзлую люстру, висевшую без собственного света в полукружье винтовой полированной лестницы, ведущей на галерею с какими-то скучными служебными дверьми. Совершенно не имело значения, какая на Свете одежда, потому что она не чувствовала себя и самозабвенно вбирала торжество; рядом с тещей Светой официально высилась делегированная ее рекламной конторой Татьяна Викторовна (она же, очевидно, сука Таня) — статная женщина в прическе как зимняя шапка, с огромным букетом алых и розовых гвоздик, напоминавших выстреленный в воздух первомайский салют. Делегация за делегацией отправлялись в солнечно, как на улицу, растворявшийся зал, откуда после все высыпали повеселевшие, словно дети, прочитавшие на сцене трудные стихи; Антонов, стоя в новом костюме и белой рубашке, будто нейтральный игрек, косился на молодую тещу, и в который раз его посещала тоскливая мысль, что жениться надо было все-таки на ней. Ему мерещилось, будто он совершенно не любит Вику, так и этак улыбавшуюся в камеру, вдруг наладив с Герой творческий контакт: из-за внезапной потери настоящего чувства его охватывала жалость к будущей жене, к этим ее нелепым тесным перчаткам, к радикально обесцвеченным после выписки волосам, что выявило в них какой-то самый гиблый оттенок, словно перенятый у бурьяна на больничном пустыре, — и Антонов тихонько сжимал атласную лапку, стараясь тоже соответствовать моменту, ощущая на лице невидимую ласку киносъемки.

Наконец, подошла и их торжественная очередь: вспыхнула табличка на раскрываемых высоких полированных дверях, зазвучал откуда-то слева магнитофонный Мендельсон, и они, поскольку перед ними не осталось совсем никого, сами ступили на огромный, изобильный узорами, словно яствами, азиатский ковер. Антонов верил и не верил происходящему: все было словно первая неловкая репетиция. Он вел невесту под руку, точно нес к столу и к ожидающей за ним хозяйке неудобную корзину; собственная подпись в подсунутой огромной книге и указанной графе вывелась будто поддельная (вездесущий Гера, оказавшийся каким-то образом свидетелем со стороны жениха, бойко намарал пониже словно бы маленький текстик). Викин атласный палец, похожий на гороховый стручок, никак не лез в увёртливое кольцо: оно в конце концов буквально выпрыгнуло из судорожной щепоти Антонова и поскакало по голому паркету, покатилось, набирая сверлящего стрекота. Все испуганно попятились, по-куриному поджимая ноги, Татьяна Викторовна вопросительно подняла клиновидную бровь — только Гера храбро обрушился на пол и, после нескольких попыток прихлопнуть кольцо, победоносно поднялся с четверенек, с пылью на коленках и с добычей на красной ладони, похожей на наперченный бифштекс. После этого улыбки скисли; теща Света, которую и не такие плохие приметы пугали до полусмерти, все-таки сохранила выражение счастья, держа его на вскинутом лице, словно маску, у которой ослабли шнурки. Все вокруг сделались какие-то некрасивые, включая Вику, хмуро, зубами за пустые пальцы, сдиравшую перчатки: руки ее были розовы и измяты, будто после неловкого жаркого сна. В незнакомом кафе, где для свадебного ужина был арендован какой-то дальний полузал с единственным окном, неохотно пропускавшим прохожих из стекла в стекло, виноватый Антонов, отданный во власть официанта, сидел отрешенно и покорно, точно в парикмахерской. Теща Света, оставив Татьяну Викторовну, сильно покрасневшую от водки, подсела к нему, и они немного поговорили о незначительном, прерываемые музыкой из общего зала, что бряцала табором вокруг микрофона, страдавшего звуковой отрыжкой. Из-за музыки все, кто не танцевал, молча смотрели друг на друга поверх закусок, словно силились обменяться мыслями, или орали друг другу в уши. Вику, похожую уже не на невесту, а просто на даму в вечернем туалете, увели танцевать сначала свои, а потом подхватили чужие: иногда она показывалась в проемах между белыми полуколоннами, ступая на цыпочках за увлекавшим ее пиджачным кавалером, шевелившим от удовольствия накладными плечищами и усами, раздвоенными на манер большого рыбьего хвоста. То и дело маленькая Вика догоняла кавалера и музыку совершенно детскими неровными шажками и снова прилаживалась, и тогда они оба глядели под ноги, будто только разучивали движения, — а смущенный Антонов принимался искать глазами тоже какую-нибудь партнершу, но не видел никого, кроме немолодых тяжелых теток в трикотажных блестящих платьях, под которыми рисовались причудливые наборы жира и перехваты тесного белья.

Антонов чувствовал, что в этой свадьбе многое не к добру, — но чувствовал сквозь какую-то странную тупость и радовался, что тупеет, что до него не совсем доходят многочисленные знаки судьбы, из-за которых у бедной тещи Светы блеклое личико казалось сегодня грязным, будто у беспризорника. Одна из толстых теток, приметная бровями, чей рисованный изгиб напоминал изгиб велосипедного руля, развернулась на стуле и, держа на вилке ломтик лимона, ответила на ищущий взгляд Антонова вопросительной полуулыбкой. Антонову сделалось неудобно, и он, с горячей лимонной слюной, заполнявшей рот толчками, как кровь заполняет рану, протолкался между танцующими к месту для курения. Здесь, возле железной плевательницы, напомнившей ему о стоматологе, было по-прежнему нехорошо; Антонов, малодушно кивнув деловитому Гере, бившему спичкой по коробку, без пальто и шапки выбрался на улицу. Необыкновенная, резкая отчетливость апрельских сумерек сразу его освежила, холод словно массажной щеткой прошелся против роста вздыбленных волос. Капель засыпала; повсюду беловатые и мягкие наплывы, оставшиеся от капели и мелких широких ручьев, напоминали воск погашенных свечей. Антонов вольно стоял на мраморном крыльце рядом с молодым невысоким швейцаром, формой и фуражкой похожим на пограничника; он понимал, что его фигура жениха, чуждого самому себе на празднике свадьбы, столь же нелепа, как фигура этого ряженого парня, сцепившего перед собою маленькие руки в зеленых замшевых перчатках и утопившего в складке шеи твердый полудетский подбородок. Оттого ли, что оба они смотрели в никуда, оттого ли, что обычный табачный дымок, белея, как подкрашенный, в прозрачном воздухе апрельского вечера, отдавал какой-то терпкой возможностью свободных путешествий, — Антонову явственней обычного представлялось, будто улица, обсаженная голыми, как дворницкие или ведьмовские метлы, пирамидальными тополями, ведет не в поселок Вагонзавода, а в какие-то иные, столичные города. Собственное отсутствие вдали, где на смутно-белом поле чернело словно свежей тушью проведенное шоссе, почему-то казалось преодолимым. Тем не менее, Антонов понимал, что ему никуда не деться, что выбора нет, и если уж с ним случилась (он уже не боялся этого слова) любовь, если даже временное ее исчезновение, как вот сегодня, в ЗАГСе, обозначает ее же, то надо просто быть на *собственном* месте и терпеть.

* * *

К сожалению, Антонов не обратил внимания на собеседника Геры в курилке — благообразного молодого человека, чем-то похожего на совенка, с аккуратным галстучным узлом, нимало не ослабленным в кафешке, и с беззащитным темечком, где среди зализанных гелем вихров имелась центральная белая точка, очень удобная для попадания «в десятку». Ненаблюдательный Антонов не увидел, что молодой человек — не из его гостей, а явно из чужих — совершенно не курит и даже отгоняет от себя табачный дым отрицательными взмахами белой ладошки, но все-таки внимательно слушает Герин темпераментный треп, делая, впрочем, скучающий вид и как бы не интересуясь тем, что Гера изображает на пальцах и буквально пишет в воздухе густо, малярно дымящей сигаретой. В отличие от рваного дымка, растворявшегося, как и сознание Антонова, в опустившемся ниже нуля пространстве апрельского вечера, табачное облако около Геры клубилось, как никотиновый призрачный мозг, и словно содержало умыслы, которые при должном внимании можно было бы расшифровать.

Но Антонов не внял; он не узнал — вернее, не опознал — молодого человека и тогда, когда их официально познакомили на презентации компании ЭСКО и персонаж предстал перед ним уже ничем не заслоненный, радующий здоровым цветом гладкого лица и столь же гладкого хорошего костюма спортивной синевы, дополнительно представленный на пиджаке табличкой с фотографией, поразительно точно повторяющей оригинал. Остальные действующие лица (в том числе и Вика, уже занимавшая должность) более или менее разнились со своими яркими, но как бы раздавленными для сочности изображениями на бейджах, а этот важный юноша соответствовал себе до малейшего изгиба улыбки, словно фотография была сделана и отпечатана буквально сию минуту. Это повторение, словно эхо или имитация другого, более важного повтора, оставшегося за рамками сознания, спровоцировало смутный узнающий толчок, который Антонов на той презентации никак не связал с туалетом забытого кафе. Среди нескольких десятков самоповторений (чем и становилось каждое новое, даже и без таблички на пиджаке, явление совенка) первоначальная встреча затерялась, окончательно затерлась. Все-таки сумма реальных встреч, зафиксированная где-то в недрах мозга, оставалась как бы неполной (неизбывно ощущаемое n-1) — но Антонов опасался допрашивать себя, где же он видел прежде исполнительного директора фирмы, потому что в случае неудачи вспоминательного усилия совенок мог разрастись и сделаться тайным хозяином антоновского прошлого (чего, возможно, опасалась Вика, абсолютно отрицая давние случайные пересечения с Антоновым в библиотеке и киноклубе).

Логово этого персонажа оставалось невычисляемо (оттого, что курилка, составлявшая целое с комплексом мужского туалета, была просторна и сияла белым кафелем, она создала в подсознании ощущение безлюдья, чистоты и пустоты, с оттенком, может быть, чего-то медицинского — хотя люди там, несомненно, имелись и как раз решали антоновскую судьбу). Мерцающее узнавание Антонов приписывал особому математическому чувству «отзыва», когда в построениях, по видимости разрозненно-громоздких, вдруг обнаруживается внезапная *тема,* вокруг которой начинают срастаться, отбрасывая механические хитрые протезы (на создание которых Антонов, бывало, тратил не одну неделю кропотливого и неудобного, как бы *однорукого* труда), истинно живые и необходимые части результата. Исполнительный директор и был для Антонова необходимой частью (многие более информированные люди даже не догадывались, до какой степени это верно) *мнимой* и заранее провальной структуры ЭСКО. Мой ненаблюдательный герой (совершенно не замечавший, что исполнительный директор не курит и не пьет, и наливавший совенку, как и другим попавшим под руку и бутылку участникам вечеринок, разнообразное спиртное, которое совенок вежливо нюхал, но никогда не пригубливал) видел в молодом человеке одну многозначительную странность. Эта странность вызывала у Антонова подъем, подобный тому, что всегда сопровождал переход от *однорукого* труда карандашом по бумаге к ясной работе всего озаренного и собранного сознания, когда предварительные, мучительно исчерканные выкладки делаются просто не нужны. Дело в том, что исполнительный директор, неизменно щеголеватый анфас, неизменно в параллельных брючных стрелках и с атласными височками вроде запятых, со спины являл совершенно другую картину: там торчали недообработанные гелем сухие пряди волос, налипали посторонние нитки, цветом далекие от гаммы костюма. Исполнительный директор как будто не отвечал за себя оборотного, или подсознательно верил, что никакого мира позади него не существует, или чувствовал себя каким-то частичным, плоским существом — что соответствовало в представлении Антонова теореме ЭСКО, этой недобросовестной конструкции с ее ложной многомерностью и *неработающей,* впустую раздутой цифирью. Из-за того, что совенок был настолько интересен своей двусторонностью, Антонов испытывал к нему невольную симпатию (так и писатель, повстречавши где-нибудь прототипа, только что удачно ограбленного на какую-нибудь лакомую деталь, преисполняется к донору добрыми чувствами, так и я полгода дружила с бывшей замарашкой, несмотря на ее телячий восторг перед собственным житейским успехом и создаваемые ею хромые и слепые *авангардные* стихи). Исполнительный директор, чувствуя идущие от Антонова теплые токи, несколько смущался: с готовностью допуская чужака до роли хозяина, подставлял под водку свой *невинный,* только ясной минералкой смоченный фужер, даже однажды устроил «коллеге», присвистывавшему на дырявых зубах, хорошего недорогого стоматолога. Все-таки совенок, поулыбавшись странному доброжелателю, норовил побыстрее обернуться к нему неряшливой спиной и тем самым словно бы исчезнуть, переведя Антонова в разряд несуществующего. Оттуда, из несуществующего пространства, его и застрелили год спустя: не попали в беленькую точку на затылке, но все-таки достигли цели, вздыбив пиджачную спину тупой автоматной очередью, словно выдрав из кровавой почвы куст картошки. Спереди, когда перевернули труп, найденный почти за городом, на задах пролетарских железных гаражей, все было почти в абсолютном порядке, и открытые глаза директора смотрели ясно, как у куклы, — но спиной, всю ночь обращенной к звездам, взъерошенной, будто у злого кота, он, возможно, ощутил сквозь смерть реальность мира, оказавшегося *позади* буквально и целиком; возможно, в последние тающие минуты директора физически мучила неодинаковая величина всего пустотного пространства и земной, сырой и кисловатой тверди, в которую он, как в подушку, пустил немного слюны, — и он уже не мог определить, что больше, потому что переменчивое возрастание происходило во все стороны и далеко от распростертого директорского тела и, в отличие от самого директора, так и не закончилось.

* * *

Дело в том, что Гера и исполнительный директор, знавшие друг друга вприглядку задолго до встречи в кафе, договорились о сотрудничестве. Гере надоело посредничать по мелкому, его давно привлекали воздушные денежные потоки, оборудованные хитрой системой непрерывно крутящихся ветряков, — вся эта невидимая энергетическая работа, недоступная глазу простого смертного. Ему давно казались *лишними* чересчур материальные коробки консервов или рулоны типографской бумаги — эти тяжеленные бояки без единого творческого слова внутри, которые все время приходилось самому закатывать в кузов грузовика, путаясь в хлещущих и грязных оберточных лоскутьях. Угрюмый, с горящими от тяжестей перцово-красными ладонями, Гера мечтал, чтобы цифры сами по себе, своими живительными свойствами делиться и умножаться, возникать и исчезать, выделяли бы ему небольшую сумму или разницу; крохотный подвижный рычажок процента, этот магический значок на два зерна, казался ему действующей моделью вечного двигателя. Особенно Геру допекло, когда пришлось, по договору с одним гуманитарно активным фондом, заниматься изданием сборника ненавистного модерниста: там на развороте обложки красовался враг, длинноволосый и в берете, точно постаревший карточный валет, — и когда подневольный Гера в четыре заезда перетаскивал продукцию из типографии на склад, ему мерещилось, будто проклятый поэт, двадцатикратно повторенный в каждой из рыхлых пачек, по-барски грузно развалился на заднем сиденье и пьяно мотается на каждом повороте, грозя погубить трудолюбивую машинешку. По-своему Гера искал из своей ситуации интеллектуальный выход. В последнее время он, как каторжный, хватался за каждую товарную тяжесть, чувствуя себя *обязанным* работать за любые предлагаемые суммы; переход от грубой буквальности промежуточных товаров к чистой энергии денег виделся ему переходом от физического труда к духовному — к чему всегда и стремился непризнанный романист.

Исполнительный директор в свою очередь был заинтересован в Гериных подпольных связях: в его агентках, сидевших тихо, но прочно в нескольких серьезных конторах и способных на большее, нежели набивать на машинке или набирать на компьютере Герины литературные труды. Сам он давно приладился к потоку виртуальных денег, умело направляемых через ЭСКО, и пил немного выше по ручью, стараясь, чтобы муть не сносило к шефу, но и опасаясь поэтому сделать слишком полный глоток. Чтобы упрочить положение и украсть наконец миллион долларов (что было тайным бзиком исполнительного директора), ему нужны были такие же, как он, вторые лица в смежных, столь же иллюзорных по сути структурах. С ними он мог бы скопировать выгодные схемы, создать параллельную, так сказать, теневую проводящую сеть и время от времени подключать ее, будто некий искусственный орган, чтобы у шефа только мигало в глазах, — пока не настанет момент решительного хапка или, чем не шутит черт, полной замены прежних каналов на параллельные, если высокопоставленные персоны, эти языческие боги денежных рек и ручейков, пожелают работать именно с ним.

Для осуществления плана исполнительный директор имел замечательный ум: именно он и изобретал для фирмы комбинации, благодаря которым, в частности, один и тот же (по бумагам) холодильник продавался по нескольку раз, чудесным образом, будто Серый Волк к Ивану-царевичу, возвращаясь в ЭСКО, — что позволяло показывать намного меньшие объемы торговли, чем это было в действительности. Торговля эта, впрочем, была процессом вспомогательным — всего лишь одним из механизмов извлечения денег из воздуха, где рубли и даже доллары размножались гораздо активней, чем на жесткой земле. В этот питательный воздух испарялись почти без осадка бюджетные кредиты, разве что выпадало в какую-нибудь больницу или интернат несколько устаревших компьютеров, что свидетельствовало о высокой степени очистки финансовых потоков от всего материального. Там, в текучей, играющей среде, отрицательные величины — взаимные долги бюджетов и структур — от попыток их сократить и взаимозачесть только обретали новые каналы циркуляции, отчего разрастались точно на каких-то таинственных дрожжах. Там, в иллюзорных, *видимых* потоках, текущих совсем не туда, куда велит экономический и государственный закон, рубль, наряду со свойствами частицы, обретал и свойство волны; там ноль, к которому теоретически сводились многие долги, на практике не оголялся за счет поглощения разнознаковых чисел, но расцветал, как роза, и обильно плодоносил. Далеко не все умели маневрировать в этой громадной, больше настоящей экономики, воздушной яме, где у человека обыкновенного от перемены верха и низа кружилась голова; тот же Гера даже близко не представлял всей странности и красоты финансового пространства, всех райских узоров его невесомости. Но совенок был своего рода гений и космонавт; против воли он зарабатывал для ЭСКО гораздо больше денег, чем ему удавалось украсть, — и чем больше воровал, тем автоматически больше зарабатывал.

Иногда при виде шефа, сидевшего за своим прекрасно оснащенным начальственным столом, будто пупс в игрушечном пароходике или паровозике, совенок буквально впадал в отчаяние. Он, исполнительный директор, был такой *хороший,* непьющий и некурящий, едва ли не с пуховыми белыми крылышками для полетов в финансовой виртуальности, — но шеф совершенно его не ценил. Неблагодарный (и недальновидный) шеф держал своего маленького гения за глупого мальчишку, угощал его шоколадными конфетами с ликером и отечески подозревал в затянувшейся девственности. Это, кстати, не соответствовало действительности: у совенка имелась верная любовница, сорокалетняя и бледная, как талый снег, учительница физики, безвестно жившая на самой окраине города в блочной пятиэтажке, с выходом окон на мистический пустырь, буквально пустой и безвидный, нечувствительно поглощавший все, что помещали туда природа и человек. Горизонт перед глазами женщины был неровен, будто край измятой бумаги, от которой оторвали какую-то важную запись, — и примерно так же была устроена ее душа, лишенная чего-то существенного и бесследно топившая в себе любое к ней направленное чувство, будь то сентиментальная привязанность совенка или недоброжелательство завистливых коллег. О гибели ее «знакомого» учительнице сообщила программа «Криминальные новости», где исполнительного директора показали ничком на размытом дождями гравии, в той самой беспомощной позе с подмятыми под тело руками, в какой он всегда засыпал в ее постели после краткого любовного спазма. Женщина была единственной, кто знал эту безрукую позу тюленя, — а вот теперь любой телезритель мог видеть на своем экране округлую тушу, ластообразные подошвы новеньких модельных туфель, очень мало походивших по земле, плюс медлительное перемещение нескольких пар каких-то форменных шнурованых ботинок, словно желающих, но никак не могущих перешагнуть через неудобно, на узкой тропинке между гаражами, разлегшийся труп. Вероятно, это впечатление не так легко поглотилось пустынной душою учительницы: некоторое время там маячило что-то чужеродное, никак не сливавшееся с пейзажем, словно погибший «знакомый» поселился под окнами — на пустыре, где вдруг ни с того ни с сего понаставили всего за месяц серых железных гаражиков, и ночные припоздавшие автомобильчики волнообразно шуршали по гравию, словно все глубже закапываясь в землю и затихая где-то под землей, в царстве мертвецов.

* * *

При жизни исполнительный директор знал за собой один серьезный недостаток: он почти не мог знакомиться с людьми. В схемах, которые он придумывал, люди, конечно, были: совенок логически вычислял, на каком служебном месте должен оказаться нужный человек, каковы его предполагаемые деловые свойства и тайный личный интерес, — он открывал партнера, как астроном открывает планету, по силовым соотношениям власти и бизнеса. Но с конкретной персоной вступали в контакты другие, и когда обретенный партнер вдруг появлялся во плоти, исполнительный директор испытывал замешательство. Реальный человек состоял из множества подробностей, совершенно к делу не относящихся, но видных в первую очередь, буквально выставленных напоказ; совенку было трудно уразуметь, что фигура, вызванная из небытия его аналитическим умом, самочинно обладает черной чертячьей бородкой, или горбатым, как рыбина, носом, или пристрастием к бежевой гамме в одежде — обладает, наконец, своими личными вещами, которых особенно много бывает у посетительниц: стоит такой деловой партнерше расположиться в кресле для гостей, как все вокруг оказывается занято ее органайзером, ее сумочкой, ее перчатками, зонтиком, платком.

Со своими произведениями исполнительный директор говорил и гладко, и толково, но голос его при этом был фальшив. Даже просто приблизиться к незнакомому человеку становилось для совенка таинственной пыткой: ему мерещилось, будто человек заранее сопротивляется, распространяет вокруг себя ощутимое, плотное поле отталкивания, постепенно переходящее в его физическое тело, как звучащая музыка переходит в видимый магнитофон. Порою коллеги наблюдали, как на какой-нибудь презентации исполнительный директор ЭСКО, совершенно одинокий, с неизбежной рюмочкой, нагретой в кулаке, движется между гостей по непонятной траектории, приставными шажками, делая время от времени резкие боковые повороты, словно разучивая без партнерши технику вальса. Все незнакомые люди казались совенку некрасивыми. Никто, кроме него, не видел в жизни столько уродливых женщин: их разбухшие либо слишком четкие черты, кое-как усредненные косметикой, виделись ему искаженными и потому жутковатыми вариантами нескольких привычных лиц, иногда мешавшихся между собою, будто куски человечины в творении доктора Франкенштейна. Его учительница могла совершенно не опасаться любовной измены. Более того: когда исполнительный директор замечал у той или иной деловой особы, фланирующей на презентации или эффектно явившейся в офис, *ее* сыроватые слабые волосы, ядовито перекрашенные французской краской, или ее, читаемую сквозь чужое, угловатость лица — ему становилось страшновато за целость оригинала. Хотелось поскорее закончить дела, покатить (все под горку) на свою заветную окраину, поставить машину возле бедного, но верного киоска, покрытого под грубыми решетками лупящейся коростой недавнего пожара, взбежать, шибко работая коленями и локтями, по маленькой, почти детсадовской, кабы не окурки, лестнице хрущевки, нажать на белую, всегда такую чистую кнопку звонка.

В общем, исполнительному директору, чтобы пообщаться с незнакомцем и при этом не испортить дела, нужен был посредник, менее незнакомый для совенка, уже устоявшийся в сознании; Гера, посредник по натуре, на эту роль отлично подходил. Вместе они разыграли несколько финансовых этюдов; Гера, мало понимая суть происходящего, открывал какие-то банковские счета, тут же приходившие в движение и уподоблявшиеся в его уме тем жутковатым бассейнам со многими вливающими и выливающими трубами, с которыми он никогда не умел справляться на уроках арифметики. Непонимание привело к тому, что Гера, следуя своему естественному инстинкту, захотел иметь в ЭСКО поддержку: боевую подругу. Работавшие там четыре подтянутые женщины, сходные между собою покроем костюмов и походкой, несколько механической из-за обязательных в офисе каблуков, не понимали дружеских чувств. Вика, поскольку с инвалидным предприятием ничего не вышло (не из-за стараний Антонова, а просто потому, что у Тихой как-то не составилась послушная медкомиссия), осталась Гере *должна*. Внешность ее показалась исполнительному директору особенно несуразной из-за широко расставленных заячьих глаз, в которые никак не удавалось посмотреть, — но сама кандидатура, на которую совенок имел свои деловые виды, не вызвала возражений. С водворением Вики в офисе ЭСКО у Геры появился там как бы собственный стол, возле которого он неизменно ставил свой хорошо набитый портфель, а стоило Вике отлучиться — прочно садился на хозяйское место и запускал на компьютере любимую игрушку.

XVI

На этот раз Антонов не возражал против Гериных деловых инициатив. После выписки и свадьбы (окончившейся ночью первым и единственным конфузом Антонова) разленившаяся Вика оформила академический отпуск. Тогда и начались шатания по подругам, тогда и вошли в обычай поздние появления с эскортом из одного, а то и двух молодцеватых негодяйчиков, с какими-нибудь скверными цветами, скрывавшими около самых зрачков, независимо от вида и сорта, дурную козлиную желтизну. Тогда Антонов научился питаться мусором тишины: длинными, точно спущенными с нитки трамвайными звонками, еще не вполне знакомыми голосами в подъезде, шаркающими шажками будильника, словно бесконечно приближавшимися к нему из бесконечной пустоты, чириканьем воробьев, напоминавшим звуки заточки маникюрного инструмента; тогда же окончательно встала работа над рукописью. Тогда же в полную силу явился перед молодоженами денежный вопрос.

Только теперь до Антонова дошло, что его доцентская зарплата рассчитана на сутки жизни «нормального человека». Умом Антонов понимал, что должен был обо всем позаботиться заранее: еще до свадьбы найти репетиторство или переметнуться в какой-нибудь частный, очень платный вуз. Но даже и теперь, задним числом, забота о деньгах казалась Антонову несовместимой с чувством, которое он познавал и обустраивал с самого столкновения в дверях аудитории номер триста двадцать семь. За полтора тяжелых года он проделал колоссальную, в каком-то смысле *научную* работу, которая и привела к результату — свадьбе; если бы он при этом занимался материальным обеспечением, то есть подготовкой *места* для будущей жены, сама фигура кандидатки сделалась бы абстрактной и теоретически могла бы произойти подмена: место, то есть пустота, означала не обязательно Вику, а Антонов понимал, что если бы Вика выскользнула из его кропотливых построений в готовые объятия одного из юных наполеонов, он бы навсегда остался плавать в незаполняемом коконе этой пустоты. Антонов просто вынужден был следовать за Викой, подстраиваться под нее, совершенно отсутствуя в собственной жизни, так что даже комната его по виду и по запаху сделалась нежилой: заброшенные книги наливались холодом, тут и там неделями не мытая посуда выдавала присутствие как бы нескольких обитателей, из которых ни один не являлся настоящим и полным Антоновым, а случайные следы на пыльных поверхностях засеребрившейся мебели напоминали кошачьи или птичьи. Теперь, в заплесневелой квартире французской старухи, все постепенно проветривалось, старухин мусор, пересыпанный пожелтелым пшенным бисером и вощеными бумажками от аптечных порошков, был заметен и вынесен на помойку, какой-то реставратор с коричневой бородкой, похожей на кусочек вареного мяса, радостно скупил тяжелых мебельных уродов и увез их вместе с молью и шерстяной слежавшейся трухой. Быт, как ни странно, налаживался; рукава домашнего халатика жены всегда были сырые от уборки и стирки. Но денег катастрофическим образом не хватало на жизнь. Все для Антоновых дорожало словно бы еще быстрее, чем это реально происходило в магазинах: стоило разменять какую-нибудь крупную купюру, как пестрая сдача утекала неизвестно на что, буквально растворялась в руках, и приходилось шарить по карманам зимней и летней одежды, чтобы насобирать монеток на столовский обед.

Теща Света, трагически счастливая, проявлялась самое меньшее раз в четыре дня. Она выгружала из хозяйственной сумки скользкие булыжники мороженого мяса, полные мешки свисающих сосисок, стопы консервов из Гериных запасов, еще какие-то коробки и кульки; набив холодильник продуктами, она к тому же оставляла под сахарницей три-четыре сотенные бумажки — и Антонов подозревал, что нечесаная Вика, хмуро провожая мать в прихожую, получает в карманчик халата дополнительную денежную дань. Движимый яростным стыдом, он дал чуть ли не во все городские газеты стандартное объявление насчет подготовки к экзаменам в вузы — но на его призывы размером с почтовую марку никто не откликнулся. Более удачливый коллега, недавно вставивший новые дорогие зубы и щеголявший на лекциях арифметически-клеточной улыбкой, объяснил Антонову, что теперь не то, что год назад, по объявлению стоящей работы не найдешь, нужно иметь рекомендации и обращаться в фирмы по подбору персонала. Ошарашенный Антонов подумал тогда, что будущее наступает совершенно новым способом: в настоящее уже внедряется частями, не дожидаясь нормального срока, какой-то чуждый, *иностранный* двадцать первый век, размечает живую территорию своими еще неживыми вкраплениями — но тем меньше люди, внезапно натыкаясь на новизну, верят в то, что естественным образом, прямо живьем, перейдут в это уже близкое будущее, неизбежность которого стала как-то сродни неизбежности смерти. Может быть, впервые в человеческой истории будущее наступало как небытие, как раннее мертвое утро, словно перевернутое вверх ногами из-за длинных, далеко протянутых теней, — но Антонов старался отвлечься от подобных мыслей и сосредоточиться на поисках денег, тоже без конца меняющих облик и оттого все более условных, нарочно украшенных сложными радугами для удостоверения стараний фальшивомонетчика.

* * *

Однажды Антонов даже поучаствовал в демонстрации протеста преподавателей и студентов — сделал то, чего не думал делать никогда, потому что ненавидел пустые хлопоты и праздное топтанье под вислыми лозунгами и знаменами, похожими на вывешенное для просушки постельное белье. Антонов вообще презирал любые уличные шествия и праздники на стадионах, когда из человеческой зерни выкладываются разные фигуры: ряды, колонны, а то и покрасивей — живые пирамиды, расцветающие ромашки. Люди, применяемые как мозаичный материал, представлялись Антонову дорогими микросхемами, кому-то отданными в игрушки; любая демонстрация или парад виделись ему наглядным переходом от сложнейшего (человека) к геометрически-примитивному, по инерции распространяющему распад в простоту на схематические, как графики каких-то достижений, городские перспективы, залитые вдали жидкой синевою небесного идиотизма. Все-таки Антонов потащился на демонстрацию: секретарша декана, ныне еще и активистка местной промышленной партии, постоянно носившая похожий на дорожный знак политический значок, объявила, что участникам в первую очередь выплатят зарплату за август-сентябрь.

Два часа Антонов протоптался в человеческой тесноте на ступени полированной лестницы, поднимавшейся к Дому правительства от пахнувшего ацетоном серого пруда, где ветер раздувал среди остреньких волн студенистые лысые пятна. Здесь, внизу и вблизи, особенно ощущалось, что Дом правительства недостроен, по причине поплывшей болотистой почвы, на несколько этажей: в этой вычисляемой глазом пустоте, словно рыбка в аквариуме, плавал, повиливая, красивый трехцветный флажок, а внизу такой же точно российский флаг, как бы большой и настоящий, нарочно принесенный для *сравнения,* слипался грубыми складками и норовил прилечь Антонову на плечо на манер сырого полотенца. Подлость заключалась в том, что, вопреки обстоятельствам, стояние на ступенях, в виду шеренги серо-зеленого ОМОНа, приобретало оттенок народного праздничка: преподаватели глотали водку, закусывая кожистыми, кислыми, словно мокрым рисом набитыми огурцами, студенты разбалтывали в банках злющее пиво, лезли через гранитные борта на чистенький газон, сверкая туго обтянутыми джинсовыми задницами и белыми кроссовками. Кто-то уже сидел в развилке старой, волгло желтеющей березы, запрокидывая бутылку, будто заправский горнист: тут и там обнимались, дрожа на ветру, красноносые парочки, одна девица, напрягая лягушачьи бедрышки, качалась на плечах у мускулистого кавалера. Полустертые *уличные* лица молодежи, чувствовавшей себя на демонстрации протеста, словно на эстрадном концерте, были пятнами этой осени, все задувавшей с севера, все гнавшей прошлогодний снег холодных облаков, — из этих бесформенных масс, будто перепачканных землей, еще не летели белые мухи, только изредка доносились по ветру крупные капли, какие-то пустые на ощупь и на вкус, словно это был раствор воды в еще более пресной и слабой жидкости, размывавшейся на пальцах грубым капроновым пятном.

Длинному Антонову, глядевшему через сутулые плечи коллег, были видны шнурованные ботинки ОМОНа, напоминавшие, если глядеть на них отдельно, кормящуюся стаю каких-то неповоротливых черных гусей; ему казалось нелепым, что передний ряд демонстрантов (среди них деканская секретарша, вся облепленная, будто утопленница, своими тонкими волосами) упорно держит несколько ватманов с размашистыми требованиями, в то время как на щитах ОМОНа, обращенных навстречу плакатам, ничего не написано. Эти щиты, похожие на большие кухонные мойки с дырками для стока воды, не означали ничего и не отвечали ничем, если не считать за отзывы глухие бряканья бутылок и камней, бросаемых из особой кучки активистов; там, в этой оживленной кучке, дополнительно швырявшей по ветру очень белые и как бы липкие листовки, мелькали обритые головы (две азиатские, дегтярно-черные, и одна щетинисто-белобрысая), никогда не виданные Антоновым в университетских аудиториях. Антонову было холодно и скучно, собственная его заледенелая лысина давала себя почувствовать через хлесткие кляксы случайных дождин. Дождины точно гвоздями прибивали листовки к тускло-зеркальному граниту между ОМОНом и толпой, иногда внезапный ветреный порыв буквально вырывал готовый веер из руки у сеятеля и швырял листки ему на кожаную грудь, где они трепетали, будто его раскрытая душа. Листовки и в разлете сохраняли какую-то общую намагниченность, были будто флажки на невидимой нитке, за которую в любой момент могли потянуть трудолюбивые ловцы, все бросавшие и бросавшие в толпу агитационную снасть. Тщетно укрепляясь топтаньем на своем опасно скользком пятачке, Антонов чувствовал, что ему чрезвычайно тяжело и муторно сохранять себя в пределах собственной физической оболочки, *не быть* всею этой массой знакомого и полузнакомого народу, редевшей по краям в соответствии с общей разреженностью осеннего пространства — которое, однако, собирало тут и там из отдельных тощеньких деревьев иллюзорную рощу, из отдельных лотков и киосков — несуществующий торговый центр.

Иллюзорность толпы, где Антонов пребывал уже не первый час, делала его *отсутствие* во всем остальном примитивном пространстве крайне сомнительным; там чем дальше, тем явственней дома упрощались до своих типовых проектов, там имелось от силы четыре породы деревьев и десяток марок автомобилей; тексты вывесок и реклам, снабженные цветными картинками, были будто фрагменты букваря — и надписи на ватмане, которые принесла с собой университетская демонстрация, казались всего лишь упражнениями, сделанными по этому уличному учебнику. Внезапно листовки хлестнули сильнее, зачастило глухое, как бы кастрюльное бряканье, и Антонов, рискованно приподнявшись на цыпочки, увидал, как один из омоновских щитов закачался и осел. Из-под щита, продолжая им нелепо прикрываться, ловя одной рукою на скользком граните пляшущий шлем, пополз камуфлированный здоровяк; он странно облизывался серым языком, размазывая по верхней губе кровавые усы. Пострадавшего подхватили под мышки, поволокли, отгоняя внезапного корреспондента с телекамерой, который выцеливал кадр с отрешенным упорством шмеля, елозящего по оконному стеклу в поисках выхода в пейзаж. Далее Антонову почудилось, будто он уловил отнесенный ветром командный выкрик. Омоновцы, оттеснив корреспондента куда-то вбок, пошагали по плитам, потом по ступеням, внезапно переставившим строй на ближний и реальный план. Из толпы послышался свист, выкрики какого-то дурного, буйного веселья; мимо Антонова, глупо хихикая и прихлопывая ладонями прыгающие гроздья кулончиков, проскакали вниз две долгогривые подружки со второго курса, за ними боком спускалась деканская секретарша, с лицом как борщ, все еще держа перед собой кусок разорванного ватманского лозунга с остатками слов и со множеством расставленных по краю восклицательных знаков. Уже совершенно перед носом Антонова плечистый молодец с бешеными белыми глазами лупцевал дубинкой не менее мощного на вид гражданского верзилу, отбегавшего мелким приставным шажком: всякий раз, когда дубинка протягивалась по телу сгибавшейся жертвы, слышалось утробное вяканье, будто придавливали малышовую резиновую куклу с пикулькой.

Сразу у Антонова окаменел и потянул давно нудивший мочевой пузырь, ноздри будто наполнились козлиной вонью школьного мужского туалета. Оттого, что омоновцы были размашисты, казалось, будто форма им мала, как тем достопамятным второгодникам, что устраивали Антонову сортирные «суды», — и, собственно, ему не оставалось ничего другого, как вцепиться в брус милицейского запястья и на удивление длинную минуту изображать на пару с врагом и его дубиной знаменитых рабочего и колхозницу. Потом Антонов, задохнувшись на лету, сокрушительно сел на гранит и клацнул зубами, все его естество как-то по-другому наделось на твердую палку позвоночника, в округлившихся глазах встали затоптанные листовки. Антонов не сразу понял, что в брюках расплывается теплое и липкое пятно, быстро превращаясь в холодный компресс; домой он приковылял, криво запахнувшись в порванный плащик, с болезненным ощущением в позвоночнике, будто там заело, как в негибкой железной «молнии». В конце концов зарплату за август-сентябрь выдали всем одновременно; ее, конечно, не хватило на новые брюки и плащ — впрочем, уже настала сырая нежная зима, в плаще как будто не было нужды, а загадывать на какое-то будущее (вторгавшееся в зиму гнилостными ветреными оттепелями) казалось так же глупо и непрактично, как готовить имевшееся у глупой тещи Светы *смертное* белье.

* * *

Вика, так и не восстановившаяся в университете, сделалась дерганой, ее неверные движения казались что-то означающими жестами, в то время как она всего лишь хотела дотянуться до книги или намазать бутерброд. Ее прекрасно загорелый прототип — демон с хрустальными глазами и сухими бумажно-белыми ладонями — пребывал в одном хорошем местечке Южного полушария, где полеживал на тонком соленом песке, хранившем посеребренные морские ракушки, или посиживал с запотевшим, буквально обтекающим бокалом прохладительного в жесткой, лишенной трепета тени как бы от чего-то сломанного — жалюзи, или забора, или целого дощатого дома, — а оригиналы теней, тропические растения, красовавшиеся на берегу океана, точно на огромном подоконнике, меланхолично шуршали на ровном ветру. Бедная Вика в своем романном пространстве смутно ощущала, где должна была бы находиться в действительности; ее приводила в тоскливую ярость самая мысль о затхлой темноте университетского коридора, напоминавшего убогостью и запахами столовской тушеной капусты какую-то громадную коммуналку. Деньги сделались главной Викиной заботой; ей мерещилось, что как только кончится очередная порция денег, с ними кончится и жизнь, а вместо жизни наступит неизвестность, из которой не окажется выхода даже при помощи *отложенного* самоубийства — потому что будущее (она это тоже чувствовала) уже обладало всеми свойствами небытия.

Теперь, чтобы умереть, не надо было делать ровно ничего, даже пальцем шевелить; поэтому Вика после первого периода домашнего обустройства хронически впала в безделье. Антонов, прибегая с лекций, находил на кухне грязные тарелки с размазанной желтизною утренней яичницы, возле них всегда валялась Викина расческа, такая же черная у корешков, как и ее отросшие волосы — особенно жалкие после мытья шампунем, слабенько-пушистые, с нерасчесанным колтуном в ложбинке цыплячьей шеи, точно такие, какие были у нее *тогда* на больничной подушке. Вся она, сутками сидевшая в сумерках квартиры, сделалась такая нездорово-бледная, что казалось, тронь ее тропическое солнце, будет не загар, а только хлорофилл. Вика действительно — не только разумом, но словно бы и кожей — утратила связь с окружающей средой; даже физиономия Павлика, по-прежнему хранимая в конфетной коробке, стала ей казаться какой-то противной, чем-то сходной с одутловатой рожей соседа-алкоголика, возвращавшегося, бывало, за полночь, одновременно с Викой и ее случайным провожатым, и шаркавшего по скосам лунной заплеванной лестницы, протянув перед собою синюшные толстые руки, словно восставший из могилы мертвец.

Иллюзию занятости и непропавшего года (замужняя Вика по-детски соглашалась с тем, что *нормальная* жизнь состоит из этапов, подобных переходам из класса в класс) создавали курсы бухгалтерии и менеджмента, обходившиеся теще Свете ежемесячно в кругленькую сумму. Там, в зарешеченном школьном пристрое, с видом на трубы теплотрассы, обернутые, будто пальмы, рыжим волосатым войлоком, изящная принарядившаяся Вика волей-неволей терпела соседство каких-то деревенских девушек с идиллическими гладкими головками, но в ужасных зимних сапогах, похожих на кривые толстые пеньки. Зато она понимала учебный предмет, где числа не служили прилагательными для лишенных существенности символов и не отражались с противоположным знаком в чудовищном зеркале нуля, но исправно означали деньги, существенные сами по себе, восстанавливающие реальные связи реальных вещей. Тем не менее общий налет сумасшествия (блеклость мартовских людей и синяя яркость теней, весна под капельницей, запахи помоек) на какое-то время превратил здравую науку в числоманию. На улице Вика высматривала в сияющем, сигналящем потоке номера автомобилей и воображала, что бы она купила, будь у нее такие деньги в рублях или в долларах. Сумма, поначалу казавшаяся сказочно большой, при распределении на конкретную мебель, бытовую технику и одежду (муж Антонов тоже не бывал забыт), быстро исчезала по частям, и возбужденная Вика, то залезая на высоченный обочинный сугроб, то спускаясь по ямина-ступенькам под самые колеса, тут же принималась выискивать среди номеров еще большую цифру — часто возникавшую на какой-нибудь замызганной «копейке», не стоившей и половины суммы, проставленной на ее изоржавленном ценнике. Из-за того ли, что автомобильные номера, засоренные буквами, все-таки отдавали отвергнутой математикой, из-за того ли, что величины не соответствовали реальной стоимости машин, — но бедная Вика не получала от своего занятия даже призрачной радости, свойственной всякому самообману. Она никак не могла насытиться эфемерным богатством, не справлялась с мысленным поглощением целого города, совершенно не приспособленного для потока иномарок, еще и стесненных по обочинам грудами зимнего строительного мусора, ломом снежных плит и рыхлых кирпичей. Город, страдающий автомобильной гипертонией, не умещался в Викином сознании; редкие его дорожные пустоты, куда, окутываясь бисерными брызгами, тотчас устремлялись на свободной скорости шелестящие авто, были особенно опасны. Все-таки Вика, разинув рот, ступала на эту проезжую часть, чем-то похожую на мертвую скользкую рыбину, с которой яростно шваркают чешую, а она елозит и пошлепывает вялым хвостом — и вдруг упруго загибается в кольцо, обнаруживая еще не утраченную мышечную жизнь. Видимо, водители машин каким-то образом чуяли, что девица на высоченных тонких каблуках, слезая на дорогу, ступает в собственную судьбу (уже загибавшуюся в кольцо); по-своему это истолковывая, многие тормозили, распахивали дверцы более или гораздо менее комфортабельных салонов, откуда вырывались тепловатые автомобильные смеси музыки, парфюма и бензина, — а однажды неосторожная Вика еле отвязалась от жирного угрюмого кавказца, возмущенного тем, что девушка махала рукой, а теперь нэ хочет ехать в рэсторан.

Числомания, охватившая Вику, несомненно, заинтересовала бы доктора Тихую; побочным эффектом сумасшествия было частенько наплывавшее представление, будто вот только что, секунду назад, все вокруг увеличилось во много раз, никто ничего не заметил, и единственный след метаморфозы — странное сжатие в груди, будто внутри у Вики-большой сохранилась Вика-маленькая, которой хватило бы любой, самой незначительной изо всех проезжающих сумм. Эти внезапные прохватывания были похожи на страх. Теща Света, прознай она о Викиной уличной арифметике, тоже была бы напугана обилием несчастливых чисел, которыми Вика играла, будто маленький ребенок — запретными спичками. Несчастливые числа, плохо делившиеся и сохранявшие свою *неудобность* при вычитании или прибавлении любого хорошего, нормального числа, словно содержали, независимо от жировой оболочки, какую-то угловатую твердую сердцевину; они, эти арифметические монстры со скелетами внутри, были для тещи Светы страшнее всяких черных кошек и залетающих в форточку птиц. Числомания, как и лотерея, манила призраком денежного счастья и была, по сути, такой же адской машиной, заряженной цифирью; если бы Вика не была совершенно бездарна, она бы, может, тоже учуяла *преждевременность* неудобной сердцевины, которую проявила в ней нехорошая игра. Впрочем, чувство времени, как уже было неоднократно сказано, у Вики отсутствовало.

XVII

Если бы тещи Светы до сих пор не было в романе, ее следовало бы выдумать, чтобы молодое семейство смогло продержаться до денег, свалившихся внезапно из компании ЭСКО. Курсы, включавшие компьютер, позволили Вике занять довольно скромное местечко в холеном кондиционированном офисе компании, где первым делом ее поразило отсутствие пыли, из-за которой предметы обстановки казались совершенно нетронутыми, а все события прошлого дня — как бы и вовсе небывшими. Усатая уборщица с огромным носом, похожим на вареный говяжий язык, была, по-видимому, сущая ведьма, которой профессиональную швабру или метлу заменили на современный ранцевый пылесос; но самым неприятным из всех сотрудников оказался исполнительный директор, принимавший Вику на службу. Его буквально перекашивало при виде короткой юбки и розовых колготок — так, перекошенным, держась за щеку, он убегал к себе в спартанский кабинетик, которому отсутствие коврового покрытия придавало некую суверенность по-другому окрашенной территории. Все-таки Вика по-настоящему освоилась только тогда, когда на сурового шефа конторы нашло отлично ей известное наполеоновское беспокойство и началась ее работа над ошибками — вовсе не такая легкая из-за полудохлой холодности его индюка, заставлявшая Вику после жиденьких сеансов на кожаном диване бессовестно грешить с Антоновым, ничего, как видно, не подозревавшим.

В отличие от «интеллихента», недоглядевшего за женой, Гера с исполнительным директором сразу смекнули неладное; Гера, всегда смотревший понизу и так хватавший взглядом офисных женщин, что с них буквально сваливались туфли, первым почуял подозрительное, словно прочел о происшествии на идеально чистом напольном сукне, где каждый оброненный предмет выделялся, будто на витрине. В данном случае этим предметом были собственно Викины ноги в перекрученных чулках, словно наскоро закрашенные малярной кистью, — да и вся остальная одежда, напоминая скомканные на теле несколько слоев бумаги, на удивление плохо сидела на ней к концу иного рабочего дня. Поскольку через *невинную* Вику уже прошло кое-что из сомнительных бумаг, партнеры забеспокоились; очевидная глупость нового младшего менеджера (чья излишняя должность, по замыслу совенка, принадлежала не столько структуре фирмы, сколько руслу обводного денежного канала) не давала никаких гарантий безопасности. Думая, что спалился еще вчера, исполнительный директор целый вечер плакал, как ребенок, на лунно-белых коленях своей физички и чувствовал себя и правда будто на Луне, запрещая женщине включать электричество, оставляя ее совершенно наедине с открытием, какая это на самом деле тяжелая, увесистая штука — человеческая голова. Но ничего ужасного не происходило: шеф, не то что повеселевший и переставший вздыхать, но теперь набиравший воздуху в грудь молодцевато, точно перед стаканом водки, продолжал добродушно поддразнивать своего целомудренного заместителя — и когда он полуулыбался, череп его с приклеенными крашеными бровями ухмылялся гораздо откровенней. Через некоторое время партнеры были склонны считать, что довольному шефу просто не приходит на ум что-либо выведывать у сахарной куколки (это было их большое заблуждение). Они частично заменили Вику на гарантированно неприглядную девицу, сжимавшую толстые колени тесно, как хоккейный вратарь, которому могут забить решающий гол. Девица, немедленно подпавшая под Герины писательские чары, была готова выполнить любые операции, чувствуя себя, как видно, одной из главных героинь его повествования. Все-таки партнеры жили на иголках до самого финала. После, задним числом, Антонов вспоминал какое-то странное потепление, какой-то необычный Герин интерес, когда недавний враг без просьбы подавал ему салат, стакан, что-нибудь еще и внимательно наблюдал, как Антонов манипулирует засланными предметами: вместе они, вероятно, напоминали дрессировщика и обезьяну, которая именно при помощи тарелки, вилки и салфетки кое-как изображает человека. Вероятно, Гера, чтобы предотвратить свои неприятности, хотел открыть «интеллихенту» глаза на поведение жены, подать ему, вдогонку к принятой вещи, еще и известие, которое он смутно понимал как очень ценный подарок, — но не был полностью уверен в реакции получателя.

* * *

В общем, все довольно быстро катилось к концу. Абсолютно чистые и белые конверты, в которых компания ЭСКО выдавала служащим ежемесячное жалованье (расписывались всегда за гораздо меньшую сумму), становились у Вики все более толстенькими и приятными на ощупь; их больше не оттягивала, как у других, съехавшая в угол скаредная мелочь. Поскольку никто заранее не знал, какую сумму он получит на этот раз, Викина числомания благополучно перешла с автомобильных номеров на реальные, мучнистые на ощупь новенькие доллары и как бы перестала быть сумасшествием — хотя не факт, что прямая реальность, завладевая человеческим умом, не увлекает его все по тем же квадратным бешеным кругам.

Во всяком случае, распределение денег мало чем отличалось от измысленного на обочинном сугробе. Антонову пришлось водить себя, костлявого и зябкого, по кондиционированным магазинам дорогой одежды, полупустым для пущей важности вывешенных на фоне мрамора, театрально освещенных пиджаков. Эти холодные залы сами были совершенно как витрины, и Антонов, скованно расхаживая внутри среди патетически оформленных чудес, чувствовал себя выставленным против воли на полное обозрение улицы. Примерочные кабины, величиной с хорошую комнату, были для него источником дополнительных мучений: стадии одеваний и раздеваний, отражаемые в холодных синеватых зеркалах, не позволяли сохранять человеческую цельность, и Антонов, путаясь в *чужих,* чрезвычайно извилистых брюках, удивлялся, как это Вика на каждом аналогичном этапе умудряется выглядеть нисколько не смешно и не безобразно, а будто в таком специально задуманном прикиде. Заботливая жена (дома заботы совершенно не проявлявшая), разумеется, присутствовала тут же и собирала на вешалки вывернутое барахло, а если ей приходился по вкусу конечный результат, брала супруга под руку и вместе с ним отражалась в зеркале. Получалась как бы свадебная фотография — будто эти двое могли бы пожениться не так, как вышло, а совершенно по-другому, — и Антонов удивлялся, что может после этого тащить пакет, поедать разогретый ужин, сладковато-жирный от дополнительного маргарина, листать перед сном позапрошлогодний американский научный журнал. Материализовалась, между прочим, пиджачная пара в меловую полоску, как раз такая, какую Вика измыслила и искала по всем магазинам, думая, что непризнанный гений Антонов будет выглядеть в ней как американский профессор (на самом деле она руководствовалась смутным впечатлением от американского фильма про гангстеров); облачившись в обнову перед ясным зеркалом минусовой температуры, Антонов ощутил себя буквально поставленным перед будущим — таким, где твое обыкновенное завтра принадлежит не тебе, но всему объему *еще не бывшего,* не разделяющемуся, по мере приближения к человеку, на его простые человеческие дни.

* * *

Иногда Антонов как бы замирал посреди осторожного наступления будущего — в частности, висящего в шкафу в виде ни разу не надетых вещей. Внутренний его хронометр ощущал какую-то пустотность, нехватку материала, и Антонов догадывался, что мельницы и мельнички обычных часов могут внезапно опустеть — не из-за того, что кончится завод, а из-за того, что нечего станет молоть. Впрочем, субъективно все это могло объясняться затянувшимся бездельем: монография в столе у Антонова уже почти превратилась в кучу перегноя, и даже пачечка чистой бумаги, не успевшая переработаться в исписанную, одеревенела и покрылась какими-то пищевыми пятнами, будто кухонная доска. Пустое время — все эти дыры, образовавшиеся в жизни из-за отсутствия работы, — не могло заполнить никакое другое занятие. Сознание Антонова, хоть он и не отдавал себе отчета, весьма отличалось от сознания *нормального* человека — сознания хорошо очерченного, более или менее округлого, стремящегося к проекции на плоскость. Ничего не попишешь: измерение четвертого, пятого и так далее порядков было дано Антонову в ощущениях, шептавших, что вещи мира, предстающего реальным, есть изображения истинных вещей, как рисунок яблока на бумаге есть изображение яблока, которое лежит на столе, — и что ряд таких соотношений принципиально бесконечен. Но теперь сознание его высыхало в кляксу — свидетельствующую, как всякая клякса, о том, что над страницей рукописи (к примеру, романа) существует иное пространство, в котором витает автор. Но клякса (Антонов сам это прекрасно понимал) не есть участница смысла, создаваемого на листе, — и бессмысленность Антонова, призванного служить соединением реальных и истинных вещей, делалась особенно заметна, когда он, сопровождая жену с очередного офисного праздника, торчал возле нее, замкнувшейся в себе, под безлюдным навесом трамвайной остановки, а городской энергичный дождь барабанил по асфальту, будто печатал что-то на пишущей машинке.

Все явственнее становилось, что дома он и Вика предпочитают держаться спинами друг к другу, исполняя ради этого замысловатый антитанец. Если они и обменивались взглядами, то только через зеркало: в его водянистом, водопроводно-ржавом веществе темные глаза жены странно теряли свою быстроту, и Антонов, стоя позади сидящей Вики — нестерпимо милой с этими по-детски косолапыми лопатками и розовой, словно недозрелой россыпью родинок, ловко схваченных бельевой застежкой, — встречал ее затравленное, жалостное недоумение, в реальности всегда прикрытое косметикой и все никак не грубевшей ее красотой. Так они *видели* друг друга, понимая, что стоит, поддавшись приглашению зеркала, посмотреть на себя, как тут же между ними исчезнет *нечто,* подобное недостоверному контакту на спиритическом сеансе. Говорить друг с другом в такие минуты было все равно что лицедействовать в кадре; любое слово, вышедшее из *отраженных* уст, казалось сказанным понарошку, ради неуклюжей шутки (притом что все зеркала, привязывая говорящий рот не к тревожным глазам, но неизменно к ушам пациента, сами обладают темноватым чувством нечеловеческого юмора), — и Антонову, брякнувшему что-нибудь насчет погоды, становилось ясно, что полуголая Вика, блуждающая *левой* рукой над своими подзеркальными флакончиками, абсолютно не намерена шутить. Сразу же прерывался спиритический контакт: обоим было удивительно, что они все еще здесь, по эту сторону границы, оба материальные, будто тела в общественной бане, при этом оба заражены какой-то неуклюжей леворукостью, — и Антонов, поспешно убравшись из зеркальной рамы, завязывал на себе, бинтуя лопастью лопасть, перепутанный галстук и получал в итоге все наоборот: короткую толстую часовую стрелку и длинную минутную, плюс намертво затянутый под горлом шелковый кукиш.

Все чаще и чаще оставаясь дома один, Антонов познал экспериментальным путем, что смотреться в зеркало гораздо хуже, нежели лезть на стену. Из своих таинственных командировок Вика присылала Антонову тощенькие письма, где оборотную сторону единственной странички занимала ее обведенная по контуру левая ладонь: пустой привет из Зазеркалья, волнистые, словно распухшие пальцы, — схематический рисунок полуоборванной ромашки, но если мужественно начинать со слова «любит», то все выходит очень хорошо. Антонов ведь и правда не знал, с чего у них начиналось в действительности и откуда в конце концов взялась эта ванна кровавого компота (об осьминоге и его диване он не думал). Антонову даже нравились служебные отлучки жены на неделю или на две, потому что он мог ложиться в постель, не слушая лая подъезда и не страшась одинокого утра, когда, очнувшись, ощущаешь ребрами не костлявенький локоть, но вчерашнюю книгу, а потом, когда начинаешь с кем-нибудь говорить, первое время слышишь собственный голос, будто утреннюю радиопередачу. Что касается зеркала, то Антонов, глядя на него, то есть на себя, начинал почему-то мерзнуть. Там, внутри, было действительно пасмурней, чем в комнате, всегда холоднее градусов на десять, вполнакала горело слабосильное электричество, и лампы, будто проржавелые кипятильники, не могли нагреть такого количества воды. Приближаясь к стеклу, чтобы увидеть на глазном горячем яблоке лопнувший сосуд, Антонов чувствовал, что затемняется лицом, как бы погружается в остывшую ванну. Иногда ему мерещилось, будто все это может хлынуть из зеркала: внезапно рухнет, сшибая и перемешивая Викину косметику, ржавая волна, вырвется, ахнув и зажурчав под зазеркальным потолком, перекошенная люстра, опрокинутся и изольют земляную жижу цветочные горшки, заплещутся, точно щучки, выливаемые в реку из ведра, мельхиоровые ложки и вилки, а на подзеркальник, точно на бруствер окопа, ляжет явившийся с *той* стороны полосатый костюм.

Все это был, конечно, полный бред, питавшийся памятью Антонова о том, что смерть оставляет иногда и мокрые следы. Зато он понял наконец, отчего так ненавидит зеркала. Они не давали ему держать безупречную дистанцию между собою и всем остальным: в самом деле, как можно было ручаться за собственное отсутствие в дурном, черт-те какими фразами исписанном пейзаже, если на любом его повороте может ожидать переимчивое зеркало, способное поймать человека, будто муху, и хоть на минуту, но превратить его в такую же, как прочие, надписанную вещь? Антонову было неуютно на улицах, неуютно в магазинах — оттого, что каждое его движение могло отозваться, без его согласия и ведома, саркастической ужимкой этого нового пространства, этого конвейера по производству умноженных предметов, из которых человеку достается только что-нибудь с краю, поплоше и победней. Ощущение собственной бессмысленности, удостоверенное отсутствием денег и обострявшееся, как некоторые болезни, во время дождя, когда пережидаешь под тем или иным навесом, на кромках бледной земли, словно на полях энергично набираемого текста, преследовало Антонова — и зеркало, вообще-то не призванное быть отражением мыслей и чувств, возвращало ему именно это добро. В отличие от уличных зеркал, домашний экземпляр хоть и грозился утопить, но не гримасничал без дела: терпеливо учил Антонова искусству повторения, подражания, искусству завязывать галстук, быть и выглядеть таким же, как все остальные. Эти уроки повторялись настолько часто, что Антонов, будь он более прилежным учеником, мог бы, наверное, каждый раз отвечать улыбкой на вставную, будто батарейка, улыбку своего удачливого зубастого коллеги или хватать одновременно с Герой самый лучший бутерброд. Вместо этого он ходил у всех на виду проглотившим палку гордецом, руки по швам, так что казалось, будто он и сам к себе не имеет права прикоснуться. «Руками не трогать!» — вот, наверное, была бы лучшая надпись для нелепой фигуры Антонова, если это требовалось вообще. Викина любовь к своему отражению казалась Антонову чем-то чудовищным, он не понимал, как можно так долго на это глядеть; сам он полагал, что любая перспектива от его отсутствия не то чтобы выигрывает, но, по крайней мере, только так и может вызывать какие-то чувства — показаться, например, очаровательной в близорукости позднего осеннего солнца, в тихом тлении палой листвы, либо удивить подражанием людскому пониманию красивого: каким-нибудь рябиновым костром. Конечно, Антонов был не таким, как другие люди. Вряд ли он вполне осознавал, что несчастлив в браке. Он, дурак, находил отраду даже в манере жены держаться к нему спиной: россыпь розовых родинок, о которых Вика, увлеченная своим анфасом и профилем, скорее всего, не имела понятия, принадлежали только ему.

XVIII

Тем временем остальные персонажи этой близящейся к концу истории по-своему продолжали существовать. Случалось, что Викины конвертики (надписанные мелким, сорно-цветущим почерком) оказывались в одном почтовом урожае с письмами из Подмосковья. Вынимая сразу оба конверта, Антонов уже не видел возможности увильнуть от того, чтобы оба и распечатать; прежняя его подруга беседовала сама с собой, не дописывая фраз. Из более-менее связных кусков Антонов вычитал, что дочка подруги учится в московском балетном интернате, сама она теперь работает в больнице. Маленький муж был начисто выполот из письма; его отсутствие Антонов воспринял как нормальную женскую деликатность — а на самом деле этот страшненький человек давно растворился вместе со своим дальнобойным грузовиком где-то на просторах Европы, похожей в виде карты на какую-то сложенную из хитрых частей головоломку. Бывшая подруга Антонова неопасно, но много болела, из окна ее палаты открывался вид на железную дорогу — непременный в городке элемент, а вернее, индустриальный скелет всякого пейзажа, может быть, сохранявшего прозрачность именно благодаря этим тонким структурам рельсов, столбов, проводов. Пустота широкого, во много нитей, полотна регулярно заполнялась медленными, словно переходящими на увесистый шаг, поездами — и однажды в пассажирском поезде южного направления через городок проехала красивая осанистая женщина, по паспорту Засышина

Зинаида Егоровна, на вид живая и здоровая модель для гипсовых крестьянок, что и по сей день еще белеют, вместе с пионерами и сталеварами, в провинциальных парковых кущах. Если посмотреть на железную дорогу под другим углом, то она, размеченная сложными делениями шпал, вагонов, столбов и опор, подобна логарифмической линейке, на которой, при движении составов, не могут не получаться кое-какие результаты; поэтому Засышина, проезжая подмосковный городок, славный своим монастырем (напоминающим без реставрации нагроможденный гигантским бульдозером вал несвежего снега), увидела и скучное здание без балконов, в котором ее наметанный глаз безошибочно угадал больницу.

Примерно в это время несчастная Люминиева, бывшая в психушке представительницей рабочего класса, окончательно отказалась встречаться с мужем и сыновьями, чтобы лишние призраки не мешали ей любить настоящую семью, постоянно бывшую у нее в сознании и не нуждавшуюся в дополнениях извне. Люминиев Василий Васильевич, всегда имевший законный пропуск на шестой этаж, стал теперь несмело, не трогая руками ничего белеющего, подниматься в палату. Там его Люминиева сидела, раскачиваясь, на краю кровати, ее колеблющийся взгляд пропускал Василия Васильевича, как пропускает человека, поднявшись по нему и снова спустившись на землю, лиственная тень. По каким-то неуловимым признакам непринятый муж, уже совсем седой, как белый петушок, угадывал в палате присутствие своего двойника — невидимого, но постоянно бывшего здесь, среди женских байковых тряпок и запахов, среди четырех измятых кроватей и четырех облупленных тумбочек, похожих на деревянные стиральные машины, — и случались моменты, когда Василий Васильевич вдруг попадал на себя *другого* и чувствовал лишнее сердце в неподходящем месте, как, должно быть, клетка при делении чувствует второе ядро, а уже потом разрывается на куски.

В это же самое время выпускник мужского отделения психушки, любимец небесных птиц по прозвищу Ботаник, обратил внимание, что в окружающих его предметах остановились какие-то процессы. Как ни странно, его представления о видимом полностью соответствовали тому, что он действительно видел глазами; поэтому Ботанику ни разу не случилось обознаться, приняв знакомого за незнакомого, или, наоборот, никогда боковое зрение не украшало ему пейзажа лишним переливом абстрактной каймы, никогда ему не читались в узорах обоев гротескные профили — на его, Ботаника, счастье, потому что в противном случае искривленные, таскаемые им под мышками растения, в чьих корнях горшечная земля давно была безвкусной, как ожевок высосанной пищи за стариковской щекой, показали бы ему такие химеры, что Ботаник точно бы свихнулся. Особое зрение, с детства не допускавшее понять, как у подушки могут быть глаза и рот, было теперь источником донельзя странных *документальных* текстов. Тексты представляли собой дотошные описи вещей, реестры содержимого различных помещений, по большей части знакомых приятелям Ботаника, — и у них, особенно у жильца, при чтении возникало чувство, будто в запротоколированных комнатах что-то произошло, например преступление, что на полу очерчен марсианский контур трупа, что привычная жизнь никогда уже не вернется в прежнее русло. Эти малохудожественные, а местами и безграмотные словесные натюрморты, или протоколы, обладали одним, и только одним, таинственным качеством совершенного стихотворения: вычеркивание любого пункта буквально означало потерю — вещь пропадала неизвестно куда, не оставив по себе ни щепок, ни черепков, ни даже пыли, как не бывает в реальности, долго, если не навечно, сохраняющей рассеянные следы исчезнувших предметов. То, что у Ботаника начисто отсутствовало воображение, парадоксальным образом заставляло работать воображение других; сам по себе абсолютно зеркальный взгляд на мир настолько потрясал, что многие люди, и особенно дамы, причастные к литературе, считали произведения человека-памятника поистине гениальными. Им, однако, было не постичь того, что увидал однажды Ботаник, просто стоя на чьей-то кухне перед своими цветочными горшками: он увидал, что сперва один предмет, а потом сразу несколько других прекратили взаимодействовать со средой. Они как будто оставались такими, как минуту назад, но на самом деле были крашеными кусками омертвелого вещества; краситель, нанесенный поверху или намешанный в само вещество, и был тем единственным, что сохранялось в предмете, остановившемся во времени: след краски, и только. Тогда Ботаник понял, что ничего описывать уже не нужно, что все вокруг само превращается в мертвый музей. Преисполненный гордости победителя, он аккуратно, обеими руками, снял с гвоздей хозяйские настенные часы и, скривившись лицом от броска кукушки, выскочившей на пружинах из игрушечного люка, стукнул тугой механизм об угол стола — но вокруг никто ничего не понял и даже, вследствие выпитого, нисколько не удивился. Ботаник и сам еще не знал, что теперь ему предстоит сделаться чем-то вроде городского Дон Кихота и сражаться с мельницами больших и очень больших часов, в надежде когда-нибудь добраться до главного четырехликого врага на башне бывшего горисполкома, торчавшего у всех на глазах точно властный регулировщик большого воздушного перекрестка и всего движения внизу — и при этом абсолютно мертвого, как только может быть мертв циферблатный скелет.

Одновременно с этим... Наберем побольше воздуха в грудь. В это же самое время мать погибшего Павлика, полная развалина, чье морщинистое тело сделалось тяжелым, будто куча мокрого отжатого белья, ощутила наконец свободу от будущего. Тогда она, уже не пугаясь появления сына из пузыря отставших обоев на темной стене, взяла из его бесценных вещей неиспользованную общую тетрадь и стала писать в нее округлым разборчивым почерком совершенно невозможные стихи. От этих жалостных произведений, посвященных Павлику посредством рисунка и надписи на первой тетрадной странице, любой литературный человек не знал бы, куда деваться, и маялся бы с торжественно-судорожной мордой, пока бы (допустим) ему зачитывались величавые вирши какой-то доломоносовской техники, попадающие в рифму, будто в хорошо убитую колдобину — неизбежную на пути ковыляющей, то и дело меняющей ногу *пешей* строки. К счастью, среди Павликовых одноклассниц, которым читалась тетрадка и показывался рисунок цветными карандашами, изображавший кладбище с таким восходом солнца, как на гербе Советского Союза, — к счастью, среди них не оказалось ни одной, понимающей в стихах. Верные девочки слушали подпершись, что-то внутри у них отпускало, давало расслабленно вздохнуть, даже пустить слезу — уже не девичью, круглую, скорую на пробег, но длительную бабью, питаемую добавками, медленно обводящую рельеф уже намеченных на будущее разрушений лица.

Примерно в это же время у «бывшего» Викиного отца и его богомолки родился недоношенный младенец мужского пола, настолько маленький по сравнению с горообразной матерью, что не верилось, будто он когда-нибудь вырастет. Его обтянутое тельце было какое-то темноватое, словно на него все время падала тень. Когда это условное существо с трудом питалось, пихая судорожной ручкой огромную, с голубою жилой, кисло пахнувшую грудь, оно казалось крошечным космонавтом на орбите молочно-облачной планеты, почему-то без волнистой пуповины, напитавшей бы его вернее, чем женское молоко, бывшее у богомолки липким и каким-то растительным, будто белый сок из стебля одуванчика. Разница между белизною женщины и серой смуглотою безгрешного младенца была такова, что «бывшему» становилось не по себе; он вздыхал, неумело растапливая старую, серебряной краской крашенную печь, оплывающую из-за трех сгоревших щепок едким мусорным дымком, и думал, что единственное у него любимое — это пропахшие печью, пропитанные сажей, разбухшие книги, и что это, наверное, есть главнейший его нераскаянный грех. В это же время заклятый враг Антонова, мастер рубки базарного мяса, работавший с поставленными на колоду частями туши художественно, будто с абстрактными скульптурами, все-таки выронил однажды сподручный, всегда согласно кивавший в руке, но все-таки скользкий топор. Выйдя из больницы с бесформенной ступней, похожей разве что на дохлого раздавленного голубя, он взялся торговать на том же рынке крупной багровой картошкой со своего богатого участка, тоже напоминавшей у него в ведре какие-то вырезанные органы животного или даже человека, и дело пошло неплохо — но теперь хватало не на водку, а только на флакушку горького одеколона, чье горлышко обжигало саркастические губы бывшего второгодника, будто мелкая, но очень злая стеклянная пчела.

Заметим в скобках, что наказанный враг — не обязательно благо для главного героя. Отправимся дальше. Примерно тогда же боевой пенсионер, проткнувший железной клюкою рекламу «МММ», опять попал в программу новостей: распределяли гуманитарную помощь от какого-то шведского спортивного общества, и бравого старика засняли, когда он, распечатав из целлофана плотную синюю майку, прикладывал ее к себе и пятился, стараясь разглядеть на груди словно сметаной нарисованную эмблему, — при этом у него висели очки и с нижней губы свисала слюна. По счастью, пенсионер не видел сюжета: его телевизор, допотопная «Чайка», давным-давно показывал, да и то без звука, только одну программу, блеклую сыпучую изнанку черно-белого изображения, — так что пенсионер, одетый в дареную майку до колен, целый вечер недвижно просидел на дворовой лавочке, отчего-то мысля себя совершенно лишним, хотя это было именно его постоянное место, вроде второго дома в жиденькой, как супчик, лиственной тени, с вырезанной на скамье чужой фамилией «Почечуев». Искоса сверяясь со старыми своими, на браслете будто тракторная гусеница, железными часами, пенсионер четыре раза, согласно телепрограмме, почувствовал себя разлитым в эфире, то есть в воздухе — куда погружались и крыши соседних хрущевок, захламленные кривыми железяками антенн, и дальний-предальний, розовый в закатном свете Дом правительства, и светлый пруд у его линованного подножия, замерший в усилии удержать совершенно целым вверенное отражение (что напоминало усилие не улыбнуться), — и то здесь, то там проходила, будто самопроизвольно проявившееся изображение пенсионера, какая-то слабоокрашенная, как бы небесная тень. Может, это было хорошо, что телевизор не работал, потому что пенсионер и правда ощутил себя присутствующим везде, а не только в собственном обрюзглом, хрипло дышащем теле, где, как пирог в духовке, пеклась больная трехкилограммовая печень, — и в этом чувстве, с которым постоянно живут иные просветленные натуры, было для пенсионера столько неожиданного счастья, что он абсолютно ни с кем во дворе не разговаривал и сидел с лицом как у Будды, закрывая спиной неизвестного Почечуева и полуприкрыв обвислой кожей молочнокислые глаза.

Примерно в это же время законная жена осьминога, будучи близко к небу — то есть проплывая в самолете компании «Люфтганза» над полузатопленными в прозрачности облаками, истонченными, как тело в ванне, околоземной оптической водой, — пообещала себе завести наконец какого-нибудь любовника. Женщина возвращалась из Швейцарии, напоминавшей, из-за флага с крестом и множества плоскощеких и плосконогих европейских старух, прекрасную комфортабельную клинику; там она опять не решилась ни на что, кроме безумных покупок, все равно подобных хорошо организованным терапевтическим процедурам, — а между тем она была настолько одинока, что, просто поглядывая, например, на круглое лицо иностранного молодого человека, сидевшего неподалеку от нее за ярко-белым столиком открытого кафе (через минуту уже бежавшего, с галстуком на отлете и с булочкой в желудке, к своему автомобилю), мысленно сочиняла про него какую-нибудь историю, вовсе не обязательно связанную с постелью. Наметавшись и намечтавшись бесплодно, женщина устало покоилась в кресле среди оптических эффектов и странных расслоений заоблачной высоты, зависая почти неподвижно над подсиненной Европой, похожей сквозь воду и вату на панцирь ползущей на Запад очень старой черепахи. Дома, в международном секторе бетонного аэропорта, знаменитого серьезной карточной игрой, женщину между тем уже дожидался персональный охранник и шофер — добродушный хозяйский шпион с широченными покатыми плечищами, с неопределенным маленьким носом, на который природа налепила, да так и оставила без употребления добавочную нашлепку материала. Как только самолет, пошедший на посадку, засекло мелькающей в иллюминаторах грязной белизной, женщина необыкновенно ясно представила лицо своего опекуна, и ее охватило отчаяние. Да, она умела желать себе зла, эта увядшая, лживо накрашенная брюнеточка, — именно это она и делала, когда в ее удобной реальности не оставалось никакой лазейки, даже той, которую она сама из трусости только что безвозвратно пропустила. Оглохшая от клейкого шороха в ушах, с болезненно набухшими гландами, она мучительно глотала лишнее давление и желала себе подавиться этой ужасной посадкой, удариться о землю вместе с содержимым остальных одинаковых кресел — а между тем самолет уже катил, комфортабельно потряхивая пассажиров, по мелким лужам посадочного бетона, и у брюнетки оставалось единственное утешение: дома, в старой вязаной шапке, поеденной молью почти в порошок, у нее хранился настоящий, по-настоящему заряженный револьвер.

В это же самое время... Надо до предела расширить легкие, чтобы передать человеческим голосом этот долгий крик реальности, эту *одновременность*, которую Антонов решился искать в отношениях с женой, — а между тем кому, как не ему, следовало догадаться, что со временем не все в порядке, что оно заражено и занято размножением случайностей, и только держа человека за руку, можно утверждать, что этот человек действительно существует здесь и сейчас. Но надо ли так уж настаивать на одновременности людей и вещей? Даже если просто пройти по одной из центральных улиц, просто поднять глаза от полированного, с лестничными ступенями, магазина туда, куда никто не смотрит и где торчит, вдаваясь в облака, полусгнивший уступ, при-

поднятый, как плечо инвалида, и с костылем водо-
стока под мышкой, где ржавеют железные койки
балконов, где темнеет бурая башенка, кокнутая трещинами, будто пасхальное яйцо, — даже просто из
этого можно было сделать вывод, что такое эта одновременность, явленная человеку с простотой на-
глядного пособия. Наверху, вздымая в небо собранные баснословными пионерами кучи металлолома,
сырело прошлое; внизу как будто двигалось настоящее — но слишком много было зеркал, желтоватых,
словно клейкие ленты для ловли мух, и люди шеве-
лились в золотой желтизне, вытягивая то одну, то
другую ногу, думая, будто шагают в собственное будущее. Под облаками, на руинах прошлого, не было
ни единой надписи, даже на память; внизу же столько всего объявлялось и рекламировалось — *«Очки
и оправы», «Кожа мужская и женская»,* — что казалось, будто наступило или вот-вот наступит, выва-
лится из будущего невиданное прежде изобилие вещей. В детстве маленький Антонов думал, что если
что-то написано на доме, то оно, обещанное, в этом
доме и содержится, будь то сберкасса или победа
коммунизма, — как содержится в коробке с этикеткой соответствующая игрушка. Позже, подростком,
шляясь вечерами по простым советским улицам
своего городка, Антонов находил забор или гараж,
особенно густо испещренный словами из трех и более букв, и рисовал на свободном месте кусочком
розового мела *«Слава КПСС!».* В четырнадцать лет
он, вероятно, был умнее, чем в тридцать четыре: не
верил обещаниям, ни письменным, ни устным, и одновременность была для него всего лишь способом
увидеть разницу между собою и всем остальным. Теперь ему, видите ли, позарез хотелось знать, где находится его супруга в каждый данный момент. Вероятно, Антонову мнилось, будто взаимные перемещения их земных человеческих тел подчиняются, как и

орбиты тел небесных, какому-то закону и можно вывести формулу — строже изречения на латыни, сильнее клятвы, прекраснее самого великого стихотворения о любви, — формулу, что привяжет Вику к Антонову навсегда, как Луна привязана к Земле, потому что знание, однажды появившись, уже не способно исчезнуть. Какой он все-таки был идиот! Чтобы узнать хоть что-нибудь о жене, он был готов крутить спиритический стол или гадать по книге, лучше всего — по ее поваренному сборнику цитат, который переваливался с боку на бок на коленях у Антонова, будто сонный разнеженный кот, когда непризнанный гений, задумав страницу или наугад щекоча указательным пальцем белое глянцевое книжное брюхо, искал каких-то указаний там, где все давно размылилось и потеряло смысл. И далась же Антонову эта одновременность, эта *настоящая* минута, которую он во что бы то ни стало пытался проживать не в одиночестве! Куда как проще было аккуратно разузнать про Викино вчера: тогда, быть может, стало что-нибудь да ясно относительно завтра — по крайней мере, относительно завтра самого Антонова, который мог, между прочим, эмигрировать или на худой конец не хуже Вики покончить жизнь самоубийством.

Но никакого завтра у Антонова не было.

* * *

Прежде чем перейти к самому финалу, позволю себе замечание в скобках. Несмотря на то что данный роман не является детективом, в нем уже имеется целых три покойника, не считая маленького сына Вики и Антонова, абортированного из текста, хотя первоначально ему была посвящена целая четвертая глава. Возможно, игрушки этого большеголового, напряженно-тихого ребенка (предпочитавшего, впрочем, играть совсем понарошку, то есть без машинок и солдатиков, остававшихся у него новехонькими) где-то, по недосмотру автора, еще остались в тексте, и внимательный читатель непременно их обнаружит. Игрушки вообще удивительно долго, гораздо дольше детства, держатся в помещениях, никакая уборка или редактура не может их истребить до конца, пока не пройдет положенный срок; возможно также, что это ребенок, а не Вика, обводил, припечатав к бумаге, свою растопыренную ладошку, стараясь залезать карандашом как можно глубже между пальцами и все равно каким-то образом получая четырехпалую копию. Но речь не о ребенке, а о смерти. Мне представляется, что в реальности смерть выполняет псевдохудожественную функцию: все подробности обыкновенных дней ушедшего человека делаются вдруг значительны, вещи его, особенно одежда, обременяют родных, потому что в качестве экспонатов музея требуют гораздо больше места в маленькой квартире, чем занимали при жизни владельца. Любая смерть пытается придать судьбе пациента видимость чего-то целого и завершенного, притом что на самом деле такая цельность попросту невозможна; превращая человека в литературного героя, смерть получает на него авторские права. Но ни разу у автора с косой не получилось стоящего образа: бездарность смерти очевидна, жанр, в котором она работает, вульгарнее любого триллера. Совершенно некуда деваться от этих подделок, вместе с человечеством возрастающих в числе; но можно, по крайней мере, противопоставить псевдопроцессу несколько своих вариантов — и положиться на обмен веществ между реальностью и текстом.

Существует, конечно, и более простое объяснение. Поскольку время, засоренное случайностями, замедляет ход, если еще не заболотилось совсем, — гибель одного персонажа означает в романе примерно то же, что конец главы. Необходимо сильное средство, резкая встряска, чтобы отделить прошедшее от будущего — чтобы откроить хотя бы кусочек исчезающего будущего для оставшихся событий сюжета. Даже любви с первого взгляда или иного сумасшествия уже недостаточно: человек, застрявший во времени, не верит себе, и если вокруг него все по-прежнему на месте и ничто не исчезло, то человеку кажется, будто с ним в действительности ничего не произошло.

Еще одна небольшая иллюстрация. Бывает, что, описывая героя или героиню, не понимаешь, откуда что берется, и думаешь, будто внешность и повадки персонажа возникают из головы. Но вот однажды кто-нибудь из неблизких знакомых внезапно исчезает — не растворяется в городе на неопределенный срок, чтобы в любой момент вынырнуть целехоньким, с кучей новостей о себе и об общих приятелях, а именно пропадает совсем: застывает во всей своей определенности, выключив процесс старения, как выключают в сломанном приборе электрический ток. И вот тогда персонаж уже написанного, а бывает, что и опубликованного текста раскрывает инкогнито. Только тогда и видишь, кто приходил неузнанным, чьи это были переживания, семейные обстоятельства, чье тяжелое пальто, пахнувшее гарью и дождем, висело на вешалке, чьи встревоженные глаза всматривались в градусник, как комар, насосавшийся жара, чьи плохо освещенные руки ломали упаковку таблеток, добывая другому герою (а в действительности себе) шероховато-сладкий анальгин. Помнится, сутулый персонаж того сентиментального рассказа, который в данном абзаце вспоминается автору, даже надевал свое ворсистое пальтище в точности как покойный прототип: прижав лошадиной челюстью пестренький шарфик, быстро поглядывая исподлобья и от первого рывка накрываясь, как фотограф, с головой, — но автору тогда казалось, что картинка возникла из воображения и является исключительно собственным авторским продуктом. Знаменательно еще и то, что персонаж рассказа был врачом, а прототип — безнадежным раковым больным. Видимо, только исчезнув *здесь,* человек целиком проявляется *там:* он словно проходит сквозь какую-то стену, а потом оборачивается, чтобы мы могли всмотреться в его черты. Может быть, это скромное наблюдение косвенно проясняет родственную, буквально кровную связь между персонажем и прототипом.

XIX

Теперь о том, что произошло в действительности, во второй половине зимнего бессолнечного дня, когда сугробы, подлизанные ветерком, напоминали осадок чего-то выпитого и можно было, при желании, гадать на снежной гуще. Осторожно одолевая подъем чрезвычайно скользкой и колдобистой дороги, похожей на какую-то ледяную пашню с четырьмя глубокими бороздами (многие дороги нашего города были в тот день таковы), плотно груженный фургончик-«чебурашка» внезапно вильнул, сунулся боком на встречную полосу, где именно в эту минуту из-за взгорка поднималась оскаленная морда тяжеленного серебряного грузовика с прицепом. То, что через несколько минут осталось от фургончика, дополнительно впечатанного в столб, было сплошной гримасой боли старенькой жести; на задравшемся руле обвисал неясный человеческий мешок, а со стороны пассажира целое стекло являло сочные сплющенные пятна, какие бывают, когда человек лицом прижимается к окну, — но только это было не лицо. Через пару часов пострадавших вырезали из темной измятой кабины. У шофера, бледного, как мыло, с тонкими волосами, прилипшими ко лбу, еще прощупывались редкие стежки угасающего пульса, а пассажирка была абсолютно мертва, крашеная прическа ее торчала, будто сбившийся парик, еще не подсохшие дорожки крови из углов неестественного рта изображали подобие улыбки. Казалось, будто из кабины выволокли клоуна мужского пола: от женственности там остался разве что жалобный жест *пустой* раскрывшейся ладони, и чувствительных зрителей поразило, что указательный палец на этой руке был толсто обмотан размахрившимся бинтом.

Гибель псевдо-Вики и ее шофера из-за разрыва тормозного шланга, будучи законным фактом для обсуждения, сделала этих двоих целиком достоянием публики. В них словно ткнули указательным пальцем, не рассчитав при этом силы толчка. Сразу же выплыло, что у псевдо-Вики и этого веселого Володи, симпатичного урода с розовым, как фарш, морщинистым лицом и с локонами Леля на большой бесформенной голове, уже давно образовался не лишенный душевности маленький роман. Володю любили все: девочки на оптовке; все до одного реализаторы, люди нередко тяжелые, обиженные, с инженерным или научным прошлым; складские грузчики, серые, будто городская крапива, — вчерашние бомжи того же душного и потного подвала, где ныне располагался оптовый склад и где они полеживали в перерывах между машинами, словно на вечном бомжовом пикнике, и всегда приглашали Володю к своему антисанитарному столу. Наверное, и псевдо-Вика любила этого незлобивого мужика — на свой деловитый манер, не забывая о хозяйстве, в самые личные минуты, надо полагать, не отключая у себя в кабинетике старый, безголосый, но упорно тарахтевший телефонный аппарат, зато придавая каждой поездке с товаром оттенок ладной семейственности, маленького праздника.

Впрочем, ничего определенного не доказано. Осталось загадкой, куда эти двое пробирались по ледяным колдобинам и по рваным бинтам поземки, с полным грузом баночного пива и пухлых китайских бисквитов, при катастрофе почти не пострадавшим. Впереди по тракту не имелось ни одного принадлежащего псевдо-Вике киоска, не было вообще почти ничего, кроме нескольких блочных хрущевок (жилья окраинной птицефабрики) да белого поля с огородами, похожими на засыпанные снегом старые корзины, да угрюмого, с явным недостатком людей для распахнутых мертвых машин троллейбусного кольца. Дальше, за кольцом, белесая и пепельная даль уходила складками, словно кто старался подальше отодвинуть, сминая скатерть, хвойные лески с торчащими, будто опята, вершинами высоких сосен, огромный железнодорожный мост над котловиной с мерзлым маленьким ручьем, едва белеющим в кустах, лиловые березы на взгорке, сквозь которые, будто сквозь ресницы, были видны еще какие-то бледные заводские трубы. Но вряд ли нашу пару заманивал пейзаж. Зная псевдо-Вику, высказываю предположение: они катались. Мне доподлинно известно, что в этой тридцатипятилетней тетке, внешностью тянувшей на полный сороковник, сохранялась какая-то девчоночья любовь к бесцельной скорости, к качанию и кружению, к веселому ужасу подлетов и ухабов. На даче у псевдо-Вики, в дверях громадного, еще родительского дровяника всегда болтались низкие, неуправляемо-верткие качели, которые, будто кошка, ластились и не давали проходу, особенно если человеку надо было выйти из сарая с полными руками. На них тяжелая псевдо-Вика присаживалась бочком, будто просто передохнуть от хозяйственных дел (поэтому никогда не подтягивалась на взрослую высоту отполированно-потертая, с павлиньим глазком древесного узора, очень-очень старая качельная доска). Но уже через минуту слышался матросский скрип веревочных снастей, и псевдо-Вика, полулежа, белыми ногами вперед, с выражением сосредоточенного счастья на запрокинутом лице, вылетала из темноты дровяника на яркий солнечный свет. По ней, точно она проносилась перед экраном кинотеатра, бежали, словно искаженные всадники на скаку, смазанные тени листвы; замерев в какой-то высшей точке блаженства над сизыми кустами крыжовника, она подбиралась, бычилась и ныряла обратно, чтобы под потолком сарая, где, среди темного шороха птичьей возни, замечательно пахли чаем подвядшие березовые веники, снова распрямиться и, словно что-то зачерпнув неожиданно сильным телом, устремиться на свет.

Это было особое священнодействие; псевдо-Вика признавалась, что на качелях она «мечтает», но никогда не говорила о чем. Вероятно, она относилась к особенной породе крупнотелых женщин, у которых их настоящее «я», в обратной пропорции к грубому кувшину плоти, остается очень маленьким и никак не совпадает с внешним обликом, о котором такие женщины почти не помнят, покупая себе хорошенькие платьица сорок четвертого размера; это-то малышка, упрятанная в теле псевдо-Вики (чье строение, сказать по правде, напоминало неолитическую Венеру), — она-то и попискивала от восторга, когда ее подхватывала на секунду витающая в небе невесомость. Было что-то, несомненно, детское в этом желании попасть на ручки; вероятно, присутствовало в вибрации подлетов и провалов и что-то детски-эротическое: юбка становилась пугающе легка, иначе, чем обычно, приливала кровь, сладкой слабостью прохватывало в животе. Однако краткое парение над крыжовником и забором имело и прямое отношение к небу, начинавшемуся, как видно, не так высоко: залетая в нижний из его магнетических слоев, псевдо-Вика какую-то секунду принадлежала не своему хозяйству и бурчавшим при поливе, хорошо ощипанным грядкам, а блаженному миру рассеянных облаков, бывших в эту минуту как бы сквозной волокнистой проекцией всего ее простертого существа, так что казалось — еще чуть-чуть, и она *останется* среди этого растворения, среди плавного взаимодействия сомлевших облачных протяженностей и мотавшихся на какой-то небесной привязи древесных вершин. Мне кажется, что самое чувство движения, скорости было у псевдо-Вики чувством *духовным*. Однажды эта чудачка, побывав в Италии (притащив себе оттуда чемоданище узеньких, будто колготки, трикотажных кофточек), рассказывала, что заходила в собор (в какой, не помнит) и в том соборе был удивительный купол, расписанный розовыми и синими фигурами, — и псевдо-Вике, осчастливленной этим сиянием и этой высотой, вдруг так захотелось, чтобы это была карусель!

* * *

В общем, Володя с псевдо-Викой катались и попали в дорожно-транспортное происшествие, после чего их тайное стало явным. Из-за этой явности выходило как-то неприлично говорить на псевдо-Викиных поминках о Володиной судьбе: для меня так и осталось неизвестно, выжил или нет безобидный мужик, потихоньку веривший в Бога и понимавший Библию как взрослый, обязательный к прочтению букварь. С уходом псевдо-Вики от меня ушел весь этот мир дешевого *частного* изобилия, мир продуктовой оптовки и душных, полных и зимою мягкой пьяной мошкары, подвальных складов, мир простых, как три рубля, торговых людей, надевающих на себя все то, чем торгуют их коллеги и знакомцы на вещевых, таких же изобильных рынках. Во время поминок, проходивших почему-то дома, в страшной тесноте вокруг уродливо составленных столов, псевдо-Антонов держался неестественно прямо и сидел у всех на виду, точно осознавал себя в действительности стоящим вертикально, с какой-то неловкой уступкой подвернувшемуся стулу. Среди зареванных в радугу торговых женщин, успевавших деловито шмякать по тарелкам похожие на каши жирные салаты, и пары-тройки собственных его, псевдо-Антонова, коллег, бледных товарищей с узкими залысинами, сильно потевших от тепловатой водки, — сам хозяин квартиры и мероприятия выглядел словно плохой актер на репетиции, не знающий текста. Пару раз он вдруг впадал в велеречивую торжественность, но по большей части помалкивал, демонстрируя как бы хорошие манеры во время еды, но то и дело роняя что-нибудь под стол, — в то время как его дряблый замшевый пиджачок валялся на диване уже совсем по-холостяцки. Почему-то подкладка пиджачка была ужасного, раздражительно-розового цвета (о, эти несуразные подкладки псевдоантоновских вещей, эти попугайские перья, мелькавшие на нем как раз тогда, когда ему хотелось производить только самое серьезное внешнее впечатление!). Какая-то сухонькая женщина, сидевшая около, все старалась потихоньку укрыть эту плотскую, полостную розовость, упаковать ее в верхнюю шкуру, чтобы ничего снаружи не было заметно, — а у самой виднелась на плече бретелька комбинации с нищенским кружевцем, похожим на грязный газетный клочок. Тут же находился и сын псевдо-Вики и псевдо-Антонова, угрюмый бровастый мальчик одиннадцати лет, сосредоточенно сосавший, стакан за стаканом, бурую глухую пепси-колу, вряд ли ощущая привычный вкус, а скорее что-нибудь странное, подслащенно-болотное, отдающее в нос тяжестью залившейся воды. Взрослые, протискиваясь мимо, норовили погладить ребенка по жесткой макушке, но тот машинально бодался и неуверенно кривился, пуская в стакан коричневую длинную слюну. Буквально на днях он получил от матери компьютер, радость еще распирала это юное существо — но теперь получалось, что компьютер отменен, хотя и не исчез, и ребенок не знал, как себя вести. До него еще не дошло, что он остался лишним, ничьим — раздирающим сердце фактом действительности, от которого совершенно некуда деваться, который никак нельзя проигнорировать. Теперь наконец сделалось понятно, откуда в романе взялся ребенок: для него заранее было готово *место,* существовал одиннадцатилетний призрак четырехлетнего героя, тоже со своей игрушкой, словно в одночасье устаревшей. Пока за стеною бубнили и звякали поминки, выключенный компьютер чужеродно серел в соседней маленькой комнате, покрываясь первым пушком заброшенности; время от времени ребенок, в тщетных поисках уединения, приходил к себе и тихонько сидел, смутно отражаясь в темном экране монитора, свесив руки между расставленных коленок. Собственно, в маленькой комнате больше негде было посидеть: на кровати, завалив и беленькую подушку, горою лежали чужие шубы и мужские темные пальто.

Прошло немало времени с тех пор, как начинал писаться этот роман, — и вот совсем недавно я увидала псевдо-Антонова на улице. Он оживлял собою скучный, аккуратно стриженный сквер, похожий на архитектурный макет спального микрорайона. Его торговая палатка переливалась веерами, цыганскими платками, на которых букеты роз алели, словно кусты клубники на богатых грядках; на прилавке были разложены какие-то раздвижные коробочки, меховые пауки на нитках, связки разноцветных шнуров, крашеные жестянки, довольно натурально изображающие кучки рыжего дерьма, с мелкой надписью по краешку: "Made in China". Сам порозовевший на солнышке вдовец, улыбаясь новой крокодильей улыбкой, показывал смущенной покупательнице карточный фокус: покупательница, полная, очень коротко стриженная тетенька, с затылком как толстый грибок и с лиловыми щеками, поплывшими на жаре, робко толкнула колоду ноготком, псевдо-Антонов проворно снял, его слегка дрожащие коричневые пальцы попытались пропустить колоду гармошкой — как вдруг приготовленный фокус рассыпался, и двусторонние карточки, виляя, устремились на клумбу, где произрастали мелкие и яркие цветочки, сами похожие на рассыпанные карточные масти. В эту злополучную минуту псевдо-Антонов, сделавший странный плясовой притоп в порыве за улетевшим добром, увидал среди покупателей знакомую, то есть меня: сказать, что он обрадовался, было бы бессовестным преувеличением.

С этих самых пор мой бедный персонаж ежедневно торчит со своим развлекательным товаром в неприятном сквере, где от дурно пахнущего фонтана, не умеющего скрыть родства с водопроводом, сыро, будто в привокзальном туалете, а сдвинься немного в сторону — жара и голый асфальт, и ни клочочка серой, похожей этим летом на пересохшую копирку лиственной тени. Со мною псевдо-Антонов здоровается только издали, с совершенно определенного расстояния примерно в десяток метров, а стоит пройти поближе, как он принимается увлеченно демонстрировать для покупателей или для самого себя спичечные коробки с ловушками либо многочисленных пауков, сигающих на резинках выше его головы. Пару раз я видела, как псевдо-Антонову помогала торговать надменная брюнетка характерной внешности, с лисьими очертаниями остреньких грудей и с высоким задом, крепким, как отборнейший кочан капусты. Скуластое высокобровое лицо брюнетки, щедро улучшенное косметикой, было словно масляными красками написанный портрет; когда она, прикуривая от прозрачного, жадно поедающего спичку огонька, прикрывала глаза, они казались огромными живыми шарами, ходившими ходуном, будто в тревожном сне, — но стоило ей опять проглянуть на окружающее, как глаза становились обыкновенными, с какой-то застарелой желтизною на эмалированных белках, точно глазная влага этой особы тоже бралась из водопроводного крана и сильно отдавала ржавчиной. Во всем ее аляповатом облике читалась обоснованная претензия на внимание публики; ее облегающие юбки чрезвычайно сложного кроя, во вкусе местного ателье высшего разряда, резко и косо натягивались при ходьбе; ясно было, что псевдо-Антонову досталась при этой женщине двадцать пятая роль, если вообще досталось хоть что-нибудь из так называемых отношений, — но само присутствие партнерши говорит о неистребимых псевдоантоновских надеждах на лучшее.

Теперь о внешности моего героя. На лице его можно хорошо рассмотреть узкий горбатый нос с ноздрями, напоминающими украшения фарфоровых чашек и сахарниц; тонкий синеватый рот, прямой, как прочерк; пару светлых ускользающих глаз, которые, если все-таки в них заглянуть, темнеют и становятся затравленными. Но в манере героя держаться с покупателями проявляется даже что-то менторское, что-то от прошлого псевдо-Антонова, преподававшего, кажется, в Институте народного хозяйства. Должно быть, тот обыкновенный факт, что теперь не он бежит предлагать растительное масло к кому-то в кабинет, а, напротив, люди устремляются к его столу (только очень занятой прохожий не сделает крюк, чтобы поглазеть на балаган), придает моему герою потрясающий апломб. При этом взгляд его порхает между лицами неуловимо, будто мерцающая моль, а руки работают вслепую, отчего коробочки разваливаются на стенки и пружинки, а цветные шнуры ведут себя как связки обыкновенных шнурков для обуви. Но псевдо-Антонов сохраняет бодрость. На шее у него во время торговли почему-то всегда болтается грязно-белый спортивный свисток.

Еще раз хочу подчеркнуть: этот персонаж, ухитрившийся, пока о нем говорилось, частично превратиться в литературного героя, на самом деле абсолютно реальный человек.

XX

Теперь о том, что произошло с законными героями романа. Навороченный и вылизанный «мерс», конечно, не мог попасть в такую глупую аварию, как изношенный грузовой «москвичок». Все получилось из-за отсутствия у Вики чувства времени, причем в буквальном смысле слова. Засидевшись в косметическом салоне, задремав, как всегда, под гипнотическими пассажами массажистки, Вика опоздала к шефу на сорок пять минут. Теперь на все свидание у них оставалось примерно два часа с копейками; вместо того чтобы смириться с неудобствами и поехать с Викой на затхлую секретную квартирку, где плюш на бурых креслах напоминал коросту и вечно задернутая штора, годами не меняя очертаний, стояла в окне, будто покосившийся забор, упрямый шеф все-таки погнал в пансионат, к раскаленной сауне и шашлычку, к целебному лепету подсиненного березнячка, — надеясь, как видно, умастить измочаленные нервы на лоне июльской природы. На скорости более восьмидесяти километров в час сумасшедший «мерс» вилял по городскому солнцепеку, на переднем сиденье, рядом с водителем, мелькала, как пушинка, новенькая Викина прическа, и облака в чудесном летнем небе были такие, словно там стреляли из пушки.

Любовники уже практически выбрались на шоссе и огибали участок дорожного ремонта, похожий на огород, где долговязая тетка в грязном оранжевом жилете боронила, далеко выкидывая жилистую руку с инструментом, парной комковатый асфальт. В этот самый злосчастный момент неизвестный джип, заглянув со стальною улыбкой в зеркало заднего вида, воющей тенью отсек «мерседес» от правого ряда лилового шоссе и возник впереди, красуясь широкой кормой и четким набором иногородних номеров, прочитанных Викой как тридцать с лишним тысяч американских долларов. Тут же его утянуло вперед, в череду дрожащих знойных миражей: сильно потекший, будто заливаемый горячим дождем, джип напоследок возник на пологом пригорке, откуда навстречу ему поплыл, струясь слепящим серебром, огромный рефрижератор. В это время «мерс», визжа, вальсировал на встречной полосе; шеф, плачущим лицом кривясь в противоположную сторону, выворачивал руль, закружившейся Вике были видны его внезапно пропотевшие брови и усики, напоминающие горелый лук в эмалированной посуде, и маленький блестящий ботиночек, пытавшийся внизу на что-то наступить. Она еще не испугалась как следует, только кондиционер обдал ее искусственной мятной зимой; она попыталась пристегнуть эластично сопротивлявшийся ремень, который только набросила для поездки, не желая мять дорогую блузку, но пряжка не

находила гнезда — а между тем рефрижератор, нере-
альный, как дворец Аладдина, серебряным маревом
поднимался из-под земли буквально в пятнадцати
шагах, и казалось, будто его громадные колеса липко
испачканы дегтем. Тут ботиночек шефа наконец
придавил какую-то педаль, машина прыгнула вперед — и Вике, щелкнувшей зубами, показалось, как
это бывало не раз, будто все вокруг внезапно увеличилось одновременным и таинственным скачком.
В подтверждение справа вымахнул сияющий на
солнце семимильный столб, какая-то пыльная чащо-
ба проволоклась, царапая, по боковому стеклу, и далекий ныряющий удар автомобильного железа о нереальные сахарные камни отозвался у Вики в животе
глубоким кваканьем живого вещества. Тут же она
ощутила, как внутренний ее состав, костляво-неудоб-
ный, будто несчастливое число тринадцать, внезапно сместился под углом к ее беспомощному телу, как
смещается вещь по отношению к контуру, обведен-
ному на бумаге. Резкое несовпадение конструкции
с плотским мешком она ощущала будто тягомотную,
чем-то одурманенную боль; она лежала на чрезвычайно твердой и совершенно горизонтальной поверхности, под которой словно не было ничего материального. Смутное лицо Антонова, с одною красной и с одною белой щекой, выплывало откуда-то
сбоку, его дыхание было как душный щекочущий пух.
Вика, зная, что надо как-то оправдаться, попыталась
ему сказать замороженными гладкими губами, что
у нее действительно *особые* отношения со смертью,
что внутри у нее содержится несчастливое двузнач-
ное число и это число и есть ее конечная, неделимая
суть. Но ей было слишком неудобно и плохо лежать
на высоченном столе, и она ничего не могла. То и дело в поле зрения смутно возникали другие люди, воротники их белых халатов были будто бумажные са-
молетики, прикосновения их рук и инструментов

к голому телу чувствовались словно сквозь толстую одежду. Иногда ее оставляли в покое, и Вика, борясь с ощущением нематериальной высоты ужасно твердого стола, для равновесия глядела вверх — туда, где стоял горизонтальным квадратом такой же твердый, очень белый потолок, и по нему, не совпадая со своими теневыми контурами, временами бросаясь в отчаянную ножевую драку со своей большой, воинственно фехтующей тенью, плясала небольшая черная ночница.

Вика, разумеется, не почувствовала, как приехавший на скорой одышливый толстяк сделал ей противошоковый укол, не заметила и прилетевшей группы телевизионных новостей, снимавшей пятна крови, мягкие на вид, будто вылитая из банок и быстро загустевшая масляная краска. Жирные синие мухи слитно гудели в раскуроченном салоне, будто пчелы в улье, иногда утыкаясь во что-то с коротким жужжанием, словно прижигая нагретую липкую кожу сидений и огненное битое стекло. Телевизионная репортерша, юная, будто пионервожатая, поначалу что-то воодушевленно декламировала в камеру, подрагивая от напряжения голыми коленками; но вдруг она бросила неосторожный взгляд на носилки, куда укладывали пострадавшего мужчину, увидала на его губах кровавый пузырь, шевелившийся, будто прикрытый пленкой чудовищный глаз, и, согнувшись от дурноты, судорожно выбрасываясь вперед, точно пловчиха, очень плохо плывущая кролем, косолапо ринулась в помятые заросли кустов.

* * *

Во всю эту ночь шелестящего дождя и плохо задернутых штор Антонов пребывал в таком непрерывном и плотном контакте со временем, что показания часовых приборов, стучавших во всех укромных уголках совершенно застывшей квартиры, были ему излишни: каждая минута и секунда отзывались в его существе маленьким сейсмическим толчком.

Еще с утра, когда принарядившаяся Вика, резко пахнувшая дезодорантом по случаю ожидаемой жары, предупредила Антонова, что «сегодня задержится в офисе», на него напала знакомая, уже совсем привычная тоска. Зная, что теперь до глубокой ночи его ожидает свобода, Антонов по обязанности сходил на кафедру, где усталый вентилятор вяло приподымал бумаги на ближних столах, словно в поисках чего-то затерявшегося, и множество листков валялось на полу. Потом он провел положенную пару на подготовительных курсах, даже не стараясь овладеть вниманием абитуры, чьи незнакомые лица напоминали ему мелковатую молодую картошку; потом он пообедал в преподавательской столовой, без аппетита ковыряя войлочный, словно песком обвалянный шницель, отвечая невпопад секретарше декана, которая, как всегда, чем-то была возмущена и непрерывно пожимала белыми подложными плечиками, двигая туда-сюда, словно фигурку в настольной игре, серую столовскую солонку. Вечером Антонов, напившись горчайшего кофе с ядовитой шапочкой пены, честно попытался сесть за рукопись — но рукопись была ему отвратительна, еще отвратительнее, чем обычно, и между страниц попадалась похожая на тополевые почки тараканья шелуха.

Около одиннадцати часов наступило время звонить. Антонов еще заставил себя подождать до половины двенадцатого, бессмысленно гоняя телевизор с канала на канал (в местной программе новостей, на которую он попал с середины, мелькнуло высокое, как зимняя детская горушка, лиловое шоссе и отъезжающая от группы милиционеров скорая помощь); каждая секунда ожидания падала в Антонова будто грузная капля в переполненную посудину и заставляла вздрагивать все его существо. Наконец, он обстоятельно, со странным ощущением собственной зеркальности оделся в дневную одежду и вышел на улицу. Далеко, за парком культуры, небо беззвучно посверкивало, ветер окатывал плещущие деревья резкими порывами, словно водой из ведра. Антоновский любимый телефон-автомат, похожий на умывальник, исправно работал: проглотив жетон, он немедленно выдал Антонову бодрый, как у Буратино, тещи-Светин голосок, сообщивший, что Вика сегодня у бабушки и что ее непременно доставят домой на машине. Собственно говоря, все шло заведенным порядком; как только Антонов вывалился из скрежетнувшей будки, растирая плечи от наждачного озноба, набежавший дождь влепил ему в щеку холодный крепкий поцелуй.

Скоро, однако, время, непрерывно стучавшее в Антонове, перешло за четыре часа: то был последний мыслимый срок, когда Вика, при нормальных обстоятельствах, уже непременно являлась домой. Антонов лежал в постели, на своей освещенной половине, и оцепенело слушал, как на улице дождь сухо сечет разросшиеся кусты, словно резкими ударами ножа обрубает целые ветки с ахающими листьями. Антонов пытался читать рекомендованный Аликом итальянский роман, который без толку мусолил уже несколько месяцев, — но толстый том постепенно тяжелел, на него начинал воздействовать какой-то дремотный магнит, и книга внезапно обрывалась из рук, отчего Антонов крупно вздрагивал и просыпался. Шаркающие шажки будильника все приближались к Антонову; ему потихоньку снилось, что он очень хочет спать, снилось, будто Вика уже пришла домой и таинственно сидит на кухне. Ровно в шесть, за полтора часа до обычного подъема, он все-таки решил подкрепиться сном и выключил лампу — но в бесцветной спальне больше не было темноты, в открытую форточку тянуло предрассветной свежестью, и птицы за оживающим окном щебетали и лопотали так, будто там терзали на ускоренной магнитофонной перемотке какую-то отчаянно знакомую классическую музыку.

Антонов очнулся полусваренный и липкий, в пропотевшей постели. Спальня была почти целиком занята дощатым и щелястым полуденным солнцем; на полу, в дымящихся солнечных полосах, ковер ярчайше алел пропылившейся шерстью, и сброшенная Викина подушка по ту сторону кровати лежала аккуратная, несмятая, туго застегнутая на все перламутровые пуговки. Антонов, шатаясь, вскочил, босиком пробежал по пустой, словно наглухо закупоренной, квартире: всюду стоял нетронутый, покрытый летней непрозрачной пылью вчерашний день, в прихожей ровненько красовались разнообразные пары ухоженной Викиной обуви, только старые, оранжевые снутри от долгой носки замшевые туфли, в которых Антонов ночью выходил звонить, валялись посередине, измазанные зеленью. Призывая самого себя к полному и абсолютному спокойствию, Антонов направился на кухню в поисках какой-нибудь записки (была, ушла, ненадолго улетела к морю), как вдруг из зеркала на него уставилась растрепанная образина: опухшая морда в розовых отпечатках подушки походила на жирный кусок ветчины, на шею налипло пуховое и потное куриное перо. Уставясь в свои прожильчатые дикие глаза, странно обвисшие при взгляде исподлобья, Антонов вслух пообещал, что узнает всю правду о своей жене еще до наступления вечера. Если бы у него имелась хоть малейшая возможность немедленно определиться с координатами Вики в пространстве, он отдал бы за это чертову рукопись вместе с остатками неисписанной бумаги и с перекошенным ящиком стола — сунул бы любому желающему этот тараканий возок, а сам остался бы с дырою в груди и с неутолимой жаждой мести неизвестно кому.

На кухне, на невытертом столе, не было, разумеется, никакого письма: там стояла кружка черного радужного чаю да валялась на своем обычном месте Викина кулинарная книга мудрых изречений, и в самом деле заляпанная пищей. Соображая, точно ли на кафедре имеется телефонный справочник, Антонов принялся лихорадочно собираться, отыскивая повсюду свою разбросанную одежду, которой, вместе с Викиной случайно прихваченной кофточкой, оказалась почему-то целая охапка. Ему почудилось, будто он не то что сходит, а уже сошел с ума. Все-таки Антонов заставил себя тщательно побриться и залезть под душ: ржавые дырочки душа напоминали перечницу, оттуда еле сеялась тепловатая водица, которую Антонов размазал, как мог, по ноющему телу. Только оказавшись на улице, дохнувшей на него густым асфальтовым жаром и ленивым зноем пьяной травы, Антонов понял, что начисто не знает, который час.

Он бежал по горячей улице все в той же вчерашней одежде — балахонистые брюки, белая рубашка с неотстиранным, но почти что белым пятном под лопаткой, — и стоявшие повсюду будки телефонов-автоматов были реальностью того же качества, что бледная полоска от забытых дома часов на антоновском левом запястье. В университете, на кафедре и в деканате, все, с кем Антонов встречался вчера, были сегодня одеты по-другому. Оттого, что Антонов уже побывал сегодня в зеркале, он ощущал себя до ужаса *видимым* — как бы слишком плотным, тошнотворно сытым всей этой пищевого цвета реальностью, хотя в желудке не болталось ничего, кроме гниловато-сладкого вчерашнего чайку, — и спешил сойти с каждого занятого места, чтобы не обозначаться на фоне обычных, нейтральных вещей. Всетаки он отыскал на подоконнике слипшийся телефонный справочник (в сумрачном углу возник белорукий и белоногий призрак давней антоновской подруги, достающей книгу с верхнего стеллажа), после чего утвердил перед собою общественный аппарат и с безнадежным чувством, будто подкручивает пальцем забасившую пластинку на старой-старой, тяжело берущей с места радиоле, принялся набирать абракадабру номеров. Когда ему ответил — в точности таким, как на старой пластинке, гугнивым женским басом — первый же возможный морг, Антонов сначала ничего не смог сказать и быстро повесил трубку. Но потом он довольно толково перечислил Викины приметы нескольким абонентам, к которым, независимо от пола, обращался «девушка».

Секретарша декана, одетая сегодня в ярко-красное синтетическое платье с ярко-белым кружевным воротником, уже откровенно слушала Антонова, ее ухоженные подбородки отвисли, показывая мелкие нижние зубы, желтые, как обломанные спички. Испытывая мгновенное облегчение от очередного отрицательного ответа, Антонов все продолжал возвращаться к нескольким фатально занятым пунктам, где комбинации цифр, казалось, таили в себе какое-то заклинание недоступности, хитро упрятанное в справочнике между нормальных, действующих телефонных номеров. Секретарша декана, играя платьем, налила и подала Антонову шипящий стакан тошнотворно-теплой минералки (призрак подруги, склонив чудесную голову, напоминавшую отливом золотисто-медный елочный шар, принялся собирать немытую посуду на тонкий, как математическая линия, призрачный поднос). Наконец Антонов сдался: по-женски закусив губу, он навертел на диске номер, которого в обычных ситуациях старался избегать, как зубного врача.

Офис компании ЭСКО подсоединился немедленно, словно только и ждал приглашения: заиграла мерная вступительная музычка, будто для позвонившего открывали волшебную шкатулку. Как ни готовился Антонов непринужденным тоном попросить на минуту к трубочке собственную жену, у него ничего не вышло. Его невразумительный клекот был категорически прерван молодым, скрипуче-свежим, раздражительно знакомым голоском, сообщившим, что Виктории Павловны в офисе нет и не может быть. Далее голосок, то и дело отвлекаясь на каких-то других собеседников, нетерпеливых призраков из комплекта офисных вечеринок, совершенно открытым текстом поведал Антонову, что Виктория Павловна и шеф ехали, как всегда, развлекаться в пансионат («Мы думали, вы в курсе *этих* дел»), но попали в автокатастрофу и находятся теперь в реанимации, в Первой областной. Антонов слушал со странным ощущением, будто вмешался в радиопостановку, в какую-то дикую пьесу, на репетициях которой ему доводилось присутствовать и даже общаться с актерским составом, смешавшимся теперь у него в голове на манер конфетти. «Состояние критическое, так что поторопитесь», — надавил голосок с многозначительным злорадством, затем послышался взрыв сразу нескольких сумбурных, как бы преувеличенно веселых диалогов, и передача прервалась.

Валко пристроив в гнездо неуклюжий нагретый предмет — телефонную трубку с клубком перевитого шнура, — Антонов обнаружил по углам притихшего помещения сразу нескольких человек, глядевших на него с испуганным восторгом, точно на внезапно открывшегося преступника. Все они были знакомы и все безымянны. Антонов аккуратно встал на обе костяные твердые ноги и, чувствуя ими твердость паркетного пола, с глупой ухмылкой двинулся к дверям. Меланхолически ровная трель телефона, зазвонившего сразу, как только секретарша, манипулируя в воздухе его разъятыми частями, распутала шнуры, заставила Антонова почувствовать, насколько он далек от окружающей действительности. Тем не менее его деликатно окликнули. Секретарша, вопросительно выпучив старческие глаза, дрябло начерненные карандашом, вновь протягивала Антонову трубку, в чьей направленной вперед приплюснутой головке ему померещилось что-то змеиное. Тем не менее его охватила безрассудная надежда, что произошла ошибка, он даже почувствовал радость, как будто хорошая новость уже была у него в кармане.

Но на том конце телефонного провода сами ждали новостей. Теща Света, про которую Антонов начисто забыл, спрашивала, слегка задыхаясь, «как обстоят вчерашние дела», — и Антонов сообразил, что это уже не первый тещи-Светин звонок сюда, на кафедру, и что коллеги, по большей части, как и он, одетые в белое, как бы во все бумажное, вовсе не случайно подзадержались в помещении: с того момента, когда Антонов, виновато осклабившись, сгреб за шкирку телефонный аппарат, ни один человек не вышел в коридор. Трубка с тещей Светой продолжала чирикать на манер электробритвы, маленький голосочек залепливал паузу мультипликационными словами — и Антонов понял, что просто не может взять и выложить правду про аварию, тем более про «те дела». Ему показалось, что если он сейчас расскажет теще Свете про несчастье, которое и сам *физически* не может осознать, то весь его как будто целый мир, нормально пропускающий солнце в нормальные окна и не изменившийся по части человеческих маршрутов в лабиринтах улиц и домов, обрушится еще в одном углу — и ему, Антонову, не справиться с катастрофой. Попросту ему не хотелось ничего объяснять, поневоле придумывать для неверящей, плачущей тещи Светы неизвестные подробности события, которое светилось в уме у Антонова мутным, нестерпимым по яркости пятном. В конце концов, он и сам ничего не знал наверняка и имел полнейшую возможность позвонить теще Свете на службу, как только что-нибудь реально прояснится. Поэтому Антонов, делая всего-то навсего то же, что всегда, сообщил по возможности счастливым голосом в жалобно поквакивавший телефон, что все в полнейшем и обычнейшем порядке, но сейчас он очень торопится и не может больше говорить. Как бы подтверждая и одновременно заглушая его последние слова, в коридоре грубо дернул двухструнный звонок на лекцию, неостановимый до полного иссякания, точно вода из неисправного унитазного бачка, — но Антонов не помнил, должен он сегодня что-нибудь читать или не должен. Краем глаза уловив на интеллигентных лицах коллег, повернутых в разные стороны, точно цветы в букете, разочарованную отчужденность (призрак подруги, трогая книги на запылившейся полке нежно, будто клавиши рояля, истаивал с такою жалостной прорехой в своем редеющем, как бы ситцевом веществе, словно подруга, несмотря на многочисленные письма, и правда умерла), Антонов вышел в коридор и, машинально с кем-то здороваясь на преувеличенно бодром ходу, вдвигая-выдвигая руку для пожатия на манер работающего локтями паровоза, спустился по сумрачным лестницам в уличное пекло.

XXI

Умом Антонов понимал, что совершает преступление: ведь если Вика действительно умрет сегодня, то теща Света не успеет проститься с дочерью и останется отрезанной от всех основ продолжения собственной жизни. Однако ум Антонова, сознающий положение вещей, словно находился где-то далеко и работал как радио, передавая в мозговой антоновский приемник разные сообщения, а сам Антонов, как это всегда бывает с человеком, двигался и действовал независимо от передачи. Он чувствовал одно: надо как можно быстрее и наяву добраться до тех проклятых больничных болот, которые словно принадлежали Антонову, как принадлежит сновидцу его многосерийный тягостный кошмар. Шагая с крутых ступеней непосредственно в воздух, он сошел с университетского крыльца на мягкий, будто серый матрац, тротуар и направился было по прямой к проезжей части, чтобы из вонючего потока полурасплавленного транспорта выловить такси.

Однако его остановило нечто нелепое на пестреньком книжном прилавке, скромно оскверняющем суровый храм науки своим развалом детективов и журнальных глянцевых красот. Сбоку, наособицу от яркого товара, темнел простецким гладким переплетом и слепил слегка размазавшимся золотом заглавия Герин исторический роман. Отчего-то у Антонова безнадежно упало сердце; он взял с прилавка девственно жесткий, плохо открывающийся том и увидел в треснувшей щели витиеватое посвящение какому-то спонсору. Полузнакомая продавщица, вся лупившаяся, как сосновое полено (рыжевато-розовое из-под коричневого грубого загара), встала к Антонову из маленькой тени соседнего киоска, едва скрывавшей ее с головой, когда она сидела там на каком-то бесцветном тряпье. Антонов, словно загипнотизированный, расшелушил в кармане штанов угловатую пачечку денег (ключи в глубине карманного мешка больно брякнули по ноге) и подал продавщице две десятки — но взамен изъятого Антоновым доказательства ненормальности мира продавщица как ни в чем не бывало выложила на опустевшее место такой же точно грубый, ярко позлащенный экземпляр. Мелкая сдача, полученная Антоновым, была горяча, словно со сковородки. Придерживая книгу жестом гипсового пионера, чтобы не было видно заглавия и автора, с сердцем, сжатым будто кулачок, Антонов устремился вперед.

Остановленный не столько взмахом его руки, сколько безумно-безразмерным шагом на проезжую часть, взвизгнул тормозами чумазый «жигуленок». Быстро сунувшись в душный салон, где пахло будто в старом резиновом сапоге, Антонов сквозь болезненно сжатые зубы выговорил водителю адрес больницы. Водитель, толстый линялый мужик с зализанными волосами, словно частично нарисованными прямо на розовой лысине, грозно развернулся из-за руля, но, увидав перед собой затравленные глаза и плотный пресс морщин на страдальческом антоновском лбу, молча перетянул с переднего сиденья на заднее хозяйственную сумку. Антонов плюхнулся. Водитель не торопился, рачительно объезжая колдобины, искоса поглядывая на ерзающего пассажира, готового, кажется, разгонять машину, будто качели, налеганием задницы, — но все равно на плохих участках дороги изношенный «жигуленок» переваливался чуть ли не пешком, вызывая сзади, в нестерпимом солнце, сердитые гудки. Повсюду, сколько хватало глаз, простирался ремонт: глина в черной разрытой земле казалась яркой, будто месторождение золота, встречные прохожие обнимались на перекинутых через ямины зыбких досочках, тут и там расхаживали бесплотные в мареве оранжевые жилеты, фиолетовый гравий с шумом проволакивался по кузову и ухал, скрывая в белесом облаке опорожненный самосвал. Плотный плавящийся воздух был таков, будто повсюду в этом кишащем лагере под совершенно пустующим небом жгли походные костры. Антонов, шалея, почти не узнавал дороги, по которой наездился в позапрошлую зиму. Вот потянулись справа знакомые двухэтажные домики в наивной лепнине — полуразрушенные бараки с фальшивыми фасадами особняков: зимними вечерами они так уютно и сохранно светили желтыми окошками, а теперь стояли будто покосившиеся декорации, вынесенные за ненадобностью на огромную свалку. Не в пример обитаемой ночи, этот абсолютный день, объемом в гигантское число воздушных кубических километров, словно лишил обитаемости целый город со всеми его общественными зданиями и жилыми домами: жизнь кипела только на открытой местности, а того, что было укрыто в строениях, точно не существовало на свете. Каждая видимая поверхность, бросавшаяся в глаза Антонову необычайно резко освещенными подробностями, скрывала под собою густую черноту, что подтверждалось торчащими из-под предметов углами теней — словно все предметы были маловаты и не совсем подходящей формы, чтобы служить для темноты надежными крышками. Каждый предмет, возникавший в окнах по мере тягостной медлительной езды, был словно нарисован на самом себе, был всего лишь орнаментом, картинкой на поверхности вещества, и Антонов внезапно увидал, что все жилые здания — многоэтажные бараки, и больше ничего. Вот выглянул из тополевого переулка позапрошлогодний знакомец — провинциальный, милый, с узким крылечком, похожим на перевернутые санки, магазинчик «Книги», существующий, должно быть, столько же, сколько и вмещавший его коренастый дом полынно-светлой штукатурки, — и Антонову сделалось совсем нестерпимо. Он не заглянул в магазинчик в позапрошлом году, не заглянет и теперь: у него *нет времени* — может быть, совсем и навсегда.

Он подумал, что Герино произведение надо бы при первом удобном случае обернуть газетой: получится книга как книга. Глубокая щель между сиденьями «жигуленка», где уже валялся аляповатый тощий журнальчик, навела Антонова на мысль, что мертвенно-тяжелого урода можно просто забыть в чужой машине и больше о нем не вспоминать. Делая вид, что проверяет застежку пассажирского ремня, Антонов спустил роман в естественный тайник и незаметно вытер пальцы, на которые перевелась типографская позолота.

По мере приближения края земли, то есть больничного городка, в душе его трескучей радиопомехой нарастал нелепый ужас, совершенно не дававший слышать, какую мучительную флейту передает откуда-то с небес его настоящее «я»: Антонову взбрело, что у него не хватит денег заплатить водителю, и он незаметно стриг большим и указательным в натянутых складках кармана, цепляя и теряя какой-то жесткий бумажный уголок. Наконец приехали. Антонов, полулежа боком, вытащил деньги: к счастью, в кармане обнаружились ещё четыре десятки, и водитель, криво ухмыляясь, удовольствовался тремя. Антонов перевалился с левого бока на правый, осторожно вылез на сухой и пряный солнцепек. Кузнечик скоблил в траве, словно затачивал о камень очень острый маленький нож, свеженасыпанные кучи гравия вдоль больничной ограды походили на каменные муравейники. Но водитель, вместо того чтобы хорошенько захлопнуть дверцу за странным пассажиром, явно приехавшим к своему несчастью, снова ее распахнул: держа в руке злополучный роман, он мельком бросил строгий взгляд на заголовок протянул Антонову непринятого подкидыша, на что Антонов вынужден был пробормотать виноватую благодарность.

* * *

Лето изменило больничное болото, как могли бы его изменить многие годы запустения и зарастания жестким дремучим быльем. В травах на болоте не было порядка; они на корню превратились в мусор. Откуда-то едко тянуло тлеющим торфом, в мутно-сизых пеленах болотной гари чадно лиловели фантастические иван-чайные заросли, а дальше из развалистых кочек тесно торчали вкривь и вкось горелые черные палки, из-за которых как-то сразу ощущалось, какое это болото мягкое, утробное, набитое, будто коровий желудок, полупереваренной травой. Родное окошко на шестом этаже психотерапевтического корпуса было белее соседних: там на подоконнике стояло что-то — не то коробка, не то неразличимое с земли таинственное объявление. Перед тем как войти в хирургию, расположенную как раз напротив психушки, за мокрой горячей помойкой, пропитавшей гнусным духом рощу смуглых мелколиственных берез, Антонов кое-как очистил штанину от мелких, будто блохи, впившихся колючек: когда он наклонился, перед глазами его, как на экране неисправного телевизора, прошла мерцающая полоса.

Полоса сохранилась и в холле, где Антонову немедленно выдали зловеще-новенький, плоский, будто выкройка, халат с необыкновенно тесными и длинными рукавами, наводившими на мысли о смирительной рубашке. Молодая пухленькая медсестра, похожая на Володю Ульянова с октябрятской звездочки, улыбнулась блеклому посетителю и, звонко щелкая задниками туфель по круглым яблочным пяткам, быстро повела его по переходам и лестницам в очень длинный, очень чистый коридор с рядом одинаковых дверей по одну сторону и с рядом таких же одинаковых окон по другую. Возле дальнего окна, цепко обхватив себя костлявыми руками, стояла остро-сгорбленная женщина, и сгорбленная тень оконной рамы лежала, будто сломанное дерево, у нее на спине. Женщина показалась Антонову не вовсе незнакомой: он вспомнил алое платье с висячими блестками, перекипевшее шампанское и этот крупный намазанный рот, пачкавший, будто кондитерская кремовая роза, тонкий стеклянный бокал. Теперь бесформенные губы женщины казались расквашенными, и духи ее пахли явственно и жалко, словно разбавленные водой. Антонов полупоклонился на ходу. «Это не вы муж Виктории Павловны? — неожиданно крикнула женщина, подаваясь вперед и глядя на Антонова измученными жадными глазами, так что Антонов вздрогнул. — Мы с вами товарищи по несчастью». Добавив музыкальности в любезный голосок, медсестра попросила немного подождать и ловко увильнула за одну из обшитых пластиком палатных дверей. Антонов тупо стал на месте, глядя на ноги женщины, на некрасивые пальцы-луковки, белевшие из-под перепонки сандалет. «Это коммерческие палаты, все оплачивает фирма», — хрипло сказала женщина, для чего-то удерживая Антонова торопливым разговором. «Мой муж в четыреста шестнадцатой», — добавила она и махнула рукой, но Антонов, мельком отметив зрением указанную дверь, сразу потерял ее в разбегавшемся на обе стороны дверном ряду, в этом гладком коридоре, словно бы переходившем за неуловимой, как в хорошей панораме, ладно пригнанной границей в нарисованную иллюзию.

Женщина презрительно скривилась. Обойдя Антонова со спины, она толкнула дверь четыреста шестнадцатой палаты и, даже не глянув внутрь, шагнула в сторону, чтобы Антонов мог посмотреть. Кровать, стоявшая посередине кафельного помещения, напоминала одновременно колыбель и чудовищный ткацкий станок. Разом постаревшее, в отечных морщинах, лицо бесчувственного врага выделялось, будто орден, на плотной и гладкой подушке; он был явно голый под легкой батистовой простынкой, и, несмотря на величественность черт, ставших в неподвижности более мужскими, чем были всегда, чувствовалось, что мелкий его скелетик похож сейчас на муху в коме застывающей смолы. Антонов не мог оценить, насколько враг пострадал в катастрофе; грубой лепки гипсовая нога совершенно отдельно висела на сложных растяжках, напоминая часть монтируемого памятника. «Так вот ты какой», — подумал Антонов, точно впервые видел ненавистного человека, до сих пор как будто не имевшего к нему, Антонову, прямого отношения. Движимый острым, стыдным любопытством, он шагнул поближе к дверям; тотчас ему навстречу поднялся с табуретки плечистый малый с очень приметным уродливым носом, которого Антонов как будто видел раньше среди офисной охраны. Малый, явно не желавший, в свою очередь, узнавать Антонова, стоял, загораживая обзор, держа указательный палец в щели полуразваленного детективного романчика, и Антонов, оттого что у него в руке тоже висела книга, внезапным приливом ощутил острейшую несообразность происходящего.

Женщина, передернув плечами, саркастически усмехнулась не то Антонову, не то кому-то за его спиной; почти не заступая в палату, она дотянулась до ручки раскрытой двери и резко, едва не смазав охранника по вопросительной физиономии, захлопнула зрелище. В это самое время, озарившись гладким светом, приоткрылась другая дверь, и давешняя медсестра, с жалостными остатками улыбки на купидоновом личике, громким шепотом сообщила Антонову, что он может зайти на несколько минут. Неожиданно женщина, прерывисто вздохнув,

взяла Антонова за локоть и крепко, так, что он почувствовал скулою полоску зубов, поцеловала в об-
тянутую щеку; только секунду ее придержав, чтобы
она благополучно опустилась пятками в свои санда-
леты, Антонов ощутил, что шкурка женщины ходит
по ребрам, будто у кошки, и все, что надето сверху на
ее субтильные скользкие косточки, удивительно
нежненькое и немного висячее. Тотчас женщина не-
твердо отступила, щипком поправляя задравшееся
об антоновский ремень трикотажное тонкое платье;
Антонов, с машинальной тщательностью оттирая со
щеки печать гипотетической помады, последовал за
сестрой.

Антонов не знал, как отыскать пути к жене после
того, что она наделала с собой в своей компании
ЭСКО; он был готов ее убить за то, что она опять со-
бралась умереть. Она лежала, длинная на твердом,
профиль ее на фоне простой, некафельной стены
казался плавным и полупрозрачным, будто снег, наметенный на оконное стекло. Лежавшая вдоль тела
голая рука, где вчерашний лаковый загар превратился в старую копоть, была примотана к сложной
кроватной решетке широким пластырем, и тем же
пластырем на смугло-свинцовую ямку, перехвачен-
ную суровыми белыми нитками памятных шрамов,
была приклеена игла, от которой уходила вверх на-
полненная жидкостью прозрачная трубка. «Противо-
отечное», — в четверть голоса пояснила медсестричка, указывая на валкую капельницу. Антонов, неудобно опираясь руками о бортики кровати, склонился
к неповрежденному Викиному лицу (только верхняя
губа казалась странно натянутой на зубы) в надежде
ощутить ту плотскую и душную нехватку воздуха, какая бывала в постели, когда их близкое дыхание сме-
шивалось в темноте. Но еле шевелившийся родни-
чок ее дыхания был невероятно слаб: потребовалось
бы чистое зеркало, чтобы увидать его неверный, пе-

ребегающий туман. Внезапно Викино лицо плаксиво наморщилось, и она широко открыла глаза, бессмысленные, как ее украшения, оставшиеся дома в переполненной шкатулке. «Она без сознания, — жарким вулканическим шепотом сообщила медсестра, тихонько пощипывая Антонова за рукав рубашки. — С вами хотел поговорить профессор, который будет ее оперировать». Антонов чувствовал, что не может заглянуть в глаза жены, а может только смотреть на них, как на невероятно красивые предметы, которые теперь казались ему похожими на сломанные часики без стрелок. «Это очень большая удача — попасть к профессору Ваганову», — уже нормальным строгим голосом сказала медсестра и настойчиво, по-милицейски, взяла Антонова за локоть.

В коридоре старая жена хозяина ЭСКО (теперь, после Вики, Антонов видел, сколько у нее на лице припухлых мешочков и морщин) о чем-то зло, но тихо спорила с широкоплечим охранником, равнодушно щурившим мимо нее крокодильи светлые глаза. Медсестра, с удвоенной энергией лупившая впереди, привела Антонова в тесный канцелярский кабинет, где из-за письменного стола, точь-в-точь как у доктора Тихой, навстречу ему поднялся плотненький, почти без шеи, человек в какой-то пестрой, зачесанной назад седине, напоминающей цветом иголки ежа. Выключив разболтанный кудахтающий вентилятор, профессор через стол подал Антонову короткую крупную руку, покрытую пестрыми веснушками. «Наслышан о вас, прошу садиться, — мягко пророкотал профессор, задерживая пожатие. — Говорят, ваши работы в области фрактальной геометрии чрезвычайно перспективны». Тут Антонов, плюхаясь на стул, почувствовал в носу и на глазах химический ожог: теперь не хватало только слез, чтобы совершенно выпасть из собственной жизни и оказаться в здании напротив в качестве Наполеона, только что проигравшего битву при Ватерлоо.

Профессор осторожно хмыкнул, помолчал, постукивая то тем, то другим концом подскакивавшего карандаша по облезлой столешнице. Потом он так же осторожно высказал свои прогнозы. Получалось, что без операции надежды отсутствуют: либо скорый, в течение месяца, конец, либо в лучшем случае растительное и бессознательное существование при поддержке медицинской аппаратуры. С другой же стороны, операцию больная может не перенести — по крайней мере, «в настоящее время она нестабильна». Антонов почувствовал, что его словно начинает что-то тормозить, как бывает на парковых качелях, когда под днищем лодки невидимо поднимается упругая доска. Урча и с хрустом разминая перед выпуклой грудью свои драгоценные пестрые пальцы, профессор зашарил глазами по столу, где все, казалось, было отодвинуто подальше одно от другого и только посередине лежал одинокий листок, изрисованный, как теперь увидал Антонов, заштрихованными квадратиками и дымчатыми женскими головками. «Вы, как близкий родственник, должны предоставить мне возможность поймать оптимальный момент, — напористо проговорил профессор, доставая из поехавшей набок бумажной кучи желтоватый бланк. — Соблаговолите заполнить и подписать согласие на операцию». Антонов кивнул и машинально взял протянутую ручку, вставшую в пальцах поперек письма. Он подумал, что теща Света сейчас, должно быть, беспомощно ругается с проклятой сукой Таней или трудолюбиво возит компьютерной мышью, верстая очередной рекламный продукт, соединяя на мониторе зернисто мерцающую красотку с какой-нибудь монструозной пачкой стирального порошка. Ей, а не ему следовало бы по справедливости ставить подпись под этой анкетой, которую Антонов неловко и, должно быть, неграмотно заполнил полупечатными буквами. Поспешно, чтобы не испугаться, расписываясь внизу, он увидел, что получился какой-то волосяной запутанный клубок, и подумал, что любой ЭКСПЕРТ признал бы эту подпись (как и подпись в загсовской амбарной книге) грубой подделкой. «Очень хорошо, — сурово проговорил профессор, вытягивая из-под локтя Антонова *фальшивую* бумагу. — Теперь: сегодня Виктории Павловне нужен покой. Завтра придете и принесете памперсы. Смешаете водку с шампунем, чтобы, сами понимаете, протирать больную. Здесь у нас есть кому ухаживать, отделение платное. Оставьте на всякий случай для связи свой домашний и рабочий телефон».

Антонов, шурша ладонями, зажатыми между твердых костяных колен, продиктовал профессору номера деканата и кафедры. Далее следовало выдать номер тещи Светы, любой человек на месте Антонова поступил бы именно так. «Это все», — лживо улыбнулся Антонов в ответ на вопросительный, немного кровянистый взгляд профессора из-под воспаленных, длительной бессонницей обваренных век. Профессор тяжело вздохнул и отбросил ручку, со стрекотом покатившуюся по столешнице. Внезапно Антонов сообразил, что сокрытием тещи-Светиного телефона он не просто сделался почти недоступен для крайне важной информации, но как бы выпал из реальности, еще больше оторвался от течения событий. Теперь он был не просто преступник, а преступник скрывающийся: изгой и беглец. Профессор, давая знак, что аудиенция окончена, опять потянулся к старенькому вентилятору, похожему из-за округлых, косо поставленных резиновых лопастей на чутко настороженную мышь. В окне за спиной у профессора все предметы внешней обстановки — жесткие березы с недоразвитыми листьями, залитая солнцем, словно свежим ремонтом покрытая психушка, несколько тусклых автомобилей, клумба с алыми, похожими на жареные помидоры жирными цветочками — были представлены частями, и только облупленная синяя скамейка, на которой никто не сидел, была видна целиком. Чувствуя, что с возрастом становится все труднее идти туда, где ты со всею очевидностью наблюдаешь собственное отсутствие, Антонов автоматически покинул профессорский кабинет.

XXII

Выйдя из дверей хирургии на бетонное крыльцо и затем из тени на помягчевший, уже почти вечерний солнцепек, Антонов обнаружил, что, несмотря на отсутствие оконной рамы, предметы, заслоняющие друг друга, по-прежнему частичны. Однако синяя скамейка получила пассажира: давешняя женщина сидела там, озираясь и нервно покуривая, буквально выдергивая сигаретку после каждой затяжки из саркастического рта. Облитый ощущением собственной видимости от макушки до самых кончиков ботинок, цельный, ничем не заслоненный Антонов поспешил свернуть в другую сторону. Однако, скрывшись за могучими зарослями синеватого, затянутого чем-то клейким, словно обслюнявленного репейника, он не ощутил ни малейшего облегчения и подумал, что абсолютно неважно, где он будет болтаться до завтрашнего утра. Не имело ни малейшего смысла добираться домой: там, из-за отсутствия телефона, стояло точно такое же *нигде,* как и под любым забором и кустом. Это был совершенно новый способ со стороны коварной Вики отнимать существование; беглый Антонов явственно чувствовал голод, пригорелые рыбные запахи какого-то близкого пищеблока были для него остры и тошнотворны, будто для беременной женщины, — и в то же время даже не помышлял, что следует где-то поесть. Чувство времени также оставило Антонова. Болото вокруг вечерело, мутилось, погружаясь в гарь и золотую пыль, острые верхушки самых длинных растений были будто шесты, между которыми протянулись провисшие до земли теневые сети; между тем небо над болотом было еще дневное, легкие облака напоминали дыхание на зеркале, проявившее его дефекты, слепые пятна и словно давний след от пальца, начавшего было писать какую-то длинную букву, — и Антонов даже приблизительно не мог определить, который час.

Он помнил, что остановка обратного транспорта располагалась как будто не через дорогу от места, где он, бывало, вываливался из тесных, словно лаз в заборе, автобусных дверей, а неправильно, где-то за углом, и там еще горел необычайно сильный фонарь, в луче которого даже при отсутствии в воздухе снега вспыхивали редкие острые точки. Сейчас фонарь, освещенный посторонним солнцем наравне с козырьком, грязно-белой мохнатой собакой и похожей на пушечку треснутой урной, стоял пустой и неприглядный, будто вознесенная на странной конструкции трехлитровая банка из-под молока. Не особенно спеша, хотя как раз успел бы, если бы постарался, на вылезший из-за угла тяжелой колбасой семнадцатый автобус, Антонов свободно шагал по сухой и грязной, словно пеплом покрытой обочине. Сзади послышался неуверенный слабенький голос, выкликавший его фамилию. Антонов вздрогнул, сразу подумав, что с Викой совсем нехорошо и кто-то из персонала больницы зовет его назад. Но это была все та же супруга проклятого шефа, догонявшая его смешной пробежкой птицы, неспособной взлететь, чтобы двигаться еще быстрей. Желая немедленно с этим покончить, Антонов повернулся и пошел навстречу женщине — гораздо скорее, чем двигался до сих пор к автобусной остановке. Теперь уже она остановилась и ждала, задыхаясь и дергая на груди блестящее украшение; ее веселые и пьяные глаза маячили Антонову, словно силились уже сейчас, на расстоянии, передать ему какой-то зашифрованный сигнал.

«Что?» — невежливо спросил Антонов, налетая прямо на женщину. «Вы забыли вашу книгу», — произнесла она заискивающе и протянула рокового урода, которого преступный Антонов взял с неприятной мыслью, что на нем уже полно отпечатков пальцев. Тут мимо них, тяжело качая квадратным задом, проехал автобус, высоко вверху, будто посуда в везомом буфете, проплыли бледные, по преимуществу женские лица пассажиров, и внезапно на Антонова нахлынуло забытое волнение свободного человека. «Меня зовут Наталья Львовна!» — кокетливо представилась женщина, и Антонов молча кивнул, глядя в длинный вырез трикотажного платья, где плоско и немного не по центру цепочки лежала прилипшая к коже золотая загогулина. «Если хотите, я вас подвезу до дома», — со значением сказала Наталья Львовна, снова принимаясь играть загогулиной и поднося ее к губам, точно судейский свисток. «Буду признателен», — выдавил Антонов хрипло, думая, что время почему-то сделалось таким, каким бывает в романе, и завтрашнее утро может наступить немедленно, после проскочившего, будто легковушка по дороге, номера главы.

Однако Наталья Львовна все воспринимала совершенно реально. Она опять, как в больничном коридоре, уцепила Антонова за локоть и повлекла по растрескавшемуся асфальту вдоль заросшего душной шерстяной крапивой бетонного забора, где уже сырели длинные тени и тонко, с интонациями мигрени, ныли комары. Женщина настолько крепко прижималась к Антонову боком и бедром, что казалось, будто они идут вдвоем на трех неодинаковых ногах, и в то же время озиралась с нервной опаской, заглядывая через антоновское плечо, будто сзади кто-то мог нагнать и вклиниться между ними, тем самым испортив Наталье Львовне ближайшее будущее. Антонов шел послушно и охотно, словно персонаж произведения, двигаемый автором. Казалось, будто все вокруг имеет отношение к нему, Антонову, будто все, что он видит — пологая куча мусора, скворечники и грядки коллективного сада до мутного горизонта, животастая коза на веревке, длинно хлещущей нагретую траву, — придумано для того, чтобы показать кому-то постороннему, как Антонов шагает под руку с неожиданной, но тоже придуманной женщиной к скромному «вольво», окрашенному в характерный синий цвет игрушечных машинок. Далее Антонову померещилось, будто объявление на столбе, возле которого мирно синел автомобиль, написано его собственным почерком: тут, перекомбинировавшись, элементы картинки изобразили автокатастрофу, и столб с наклеенным приговором, полетевший враскачку на ветровое стекло, сделался вдруг неизбежным и родным, будто собственный письменный стол.

Резко тряхнув головой, Антонов вернулся к действительности: другие, соседние столбы тоже были сплошь оклеены расплывшимися кусками его, антоновской, рукописи, причем на многих страницах нарезные билетики с формулами были оторваны счастливцами, похожими, должно быть, на того молодого Антонова, который когда-то, записав блеснувшую идею на чем попало, отрывал и уносил в нагрудном кармане драгоценный бумажный клочок. Все-таки действительность вокруг была ненормальной: время не участвовало в физическом движении вещей. Та одновременность собственной жизни с жизнью других, может, даже и незнакомых женщин и мужчин, которая прежде помогала Антонову ощутить реальность своего бытия, — та одновременность *отсутствовала*. Теперь Антонов мог вступать в реальность только в своем разделе, то есть по очереди с другими персонажами истории, которая была настолько ужасна, что явно происходила из чьей-то головы. При этом он отлично понимал, что положение главного героя его не спасает: если глупая Вика, оставленная в болотной призрачной больнице, вдруг начнет умирать, то это будет настолько важно для повествования, что отсутствие Антонова в ее беленой, нежными тенями устланной палате будет означать его отсутствие вообще. Внезапно Антонов почувствовал изнеможение, близкое к обмороку: он понял, что смертельно устал быть свидетелем и участником главных событий своей реальности, что автор его попросту заездил. Между тем в этот самый момент, когда Антонов неуклюже плюхнулся в автомобильное кресло, до отвращения похожее на офисное, для среднего персонала, — некий человек, находящийся по отношению к Антонову в положении вниз головой, встал из-за разогретого, будто духовка, компьютера с чувством, что наконец в его жизни произошло большое событие. Под настольной лампой было мутно от табачного дыма, точно горели дрова; за широким незадернутым окном редела американская ночь, и светлеющий, выцветающий почти до белизны пейзаж университетского городка казался таким обобщенным и чистым, каким он мог бы видеться из иллюминатора самолета. Скоро этому человеку, устало потирающему кулаком широкую, как основание осевшего мешка с мукой, складку поясницы, предстояло прославиться; скоро его горбоносому лицу, по-индейски расписанному резкими морщинами, предстояло замелькать на полосах журналов и газет. Так вышло, что ненаписанная часть антоновской работы воплотилась в той далекой части света, какую многие, живущие *по эту сторону,* считают раем; из старенького, с кряхтением и треском думающего принтера выползала страница с простой и ясной формулой, до которой Антонову оставались какие-то три-четыре хитрые задвижки, — но теперь антоновская рукопись, за исключением одной боковой необязательной главы, действительно годилась только на оклейку столбов. Каким-то таинственным образом эта одновременность, то есть реальность, пробилась к Антонову через слои романного безвременья, и он почувствовал пустую свободу человека, которому больше нечего делать в жизни. Поэтому не было ничего удивительного в том, что он, университетский преподаватель и семейный человек, мчался теперь неизвестно куда в душистом автомобиле, как постель усыпанном крошками, на пару с незнакомкой. Как преступник, Антонов сознавал уместность собственного бегства на чужой иномарке; как персонаж, выведенный из действия до завтрашнего утра, он чувствовал себя заброшенным в какое-то запасное условное пространство, где ни один его поступок не может иметь ни значения, ни сюжетных последствий.

Вдруг сквозь улюлюканье и сыпь помех в мозгу Антонова пробилась его радиостанция, и он, уже смирившийся с леденящей ролью романного героя, почувствовал горячую инъекцию человеческого. Ему представилось, что он нашел единственный путь возвращения к Вике: он станет сегодня таким же грешным, как она, между ними не будет стены. Он совершит паломничество в тот мир богатых людей, где она бывала без него и втайне от него, и что-то там поймет, а потом — потом он смешается с реальной жизнью, со всей ее грязью и жирными красками, потащит из Турции огромные тюки с фаршем базарного тряпья или устроится в какой-нибудь банк, навсегда напитав опрощенные числа и символы содержанием денег — грубым языческим кормом, способным превратить великое божество математической гармонии в идолоподобное животное. Осторожно скосив глаза на Наталью Львовну, Антонов увидал обтянутые трикотажем, несколько примятые картонки ее бюстгальтера и обрисованный платьем как бы вдвое сложенный живот. И вот тут добропорядочный и, что важнее, любящий Антонов, которому в конце романа предназначалось спалить опостылевшую рукопись, вкупе с фотографиями пресловутого Павлика, соорудив для этого на старом, уже почти чугунном лесном костровище бумажный погребальный костерок, — внезапно вышел из-под авторского контроля. В самый момент этого мистического выхода (совпавший с первой детской каракулей молнии на примитивном индустриальном горизонте) Антонов каким-то образом догадался, что автор его истории — женщина. Тут же эта горькая догадка размылась, оставив в подсознании темный осадок, и Антонов, не без едкой мстительной мысли в адрес того, другого мужа, сейчас храпевшего с приоткрытыми глазами под батистовой пеленкой в цветочек, осторожно положил ладонь на костяное, как собачий череп, колено Натальи Львовны. Женщина, не оборачиваясь на Антонова, улыбнулась неожиданно острым уголком намазанного рта.

* * *

В том, что горячие и грязные, будто система заводских конвейеров, но ничего не производящие улицы действительно ведут в иные, лучшие города, Антонов убедился, когда автомобиль, преодолев

отъехавшую декорацию ажурных, ярко окрашен-
ных ворот, крадучись пробрался в замкнутый квадратный двор многоэтажного кирпичного домищи,
изобретательно соединявшего в дизайне идею сред-
невекового замка с идеей современной мебельной
стенки. Глубокий двор почти целиком ушел в свою
архитектурную тень. В этой тени, чья наклонность
как-то ощущалась при движении автомобиля, лупил
напряженными струями по голой и плоской воде
прямоугольного бассейна похожий на водяную ар-
матуру не очень красивый фонтан, и всюду было
много таких же, как ворота, крашеных железных
ширм, предназначенных, как видно, для того, чтобы
покрывать и изменять своим узором еще небогатый
зеленью новенький пейзаж. Неожиданно «вольво»
нырнул в какое-то кафельное, зеленовато освещенное подземелье, оказавшееся длиннейшей автомобильной стоянкой; тотчас к Антонову, неуверенно
вылезшему из узко открывшейся толстенькой дверцы, подбежала, тихо цокая когтями, молчаливая ов-
чарка и горячо, без церемоний, его обнюхала. Со-
провождавший овчарку декоративный казак, весь
перекрещенный ремнями и запечатанный бляхами,
будто важное почтовое отправление, подобострастно поприветствовал Наталью Львовну.

«Господи, что я делаю?» — подумал Антонов в необычайно чистом и просторном лифте, похожем из-
за обилия зеркал на совершенно безъюморную комнату смеха; видимость его, возведенная в куб при помощи
четырех зеркальных стен, была почти невыносимой,
стоило немного повернуться, и все вокруг менялось,
как в калейдоскопе, — а Наталья Львовна, заполнив-
шая иллюзорное пространство ярко-розовым цветом своего трикотажного балахона, казалось, ничего не чувствовала и взволнованно копалась в сумке
в поисках ключей. Никого не встретив, они очути-
лись за тремя последовательными, устрашающе ук-

репленными дверьми, и по смутному *женскому* запаху ароматизированного жилья Антонов понял, что он уже на частной территории, в самом логове противника. Наталья Львовна, потянувшись за спину Антонова, включила настенный светильник: загорелся золотом угол рамы, содержавшей какую-то картину, похожую сбоку на салат из заправленных сметаной овощей. Глаза Натальи Львовны, когда она, извернувшись, припала к Антонову, сделались отчаянными, быстрый поцелуй ее был точно смазан маслом. На одной из крупных бусин позвоночника, между податливо сошедшимися лопатками, Антонов нашел и легко разомкнул деликатную застежку.

Торопясь, словно боясь потерять друг дружку в громадной квартире, они прошли через несколько непроветренных комнат. Оттого, что каждый предмет тяжеловесной прихотливой мебели — кресла как арфы, диваны как открытые рояли — имел свое неизменное утоптанное место на толстых коврах, Антонов особенно остро чувствовал собственную *неуместность* в этой гостиной и далее в столовой, где на углу роскошной столешницы отчего-то стояла простая эмалированная мисочка с мокрым мочалом и несколькими подгнившими ягодами черного винограда. В спальне огромная, каких Антонов и не видывал, низкая кровать была застелена атласом ледяной голубизны, на этом атласе шелковой коброй пестрел знакомый Антонову хозяйский галстук, который женщина, охнув, немедленно сбросила на пол. Антонову было стыдно — но, может, этот стыд и спас его от конфуза, вызвав прилив желания, когда разъятое платье мягко упало с зажмуренной Натальи Львовны, и он увидел, что груди у нее висят, будто вывернутые мешковины небольших карманов, что бритый колкий треугольник напоминает паленую тушку маленькой птицы, а ноги женщины непропорционально коротки для бедного тела, которым вряд ли часто прельщался ее состоятельный муж. Стараясь не обидеть женщину, Антонов был осторожен, но незнакомое тело под ним (словно Вика явилась ему из какого-то кривого зеркала) оказалось неожиданно голодным и требовало еще. Антонову, чтобы почувствовать себя другим, согрешившим человеком, было достаточно единственного ритуального раза, но женщина, казалось, уже полумертвая, дышащая со свистом, все продолжала цепляться и льнуть — и в спальне, чинным саркофагом окружавшей сбитую постель, снова раздавалось мебельное покряхтывание, окающее бряканье какой-то фарфоровой крышечки, хриплый шепот на неизвестном языке.

Во всю эту необыкновенно черную, странно глубокую ночь (откуда-то издалека доносились переполненные собственным приятным эхом вокзальные объявления, севшие басы электровозов) Антонов и Наталья Львовна почти не спали, поддерживая силы обильной едой, безотказно выдаваемой высоким двухэтажным холодильником. Когда Антонов из более или менее обжитой спальни выбирался на территорию других, неизвестных комнат, его встречала настороженная темнота, где косого коврика света, захватившего, вместе с босыми антоновскими ногами, гнутые ноги какой-нибудь мебельной фауны, не хватало до других дверей, а зашторенное, еле видное окно висело, точно экран кинотеатра, на котором показывают ночь в тропическом лесу. В ванной, такой просторной, что было как-то стыдно пользоваться посреди апартамента совершенно открыто стоявшим унитазом, Антонов сшиб с фигурной полки тяжеленький флакон — и мокрая тряпка, которой он пытался затереть пролившуюся лужицу густого яду, полчаса купалась в зеленоватой пене, будто в слизистых накатах океанского прибоя. Три или четыре ужина на кухне, где, наряду с посудой, располагалось почему-то очень много сентиментальных статуэток бледно-радужного фарфора, были сущим обжорством: Антонов и Наталья Львовна накладывали на хлеб подряд толстенные ломти копченой рыбы, сыра, ветчины, заедали все это плотными алыми комьями клубничного джема, пожирали щедро залитый сметаной крабовый салат, мазали в кушаньях ножами и ложками, перепачканными другой едой, свинячили в огромной вазе с фруктами, кидая туда же сливовые косточки, охвостья мягких, маслянистой манной кашей расплывавшихся груш.

По ходу своего ночного преступления Антонов с болезненным интересом изучал Наталью Львовну, хотя и понимал, что это совершенно бессмысленно в самом конце романа и не пригодится ни для какого будущего. Натягивая тесные трусики, женщина смешно поднималась на цыпочки и виляла, а делая бутерброды, склонялась ниже, чем нужно, и остро отставляла угловатую задницу — при этом почему-то казалось, что она считает про себя нарезанные ломти, удары ножа. Угловатость женщины словно говорила о каком-то увечье, физическом изъяне, хотя в чем именно заключался этот изъян, никак не удавалось определить. Пупок ее напоминал прилепленный комочек жевательной резинки, на бедре серело бледное родимое пятно, похожее на старую кляксу пролитого чаю, покрытую пылью. Иногда Антонов неожиданно задремывал (мощный снаряд качелей тупо тыкался в невидимую доску и резко тяжелел, грузнела посеребренная с изнанки древесная листва, набирали тяжести люди внизу, среди которых уже явственно угадывалось несколько статуй); раз из этой замирающей серебряной дремы Антонова вывел настойчивый толчок. Женщина, сидя боком на съехавшем атласном одеяле, показывала Антонову вязаную шапку грязно-зеленого цвета, всю в курчавых дырьях и свалявшейся паутине, сильно пахнувшую тем же самым средством от моли, которым Вика спасала свои роскошные меха. «Посмотри сюда», — таинственно сказала женщина, разворачивая шапку. Там обнаружился, к сонному удивлению Антонова, небольшой курносый револьвер, покрытый мармеладной смазкой и мелкими шерстинками. Ничего не понимая, Антонов взял увесистый предмет, показавшийся ему простым и бесполезным, как непривинченный к трубе водопроводный кран. «Если он сам не сдохнет, я его убью!» — торжественным шепотом произнесла Наталья Львовна, отбирая свою игрушку и царапая ладонь Антонова сухими острыми ногтями. Антонов недоверчиво глядел, как похорошевшая женщина, отщелкнув влево револьверный барабан, нежно кормит своего питомца золотыми плотными патронами, все равно похожими в дамских ручках на какую-то дурацкую косметику — на пробники помады, какие Антонов видывал у Вики на подзеркальнике, только эти, револьверные пробники были серыми, с очень большим содержанием свинца.

XXIII

Антонов не помнил момента, когда он по-настоящему провалился в сон; возможно, револьвер его и усыпил, поскольку был абсурден, как вещь сновидения, тут же попавшая по принадлежности. Во сне кто-то профессиональный и внимательный прикладывал револьверное дуло к голой тонкокожей груди анонимного мужчины, как врач прикладывает фонендоскоп, и все вокруг убеждали пациента, что это и есть тот самый новейший врачующий прибор, о котором он, конечно, знает из газет. И хотя этот пациент, очень белыми ребрами и анатомически странной мускулатурой напоминавший зашнурованную кроссовку, был вполне обычным представителем Антонова в его коротких, легко испарявшихся сновидениях — сам он чувствовал, что находится не в обычном своем помещении сна, а в каком-то тесном боковом чуланчике, где прежде ночевать не приходилось. Что-то темное, дурное сторожило Антонова на выходе в реальность: он помнил, что должен немедленно проснуться и узнать какие-то новости, но все не мог стряхнуть оцепенение медлительного консилиума, где фигуры с затененными лицами и ярко освещенными руками церемонно передавали друг другу блестящие, очень холодные инструменты.

Все-таки сквозь неизвестное, загромоздившее выход из сна, до Антонова дошел знакомый, совсем домашний голос теледиктора местных новостей, и первым сигналом беды было ощущение, что кровать переставлена в большую комнату, будто во время ремонта. Чувство уязвимости человека, лежащего на переставленной мебели, чуть ли не под ногами у каких-нибудь посторонних ремонтников, тотчас сменилось осознанием, что Вика покалечена и, может быть, умрет. Застонав от ужаса и стыда, Антонов боднул огромную, будто свинья, тугобокую подушку, под брюхом которой очухался, точно ее паршивый поросенок. Осознание утраты, бывшее во сне неясным и громоздким препятствием к пробуждению, теперь, по эту сторону барьера, сделалось нестерпимо, будто Антонову только что вручили послание с известием о катастрофе, отправленное им же самим из вчерашнего дня. Все, что Антонов проделал вчера, начиная от вранья по телефону бедной теще Свете и кончая принудительной любовью с некрасивой женщиной, вовсе ему не принадлежавшей, — все, что представлялось ему логичным и оправданным некими тонкими соображениями равновесия вины, теперь, на утреннюю голову, выглядело цепью мелких подлостей, превративших Антонова неизвестно в кого. Совершенно обессиленный таким пробуждением, Антонов попытался с головой залезть под угол скользкого, чем-то прижатого одеяла, где еще ощущался сладко-соленый душок остывшего греха. Но тут в телевизоре прибавился звук, и Антонов услышал, как диктор четко произнес «компания ЭСКО» — с интонацией, заставившей Антонова подскочить на крякнувшей кровати и выпучить глаза на резкий, словно синтетический утренний свет.

Наталья Львовна сидела к нему спиной, и хоть веса в ней было немного, яма на атласе морщилась такая, будто на одеяло поставили комод. Огромный плоский телевизор, которого ночью Антонов даже не разглядел, работал у дальней стены, противопоставляя свою картину ясному окну, состоявшему всего из двух стеклянных полотен, в которых не было присущей обычному стеклу подтаявшей жидкости, а была одна прозрачная твердость укрепленного препятствия. То, что показывал невероятно живой и деятельный экран, совершенно отменяло реальность нежного утреннего неба за окном, маслянистого отблеска бассейна на кирпичной стене — словно изображение золотого, как разогреваемый бульон, полного медленных токов дымчатого утра *умышленно* транслировалось на стекло, в то время как в телевизоре была настоящая жизнь, до которой можно при желании дотронуться рукой. Там, на тропинке между железных гаражей, лежал, подвернув под себя короткие беспомощные ручки, исполнительный директор Викиной фирмы. Дотошная камера показала широко раскрытый непрозрачный глаз и свернутый ротик, потом поднялась повыше, и сделалось видно, что спина исполнительного директора излохмачена выстрелами и что кровь капиллярно пропитала легкий клетчатый пиджачок, превратив его в грубый гобелен, словно затканный чудовищными бурыми цветами. Тут же в кадре появилась юная репортерша, та самая, которая комментировала Викину катастрофу: ее стеклянистые волосы и набрякшие алые уши впитывали много-много утреннего солнца, микрофон с насаженным фирменным кубиком программы она держала неловко, словно где-то за кадром зацепился шнур. Воодушевленным звонким голоском, точно приветствуя большой партийный съезд, репортерша сообщила телезрителям, что дурная слава пресловутой компании ЭСКО подтверждается полностью: не только исполнительный директор, но и генеральный директор фирмы оказались вовлечены в криминальные разборки, и, по слухам, фирма должна кредиторам больше шестисот миллионов новых рублей. Следующий кадр заставил Антонова тихо застонать: показывали выезд из города, воздушным маревом цветения затянутый пустырь, уткнувшийся в ободранные камни знакомый «мерседес», у которого в осыпчивом проломе ветрового стекла как ни в чем не бывало болтались на нитках автомобильные игрушки. Потом Антонов увидал, как в раскрытую скорую помощь загружают носилки — сперва одни, потом другие — и как со вторых носилок приподнимается худая, будто школьная линейка, женская рука, чтобы рассеянно тронуть жесткую ветку измятого кустарника, горящую ручку на дверце фургона.

«Гад, скотина, паразит», — вибрирующим голосом произнесла Наталья Львовна. «Я?» — переспросил Антонов, держа перед собой мешок своих тряпичных брюк, только что найденных на полу. «При чем здесь ты», — страдальчески откликнулась женщина, и Антонов увидал, что вчерашней его подруги больше нет, а есть человек намного старше по возрасту, с подглазьями будто круги от мокрых стаканов, с мобильным телефоном в трясущейся руке. Неверным нажатием раскрыв мяукнувший аппаратик, Наталья Львовна принялась давить на пикавшие кнопочки, что-то пришептывая и пришлепывая тапкой. «Алло! — нервно проговорила она, отгородившись от Антонова приподнятым плечом. — Мне Сергея Ипполитовича. Это Фролова. Да, жена. Мне нужно ему объяснить...» Должно быть, ожидая соединения, Наталья Львовна заходила по спальне, прижимая трубку к щеке, словно нянча заболевший зуб. «Сергей Ипполитович! — вдруг воскликнула она неестественно радостным голосом, останавливаясь на месте, прямо на брошенном розовом платье. — Я только что видела в новостях. Нет, не иронизируйте. Мне нисколько не жалко эту сволочь, этого ворюгу, я понимаю, за что с ним разобрались... Сергей Ипполитович, мне сообщили, что вы... — Тут она затравленно забегала глазами, словно читала то, что ей говорили, прямо из воздуха. — Нет, вы не можете так поступить. Уверяю вас, муж его контролировал. Эти деньги не пропали. Муж придет в сознание сегодня или завтра. Он знает, куда перевели... Сергей Ипполитович!» Медленно отняв от уха опустевший телефон, Наталья Львовна неуклюже, будто свернутый рулоном прогнувшийся ковер, села на край кровати, и снова стало как-то заметно, какие у нее короткие ноги; внезапно лицо ее перекосилось, злые слезы побежали криво, и Наталья Львовна впилась совершенно зверским укусом в нежный молочный испод костлявой руки, оттянув зубами обезжиренную складку. Испуганный Антонов, чувствуя мужскую обязанность утешить и защитить (хотя основание и право на защиту этой женщины казалось ему сейчас придуманным и высокопарным, словно взятым из какой-то дурацкой пьесы), осторожно погладил Наталью Львовну по сухим нерасчесанным волосам и медленно высвободил ее закушенную руку, на которой остался пухлый розовый полип. «Он разорит ЭСКО за несколько часов, — гнусаво, в нос, забормотала Наталья Львовна, не поднимая головы. — Он думает, будто мой Фролов уже подох, а я намылилась с деньгами за границу. Если что, у меня не хватит денег даже на паршивый билет до Франкфурта».

«Принести воды?» — наивозможно мягким голосом спросил Антонов, понимая, что вода, эта извечная основа жизни и утешения, не обладает ни градусами, ни витаминами, что она пуста и нейтральна по отношению к несчастью, которое на всех безысходно обрушилось. Наталья Львовна мокро хрюкнула и нехотя кивнула, Антонов, уже совершенно одетый, как бы впервые не скрываясь в этой квартире, быстро прошел мимо надоевшей роскоши на *вчерашнюю* кухню; там дряблые дырявые куски арбуза, похожие на индюшачьи гребни, стояли в скользких семечках и в своей кровянистой воде, засыхал измятый и прорезанный до дна миндальный торт, а на стене старательно стучали, показывая половину десятого, круглые, величиной с десертную тарелку, глупые часы. С трудом отыскав среди хаоса относительно чистую кружку, Антонов слил в нее из чайника всю, какая оставалась, кипяченую вчерашнюю водицу, вылезшую вдруг наружу вместе с мелким донным мусором. Осторожно перенося излишнее к раковине, Антонов поскользнулся, сплеснул, угодил на мокрое носком — и тут почувствовал, что вторично вступил в один и тот же ужас и что вода содержит в растворенном виде — смерть, как это уже было однажды в мокрой и затоптанной тещи-Светиной квартире, где вдобавок ко всему жиденько лилось из недозавернутого крана и в комнатах не было Вики, бывшей в больнице. Трясением головы отгоняя отчаяние, Антонов понес остатки воды Наталье Львовне — со смутным чувством, будто собирается дать своей кратковременной женщине какой-то обыденный яд.

К счастью, Наталья Львовна уже не думала о воде. На полу, благодаря открытому и хлынувшему шкафу, стало еще больше разбросанных вещей, а Наталья Львовна, облаченная в жесткое джинсовое платье, сшитое словно из больших полотнищ серого картона, морщилась перед зеркалом, застегивая на дряблом горле тугую кнопку. «Мы сейчас поедем в больницу, — сдавленно произнесла она, не глядя на Антонова. — Но сначала заскочим в офис. Это ненадолго, на пятнадцать-двадцать минут». Говоря так, кивая сама себе, она развинтила помаду, и свирепый процесс наведения алого глянца, сопровождаемый оскалами и жевками, как будто Наталья Львовна хотела съесть перед зеркалом собственный рот, дал понять Антонову, что женщина настроилась на какую-то — возможно, воображаемую — борьбу. Подтверждая его догадку, Наталья Львовна кинулась к постели, зарылась рукой в ее оскверненные шелка и перевела из-под насупленной подушки в раскрытую сумку что-то увесистое и ценное. Уже у лифтов, когда хозяйка квартиры спускала туда же блескучую, словно специально для сороки, связку каких-то очень фирменных ключей, Антонов увидал между косметичкой и платочком самодовольное рыльце револьвера. Он усмехнулся, подумав, что вряд ли Наталья Львовна в точности знает, для чего взяла с собой любимый сувенир. Еще Антонов подумал, что, наверное, несет какую-то мужскую ответственность за происходящее и за то, что, возможно, произойдет, что он обязан отобрать у женщины заряженное оружие, — но все это были чужие и общие мысли, относящиеся к какому-то абстрактному высокопарному мужчине, но вовсе не к Антонову, который был сейчас лишенным значения призраком, способным разве что *явиться* некой видимостью в больнице или в офисе ЭСКО, но не способным ни на что повлиять.

* * *

В машине они молчали, и у каждого с его стороны проходил за стеклами его отдельный пейзаж, наспех собранный из частичных, грубо обрезанных вещей. Антонов знал, что с мобильного телефона можно позвонить в больницу прямо из автомобиля, но не решался попросить об этом Наталью Львовну. Женщина недвижно глядела вперед, на дорогу, крутившуюся под колесами, словно бобина неровно намотанных ниток, и крепко держала руль обеими руками, на которых Антонов видел пухлые следы не одного, а нескольких укусов: следы прививок от бешенства, которое все равно горело в ее расширенных, редко и внезапно моргающих глазах. Антонов ничего не говорил: ему казалось, что не то что для телефонного звонка, а для обмена даже парой слов им пришлось бы тормозить и парковать послушный «вольво» на какой-нибудь неудобной обочине, в одной из вытянутых луж, жиревших на еженощных дождях и лежавших вдоль тротуаров на своих дегтярно-черных невысыхающих подстилках. Антонову хотелось, чтобы все события, которые сегодня произойдут, произошли бы как можно скорей; он ловил себя на том, что дождавшийся его в машине окоченелый роман задумчиво качается в его ладонях, как если был бы полностью прочитан и теперь вызывал какие-то мысли; ему мерещилось, что и все остальное на сегодня может оказаться таким же иллюзорным и вечером он обнаружит, что как будто ничего и не было и едва ли стоило просыпаться, чтобы вспомнить: Вика искалечилась и может умереть.

Возле офиса ЭСКО, нарушая обычный строгий порядок на асфальтовом пятачке, теснилось множество машин, причем чужие, незнакомые Антонову, были ярче и задастей, и возле них покуривали, по двое и по трое, здоровенные типы в черных майках и лоснистых спортивных шароварах с полосками: в их ленивой холеной мускулатуре, несмотря на накачанность, было что-то грузное, бабье, и у каждого на толстой шее терлось какое-нибудь золотое украшение. Один из типов, низколобый тяжелый блондин, стриженный под велюр, с какою-то яркой краснотою на ключицах, бывшей не то загаром, не то воспалившейся сыпью, замахал руками на «вольво», заставляя Наталью Львовну припарковаться в стороне, но даже оттуда Антонов увидал, что бронированная дверь ЭСКО не закрыта, как всегда, а широко и легкомысленно распахнута. Наталья Львовна, едва заглушив мотор, ринулась из автомобиля и налетела на блондина, вразвалочку шедшего ей навстречу; пока она что-то втолковывала ему, тряся головой, блондин глядел на нее в упор, то медленнее, то быстрее работая ковшеобразной челюстью в такт ее темпераментным речам, словно вместе с резинкой пережевывая поступающую информацию. Наконец он нехотя посторонился, и Наталья Львовна побежала к крыльцу, сделав Антонову нетерпеливый знак заведенной за спину рукой, будто ожидая в эту руку эстафетную палочку. Но Антонов предпочел истолковать неопределенное порхание руки как приказ оставаться в машине и не двинулся с места, только спустил со своей стороны боковое стекло, куда немедленно, пребывая в своей горячей и гудящей невесомости, заплыл и тут же вынесся, пропав из слуха, толстый бархатный шмель. Сторожевой блондин, неодобрительно и цепко глянув на Антонова, потрусил за Натальей Львовной, на ходу поддергивая спортивные штаны на слабоватой резинке и повиливая нижней частью гераклового туловища. Парочка других гераклов, поймав какой-то сигнал своего бригадира, растерла брошенные сигареты и деловито присоединилась к шествию.

Антонов огляделся. Не считая приезжих бандитов, в окрестности было безлюдно: немногие прохожие, опасливо поглядывая на обложенный офис, спешили перейти на другую, теневую и укромную сторону переулка или вовсе нырнуть в сырые дворы, где занавесы и кулисы мокрого белья и земляная лиственная тень обещали им подобие безопасности. Молоденькая маленькая мама, налегая, разворачивала обремененную сумкой детскую коляску, все никак не вставававшую передними колесами на бортик тротуара; на нее, на ее незагорелые тонкие ноги, разъезжавшиеся от напряжения и страха, с ленивым интересом поглядывал ближний качок, на чьем плече, как штамп на куске базарной говядины, чернильно синела татуировка. Балконы жилого дома — странно сменившего свой зимний рыжий цвет на размытую блеклость с пятнами желчи, вдобавок обзелененного из-за влажной жары какой-то ядовито-яркой тиной — тоже пустовали. Только на одном, отменно шелудивом, несколько в стороне от полированного мрамора ЭСКО, демонстративно выставился полуголый, с ребрами как полосы тельняшки, чрезвычайно тощий субъект; насосав из проваленных, сильно изжеванных щек немного слюны и хорошенько распробовав ее на вкус, хозяин балкона аккуратно выделял полученный субстрат и спускал на пришельцев тягучую, с паутинным просверком отлетающую нить. Он никак не попадал плевком в единственно доступный с его позиции джип, но снова жулькал вялый эпителий, старательно вытягивал трубочкой серые общетиненные губы, словно желая как можно лучше произнести какой-то маленький ласкательный звук, и повторял попытку, на которую гераклы, не глядевшие наверх, не обращали ни малейшего внимания. Зато Антонов не отрываясь, с тянущим клеем во рту, следил за этим замедленным, несомненно пьяным мужиком, в сосредоточенной отключке нарывавшимся на неприятности, — видел за его спиною какие-то составленные кучей деревянные рейки, крашенные по одной стороне коричневой краской, видел треснутое из угла оконное стекло, где одна клиновидная часть горела на солнце, а другая оставалась черной, словно проваленной в жилую убогую темноту.

Внезапно Антонов очнулся от забытья и понял, что все по-прежнему ужасно, что Вика в больнице и в неизвестности, а теща Света, должно быть, уже пришла на работу и простодушно лакомится на завтрак пирожками с курагой, не ведая, что в маленьких радостях жизни со вчерашнего утра для нее таится убийственный яд. И он, Антонов, зная тещи-Светино умение между делом доставлять себе эти радости на карманные деньги, вторые сутки позволяет ей травиться, хотя отлично знает: просто так, на тормозах, дело уже не спустить. На этот раз душевная боль ринулась на приступ, и Антонову пришлось еще немного посидеть в машине, крепко зажмурившись и усилием воли пытаясь стереть из-под век зеленоватый, слабо светящийся негатив, являвший, точно в приборе ночного видения, все тот же силуэт балкона и тощей фигуры, совершающей свои передвижения и выделения с замедленностью холоднокровной ящерицы. Потом Антонов вылез из машины на солнце; голова его кружилась, глазные яблоки болели, как во время гриппа. Он почти не боялся гераклов, опасаясь только какого-нибудь недоразумения, из-за которого его не пропустят в офис. Но приезжие бандиты почему-то не стали задерживать Антонова, только по очереди общупали его как бы незаинтересованными пленчатыми взглядами, каких Антонов прежде никогда на себе не испытывал: гераклы словно искали у него, как у физического тела, какой-то центр, которым должна обладать каждая нормальная мишень.

Беспрепятственно, на ватных ногах, Антонов взошел на знакомое крыльцо. Но сразу попасть вовнутрь не удалось: навстречу ему, приплясывая, будто цирковые медведи, двинулись приезжие спортсмены, нагруженные мониторами, компьютерами, какими-то коробками, которые едва не лопались от мягкой тяжести бумаг; двое, наступая друг другу на ноги и отворачивая красные надувшиеся лица под распушившимися чубчиками, волокли портативный сейф. Все добро сгружалось в распахнутый у крыльца вороненый фургон: там, внутри, все более теснимый прибывавшими вещами, споро поворачивался громадный вислозадый мужик с неимоверно длинными руками и с неясным опущенным лицом, только борода его мелькала в сумраке, будто летучая мышь. Устроив в фургоне очередную единицу груза, бандиты торопились обратно в офис: несмотря на пот, плывший по лицам, будто масло по нагретым сковородкам, они веселели и даже начинали улыбаться, а один совсем по-дружески пихнул Антонова кулаком под ребра, отчего антоновская печень рефлекторно отвердела, будто боксерская груша. Но все равно он должен был немедленно найти Наталью Львовну, чтобы сейчас же, сию минуту, мчаться в больницу, — или, по крайней мере, добраться до работающего телефонного аппарата, чтобы узнать, есть ли у него хотя бы малая отсрочка. Но как только Антонов подумал про звонок, навстречу ему из дверей выдвинулся мелковатый малый с белыми ручонками, где мускулы напоминали недозрелые бобовые стручки: он волок, обнимая из последних сил, полный короб перепутанных телефонов. Из короба свисала, болтаясь почти до пола, синенькая трубка: малый поводил на нее подбородком, матерно пришептывал, кругообразно шаркал ногой, но не мог подобрать.

XXIV

В офисе действительно не слышалось телефонов, чей оранжерейный щебет всегда звучал здесь на заднем плане даже во время беззаботных былых вечеринок. Зато человеческие голоса, мужские и женские, наполняли опустевшие гулкие комнаты каким-то отрешенным пением, идущим словно с потолков, — так, по крайней мере, показалось Антонову, осторожно вступившему в разгромленную приемную. Далекое переливчатое сопрано Натальи Львовны то возникало где-то, то пропадало, заглушаемое грубым треском листов оберточной бумаги, которые заплаканная референтка, неодинаково поднимая плечи, зачем-то уминала в поставленную на стол пластмассовую урну. На полу валялось еще несколько таких же урн, набитых до отказа бумажными комьями и листами, легких, как футбольные мячи. Антонов, нечаянно подопнув одну, тихонько извинился сквозь судорожно сжатые зубы. Референтка, вздрогнув, обернулась к Антонову: ее лицо, всегда такое водянисто-нежное, что в нежности своей словно боялось воды, теперь походило на темный пузырь; под разбухшим носом было ало и сопливо, прозрачные усики напоминали мокрый мех, а белая, еще с утра, должно быть, свежайшая блузка была замята у плеча какими-то грязными складками. «Ну и как драгоценное здоровье вашей стервы? — громко спросила референтка, оживляясь при виде Антонова от нехорошей радости, должно быть, давно искавшей выход. — А вы к нам на экскурсию? Хотите, я покажу вам комнату, где она и шеф обычно трахались, а мы сидели и слушали?» Тут у Антонова что-то мигнуло в мозгу: он подумал, что мог бы сейчас ударить референтку по этому милому ротику, так по-детски похожему на цветок анютины глазки, — и тут же понял, что *уже* делает это. Раздался спелый чмокающий звук, референтка замычала в пригоршню, тараща глазенки, а у Антонова на тыльной — нечувствительной — стороне сведенных пальцев обнаружилось немного помады и совсем немного крови, будто он удачным шлепком раздавил комара. Напомнив себе, что он — скрывающийся преступник, Антонов хладнокровно вытер руку жестким, совершенно бесчувственным к тому, что мазалось, листом бумаги. Сейчас ничто не могло бы его разжалобить. Он был совсем другой человек, не тот, что вчера и даже сегодня утром. Он знал все, что с ним происходит, но не знал причины этой перемены, которая выпрямила его на палке позвоночника, будто огородное пугало. Впрочем, Антонов и не собирался сейчас доискиваться причин. Он бросил смятую бумагу на пол и деловито огляделся.

Собственно, офиса больше не существовало. Он исчезал, как наваждение, и в планировке оголившихся комнат проступали две соединенные типовые квартиры — такие же точно, какие были в каждом подъезде одряхлевшего дома, у которого мраморный паразит так долго высасывал последние силы, что теперь из дома буквально сыпался песок. Отовсюду слышались сухие потрескивания, мелкие осыпчивые шебуршания. Теперь от соседей, сквозь этот оседающий треск, беспрепятственно доносились запахи кислого теста и жареного лука, мутные шумы работающих телевизоров. Теперь Антонов, словно с глаз его упала пелена, совершенно ясно видел, что именно служило источником той дьявольской симметрии, что так часто мучила его, когда он топтался вот на этом самом месте, оттесненный к неубранным фуршетным столам прямоугольными пиджачными спинами и женскими сахарными локотками. Истина была настолько примитивна, что Антонов даже засмеялся: на вечеринках он простонапросто мыкался и пил в одной квартире, а Вика шалила в другой. Почувствовав от своего открытия новую степень пустотной свободы *(одновременно с этим американский профессор, белея по-дамски вырезанной фрачной грудью и хлопковой сединой, входил, под руку с пожилой хромающей супругой, в старомодный, чем-то похожий на церковь французский ресторан)*, Антонов двинулся в недоступное прежде Зазеркалье. Ободранный отовсюду пластмассовый плющ, в котором ощущалось теперь что-то неприятно-кладбищенское, лежал в углу мусорным колким стожком; шершавые стены были одинаковы на все четыре стороны и казались слишком белыми, словно оклеенными яичной скорлупой: присмотревшись, Антонов понял, что причина тут — в отсутствии картин, прежде шедших плотно по комнатным периметрам, будто партия в домино, а теперь наваленных на референткин стол, должно быть, приготовленных к отправке. Все происходящее вокруг казалось Антонову логичным: он понимал, что имущество ЭСКО забирают за долги (может, неизвестного Сергея Ипполитовича интересовало также содержимое компьютеров), — и те изначальные долговые пустоты, подставные минус-величины, которые были заложены в условия теоремы, теперь засасывают все материальное, уже не защищенное хитроумными фокусами финансового руководства. Антонов нисколько бы не удивился, если бы трехмерное пространство, еще державшееся в офисе, схлопнулось в двухмерное — в *изображение фирмы*, чем ЭСКО и являлось в действительности. Подойдя поближе к распахнутому шефскому кабинету, Антонов без удивления рассмотрел, что парные полуколонны, так солидно выглядевшие издалека, на самом деле нарисованы, не без огрехов полосатой светотени, на лысом участке стены. На одной фальшивой колонне скверный шутник (должно быть, кто-то из пьяных гостей) косо, учитывая воображаемый изгиб, нацарапал чем-то острым похабное словцо — непременное удостоверение всякой архитектурной, тем более белой поверхности. Жутковатая эта подробность — паразитирование полуреальности на четвертьреальности — заставила Антонова ознобно содрогнуться.

* * *

Напряженное сопрано Натальи Львовны слышалось именно из кабинета; за секунду до того, как ее увидать, Антонов ощутил мимолетную уверенность, что на ней сейчас то самое красное платье с висячими блестками, которое он помнил гораздо ясней, чем какой-то невнятный костюмчик, надетый женщиной в спальне почти у него на глазах. Однако, шагнув в кабинет, Антонов так и не рассмотрел, что такое коричневое было на его случайной любовнице, нервно ерзавшей на суконном стульчике для посетителей. Перед нею в хозяйском кожаном кресле развалился мосластый, чисто выбритый господин, рассеянно изучавший пять своих костлявых пальцев на редкость неодинаковой длины, выложенных для осмотра на хозяйском стеклянном столе. Что-то в этом господине показалось Антонову смутно знакомым, он быстро отвел глаза и увидел, что велюровый блондин тоже присутствует — сидит, служебно-настороженный, в какой-то раскрытой задней комнатке, вероятно, бывшей квартирной кладовке, где теперь помещался тоже кожаный, но очень старый, может быть, даже оставшийся от прежних хозяев черный диван, а на диване белела обычная, как курица, несвежая кроватная подушка.

Не желая сейчас ни о чем догадываться (собственный грех ни от чего не спасал и словно даже не существовал), Антонов снова уставился на господи-

на, который был, похоже, полным хозяином создав-
шегося положения. Господин презрительно слушал
посетительницу, выдвинув нижнюю губу, будто показывая женщине толстый, молочно обложенный
язык; потом, вальяжно глотнув из крохотной кофейной чашки, он принялся сосредоточенно, со знакомым Антонову шкворчанием, сосать сквозь зубы кофейную гущу. «Валерий Евгеньевич, — настойчиво
и отчаянно проговорила Наталья Львовна, — нам надо вместе поехать в больницу. Муж пришел в себя,
и профессор разрешил побеседовать с ним несколько минут. Вы увидите, что все прекрасно, просто
прекрасно разрешится». Господин в кресле прекратил шкворчать, поплевался и попыхал в чашечку, ос-
вобождаясь от кофейных крупинок, и отодвинул подальше, почти под нос Наталье Львовне, грязную по-
судинку с плотным гуашевым размывом кофейной
гущи, вряд ли содержавшей предсказание чьей-ни-
будь судьбы. Да, Антонов помнил эту бессознатель-
ную привычку двигать собственную грязную посуду
под нос соседям по столу, проявлявшуюся несмотря
на то, что стукачок Валера в той далекой, почти бас-
нословной Аликовой квартире старался быть как
можно более предупредительным, как можно более
своим. Он помнил эту руку, с указательным и сред-
ним, как бельевая прищепка, и почти зачаточным
кривым мизинцем; он помнил эту манеру одеваться
под вольную богему, нынче выраженную в какой-то
полупрозрачной маечке с капюшоном, похожим
на сачок для ловли бабочек, и в точно таких же, как
на Антонове, балахонистых блеклых штанах, сто-
ивших в магазине «Французская мода» больше тысячи рублей. «А не поздно?» — иронически произнес постаревший, но модный Валера неожиданно
скрипучим голоском, обращаясь к Наталье Львовне,
у которой от напряжения лицо под пудрой пошло
клубничными пятнами. «Ба, кого я вижу! Какими

судьбами?» — вдруг воскликнул он, перебивая сам себя, и вскочил из кресла навстречу Антонову, изобразив раскинутыми руками совершенно невозможные приятельские объятия.

Наталья Львовна крупно вздрогнула и обернулась: при виде Антонова страдальческие глаза ее сделались такими, точно перед нею возникло привидение. Поняв, что здесь про него уже успели забыть, Антонов пожалел, что вошел вовнутрь, а не отправился, как всегда, от этого офиса, на недалекий, призывно звонящий за сквериком трамвай. «Наталья Львовна обещала подбросить меня до Первой областной», — произнес он сухо, засовывая руки как можно глубже в тряпичные карманы и не отвечая на Валерину кроличью улыбку, обведенную теперь двойными скобками глубоко прорезанных морщин. «Боюсь, что госпожа Фролова очень занята», — с отменной вежливостью проскрипел Валера, и его улыбка, выставлявшая напоказ потресканные передние зубы, похожие теперь на ногти ноги, сделалась несколько другой. Наталья Львовна сидела потупившись, на лице ее, как на углях, играли пепел и жар, и Антонов понял ее смущение как нежелание выдать то, что произошло между ними нынешней ночью. «Ну что ж, придется добираться самому», — произнес он нейтрально и повернулся к выходу. «Нет, ты что, погоди! Столько лет не виделись!» — с каким-то скрытым злорадством воскликнул Валера, вставая из кресла, но тут в смешном нагрудном кармашке его безрукавки заворковал телефон.

Извинившись саркастическим полупоклоном, Валера сноровисто выдернул трубку; по мере того как из трубки в его хрящеватое ухо переливались какие-то чирикающие инструкции, кроличья Валерина улыбка приобретала третий, уже совершенно неопределимый оттенок, а потом исчезла совсем. «Так, — произнес он сосредоточенно, складывая телефон. — Значит, едем в больницу. Послушаем, что скажут». — «Сергей Ипполитович?» — благоговейно спросила Наталья Львовна, взглядом указывая на трубку. «Еще не разобрались! — с внезапной злостью ощерился на нее Валера, и постаревшая морда его стала похожа на морду варана. — Сергей Ипполитович вам не Центробанк! Еще проценты за время, пока этот ваш хитрожопый директор бесплатно крутил чужие бабки! Лучше надо соображать, у кого берешь!» Пропасть, разверзшаяся при этих словах между нынешним деловым и битым Валерой и Валерой из прошлого, Валерой почти родным, все еще неприкаянно бродившим в больших, как тряпичные лопухи, затоптанных носках по заваленному сумрачной обувью коридору Аликовой квартиры, — эта пропасть вдруг показалась Антонову страшно велика, и он подумал, что представитель неведомого Сергея Ипполитовича, наспех образовавшийся из самых последних кусков бракованного времени, вряд ли отвечает теперь за действия того Валеры, который стучал в КГБ.

Еще он подумал, что время, которое своим ровным напором до сих пор исправно накручивало сергеям ипполитовичам проценты на вложенные средства, теперь иссякает. Что-то вокруг неуловимо изменилось и продолжало меняться: Антонову показалось, что он буквально видит в углах кабинета, куда обычно не ступают люди, пересыхающие лужи времени. Перед ним как бы обнажилось дно реальности; все предметы, представлявшие взгляду не настоящее, но исключительно прошлое, сделались странно примитивны, и те из них, что были полыми изнутри — в основном посуда, которой оказалось не так уж мало в кабинете, — были, словно бомбы, заряжены пустотой. На одну просторную секунду в воображении Антонова возникло математическое описание колебательного, глубокого, как омут, взрыва пустоты: то было мгновенное призрачное сцепление как будто привычных Антонову математических структур, показавшихся вдруг *потусторонними*, — но все исчезло немедленно, когда в раскрытом платяном шкафу хозяина кабинета Антонов заметил Викин кашемировый шарфик, потерявшийся прошлой зимой: скукоженный, пыльный, забившийся в самый угол шляпной полки, нечистый, будто солдатская портянка.

«Ты можешь ехать с нами, если уж тебе приспичило», — покровительственно бросил Валера Антонову и устремился на выход, напоследок что-то пнув на полу и хлестнув кофейную чашку о фальшивые колонны. Брызнули длинные, как зубья расчески, острые осколки, и гуашевый взрыв очень выразительно расплылся поверх нарисованных колонн. За Валерой, преданно сгорбившись, не пропустив в дверях отшатнувшуюся Наталью Львовну, потрусил задастый от почтения велюровый блондин, и Антонову не оставалось ничего другого, кроме как присоединиться последним к деловитому шествию.

В помещениях офиса уже не оставалось никого из служащих ЭСКО — только референтка, облизывая верхнюю распухшую губу, сомнамбулически собирала в бумажный мешок золоченые куски разбитых тарелок, которые брякали и терлись, когда она переходила с места на место — как видно, в надежде отыскать хоть что-нибудь уцелевшее. Глядя на то, как она пытается приладить вместе, словно ожидая, что они срастутся, два кое-как совпадающих черепка, издававших в ее руках что-то вроде зубовного скрежета, Антонов раскаялся в своем недавнем поступке. Однако долго глядеть, как сумасшедшая референтка пилит фарфор о фарфор, ему не пришлось, потому что и без нее было на что посмотреть.

Работа погромщиков перешла на новую стадию. Стены во многих местах были покрыты развесистыми свежими потеками, какой-то налипшей дрянью; большие, особо прочные оконные стекла превратились в непонятно как висевшую на рамах давленую мяшу, и одно, белевшее звездчатыми вмятинами от многих ударов, на глазах Антонова зашуршало и осело, будто кусок тяжело расшитой парчи. Мимо Антонова двое гераклов проволокли по перепаханному черными бороздами напольному сукну роняющий пейзажи референткин стол; сам собою обрушился, сильно шоркнув по стене, календарь на этот год, тоже, кажется, украшенный рыхлым пейзажем с сильно запудренной, некрасивой линией горизонта. Из дальнего кабинета, еще позавчера принадлежавшего исполнительному директору фирмы, едко, махорочно потянуло горелой бумагой; от подразумеваемого, но невидного огня в дневном кабинете потемнело, на стенах зазмеились копотные тени, и все, включая сурового Валеру, невольно ускорили шаг. «Репетиция оркестра», — подумал Антонов и внезапно вспомнил окраинный кинозальчик, расположенный в белой, как тулуп, бобине бывшей церкви, себя, с зимней шапкой на коленях, в тесноте насаженных на длинное железо фанерных стульев, раскрасневшуюся школьницу с каштановой косой, с трудом протиравшуюся мимо встающих ей навстречу предупредительных граждан к месту, указанному в синеньком билете. «Помнишь "Репетицию оркестра"»? — бросил Антонову через плечо ядовито ухмыльнувшийся Валера и тут же снова посерьезнел, сделав всем своим отмашку на выход.

Но все и без отмашки почувствовали, что надо побыстрее убираться из двух обреченных квартир, чем бы они ни стали впоследствии — если станут чем-то вообще. Инстинктивная, как у муравьев, работа погромщиков служила, как наконец-то понял Антонов, для уничтожения обстановки прошлого, неспособной самостоятельно, без помощи потока времени,

оказаться в будущем; видимо, для того же был пред-
назначен и охвативший полгорода «ремонт», чьи
фиолетовые от солнца пыльные рабочие в действительности резали пейзажи траншеями на осыпчивые, непрочные части и добывали из земли, будто
дорогую руду, сырые комья темноты. Однако бандиты были, должно быть, усердней рабочих: от их усилий что-то стронулось в офисе ЭСКО, и прошлое ру-
шилось уже само, без помощи людей. Вот ахнуло,
осыпаясь, еще одно оконное стекло. Резко стрекану-
ла с треснувшего потолка прихожей песчаная струя,
и Антонов, замыкавший шествие, едва успел увер-
нуться.

XXV

Но пути к автомобилям лихорадочно-румяная
Наталья Львовна, то и дело спотыкаясь и меняя ногу,
старательно держалась подальше от Антонова, за
спинами сопровождающих; это почему-то напоминало такую же внезапную и смутную Герину при-
язнь, когда недавний враг вдруг принялся ухаживать
за «интеллихентом», норовя и не решаясь подсунуть
между разных приятностей какое-то известие — теперь понятно, что о Викиной измене. Равнодушно
отвернувшись от женщины, сильно потрепанной
получасовым пребыванием в собственном офисе,
Антонов двинулся, куда его вели. Он шел, будто полу-
слепой, среди неправильных темнот осатанело-сол-
нечного дня, чувствуя, как вся кровь его становится
мутно-розовой от этого пляжного солнца, с силой
давившего на асфальт, на плотски-душную древес-
ную листву, где необычайно разросшиеся листья,
кое-где дырявые от своей ненормальной величины,
словно плавали в перегретом соку, и пьяный сок, казалось, ходил свободно по всей прозрачно-мутной

массе тяжелой зелени, под которой парилась и загнивала мягкая земля. Впереди раскаленные автомобили горели на солнце, будто включенные электрические лампы. Деловитый Валера покрикивал, распоряжался; Антонов подумал, что раз уж Валере в начале романа не досталось серьезной роли, то теперь он попытается наверстать.

За руль кое-как припаркованного «вольво», опередив Наталью Львовну, бесцеремонно плюхнулся бордовый от жары велюровый блондин; давешний качок с татуировкой на плече, куривший неподалеку с такою жевательной мимикой, будто одновременно поедал свою вовсю дымящую сигарету, по знаку бригадира сноровисто занял второе переднее сиденье. Поозиравшись и поерзав, он вытащил из-под себя черное с золотом Герино произведение и не глядя передал назад — так что Антонов, притиснутый к правой дверце, вынужден был принять неотвязный, уже совершенно облезлый, хотя еще никем не читанный роман. «Это ты небось книгу написал?» — небрежно спросил Валера, покосившись на обложку. Он удобно разместился посередине заднего сиденья, совершенно закрывая съеженную Наталью Львовну, от которой была видна только торчавшая на коленях бежевая сумка. «С чего ты взял? Ты что, мою фамилию забыл?» — с неожиданной злобой спросил Антонов, поднимая книгу так, чтобы Валера мог прочесть и фамилию автора, и украшенный веночком виньеток многозначительный заголовок. «Мало ли, может, это псевдоним, — рассудительно проговорил Валера, ловко забирая том и всем своим видом демонстрируя, что если что-то ему показывают, значит, это можно взять. — Я почему-то все время думал, что ты начнешь создавать литературу. Думал, когда же я дождусь твоих гениальных книжек. Хоть на руках подержать, как чужое дитя...» — «А мне казалось, что ты станешь героическим советским разведчиком», — не удержался Антонов, хотя в прежней жизни никогда не говорил Валере в глаза о его агентурной работе. В ответ Валера делано, как-то по слогам, захохотал и хлопнул Антонова по коленке, так что обоим стало сразу заметно, что они сидят рядком, как братья, в одинаковых штанах.

Между тем автомобиль под бесстрастным управлением блондина выплыл на широкую, блеклую от солнца улицу и покатил — мимо памятной Антонову трамвайной остановки, где как раз стоял и загружался всегда возивший его до дому двенадцатый номер; мимо кипящего народом колхозного рынка, чей решетчатый забор, беспорядочно увешанный разнообразными дешевыми тряпками от плаща до бюстгальтера, напоминал раздевалку в женской общественной бане; мимо старых-престарых, похожих на пятиэтажные избы панельных хрущевок, на одной из которых, с торца, ржавел и покрывался экземой рваный щит с рекламой «МММ». За «вольво», удерживая высоковольтную вспышку в верхнем углу ветрового стекла, неотступно следовал один из бандитских джипов, а может, и не один, — Антонов не видел, сколько их вывернуло из сырого переулка, так что теперь ему казалось, будто плотный хвост посверкивающих автомобилей, только слегка распускавшийся в пробеге от светофора до светофора, сплошь представляет собою бандитский эскорт.

Валера непринужденно, будто ехал не в машине, а в мягком купе железнодорожного экспресса, раскрыл затрещавший по корневому шву девственный Герин роман и принялся саблеобразным указательным раздирать проклеенные страницы, временами поднимая удочкой изогнутую бровь и тонко усмехаясь выловленной из текста особо *художественной* строке. Антонов помнил, что Валера и раньше был знатоком — вопреки, а может, и благодаря своим контактам с товарищами в штатском, перед которыми наверняка снисходительно менторствовал, искупая этим ситуацию сотрудничества. Сейчас Антонову пришлось бы слишком много рассказывать и при этом невольно врать, чтобы объяснить ироничному Валере, почему он таскает с собою этот чужой исторический шедевр. Антонов чувствовал, что Гера, каким-то образом причастный к разразившейся вокруг катастрофе, снова вселился в него и толкает на поддержку и защиту труда, наверняка настолько же пошлого, насколько пошлым был и Герин суетливый копеечный бизнес, и его пустая расторопность прирожденного бездельника, и неизменные мыло с вафельным полотенцем в «деловом» портфеле, и псевдодиректорские ухватки, и бойкий резонерский говорок. Морщась от неловкости, Антонов сделал единственное, что сумел: приспустил окно, откуда сразу же затеребило жгучим ветерком, невежливо забрал у Валеры роман и выкинул всхлопнувшую книгу в серую, как комья старой бельевой резинки, придорожную траву. Это получилось удивительно легко, словно кто-то на бегу выхватил у Антонова из рук привязчивый предмет; удивленный Валера инстинктивно обернулся к заднему стеклу, а маячивший там полурасплавленный джип испуганно вильнул. «Да, это был не твой чемоданчик, — безразлично заметил Валера немного погодя, но Антонов почувствовал, что возбуждает теперь какой-то новый Валерин интерес. — Значит, ты тоже к Фролову по своим делам. Я, конечно, не спрашиваю, по каким...» — «Я не к Фролову», — поспешно перебил Антонов, сам поразившись своему болезненному голосу, и сунул лодочку ладоней между стиснутых колен. «Ну хорошо, пусть будет так, — терпеливо проговорил Валера, откидываясь на спинку сиденья и окончательно затесняя в угол владелицу «вольво». — Может, нам теперь предстоит общаться. Смотри, я ведь человек нежадный...» Антонов машинально кивнул, наблюдая, как темная мерцающая полоса, к которой он уже привык и почти не замечал ее на фоне видимых вещей, усиливает напряжение своих контрастных, до боли зернистых частиц.

Он сознавал, что, как главный герой, неотвратимо следует на чужом автомобиле к центру и главному действию романа: отпуск кончился, оказался бездарно растрачен на чужую нежеланную женщину, и теперь приговоренный — узник говорения, возведенных вокруг него словесных обстоятельств — возвращается в свою постылую тюрьму. И внезапно Антонов понял, что больше просто не в силах служить для автора оптическим прибором, видеть для него (для нее!) все эти светоносные чадные улицы, нереальные от солнца автомобили, похожие плавким блеском на стеклянные елочные игрушки, трех красивых девушек, их общий, в складку, длинноногий шаг по тротуару, складные и раскладные перемены на рекламном щите, предлагающем шампунь. Антонов страстно желал, чтобы автор оставил *его* наконец в покое, дал бы побыть одному — пусть даже в соседстве фальшивого друга и мнимой возлюбленной, теперь сидевших так, как сидят на комоде декоративные куклы. Внутри у Антонова все дрожало. Он не мог совладать с этой мелкой, горячей, постыдной дрожью, не мог умять, задавить ее в своем человеческом, а не романном естестве. Он закрывал глаза и переглатывал, но и в светящейся алой темноте не в силах был вообразить, что ожидает его в конце путешествия.

Собственно, никто не мешал Антонову надеяться на лучший исход — даже на полное выздоровление жены (все равно законной жены!). Но сжавшийся Антонов болезненно понимал, что автор был бы не автор, если бы не приготовил для финала какого-нибудь трагического события, — и все, что он, Антонов, прожил до сих пор, неявно содержало эти кропотливые приготовления, так что теперь, уже на полпути к больнице, даже и сам сочинитель, потерявший волевой контроль над течением романа, совершенно ничего не смог бы (не смогла бы) изменить. В голове Антонова сквозь полосы пестрого шороха, иногда переходившего в оглушительную крупную стрельбу, упорно пробивалась его радиостанция: чей-то блеклый взмывающий голос, почти обесцвеченный сухим пространством эфира, пел о нежности и ужасе, о том, что было еще до Вики, — о каких-то невозвратных летних каникулах, о сонной, с мягким пульсом на перекате вечерней речке, куда уходила от удочки, то набирая, то спуская свет, косая тонкая леска; о кованом крыльце городской библиотеки, о цветочном платье и рассеянной улыбке одной одноклассницы; о первой для Антонова студенческой зиме, с холодными, шевелившими книжные страницы окнами читального зала, с черно-белыми, похожими на мыльные губки брикетами подстриженных кустов, с театральным снегопадом, заносившим университет... Интуитивно Антонов чувствовал, что все это родное, милое вот-вот исчезнет. Он ощущал, что роман, тяжело груженный нажитым добром — разросшимся сюжетом, раздобревшими от регулярного кормления метафорами, второстепенными героями, сильно превысившими нормы перевозки багажа, — еле-еле влачится, не сравнить с первоначальным бегом налегке в условное пространство замысла, — и что весь этот табор скоро заскрипит и встанет, являя себя во всей красе неизвестно откуда взявшемуся читателю. У Антонова было полное ощущение, что он, как тощая кляча, тянет груз романа на себе из последних сил, — а ему хотелось распрячься, просто побыть человеком, имеющим право на собственное горе, которое совсем необязательно демонстрировать ближнему.

На секунду ему, погруженному в плывущую магму под крепко зажмуренными веками, действительно помстилось, будто он остался совершенно один; разлепив глаза, Антонов осторожно осмотрелся. Рядом с ним бесчувственно покачивались две большие матерчатые куклы, то наваливаясь на него неживым и легким ватным весом, то выпрямляясь на повороте, глядя вперед накрепко пришитыми стеклянными глазками. У куклы-мальчика по имени Валера лицо для изображения морщин было простегано на манер одеяла машинной строчкой, у куклы Наташи с ноги упала туфелька и кое-как сработанная ступня походила на полотняный валенок — зато и туфли, и сумка, и бриллианты на растопыренных пальцах, и лежавший в сумке револьвер были самые настоящие. Впереди Антонов видел два неодинаковых по цвету велюровых затылка и пухлое плечо с вышитым гладью синеньким цветком. Должно быть, эти передние болванчики были заводные — они то и дело поворачивали друг к другу похожие на варежки толстенькие профили, и эти одновременные повороты были как-то согласованы с короткими, туда-сюда шатаниями руля, с поворотами и кренами наружного пейзажа, производившего при помощи столбов простейшие арифметические действия и странно поводившего вывесками, как бы переставляя невидимые ударения в квакающих, окающих, аукающих словах. Фасады одинаковых домов напоминали ткань, которую измеряют, плавно обкручивая вокруг деревянного метра (Антонову даже показалось, будто он слышит глуховатый стук подпрыгивающей на прилавке штуки материи, из которой на самом деле сшит весь этот приблизительный кукольный мир); вот мелькнул в полотняной палатке игрушечный продавец, балансирующий на весах какую-то желтую горку и пешечки гирек, и другой продавец, несколько более облезлый, демонстрирующий, среди ярких коробочек и тряпочек, миниа-тюрный карточный фокус. Вероятно, в основе всего лежал единый простенький механизм, крутившийся на нескольких стерженьках: казалось, стоит всмот-реться повнимательнее, и поймешь, как он работает, вычислишь нехитрую периодичность действия иг-рушки. Впрочем, один разок марионетки попыта-лись ожить: движения их бескостных, рыхло наби-тых рук напомнили Антонову перистальтику кишеч-ника, и его едва не вывернуло, когда из суконного рта Валеры полез живой, мускулистый, похожий на лилово-розовый кактус, отвратительно мокрый язык.

Справившись с дурнотой, он сообразил, что бута-форский автомобиль движется уже по территории больницы: справа возникла очень правдоподобно сделанная психушка, на крылечке кукольная доктор Тихая, великоватая для дверей и окон, достающая ка-проновой прической до второго этажа, выполняла с механической расстановкой что-то вроде балет-ных упражнений, могущих быть воспринятыми и как пригласительные жесты. Тут же, в шерстяном свалявшемся ворсе газона, располагались игрушеч-ные Достоевский, Чехов и Наполеон: на последнем красовалась свернутая из газеты треуголка, светлое шелковое брюшко полководца напоминало кошачье, а маленькая дамская нога, обутая в демисезонный са-пожок, символически попирала детское измятое вед-ро. Вдруг механизм издал негромкий стонущий скре-жет и замер: застыла, как корзина, с округленными полными руками над головой доктор Тихая, болван-чики на передних сиденьях недоповернулись друг к другу, их клиновидные улыбки не достигли сим-метрии. «Приехали», — сам себе сказал Антонов и глубоко вдохнул шерстяной пронафталиненный воздух платяного шкафа или сундука. Зачем-то по-гладив себя по смокшей лысине, он неуверенно подергал дверной рычажок: неожиданно дверь подалась, и первое, что увидел Антонов, ступив ногою в нитяную и лоскутную траву, была приколотая острыми булавками к какой-то тесемке мелкая бабочка, совсем невзрачная с изнанки, где среди резких псевдолиственных прожилок проступали как бы прорисованные простым карандашом лицевые каемки, круглые глазки. Вдруг, почуяв на траве надвигавшуюся, будто колючая щетка, антоновскую тень, бабочка снялась, закувыркалась в воздухе, точно кто дул на нее, как на пламя свечи, — и как только до Антонова дошло, что бабочка живая, на него нахлынули звуки, краски, воздух широко раскрылся во множестве запахов, в пышности нагретого кислорода. Наталья Львовна стояла по ту сторону машины, заглядывая в раскрытую пудреницу, с ярким отсветом круглого зеркальца на пудреной щеке, бодрый Валера жестами регулировщика встречал подкатывающий с деликатным шорохом огромный джип, откуда сразу выскочил вперед кроссовками плотненький боец. Все происходило на самом деле, не осталось и следа недавнего абсурда. «Я думаю, чего это он выбросил на ходу, — деловито проговорил боец, вытирая о штаны и подавая Валере роман, набравшийся при падении какого-то сорного сена. — Я подумал, ага, разбираться едем, мало ли что, взял да подобрал». — «Умница, — брезгливо похвалил Валера молодцеватого геракла и иронически покосился на Антонова. — Так я возьму почитать? Мне тоже интересно, что сегодня издают». Антонов коротко кивнул. Его разрешения, собственно, не требовалось, он мог только оценить деликатность бывшего врага, оказавшегося все равно своим среди бескнижного, все более пустеющего мира, окутанного тонким сизым маревом болотного пожара. Больничные двери гордо высились перед Антоновым на белом крыльце; оставалось только войти.

XXVI

По-моему, всем уже понятно, что сейчас произойдет. От романа, чью толщину усталый читатель наверняка промерил на глазок в шершавых, как распил доски, бумажных сантиметрах, чей верхний угол, шуркая, завил нетерпеливым пальцем, остались какие-то жалкие две странички, которые можно держать большим и указательным, будто крылья пойманной бабочки, не нащупывая между ними ничего, кроме плоской черно-белой пустоты. Наберитесь терпения: осталась только бумага, которую при желании можно считать оберточной. Может, это и всего-то одна страничка, тем более бесплотная, что несет на весу, почти на воздухе, две стороны остаточного текста; может, ее, эту бестелесную вещь, стоит просто уничтожить, вырвать и смять в легкий угловатый ком, утешительно похожий на игрушку. В общем, кто не хочет, тот пусть не дочитывает, я же считаю необходимым до конца остаться рядом со своим героем, который сейчас поднимается на четвертый этаж хирургического корпуса, потрясенный фактом, что совершенно забыл и про памперсы, и про смешанный с водкой гигиенический шампунь. Впрочем, сквозь этот житейский стыд и сквозь жалкую, слабую радость (бледное подобие той, с какою Антонов, бывало, плыл на свидание со своей *неверной* первокурсницей) просвечивает, будто сквозь наполненную млечной нежностью бумагу, какая-то остановившаяся правда, подозрительно похожая на зеркально вывернутое, набранное невиданным шрифтом (каждая буква будто лента Мёбиуса) слово «конец».

На четвертом этаже дежурная медсестра — уже не вчерашняя, похожая на Володю Ульянова, а новая, с плохо завитой челкой, лезущей в квадратные очки, — вдруг испугалась Антонова точно так же, как давеча Наталья Львовна, и так же побледнела, отчего веснушки, крупные, будто пупырышки мимозы, букетом проступили на усталом личике. Нечувствительно отделившись от общества, сразу набившегося в палату номер четыреста шестнадцать, Антонов тупо подергал Викину дверь, потом рванул сильней, ощутив ее форму высокого и шаткого прямоугольника, — но дверь стояла перед ним точно примерзшая к стене. Собственно, Антонов знал заранее, что так оно и будет, и теперь любые обычные обстоятельства, могущие удовлетворительно объяснить отсутствие Вики в палате, представлялись ему чем-то таким же недостоверным и фантастическим, как, например, оправдания студента, завалившего зачет. «Мы не могли до вас дозвониться... — услышал Антонов за спиною дрожащий, в несколько ниточек, голос медсестры. — Понимаете, у больной началась аллергия на лекарство. Понимаете, Ваганов приезжал, но опоздал. Было поздно. Только хочу сказать, что больная не мучилась и не приходила в сознание, она не знает, что умерла». Бедная медсестричка, которую Антонов готов был пожалеть, потому что сейчас, в этот лишенный тверди миг, можно было пожалеть (или казнить) любого и не ошибиться, говорила что-то еще; из соседней палаты тоже слышались бубнящие толстые голоса, среди которых единственный женский казался чище и ценнее остальных. «Я хотел бы увидеть... побыть...» — тоже произнес Антонов довольно отчетливо. «Конечно, конечно, — заторопилась медсестричка. — Вообще-то не полагается, но профессор сказал, когда вы приедете, чтобы вам помогли и все такое... Вам накапать успокоительного?» — «Нет, я не хочу», — еле слышно ответил Антонов, чувствуя, что пол под его ногами, чтобы облегчить ему первые шаги от этой запертой двери, приобрел ощутимый уклон.

Дверь в соседнюю палату была приоткрыта. Щурясь от мелкого тика под левым глазом, где словно билась и мешала смотреть какая-то жгучая мошка, Антонов заглянул туда и увидел из всех столпившихся только двоих. Центром композиции был хозяин ЭСКО, уже облаченный в пижаму из того же богатого шелка, что и царские покровы на его домашней кровати, навсегда зараженной теперь абсурдными снами Антонова. Хозяин что-то говорил врастяжку, сильно перекашивая серое лицо, словно держа во рту тяжелый угловатый камень, и по каким-то неуловимым признакам Антонов определил, что тот еще не знает о смерти своей легкомысленной спутницы, тоже по-своему близкого человека. Зато Наталья Львовна, боком сидевшая у изголовья мужа, почти лежавшая головою на его подушке, вслушиваясь в гнусавые, как бы пьяные фразы, знала *все,* потому что звонила в больницу из офиса и разведала, что муж ее может говорить. Вероятно, та малая доля тепла, что возникла между Антоновым и этой женщиной (не в шелковой постели, а когда они собирали сопливыми тряпками неисчерпаемый, как море, витаминный шампунь), испарилась немедленно при непрошеном добавочном известии, вдруг потребовавшем от Натальи Львовны непонятных дополнительных усилий. Кто-то (должно быть, автор) подсказывал Антонову, что через небольшое время Наталья Львовна будет страстно каяться в несчастной слабости и эгоизме (считая их своими чисто женскими чертами) и ими объяснять все то плохое, что с ней еще произойдет. Но сейчас Антонов знал, что револьвер не выстрелит. Бежевая сумка с револьвером стояла на полу, притираясь к ножке хозяйской кровати, будто ласковая кошка, а Наталья Львовна ворковала над стариком, пытаясь засунуть в перекошенный рот чайную ложечку с кокетливым кусочком какой-то еды.

Мимо. Хорошо, что никто не обратил внимания на замешкавшегося Антонова, хорошо, что никто из палаты его не окликнул. По коридорам и лестницам, в совершенстве похожим на коридоры и лестницы психушки, Антонов почти бежал за белой как снег медсестрой и сильно шаркал дырчатыми туфлями, потому что все полы и ступени шли под уклон, а цель была, как видно, глубоко внизу. Некоторое (неопределенное) время их путь лежал по кафельному подземному переходу, где квадратные колонны напоминали большие холодильники, а искусственный свет полосато выкладывал потолок, и самые чахлые трубки были как резервуары перьевых авторучек, в которых кончились и высохли фиолетовые чернила. Около стены, в инвалидном кресле, похожем на прооперированный велосипед, сидела в сгорбленном ожидании пожилая пациентка: ее пятнистый байковый халат напоминал промокашку, по длинному разрушенному лицу струилась старость, на коленях ее лежала разбухшая история болезни, где на грубой корке, вероятно, была написана как бы концентрированным соком этого чернильного места ее прижизненная фамилия. Все это сильно смахивало на реальную жизнь — только в этом переходе никто не подавал инвалидам денег, и Антонов тоже проскочил мимо поклонившейся старухи, ничего не выудив из переболтанного кармана.

Далее был уже только искусственный свет, то синюшный, то желтый, пригорелым подсолнечным маслом заливавший несколько железных дверей, — и из-за той, которую с лязгом открыла на звонок какая-то небритая, соленым самцовым здоровьем пышущая личность, выплыл тошный сладковатый запашок и вкрадчиво стал пропитывать для начала ткань антоновской рубахи, смазывать Антонову ноздри слоем жирной белой мази, не дающей дышать. «Вы посидите вот здесь», — заботливо сказала медсестричка, направляя деревянного Антонова в служебную комнату-пенальчик, где не было ничего ужасного, кроме удобрявшего липкий запашок сытного духа вареной колбасы. Все-таки Антонов успел увидать через чье-то плечо длинный кафельный зал, напомнивший ему общественную баню: там на тусклом цинковом столе лежало, будто мыло, облепленное приставшим волосом и измятое огромной пятерней, голое тело тощего мужика; соседний стол пустовал, и другой, живой и кое-как одетый мужичонка охаживал кровянистый цинк прыщущей струей из черного шланга, чьи лоснистые кольца норовили перевернуться с боку на бок на мокром полу, а пена на столе урчала, словно вздутые кишки. Медсестричка торопливо отвела Антонова от опасного проема и, потянув его вниз за тяжело висевшую руку, усадила на кушетку. Некоторое время Антонов так и сидел, бездумно глядя то на свои неодинаково завязанные ботинки, то на обшарпанную тумбочку, усыпанную крошками батона, то на металлический бачок с намалеванным синей краской словом «процедурная».

Наконец издалека донесся грохоток раздрызганных колес, и длинная каталка с накрытым чистой ломкой простынею невозможным грузом въехала к Антонову, отгородив его от мертвых и от немногочисленных живых. Благоговейно, словно фату от лица невесты, Антонов отвел от лица покойной воздушную простыню. Он хотел бы еще раз жениться на Вике, если бы только это было возможно. Волосы ее, нового для Антонова парикмахерского оттенка, уже успели сваляться, как хранившаяся дома войлочная девичья коса. От носа, заострившегося, будто грубо заточенный карандаш, легли незнакомые тени. Лоб ее, обтянутый смертью до выпуклого лоска, был холоден глубоким холодом лампы, в которой выключили электричество. Странно было представлять, что теперь под этим лбом не текло ни единой мысли, что там теперь стало темно и плотно, как в любом куске неживого вещества, не знающего внутри, что он представляет собою снаружи, не знающего, что сделано из него для зрения живых. Кто-то глазел на Антонова из проема условных дверей, и он догадался, что, как на свадьбе, здесь обязателен прилюдный поцелуй. У мертвой Вики натянутая верхняя губа приоткрывала передние зубы, сильно пожелтевшие с позавчерашнего утра, и Антонов, склонившись, почувствовал, что один ее резец шатается в гнезде.

Не было никаких *особых* отношений со смертью. С Викой, из-за отсутствия чувства времени лучше других способной переместиться *живьем* в пустотное будущее, смерть поступила точно так же, как с любым обычным человеком. Смерть не пощадила ее по знакомству, столь легкомысленно сделанному для устрашения любящих — может быть, недостаточно любящих, — недостаточно для этой юной женщины, способной, наверное, принять и выпить океан человеческих чувств. Теперь она уже ничего и ни от кого не могла принять. Мелко и горячечно дрожа, держа на весу подергивающийся краешек простыни, Антонов видел, что на мертвой Вике нет одежды, — видел в сумраке голое плечо, бывшее как-то живее лица, видел черный резиновый синяк там, где начинала подниматься маленькая грудь. Он, как никто другой, знал это простоватое, совсем деревенское тело, за последнее время чуть-чуть прибавившее плоти, как бы разварившееся в густом бульоне жизни; никакие открытия по части отношений Вики и шефа не могли изменить того, что все это было Антонову родным. Но теперь он понимал, что *не смеет* смотреть: его останавливало странное, непостижимое земными чувствами целомудрие смерти, словно возвратившей девственность тому, что скрывала монашески-угловатая, слабо пахнувшая дезинфекцией больничная простыня. Еще не понимая, что делает это окончательно, Антонов опустил слегка светившуюся ткань на острые черты, и тотчас каталка поехала прочь, показав Антонову напоследок то, на что не хватило покрова: две пересохшие трясущиеся пряди и темноту у корней, как будто там уже было присыпано землей. Далее Антонов горячо и радужно ослеп; все поплыло перед ним. Попадая ногами то на какие-то пустые ведра, то на неясные ступени, дававшие почувствовать тяжесть собственного тела, Антонов куда-то двигался — и был на его дороге странный закуток, где громоздились тарные ящики с остатками старой тряпичной картошки, и на этой тощей почве густо и призрачно, словно вытянутые вверх каким-то мистическим притяжением темного потолка, стояли перламутрово-белые, чуть тронутые, будто заразой, желтоватой полузеленью, голые ростки.

Выбравшись по раскрошенной, донельзя замусоренной лестнице из полутемного подвала, Антонов почувствовал, что солнце, уже как будто низкое, жжет его лицо, точно коснувшийся свежей садины медицинский йод. Разлепив оплывшие веки, убрав с них пальцами то тяжелое, толстое, что налипло, словно загустевший свечной стеарин, Антонов увидал сквозь остаточную муть, что стоит буквально в четырех шагах от главного крыльца хирургического корпуса. Теща Света, страшно синея опухшими глазищами, направлялась по асфальтовой дорожке к этому крыльцу — мелко ступала на широко расставленных ногах, точно дорожка была покрыта льдом, и временами как бы заваливалась, теряя равновесие, теряя то *приличное* выражение лица — губки бантиком, брови стрелками, — которое, должно быть, силилась донести до мертвой дочери и до ее врачей. Около тещи Светы суетился, не давая ей присесть на скамейку, новоявленный писатель: глазки у Геры отчаянно бегали, он то танцевал приставными шажками, путаясь в собственной тени, будто в свалившихся брюках, жестами побуждая тещу Свету двигаться активнее, а то вдруг начинал нащупывать у себя под рубахой сбившееся сердце, точно это был какой-то важный внутренний карман. Если бы теща Света взглянула в упор, она бы увидала за жидким кустом пропыленной черемухи замершего преступника. Но должно быть, разбухшая лиственная муть — каждый лист виделся и ей, и Антонову словно набравшая водянистой *недневной* черноты акварельная кисть — была сейчас непроницаема для ее прекрасных небесных глаз. Мерно перехватываясь за перила, теща Света приставными старческими шажками взобралась на крыльцо; Гера, забежав вперед, рванул перед нею высокую дверь и сам, переступив на месте, утолкался туда же. Антонов вдруг подумал, что теперь обездоленная теща Света (Гера сразу же устремится в палату номер четыреста шестнадцать) будет преследовать его внутри больницы, двигаясь через коридоры, лестницы, подземный переход, замороженный банный подвал, — пройдет все это с той же безошибочностью, как если бы путь Антонова был помечен светящейся краской, и через какое-то время тоже выберется вот сюда, в мозолистые тощие кусты. Впрочем, тут же Антонов сообразил, что выражение «через какое-то время» теперь абсолютно бессмысленно.

Спокойно, читатель. Осталось совсем небольшое скопление слов, ибо исписавшемуся автору кажется, будто он (вернее, она) использовал (использовала) для романа все слова, какие только имеются в русском языке. Сейчас любое слово, не употребленное в тексте, показалось бы автору неожиданным, будто иностранное, и заманчивым, будто свежеотчеканенный радостный рубль. В романе этому факту истирания материала соответствует полная остановка времени, о которой Антонов догадывался давно, но по-настоящему почувствовал только теперь. Раньше Антонов даже не представлял, что можно до такой степени не знать, что будет через несколько минут. Нежная многослойная завеса будущего, всегда скрывающая дальние складки местности за нашими представлениями о ней, всегда невинно кутающая множество ближних и дальних вещей (среди них одну особенную, с черной начинкой, а именно смерть), внезапно исчезла. Пейзаж вокруг героя, который часто помогает автору завершить произведение патетическими или лирическими пространственными подробностями, теперь лежал совершенно голый, совершенно безумный, как бы ненужно удлиненный вечерними тенями, — и Антонов, у которого окончательно отняли существование, не мог заставить себя осознать, что такое «ветка», «вечер», «скамья», «автомобиль». Всюду, куда бы он ни посмотрел, он видел только свое отсутствие и больше не находил причины не верить собственным глазам. Наконец-то Антонову мир явился таким, каким его наблюдают души, отделенные посредством смерти от физического тела, — а они, как представляется автору, наблюдают *одновременность,* достигшую совершенства. Проще говоря, все, что в последний раз видел для автора главный герой, было нарядным и подробным и напитанным медовым светом, будто картинка из диафильма. Но под картинкой барабанно натягивался экран, а за экраном угадывалась стена.

Теперь нам действительно придется оставить бедного Антонова в покое. Я больше не знаю этого человека. Думаю, что в целом он такой же, как и прочие люди, потому что конец реальной личности — совсем не обязательно смерть. Мне кажется, что если не со всеми, то со многими из нас, живых людей (а особенно с детьми случайностей, смутных времен), происходит то же, что и с персонажами романа: завершается какая-то главная наша история, и неведомый автор, не интересуясь нашими дальнейшими делами, оставляет нас пребывать в том самом иллюзорном бессмертии, в каком пребывают неумершие герои литературного текста. Отдельные счастливцы, оптимистические личности, умеют возродиться, как птицы фениксы, прочие же несчастливы. Собственно, что меня занимало больше всего, так это таинственное и самое что ни на есть житейское событие *конца:* оно почти не ловится в реальности, а литература имитирует его варварски затратным способом, приближаясь к нему по длинным петлям сюжета, выстраивая множество вспомогательных конструкций. Хотелось бы, очень бы хотелось достичь математического изящества, свести роман к паре-тройке лаконичных формул. Но из этого ничего не вышло, не помог и главный герой, специально созданный для *конца* из малодаровитого прототипа, ничего почти герою не давшего, кроме житейской подлинности — как оказалось, вовсе герою не нужной. Теперь перепачканный в паутине и ржавчине усталый человек наконец уходит, и картинка, на которую он только что внимательно, по просьбе автора, смотрел, бежит по нему, соскальзывает с него, будто легкая цветная сеть. Смазывается, напоследок погладив человека по лысине, длинный корпус психушки, утекают в небытие бандитские джипы, протягивается, будто цветочная шаль с бахромой, цыгановатая клумба, ссыпается в невидимый карман пустоты древесная листва. Все, что осталось от моего Антонова, — вот это скольжение пьяных пятен по трезвой реальности, наконец-то стряхнувшей наваждение и тронувшейся собственным путем; от романа же осталась одна бумага.

1997—1998,
Екатеринбург

БАСИЛЕВС

РАССКАЗ

Предметом отношений Елизаветы Николаевны Ракитиной и Павла Ивановича Эртеля был кот. Породистый вислоухий шотландец, он на склоне кошачьих лет более всего напоминал русского мужика в шапке-ушанке и толстом, местами продранном тулупе. Но несмотря на почтенный возраст, рыжие глаза кота пылали опасным огнем, и каждый, кто тянул к нему непрошеную руку, получал украшение в виде параллельных кровоточащих царапин. Звали кота Басилевс.

Примерно раз в неделю Эртель, созвонившись и получив приглашение, ехал к Елизавете Николаевне на чай. Чай у Елизаветы Николаевны был бурый, с явственным вкусом водопроводной воды, и когда она протягивала гостю дребезжащую чашку, на хрупкое блюдце наплескивалась лужа. Старая квартира не любила солнечного света. Каждое окно здесь было словно театральная сцена, с бархатным занавесом и собственной глубиной; когда же луч, преодолевая трение стекла, все-таки протягивался в тускло мерцающую комнату, в нем принималась танцевать такая густая и ворсистая пыль, что это напоминало колыхание водорослей в луче батискафа. В гостиной, куда смущенно улыбающийся Эртель проходил в больших прорезиненных тапках бывшего хозяина квартиры (точно здесь и правда могло быть затоплено), всегда горела обмотанная бусами маленькая люстра. Желтенький ее костерок позволял рассмотреть завитки тяжеленной, плотно загруженной мебели, сломанную этажерку, похожие на подтаявшие порции мороженого фарфоровые фигурки. В этом несовременном интерьере странно смотрелся ноутбук Елизаветы Николаевны, всегда включенный, бросавший мятный отсвет на разбросанные распечатки, на обрамленный снимок полного мужчины с виноватой улыбкой, словно размазанной по круглому лицу, четыре года как покойного.

На чаепитиях, которые Елизавета Николаевна называла консультациями, кот неизменно присутствовал. Хозяйка приносила его, свисающего, на руках и укладывала в кресло, где клочковатый барин едва помещался.

— Павел Иванович, что же делать с шерстью? Так лезет, просто на руках остается, — жаловалась Елизавета Николаевна, предлагая гостю сухие, деревянные на вкус крендельки.

— Попробуйте проколоть витамины, — советовал Эртель сдавленным голосом, откашливаясь от крошек.

— А зубы, посмотрите на зубы, — беспокоилась хозяйка. — Может, их надо чем-то обрабатывать, чтобы не крошились?

— Зубы придется вставлять искусственные, — резюмировал Эртель. — Закажем в Германии, это часто так делается. Пока ничего страшного. Облысение, конечно, неприятная вещь. Можно попробовать пищу пожирней, но вот как у него с желудком?

Кот между тем дремал или вылизывался, оставляя на ватной шерсти мокрые зачесы. Он как будто понимал, что речь идет о его потускневшей красоте, и так старательно мылся языком, что становился весь будто написанный маслом. Чего Басилевс не выносил — это когда хозяйка и гость смотрели на него одновременно. Он грузно сваливался с кресла на толстый ковер, оставляя рыхлый след, точно на снегу, и забирался под мебель, где его ожидала любимая игрушка: плюшевая крыса.

Павел Иванович Эртель не был ветеринаром. Профессия его вообще не значилась в официальном реестре специальностей России. Эртель был таксидермист, иначе говоря — изготовитель чучел.

В детстве его поразило найденное возле дачного забора перо сороки. Нежное и плотное, оно имело благородную форму холодного оружия и отливало сталью. Юный Эртель стал присматриваться к птицам. Его восхищало, как красиво одеты эти мультипликационные создания, а человечество каким-то образом не видит пуховых шалей совы, офицерской щеголеватости простого воробья. Птичье оперение, кружево и броня одновременно, после гибели птицы распадалось, исчезало в нигде, а юному Эртелю хотелось эту роскошь сохранить. В краеведческом музее, куда их класс, наполовину разбежавшийся по дороге, повели на экскурсию, он увидел целый зал, представлявший пестрых пернатых среднерусской полосы. Там же работал кружок.

В сорок лет Эртель был худощавый господин, подчеркнуто опрятный, несколько бесцветный, точно вода и лосьоны смыли с его костистого лица природные краски; только нос его, тонкий, с чернильной прожилкой по узкой горбинке, наливался на холоде розовой кровью — и такими же ярко-розовыми были кончики пальцев, которыми мастер необыкновенно чутко препарировал тот или иной деликатный экземпляр. Давно миновали времена, когда студент биофака Паша Эртель питался главным образом тушками куропаток и глухарей, чьи чучела ему заказывал охотничий магазин. Теперь у Павла Ивановича была в Москве своя мастерская, где работали пятнадцать сотрудников — собственных его учеников; была профессиональная известность, благодаря которой музеи естественной истории, не только российские, но и европейские, заказывали ему экспонаты для своих коллекций. Когда хозяин мастерской, в темно-сером кашемировом пальто, в шелковом галстуке, отливавшем жидким серебром, усаживался в свой солидный Ford Mondeo, его можно было принять за высокооплачиваемого банковского служащего или менеджера преуспевающей компании. Павла Эртеля сравнивали со знаменитым таксидермистом и натуралистом Федором Лоренцем и, как Лоренцу, прочили не только прижизненную, но и посмертную репутацию — хотя бы благодаря долговечности превосходно выделанных и систематизированных экспонатов, способных простоять в музеях двести и более лет.

Личной страстью Эртеля по-прежнему были птицы. Он умел, натягивая кожаный чулочек с перьями на гибкий, эластичным бинтом обмотанный каркас, передать повадку, манеру расправлять крыло, саму способность подниматься в воздух. Лучше всего у Эртеля получались пернатые хищники. Эти летающие рыцари, закованные в боевое оперение, напоминающее грозные, местами изоржавленные мечи и кольчуги, вызывали в душе у препаратора род воинственного восторга. Потому что на самом деле был он барон фон Эртель, потомок морских, артиллерийских и гвардейских офицеров, на протяжении десяти поколений с честью служивших Российской империи. После Октябрьского переворота семья ухитрилась выдать себя за поволжских сельскохозяйственных немцев, интернациональный трудовой элемент. В Великую Отечественную фон Эртелей, уже вместе с поволжцами, сослали в Читинскую область, откуда началось затем медленное, с поступлением в педагогические вузы и отработкой по распределению в глухих, с обезглавленными церквами, сибирских райцентрах, возвращение семьи к городской цивилизации. Павел Иванович первым достиг

Первопрестольной, вновь осеняемой змееголовыми, еще более золотыми, чем прежде, двуглавыми орлами. У Эртеля чучела орлов, соколов, коршунов и ястребов тоже получались похожими на гербы несуществующих, а потому в каком-то смысле идеальных государств. Если бы не данное Богом мастерство, он бы, конечно, не преуспел в обновленном своем, уже совсем неузнаваемом отечестве: представление об идеальном, свойственное Эртелю в той же мере, как и блеск его бесцветных, но словно граненых маленьких глаз, не позволяло верить в происходящие процессы, а значит, и ориентироваться в действительности.

Между тем отнюдь не птицы и не заказы от музеев приносили предприятию главный доход. Новые русские различных национальностей, осваивая мир, охотились в экзотических его уголках на крупную дичь, которую видели когда-то на картинках и в зоопарках. Трофеи поступали к Эртелю в мастерскую. Так неказистый провинциал, из тех, что «понаехали тут», получил неожиданный доступ к общению с сильными мира сего. Мужчины от политики и большого бизнеса, неестественно свежие, но с тяжелым свинцом под неяркими глазами, приезжали с кортежем и охраной, не выпускавшей из бокового зрения грозные звериные тени, словно оживавшие, стоило от них отвернуться. Эти господа очень трезво понимали процессы и будто владели основным секретом жизни страны, само существование которого, в свою очередь, составляло секрет. Эртель знал, что ни при каких обстоятельствах не может называть фамилии своих высокопоставленных клиентов — хотя ни в факте заказа, ни в самой охоте не было ровно ничего противозаконного. Должно быть, основной секрет вошел у нового вельможества в обмен веществ, плавал в крови — и само поименование клиента могло отравить эту кровь, нанести ущерб и непоправимо испортить отношения, приносившие Эртелю хорошие деньги. Сами по себе, не в телевизоре, а во плоти, сильные мира сего были странно уязвимы. Это не сводилось к понятным опасностям попасть на мушку наемного снайпера или в высоковольтные объятия сумасшедшего, имеющего при себе прошение о материальной помощи либо план переустройства России. Соединение предельной публичности и предельной секретности (разоблачительные мемуары бойких сочинительниц только сгущали туман) приводило к сложной компенсированности их недостоверного состава, какая бывает у врожденных инвалидов. Иногда Эртелю казалось, что превосходство новых вельмож над обычными людьми есть преимущество слепых в помещении, где выстрелом разбили лампочку.

При этом многие, по природной ли склонности, провоцируемые ли самопроизвольной энергетикой флагов, гимнов, государственных символов, были томимы смутной жаждой подвига. Их самодеятельная воинственность, гнавшая охотиться на самое-самое большое, что только бывает на земле, казалась потомственному воину фон Эртелю несколько наивной. Его умиляло, как добывший африканского носорога молодой финансист гордится выбитым на сафари передним зубом (имплантатом от дорогого протезиста тут же замененным на превосходную копию). Сам носорог, с его тяжеловооруженной башкой, низкими, почти как ноздри посаженными глазками, был великолепен.

Эртель лично лепил модель для манекена. Именно у него лучше всего получалось передать движение и силу освежеванных мускулов; модели его работы были будто призраки погибших животных, будто трехмерные негативы их исчезнувшей мощи, и когда на отливку натягивали шкуру, казалось, будто зверь не совсем умер.

Втайне Эртелю была близка додарвиновская и даже долиннеевская картина мира, когда считалось, будто в голове лягушки можно найти драгоценный камень, когда связующие звенья между островками естественно-научного знания были принципиально иными, чем теперь, и ученый-естественник свободно полагался на сведения из литературного источника. Однажды Эртелю случилось наткнуться на поэму "Jubilate Agno" безумного британца Кристофера Смарта, современника Поупа. Созданный в сумасшедшем доме стихотворный ковчег вместил животных, птиц, реальных и фантастических, а также персонажей Ветхого Завета, издателей и благодетелей самого Смарта, плюс незнакомцев, чьи фамилии автор брал из газет. Этот тотальный принцип составления хора, славящего Творца, каким-то образом узаконивал связь между охотником и трофеем, отводя мастеру-таксидермисту роль их примирителя. Работа Эртеля часто давала ему ощутить, что воспроизводимые им живые формы кем-то сделаны; повторяя за Творцом, будто первоклассник за учителем, он иногда, ненароком, попадал руками в какие-то трепещущие токи жизни, как попадают в ручей. "Jubilate Agno" в буквальном переводе значило «воскликните в агнце», то есть — скажите «ме-е-е». Эртель, помимо теологических смыслов безгрешности ягненка, угадывал в названии смысл и тайну своего ремесла. Многое из поэмы Эртель заучил наизусть и бормотал во время работы, с руками по локоть в органике и глине, с горящими очками на розовом носу:

...Да ликуют Иефераам и большая Сова —
Она разумеет то, чему научилась...

...Да ликуют Ионафан, племянник Давидов,
и Аист, благородный взлетом своим...

...Да ликуют Вартимей и Ерш —
Боже, яви милость Твою глазам того, кто
молится за слепого...

...Да ликуют Барах и Черный Орел,
среди родичей своих самый мелкий,
но по природе своей самый сердобольный.

Ибо весьма разнообразна природа против
наблюдения,
хотя наблюдающих и без счета... *

Спрашивается, при чем здесь кот? Какой интерес преуспевающему Эртелю раз в неделю тащиться, изнывая в пробках, через всю Москву и часами наблюдать за обыкновеннейшим животным, каких сотни старились в квартирах громадного сталинского дома, прсвращаясь, как и Басилевс, в комки клочковатого меха, подобные здешним фамильным горжетам и шапкам?

Все дело было в хозяйке кота. При ближайшем рассмотрении становилось ясно, что Елизавета Николаевна никакая не старуха, но дивная и удивительная женщина без возраста. Возраст она утратила, когда после выпускного состригла золотые проволочные косички и вышла замуж за пожилого чиновника Внешторга, который был, в свою очередь, самым молодым среди служебно-семейного круга, чинно собиравшегося на полувековые юбилеи творческой деятельности и другие сановные праздники. Их с Сергеем Александровичем так и называли: молодежь. Сохранилась фотография, где юная Елизавета Николаевна, в дамской укладке середины восьмидесятых, в длинной шубе узловатого каракуля,

___
* Здесь и далее перевод Сергея Олюнина (Новая юность. 1995. № 15).

стоит в окружении осклабленных старцев, похожая крошечным личиком на советскую пластмассовую куклу. Она была воспитанна и послушна; физическую мягкость мужа — полненькие плечи, осевший седеющий животик без особой жизни внизу — она принимала за мягкость души и находила уют в его бескостных, почти бесполых объятиях, в его восторженном храпе по ночам. Елизавету Николаевну баловали, наперебой угощали припасенными конфетками, иногда сильно потертыми в мужских карманах и пахнущими табаком. С ней цепко дружила писательница, лауреатка сталинских премий, вся посеченная мелкими морщинами, вся в бурых старческих пятнах, напоминающих пятна застиранной крови. Потом, в течение трех лет, все они, включая мужа, умерли.

Всегда, а особенно в годы поголовной борьбы за выживание, такие бездеятельные существа, как Елизавета Николаевна, вызывают раздражение у незащищенных сограждан — вынужденных торговать на рынках или прогибаться перед капризным начальством, делая за едва приличную зарплату свою и его работу. Но Елизавета Николаевна если и была чем-то защищена, то разве что милостью Божьей. Вся она, казалось, была продуктом Божьего произвола, и поэтому за ней стояло много необъяснимого. Она была неловка — часто что-то разбивала, некстати входила в комнату, говорила не то. Но глупости ее вдруг запускали очень длинные причинно-следственные связи — как одно движение пальца валит костяшку домино, вызывая перелив целой ленты костяшек, отчего высвобождается рычажок, льется вода, катится по желобу тяжеленький шар. Заслуженные старики, общаясь с Елизаветой Николаевной, смутно ощущали, что помещены в центр неимоверно точно и тщательно устроенной игрушки, вроде призрачной детской железной дороги, и что воркующий шарик, запущенный в самом конце, запросто может оказаться бомбой. Но не они были мишенью существования маленькой женщины, глядевшей на мир такими густо-синими глазами, что все вокруг, должно быть, казалось ей подсиненным. Поэтому в один прекрасный момент невидимая рука убрала со сцены все лишнее.

Оставшись совершенно одна, Елизавета Николаевна какое-то время питалась найденными в доме запасами консервов, чей плотный жир отдавал на вкус свечным парафином, пробовала есть забродившее варенье и даже завалявшиеся на антресолях брикеты киселя. Она совершенно не понимала в деньгах (когда инфляция раздувала нули, ей искренне казалось, будто все разбогатели), поэтому продала соседям за большую, как она думала, сумму, а на самом деле за гроши часы Chopard, покрытые, словно вышивкой крестиком, четвертькаратными бриллиантами, и старинную рубиновую брошку в виде стрекозы. Она жила как в военное время, меняя вещи на еду, и только по счастливой случайности на нее тогда не набрели сладкоречивые, охочие до «сталинок» риелторы. Она, как могла, убирала потемневшую квартиру, где одна за другой перегорали и лопались лампочки. Следы ее уборки походили на следы ненастья. Домработница Люба, стеснительная веснушчатая дылда, начавшая сильно краситься после смерти Сергея Александровича, уходя, выпросила «в счет зарплаты» старую каракулевую шубу, которую свернула и упаковала, будто чум. Так постепенно таяла жизнь.

Кота Елизавета Николаевна нашла в подъезде, где он сидел на громадном, треснувшем вдоль подоконнике, подвернув передние пухлые лапы калачом, и увязался не столько за женщиной, сколько за ее хозяйственной сумкой, от которой соблазнительно и мерзко тянуло докторской колбаской. Будучи насильно отмыт от какой-то душной копоти (шерсть под тепленьким душем была как кисель, таз бушевал), кот оказался породист и хорош собой; глаза его, похожие на очень сахаристый золотой виноград, сладко щурились на бархатный уют. Должно быть, беднягу бросили жертвы риелторов, перебравшиеся куда-нибудь в Химки; много их, зажившихся, неопрятно поседевших в своих коммунальных углах, уступало пространство евроремонтам, но не все добирались до места назначения: иные словно растворялись в тускловатом, полном призраков московском воздухе и исчезали из жизни, минуя стадию смерти. Но кот раствориться не пожелал. Очень может быть, что он пришел пешком от места ссылки, пробираясь дворами, мелькая пунктиром, будто рыжая нитка, что тянется за указующей иголкой, кошачьей компасной стрелкой; в минуты опасности он, вероятно, тоже превращался в привидение, маскируясь в грязной шерсти под автомобильный выхлоп. От бродячей жизни коту остались на память сухие шрамы на полосатой голове и дырка в левом моргающем ухе, в которую можно было продевать сережку.

Вовсе не Елизавета Николаевна дала приблудному котяре царственное имя. Маленькая вдова не чувствовала за собой достаточной власти, чтобы давать чему бы то ни было названия и имена. Кота назвал один из бывших приятелей мужа, которых Елизавета Николаевна стала извлекать из небытия при помощи полуразвалившейся, с заусеницами вместо алфавита телефонной книжки. Эта книжка, служившая Сергею Александровичу долгие годы, была исписана буквально вдоль и поперек. Она была населена мужчинами и женщинами из прежней и допрежней жизни. Иные едва проступали, полустертые, читаемые скорее на просвет, словно водяные знаки; иные записи казались свежими, буквально вчерашними — и странно было видеть тесный петлистый почерк

Сергея Александровича, руку его, как говорили прежде, притом что сама рука больше никоим образом не могла зачерпнуть из тарелки ложку супа, погладить Елизавету Николаевну по сухим волосам. Методично, все разбирая на каждой страничке (иные странички вываливались, похожие на тонкие, с истертыми оборками кусочки замши, на тщательно выделанные мышиные шкурки), маленькая вдова набирала на тяжелом черном аппарате незнакомые номера. По большей части оказывалось, что она звонит уже не существующим людям. Книжка содержала координаты более трехсот покойников — среди которых, будто по ошибке, обнаружились единицы живых. Пару раз, словно музыка по радио, прозвучали женские голоса, которые, бывало, просили позвать к телефону Сергея Александровича — отчего Сергей Александрович страшно смущался, каким-то пингвиньим движением вытирал вспотевшие ладони о домашние штаны. Эти голоса, хоть и обливали вдову густым доброжелательством, были Елизавете Николаевне совершенно бесполезны. Она искала мужчин, которые могли бы ее поддержать.

И такие нашлись. На букву «К» обнаружился добрый человек, тотчас приехавший, тотчас расстаравшийся — очень похожий квадратным подбородком и сивыми крестьянскими вихрами на своего покойного батюшку, директора завода имени какого-то октября, которого Елизавета Николаевна и помнила по прежним временам. Этот К. дал Елизавете Николаевне первую в жизни работу. Ей привезли ноутбук, и она довольно быстро научилась печатать, что оказалось похоже на вязание: петля за петлей, строчка за строчкой. Информационные бюллетени, которые вдова составляла для К., робко захаживая в Интернет, были отменно бестолковы — это они шуршали и гуляли по полу, будто легкие, опушенные пылью кораблики, — однако же конверты с деньгами поступали регулярно. Другой господин, на букву «Т», сутуловатый, с глазами тоскливыми и прозрачными, всегда немного скошенными на кончик прозрачного носа, тоже приехал, посидел в кресле, запахнувшись в просторный лайковый плащ, проследил холодным взглядом за грузным полетом умирающей осенней мухи — после чего от него стали поступать неплохие деньги плюс каторжно-тяжелые сумки с продуктами. Были еще двое или трое, тоже помогавшие.

Домашний номер Эртеля значился в книжке на одной из последних страниц — соборенной в гармошку и чудом сохранившейся. Елизавета Николаевна, смутно им узнанная, сперва спросила с любопытством, что значит слово «таксидермист» (когда-то Эртель делал для пухлого внешторговца, так себе охотника, голову кабанчика, и теперь торчавшую, с клыками как фатоватые усики, из треснувшей стены гостиной). Получив разъяснение, вдова подумала, помялась и сообщила, что хотела бы иметь чучело своего кота — не сейчас, разумеется, а когда Басилевс умрет естественной смертью, — потому что кот после ухода из жизни Сергея Александровича единственное близкое ей существо.

— Таких стрелять, чтоб не мучились, — с тяжелым вздохом сказал тот, в лайковом плаще, когда смущенный Эртель имел неосторожность упомянуть при нем Елизавету Николаевну.

Ему теперь всегда хотелось упоминать Елизавету Николаевну, потому что он думал о ней беспрерывно. Господин с тоскливыми глазами, только что добывший превосходный, с бородой как у профессора, экземпляр африканского буйвола, был, между прочим, отличный стрелок, получавший неизъяснимое удовольствие от математически ладного поражения цели, будто с рождения носившей на себе его персональную метку.

— Человек позволяет себе ничего не мочь, ничего не уметь, — холодно пояснил клиент в ответ на безмолвное удивление Эртеля. — Понятно, что она женщина. Но другие же делают усилия, заканчивают ну вот хоть бухгалтерские курсы. Нет, вы поймите меня правильно, я ей помогаю, куда я денусь, если вдова Сергея Александровича просит помочь. Но мне неприятно. Потому что эта вдовица — прирожденный паразит. Такие существа издают вибрации, чтобы подманивать доноров, вроде нас с вами. Знаете, как сладко их баловать, намного слаще, чем своих детей, например. А по мне, так нет ничего страшней, чем призывная песня паразита. С ними делаешь массу добра — и ни во что, в пустоту. И так от этого устаешь, что лучше бы камни таскал. Мой вам совет: не ходите вы к ней. Ее там все обобрали — соседи, прислуга. Ей сейчас много надо. Поберегите себя.

Он был очень умный, этот господин Т., в чьих руках карабин Blaser обладал гипнотической силой, способной еще до всякого выстрела заворожить намеченный трофей. Он выбился в большой компьютерный бизнес из захиревшего московского НИИ, а в этот НИИ — из отличников поселковой средней школы, дававшей в качестве путевки в жизнь профессию тракториста. Он двигался сам, при полном равнодушии к нему многочисленной родни, обложившей его еще на столичной студенческой скамье каторжной данью в силу полной своей неспособности платить за лечение, похороны, иные катастрофические нужды, возникавшие вдруг и не по разу в год. Господин с тоскливыми глазами ненавидел беспомощных людей. Он много оторвал для них от себя, в том числе большие куски нормальной человеческой души, но никого не сделал счастливым. Радость его от собственных щедрых даров всегда бывала обманута, поругана ничтожеством, в которое немедленно впадали его беспечные и ни к чему не пригодные родственники, едва кончалось действие денег. Возможно, в предостережении, данном влюбленному Эртелю, заключалась смертельная доза горчайшей жизненной истины.

Эртель и сам угадывал в Елизавете Николаевне какую-то бесформенную, ничем не наполняемую пустоту. Перед пустотой, в которую она, туманно улыбнувшись, вдруг давала заглянуть, он, взрослый мужчина, дворянин, ощущал себя маленьким и слабым, словно перед стихией, перед несоразмерным человеку явлением природы. У Эртеля буквально слабели жилки, казавшиеся сделанными из крученого металла. Так она была трогательна, эта девочка-женщина-старушка, с ее исцарапанными Басилевсом дрожащими ручками, с ветхими сухариками в кузнецовской салатнице, с отросшей за время вдовства косичкой тускло-золотых волос, криво забирающей пряди с беззащитного затылка и похожей на цепкую ящерку... Одарить ее было сладчайшим соблазном, рождественским праздником. Радость вскипала шампанским, когда взволнованный Эртель поднимался к ней в зарешеченной клети старого лифта, ощупывая в кармане плотненький конверт, который всегда деликатно оставлял на буфете, возле вычурных, размером с болонку, фарфоровых часов. В результате он всегда бывал отравлен продуктами распада этого праздника. Эртель догадывался, что добрые дела, на которые Елизавета Николаевна провоцирует и подвигает нескольких мужчин, на самом деле не становятся добром — тем подлинным субстратом, прибавление которого в мире благотворно для человечества. Ничего на самом деле не прибавлялось от всех этих умиленных порывов, фальстартов добра. Это изнуряло, высасывало соки. Оставалось только удивляться, сколько всего способна поглотить единственная, подвешенная на ниточке человеческая жизнь. Однако Елизавета Николаевна была, должно быть, гением беспомощности. Эта гениальность делала ее неотразимо соблазнительной. Не в эротическом смысле — хотя треугольный вырез девически-скромного домашнего платья иногда позволял увидеть столь нежную, столь дышащую тень, что у сдержанного Эртеля пересыхало во рту. Все мужчины, тащившие Елизавете Николаевне пухлые конверты, испытывали к ней вожделение — необоримой силы и совершенно особого свойства. Маленькая женщина — действительно какими-то вибрациями, струнным пением волоска, державшего ее над бездной, — проникала им в подкорку и возбуждала, бередила, ласкала центры удовольствия. То было удовольствие от собственного великодушия, от денег, весьма уже приевшихся, и еще от чего-то всеобщего, от света, что ли, с московских небес, вдруг прорубавшего наискось сырые облака. Однако страсть не разрешалась удовлетворением. Конвертов от одного дарителя хватило бы на жизнь вполне приличную (как всегда бывает в страсти, каждый из благодетелей хотел быть у Елизаветы Николаевны единственным). Но маленькой вдове все не становилось лучше, сытнее: были все те же старые платья с круглыми воротничками, все те же сухарики, окаменевшие конфетки. Оставалось загадкой, куда она девала большие тысячи долларов — при ее-то святом непонимании, что такое деньги и как с ними обращаться. И более того: доброе дело, помощь вдове, самих благодетелей не возвышала, а словно наоборот — вгоняла в грехи. Например, к размякшему господину К. намертво прицепилась сирота из Харькова, хищная блондинка с телом щучки и бриллиантиком в сливочном пупке, которая взялась уже по-настоящему опустошать его кредитки и счета.

Эртель сознавал, что попался круче остальных. Он и сам не понял, как это произошло. Помнится, его взволновала догадка, что Елизавета Николаевна, может быть, единственная женщина в своем поколении, ни разу не надевшая джинсов. Это побудило Эртеля увидеть другие ее особенности: очень узкую и очень белую ладонь, на которой влага проступает блестками слюды, тонкую шею цвета тающего снега, маленькую ушную раковину, отягченную гроздью старых, ослепших жемчугов. Редкий экземпляр, коллекционный экземпляр. Опомнился Эртель только тогда, когда Елизавета Николаевна полностью созрела в нем — и стала источником света, перед которым свет внешний сделался бессилен. С этими лучами внутри Эртель приобрел привычку отводить от собеседника глаза и плотней запахивать одежду. Движения его костистых рук, лепивших модели для манекенов, сделались ласковы, и в звериных тушах вдруг проступило что-то женственное; токи жизни, омывавшие руки скульптора-таксидермиста, стали горячи.

Между тем соединение Эртеля с Елизаветой Николаевной было совершенно невозможно. Павел Иванович был давно и прочно женат. Он принадлежал к тому высокопрочному сорту мужчин, которым, чтобы переменить спутницу жизни, надо целиком менять самого себя. С Анной они жили в добром согласии со студенческих лет. Помимо крупных кудрей, из меди которых можно было чеканить монету, и яблочно-розовой кожи в россыпи мелких веснушек Анна Эртель обладала нерушимым внутренним спокойствием и верой в прочность всех окружающих ее обстоятельств и вещей. И хотя крепкие, как рукопожатия, поцелуи супругов давно выражали скорее дружескую, чем любовную привязанность — попрать ее веру было нельзя. Так же невозмутимо, как она делала все на свете, Анна родила Павлу Ивановичу двух здоровых, голенастых сыновей. Рыжие, как мать, каждый с целым планетарием веснушек на розовой физиономии, мальчики пылко любили отца, грезили о баснословных охотах в таинственных джунглях и уже помогали в мастерской. И если бы Павел Иванович все же решился на разрыв, ему пришлось бы оставить не только мальчиков, не только большую квартиру в Измайлове — милый дом, где дышали белые занавеси, где стояла белая, словно фарфоровая, мебель, — не только это... Ему бы пришлось передать Анне на хранение все воспоминания молодости — как они вдвоем провожали глазами зыблющийся, словно прощальный машущий платочек, журавлиный клин, как однажды потеряли младшего, Костю, на Казанском вокзале и нашли его, измазанного какими-то черными сластями и без новой куртки, — и все свои жизненные победы, которым они, бывало, так радовались вместе. Словом, Эртелю пришлось бы оставить Анне почти всего себя, за вычетом той части, существование которой переменило бы все ее представление об устройстве мира.

И все-таки Эртель не мог с собой совладать. Он ревновал Елизавету Николаевну и к господину К., и к господину Т., подозревая, что она, с ее послушанием и безучастностью, вполне способна исполнить в своей плоской вдовьей постели пожелания спонсоров. Он боялся дотронуться до ее зыбко белеющих пальцев и вместо этого наглаживал кота, подставлявшего велюровый живот, чтобы тут же, впившись, обвиться вокруг руки чужака, словно полосатый мускулистый змей. Как это часто бывает с влюбленными, Эртель знал заросший двор заветной «сталинки» лучше, чем знают жильцы. Бывало, уже усевшись в машину, он не мог себя заставить тронуться с места. Он глядел, будто пилот на луну, на побитый пузатенький балкон Елизаветы Николаевны — где она, должно быть, не появлялась со смерти мужа, а может быть, и ни разу в жизни. От необходимости довольно часто врать у Эртеля изменился голос, и Анна обеспокоенно спрашивала, не простужен ли он. Чтобы заглушить виноватую жалость к семье, Павел Иванович сделался как Санта-Клаус: подарил мальчишкам продвинутые скутеры, водил довольную Анну в ее любимую оперу, где от звуков настраиваемых инструментов, похожих на звуки зоопарка, у него болела голова. Но, волоча покупки в дом, устраивая с натянутой улыбкой щедрые сюрпризы, Эртель понимал, что и вот это добро — добро, совершаемое им для тех, для кого и положено совершать, — под воздействием Елизаветы Николаевны совершенно переродилось.

— Не беспокойся, сделаю тебя, будешь стоять пыльный, — сообщал Павел Иванович коту, пока хозяйка ходила с дребезжащим подносом на кухню и обратно.

Кот на это нервно вздрагивал хвостом и спиной, будто поддергивал штаны. Казалось, он догадался, какие планы строит приходящий блеклый человек, и решил ничего не оставить чучельнику от своей красоты, но истратить все на себя при жизни. Он, например, умудрился порвать второе ухо, сдирая подаренный кем-то из спонсоров ошейник со стразами, и теперь это ухо — ценный признак породы! — напоминало использованный троллейбусный билет.

— Вы это потом как-нибудь зашьете? — спрашивала Елизавета Николаевна, глядя на Эртеля с настойчивой надеждой.

— Реставрирую, — соглашался тот, думая про себя, что давненько ни один заказчик не передавал ему такого бракованного экземпляра и не ставил столь трудных задач.

Между тем кот торопился жить полной жизнью. Плюшевая крыса, купленная ему для комнатной охоты, была ему жена. Совершенно игнорируя людей, кот вытаскивал усатую супругу на середину гостиной и, прикусив за рыхлую шею, принимался ее любить. Поскольку крыса была Басилевсу мала, процесс напоминал бешеную езду верзилы на трехколесном велосипеде. Однако кот не удостаивал мужским вниманием ни многочисленные вышитые подушки, сдобными горками лежавшие на диванах, ни другую, более крупную крысу, умевшую ходить на лапках-валеночках и зажигать зеленые электрические глазки. Верность Басилевса стареющей супруге (плюшевая крыса становилась все более плоской) была настолько трогательна, что Елизавета Николаевна, смущенная и возмущенная распутством Басилевса, все-таки не смела выбросить ее на помойку.

Впрочем, кошачья верность жене была безусловной только в пределах квартиры. Живые запахи внешнего мира будоражили Басилевса. Бросив супругу, похожую на детскую сопливую варежку, валяться после любви под ногами у людей, кот грузно прыгал на подоконник, а оттуда на открытую форточку. Там, на воле, сияла весна, хлопали голуби, оттаивала, распускаясь розой запахов, дворовая помойка. Басилевс возбужденно дрожал, напустивши холода в шерсть; толстый хвост его, поседевший у мощного корня, нетерпеливо молотил по оконному стеклу.

Вдруг он принялся оставлять по всей квартире остро пахнущие лужи, застывавшие вместе с пылью солеными леденцами. Он делал это везде, где только мог расположить свой широкий крестец, похожий на велосипедное седло. Он, конечно, старался не попадаться и заскребал содеянное тихо-тихо, делая лапой напряженные пассы в воздухе, — но все-таки когти его не могли не ширкнуть, и расстроенная Елизавета Николаевна бежала с тряпкой. Однажды она не закрыла ноутбук, и Басилевс, потоптавшись на бумагах, оставив на них немало грубых, изобличавших его заусениц, исхитрился налить на клавиатуру. Пока хозяйка спохватилась, соленая патока успела проесть тонкие начинки элегантного компьютера, и он, включенный в сеть, с ужасным писком умер.

Что происходило дальше, доподлинно неизвестно. Павел Иванович, вызванный отчаянным телефонным звонком в два часа ночи, нашел Елизавету Николаевну в темном, весенними древесными тенями опутанном дворе, где она, в перемазанном плащике и в нелепой, цеплявшейся за ветки коричневой шляпе, шарила по кустам. По счастью, беглый преступник обнаружился быстро: сидел, ворча, под мокрой железной каруселью, на которой незаинтересованно жмурилась беленькая кошечка, изящная, как маленькая арфа.

Будучи схвачен Эртелем за толстый загривок, кот извивался и кобенился, вращая налитыми кровью круглыми белками. Наверху посчитали потери. В результате домашнего сражения у потрясенной Елизаветы Николаевны все руки были распаханы и, опухшие, напоминали разваренные сосиски. С Басилевсом дела обстояли не лучше: он хромал и выл и подмигивал левым, плохо открывающимся глазом; на попытки плачущей хозяйки его погладить яростно шипел. Эртель из деликатности не стал выяснять, как именно кот сумел покинуть квартиру, запертую на два замка и здоровенный, как рельса, засов. Капая в бокальчик Елизаветы Николаевны мутно-молочный корвалол (она упорно предпочитала новым средствам стариковские лекарства), он для собственного успокоения вспоминал из Кристофера Смарта:

> Ибо обращусь к моему Коту Джеффри.
> Ибо служит он Богу Живому истово,
>   изо дня в день.
> Ибо в сытости не погубит, без нужды
>   не ощерится.
> Ибо благодарно мурлычет, когда Господь
>   величает его Кисой.
> Ибо, взирая на него, учатся дети
>   благожелательству.
> Ибо всякий дом пуст без него и истощается
>   благословение душе.

На другое утро Эртель повез пострадавшего злодея в ветеринарную клинику. Елизавета Николаевна не поехала, оставшись дома с набором просроченных лекарств на прикроватной тумбочке и с ужасными руками поверх одеяла, на которых желтели полосы йода и горели артритным золотом дутые кольца. Посаженный в сумку-перевозку, кот на заднем сиденье автомобиля бесновался так, будто там играли в футбол спустившим мячом. Отвлекаемый этим безобразием от сложной, гудками и нервами пронизанной дороги, Эртель боролся с соблазном заплатить в ветеринарке за усыпляющий укол и приступить наконец к своим прямым обязанностям домашнего таксидермиста. От соблазна его уберег вид мальчика, сидевшего в коридоре клиники с жирной шелковой таксой на коленях. Мальчик был похож на старшего сына, Питера: такие же рыжие волосы, круглые оттопыренные уши с малиновыми ободками — и незнакомые глаза, мутные от слез. С таксой, кажется, дело обстояло плохо: она дышала с трудом, морда ее напоминала старый растекшийся гриб. Вот она опять, страстная любовь к беспомощному, не пригодному к жизни. В сердце Эртеля с силой ударили разные мелочи, что проводили его сегодня утром из квартиры Елизаветы Николаевны: лысый коврик в прихожей, маленькая стоптанная обувь, вся черного цвета, ветхая перчатка на подзеркальнике, разбитый паркет.

В кабинете врача Басилевс присмирел; высаженный на металлический стол, он скогтил под себя казенную пеленку и сжался в комок. Здешний Айболит, больше похожий на слесаря (коричневые усы, напоминающие краюху бородинского, ассоциировались с выпиваемой и занюхиваемой водкой), первым делом оглядел с ног до головы самого Эртеля и результатом остался доволен. Были вызваны медсестры, сильно пахнувшие очень разными духами и очень громко между собой говорившие. Первым делом (раздался страшный мяв и шип) Басилевсу вправили вывих; потом у него, уже размаянного и безвольного, вытянули на анализ целый шприц густой звериной крови, маслом окрасившей пробирку; потом, прижимая кота к столу, делали что-то еще. Эртель платил. Медсестра, постучав концом блестящей ручки по квадратным передним зубам, выписала счет, Эртель сходил к кассе, потом, уже с рецептами, был направлен в располагавшуюся тут же, в аппендиксе коридора, ветеринарную аптеку, до одури пропахшую сухими кошачьими кормами и украшенную круглым аквариумом, чье кислое содержимое напоминало щи. В кабинете врача к возвращению Эртеля был готов дополнительный счет, а Басилевсу, чтобы сделать УЗИ, щедро выбрили брюхо и бок, так что кот сделался похож на обгрызенный кукурузный початок. Эртель снова платил — уже не считая сдачи, платил, будто, промерзший до костей, топил деньгами печку. Тем временем выбритые места Басилевсу намазали зеленкой, и шерсть вокруг проплешин зазеленела химической травкой.

— До свадьбы зарастет! — заверил ветеринар, увидев огорчение Эртеля, понятия не имевшего, как будет справляться с этим панковским зеленым украшением, когда придет пора создавать экспонат.

Нагруженный пакетом с лекарствами, пакетом с диетическим кормом и самим Басилевсом, смотревшим сквозь сетку перевозки расширенными глазами-чернильницами, Эртель вышел на крыльцо. Апрельский ультрафиолет резко выбелил бетон, о ступени, казалось, можно было разрезать подошвы. Голые мозолистые яблони блестели металлом, и на ближайшей красовался иссиня-черный ворон — самый настоящий, литой, с меховой отделкой железного клюва, неизвестно откуда взявшийся в центре Москвы. Восхитившийся Эртель на минуту забыл про кота. Ворон поковырял ногой в носу, затем неторопливым движением, будто сзади ему подали пальто, расправил крылья и снялся туда, где в прутяных высоких кронах темнели колтуны — полуразрушенные птичьи гнезда, над которыми кружили с отдаленным граем пернатые точки.

— Ничего, надставлю тебя белкой, никто и не заметит, — сообщил приободрившийся Эртель Басилевсу, дружески хлопая рукой по вякнувшей сумке. Мысли его переключились на мастерскую, на полученное третьего дня по электронной почте письмо от коллеги из Британского музея по поводу экспедиции на Курильское озеро с целью изучения белоплечего орлана. Одновременно он ощущал, что сумрак, исподволь скопившийся в душе, еще немного сгустился. Скоро Эртелю стало известно, что гибель ноутбука имела драматические последствия.

Нажав пару сотен раз на клавишу Enter и получив лишь сполохи и писки, Елизавета Николаевна позвонила господину К. Она ожидала, что К. приедет сразу с новым компьютером. Но тот, раздраженный, с мелкой россыпью испарины у корней волос, где мелко серебрилась седина, явился ни с чем. День у господина К. выдался плохой: прошли неудачные переговоры с банком, плюс давила весна, на резком солнце все казалось черно-белым, странным, как фотографические негативы. Разумеется, это не оправдывало безобразной сцены, которую К. закатил несчастной вдове.

— Так, — сказал он, пошелестев набрякшими пальцами по мертвой клавиатуре. — Ну-ну, — он перебрал последние распечатки, где бумага от прилива крови к его тяжелой голове наливалась то тут, то там капиллярными розовыми жилками.

— Я не смогла поработать вчера и позавчера, Валериан Олегович, простите, — извинилась вдова, внося чайник.

На ней был ситцевый халат в увядших рюшах и длинные атласные перчатки, скрывавшие йодные ожоги и черные царапины. Ради почетного гостя Елизавета Николаевна достала из буфета хрупкие, окостеневшие от старости десертные тарелки, наполнила вазочку густым вареньем из толстой сморщенной вишни. Посещения господина К. всегда были в высшей степени приятны.

— Это работа? Вы шутите? — произнес господин К., не оборачиваясь.

— Что-то не так?

Елизавета Николаевна еще не чуяла дурного. Плоские пальцы слежавшихся бальных перчаток оказались ей длинны и торчали, как перышки, отчего вдова управлялась с посудой немного неловко, опасаясь, что горячий чайник выскользнет. Но опасаться следовало совсем другого. Подняв глаза, она увидела, что лучший друг дома мнет ее труд обеими красными пятернями и бросает комки на ковер.

— Вы хоть знаете, сколько я спрашиваю со своих сотрудников за четверть вашей зарплаты? — вдруг выкрикнул господин К. сиплым фальцетом и притопнул.

— Но ведь я регулярно сдаю сводки... — Елизавета Николаевна, бухнув на скатерть тяжелый чайник, стала нервно собирать повсюду свои листки, стряхивая с них шелуху фисташек и прилипшие яблочные семечки.

— Я тебя просил готовить обзор прессы, япона мать! — захрипел К., внезапно переходя на «ты» и на мужицкую ругань, от которой вдову передернуло. — Ты же не стала этим заниматься! Не стала, и всё! Набираешь в Яндексе слова, скидываешь все подряд. Дневники каких-то поблядушек, куски романов — я за это деньги плачу?!

— Вы раньше не высказывали претензий, — проговорила Елизавета Николаевна в нос. — Что вы теперь себе позволяете?

— Чтобы от тебя добиться толку, мне надо было самому сидеть с тобой в Интернете, так? А может, у меня есть другие дела? Сказать тебе, что такое работа? Это когда уродуешься неделю, потом на выходные набираешь воз! Когда ни хрена не можешь заболеть, хоть сдохни! На нервах не спишь по ночам! А ты тут балуешься за пять с половиной штук, и еще компьютер тебе новый скорей-скорей взамен обоссанного?

Елизавета Николаевна медленно опустилась в кресло, не сводя с господина К. потрясенного взгляда; в глазах ее стояли пронзительно-синие слезы.

— Значит, я уволена? — беспомощно проговорила она, складывая атласные ручки на тесно сдвинутых коленях. — Как же я теперь буду?

— Я должен отвечать на этот вопрос?! — заорал К. Кажется, от одной только ярости его дрогнула гостиная, и какая-то бордовая картина, шаркнув дугой по стене, свалилась за диван. С этого начался разгром. Затравленно озираясь, К. со всех сторон видел окружившие его вещицы — жалостные, пронзающие душу, ни копейки уже не стоящие, легко устраняемые на деньги из одного его конверта, но продолжавшие существовать. Он с наслаждением, взяв ее обеими руками, грохнул стопку десертных тарелок, превратившихся в кучку, похожую на разбитый скелет небольшого животного. Он обрушил сломанную этажерку, державшуюся только за торец буфета: горбами повалились рыхлые книги, полетел, теряя огарки, зеленый от старости медный подсвечник.

— Это тебе зачем? — он тряс перед Елизаветой Николаевной грубой, бряцавшей застежками хозяйственной сумкой. — Я мало тебе денег давал? Не можешь получше купить? Учти, я за все за это заплатил! — он махнул рукой на разгром, казавшийся ему, при всех его трудах, совершенно недостаточным. — Это все почему носишь? Ну?! — он распахнул крякнувшую дверцу гардероба, содрал с каких-то плечиков первую попавшуюся розовую тряпку.

— Оставьте, это бывшее мамино платье, — надменно прошептала Елизавета Николаевна, поднимая тонкие бровки, свинцовые на белом наморщенном лбу.

Чем-то невыразимо ужасным было это дряблое платье с вытянутыми рукавами; господин К. разорвал его от ворота вниз, посыпался бисер, когда-то золотой, теперь похожий на пшено. Он расшиб, лупцуя его подсвечником, гардеробное зеркало. Он растоптал две шляпы, причем одна, круглая, с сушеной розой, долго продолжала отдуваться и дышать под его каблуком. Елизавета Николаевна беззвучно плакала, дрожа подбородком и мокрым опухшим ртом, словно посылая зыбкие воздушные поцелуи. У господина К. темнело в глазах, кололо в боку. И чем больше он уставал, тем явственнее разбитые и порванные вещи набирали той самой пронзительной силы несчастья, что так долго играла его бычьим темно-красным сердцем. Гениальная беспомощность высасывала его напоследок до самого дна; чем бездарнее он казался сам себе, тем значительнее становилась маленькая фигурка обиженной женщины, сидевшей в позе великой актрисы. Тут запыхавшийся К. сообразил, оглядевшись вокруг, что разбитые тарелки склеят и на этих фаянсовых блинах кому-то подадут заветренный десерт; что шляпы расправят и, подшибленные, будут носить, отвалившуюся сушеную розу подошьют ниточкой, и эта ниточка пронзит насквозь чью-то неопытную душу; что этажерку поднимут и поставят, еще в нескольких местах перемотав изолентой; что бордовую картину повесят на тот же покривившийся гвоздь и оставшиеся на ней глубокие царапины станут главным содержанием фамильного полотна.

И как только он осознал, для чего именно потрудился, Елизавета Николаевна, блистая мокрым лицом, поднялась из кресла. Видимо, такова была сила ее крови и ее правоты, что на атласных перчатках проступили алые гобеленовые пятна. В эту безошибочно угаданную и гениально воплощенную минуту она была так необычайно, мучительно хороша, что если бы Эртель мог ее увидеть, он не уснул бы неделю. Впрочем, по логике вещей и ему такая минута готовилась впереди. Пока же Елизавета Николаевна атласным указательным, похожим на гусиный клюв, направила господина К. из разгромленной гостиной в прихожую и оттуда — вон, на лестничную клетку. Тому ничего не оставалось, кроме как ретироваться, пнув напоследок подвернувшегося под ноги кота.

С тех пор господин К. словно лишился души. Он сразу весь отяжелел, будто самые клетки его организма оказались вдруг уплотнены и смяты, как ягоды в банке, выделяющие много красного сока. Харьковскую сиротку он на другой же день выбросил из снятой для нее квартиры, не позволив даже уложить чемоданы; ее извергнутый гардероб лавиной устелил широкую лестницу, и зареванная сирота, цепляясь шпильками за эксклюзивные тряпки, чем-то напоминая парашютиста с волочащимся за ним парашютом, напрасно билась в закрытую дверь, напрасно материлась в усыпанный стразами хорошенький мобильник: спонсор, усевшийся там, на кухне, уничтожать запасы деликатесов, к ней не вышел. Вскоре неузнаваемый К. прекратил финансировать детскую команду спортсменов-инвалидов — как раз накануне соревнований, к которым юные колясочники, мыча от напряжения, готовились полгода. Объясняясь по этому поводу с тренером — то была могучая желтоволосая женщина, в прошлом метательница молота, буквально носившая деточек на руках, — господин К. выпалил ей: «Таких душить новорожденными, чтоб не мучились!» — а случившийся рядом журналист записал роковую реплику на диктофон. Так закончилась, почти не начавшись, избирательная кампания господина К. в Московскую думу.

Но на этом К. не остановился. Литераторов, которым уже давно была обещана спонсорская помощь на издание нескольких книг, он угостил постмодернистской сценой в духе Достоевского. Пригласив делегацию к себе на Николину Гору, он принял осанистых писателей в солнечной и раззолоченной гостиной, где, несмотря на июньскую теплынь, пылал в нарядном камине жаркий огонь. Литераторы, обладавшие чутьем на деталь, сразу ощутили — буквально кожей, стянувшейся на красных лицах, а под одеждой поплывшей, как масло, — что это пламя, полупрозрачное на солнечном свету, похожее скорее на электрический эффект, зажжено не зря. И они оказались правы. Дотошно сверившись со сметой, любезный хозяин особняка принес (чего никто не ожидал) наличные: аппетитные десятитысячные долларовые пачки, почему-то в медном ведерке для угля. Литераторы было расслабились, поставив на низкий столик высосанные досуха кофейные чашки и готовясь приступить к приятной финансовой процедуре. Но господин К., ощерившись левой стороной желтоватых зубов, метнул в огонь одну пачку, затем вторую. Третья, попав в каминную решетку, плюхнулась на ковер. Литераторы переглянулись. Плотные брикеты денег занимались плохо, лежали посмуглевшими кирпичами, испуская душный дымок, будто сырые дрова. Единственная женщина в делегации, поэтесса в ажурных самовязанных одеждах, с коричневым ртом, похожим на печень, трагически зааплодировала. Господин К. не обратил на нее внимания. Грузно наклонившись, он подхватил двумя пальцами оставшийся брикет и спустил туда же, в светлый огонь, еле отличимый от воздуха, горячими дрожащими волнами расходившегося по гостиной.

— Считайте, господа, что рукописи сгорели! — объявил К.

— Могли бы и без нас жечь ваши деньги, — проворчал пожилой романист, выбираясь, вместе со своим валящимся набок животом и полосатым галстуком, из глубокого кресла.

— Без вас никак, — возразил К.

С этими словами он поклонился, показав писателям свежую лысину через всю голову, похожую на длинный след коровьего языка. Писатели, слегка оскорбленные, понимающие, однако, что происшествие имеет к ним некое профессиональное касательство, потянулись вон. В Москву возвращались в задумчивости. Так хорошо мелькали по сторонам дороги лесные прогалины, так стройно, будто галактика в голливудском фильме, плыл навстречу автомобилю напитанный низким солнцем тополевый пух, что пожилой романист расчувствовался. Он вспомнил почему-то молодость и как он сам однажды сжег деньги, пятирублевую бумажку, чтобы красиво от нее прикурить, и длинный факел выел роскошный чуб, превратив казацкие кудри в корешки. В этот же вечер и в ближайшие дни писатели рассказали историю знакомым и знакомым знакомых. История скорее понравилась. Группа художников-акционистов выслала к господину К. делегата, известного Васю Садова, чтобы выразить восхищение перформансом и предложить жечь доллары прилюдно, в Галерее новейшего искусства. Васю, взяв его под большие белые руки, выкинули из дома на газон.

Эртель встретил господина К. глубокой осенью, в закрытом клубе «Единорог», куда его приглашал своим постоянным гостем господин Т., полюбивший в обществе немногословного немца созерцать содержимое коллекционной бутылки. Господин К. подсел к ним неожиданно, словно материализовался из воздуха. Впрочем, то была весьма увесистая материализация, от которой стол тряхнуло и посуду перебрало по предмету, а в стекле закачались напитки.

— Что, длинноносые, кукуете? — поприветствовал К. старых знакомых. — Пусть все идут на хер! — с этим тостом он замахнул водочки, которую притащил с собой во всхлипывающем графине.

Внешность К. претерпела разительные перемены. Он был теперь почти совершенно лыс, зато отпустил бороду, похожую на мочалистые корни той шевелюры, которой он так скоропостижно лишился. Из-за этого перемещения волос широкое лицо его казалось перевернутым, красные глаза то и дело наливались натугой и слезами — не имевшими, впрочем, никакого отношения к чувствам.

— Опекаешь вдовицу? А, Вова? Ну, расскажи, мне интересно! — господин К. пихнул меланхоличного господина Т. кулаком в плечо. — Денежки-то носишь ей? И много даешь?

— Коммерческая тайна, — невозмутимо ответил Т., полируя плоскими пальцами ножку бокала.

— Тайна? Вот оно как... А чего бегаешь туда, если не секрет?

— Мне так проще, — произнес Т. совершенно прозрачным голосом, откидываясь на спинку стула и глядя в потолок.

— Ну, а ты, живодер? — поворотился господин К. к Эртелю.

Эртель молча пожал плечами. Похоже, господин К. перешел в то состояние, когда всем говорят «ты». Он не был клиентом мастерской: охотники говорили про него, что он выжимает выстрел из пистолета обеими руками себе под ноги и высоко подпрыгивает. Господина К. Эртель знал шапочно и, кажется, не сказал ему за все знакомство и пары фраз. Тем более теперь он не был настроен беседовать с человеком, при одном имени которого Елизавета Николаевна принималась плакать — синими-синими глазами, похожими на мокрые, слипшиеся от дождя цветки васильков, — и упоминала это имя чаще любого другого, уверяя, что К. каждую ночь ей снится.

— Ну, длинноносые! Длинноносые, я вам говорю! Молчат, как лорды, смотрят в разные стороны, ишь, напыжились... — Тщательно установив контакт между графином и рюмкой, господин К. надул себе водки с горбом и бросил ее в горло, не пролив ни капли. — Ну, а что она про меня говорит? — спросил он, таща с тарелки Т. прозрачную ленту пармской ветчины.

— Говорит, что вы подлец и самодур, что посмеялись над ней с этой вашей работой, что с ней никто никогда так не обращался, — не выдержал Эртель, с ненавистью глядя на одну из шоколадных пиджачных пуговиц К., чтобы не смотреть на него самого.

— Подлец? Ну не-ет... Только хороший человек мог влипнуть в такое дерьмо! — объявил К. так громко, что даже вышколенные официанты, в неподвижном состоянии казавшиеся плоскими, все как один посмотрели на VIP-персону из своих углов. — Я многогрешен! — с фальшивым русским чувством продолжил К. — Как и вы, постные морды, как и вы. Но ведь и вы, получается, хорошие люди! Вот ведь что занятно... А я бы про вас никогда такого не подумал. А про себя тем более. Ты, Вова, не кривись. Дело не в деньгах. Тут сильно бедных нет. У меня бы хватило на сто таких вдовиц, отдал бы и не заметил. Но она меня как-то по-другому высосала. Сука, сука последняя, крапива подзаборная! Сколько я туда перетаскал! Решал все вопросы. После этого — подлец!

— Что же ей, терпеть было? — возмутился Эртель.

— А и потерпела бы! — огрызнулся К. — У меня триста с лишним человек терпят! Я обматерю, я же потом и дам украсть. Мне совсем честных тоже не надо, пусть таскают по чуть-чуть, крепче будут должны. А этой я сам, из рук давал. И счастлив был! А почему? Ради мужика ее покойного? Дался он мне, долдон, земля ему пухом. Вот как считаете, святые отцы, сколько вдовушке лет?

— Дамы такие вещи скрывают, — сонно отозвался господин Т., все плававший где-то под потолком, в лазурных плафонах псевдодворцовой живописи, уводившей взгляд в светозарные, лоснящиеся от люстры небеса.

— Тебе неинтересно? — господин К. вытаращился на бескровный, словно нарисованный молоком, профиль оппонента. — А ты все-таки послушай. Она скрывает годики, только наоборот. Ей тридцать шесть! Я знаю, потому что оформлял ее на работу. А переодеть, сводить в салон красоты, так и двадцати шести не дашь. Если присмотреться, сохранилась — жуть! Свеженькая! А косит под старушку. Пенсионерочка! Моя харьковская Люська честней ее была в сто раз. Предлагала то, что имела, и держала все свое в лучшем виде. Волосы с ног обдирала пластырями, аж кричала. Все люськи так делают, замуж хотят за богатых. И правильно. И вдовица могла бы привести себя в товарный вид, кто бы ее не взял? Так нет. Играет с нами в свою игру. Вы заметили, как она пришаркивает? У нее все туфли из-за этого изодраны. Не стерты, а порваны, как грелки. Потому что она может бегать, как горная коза! Но тормозит нарочно об землю. Как только не падает на каждом шагу!

— Нажилась со стариками. Ей, может, кажется, что только старики имеют право на заботу, покой, — проговорил Эртель, панически ощущая, как давят на нос подступающие слезы нежности к Елизавете Николаевне и нос становится весом в килограмм.

— Нет, ты ее не защищай, — злобно возразил сильно нетрезвый К., шаря пальцами в непривычной бороде. — Наша пенсионерочка не проста. Она старушкой притворяется не только чтобы ее пожалели. Она так останавливает время. Поняли, что я сказал?!

У нее ничего не меняется. Даже часы в квартире все тихие, только шуршат. Понятно, что человек по первому порыву бежит помогать с радостью. Не только же грести бабло! А она этот первый порыв снова заводит, как пластинку. И снова, и снова. Вроде всем хорошо. Но только выдержать такое человеку долго невозможно. Я, конечно, некрасиво себя повел. Зато освободился. А в конце концов и вы сделаете то же, что я сделал. А может, кто-то из вас ее и вовсе убьет! — с этими словами он захохотал, тыча твердым указательным в ребра собеседников.

— Значит, роковая женщина. Венера Московская, — иронически проговорил Т., отодвигаясь от фамильярностей К. вместе со стулом. — Когда я маленьким читал «Пиковую даму», мне почему-то казалось, что эта детка, воспитанница, переодевается в старуху-графиню и морочит Германну голову. Тоже, кстати, Лизой звали...

— Да что она вам плохого сделала?! — раздраженно воскликнул Эртель, обращаясь к К. — Она как может, так и живет! Не хотите, так не помогайте, а убивать ее за что?

— А я откуда знаю, что она сделала. Сам вот погляди на меня! — К. зажмурился, чтобы Эртелю было удобней на него смотреть, и сжал лицо в такую гримасу ожидания боли, что Эртель сразу представил, как жалок и стар бывает К. во сне, когда сам себя не видит. — А помогать не хочу, — заявил К., очнувшись. — Ни ей, ни другим. Мерзкое это занятие. И пусть мне встанет дороже! Вот будет Новый год, велю своим ребяткам поймать какого-нибудь Деда Мороза и морду ему расквашу, чтоб не ходил с мешком. А вам, длинноносые, я выражаю сочувствие. Вы такие оба серьезные люди, все у вас под контролем. А ведь не имеете никакого прогноза, чем кончится ваш благотворительный роман! Зависли, а?

— Зависли, — легко согласился Т. — Самое лучшее, если все это кончится ничем. Лично я ни за что не держусь и ничего от Елизаветы Николаевны не хочу. Не особенно даже стремлюсь ее видеть. Если рассосется, то и слава богу.

— Не надейтесь! Будет вам финал, — грозно пообещал К.

Он поднялся со страшным скрежетом вывернутого стула и, держа за горло графин, побрел через ресторан, будто переходил вброд бурный поток. Сразу за ним устремились два корректных манекена, до того стоявшие, в серых плечистых костюмах, рядом с одним из украшавших зал золоченых единорогов, у которых, на профессиональный взгляд Эртеля, было больше мускулатуры, чем полагается иметь лошади. В пройму двери было видно, как манекены, отодвинув похожего на гуся пожилого гардеробщика, помогают шефу облачиться в широкое волосатое пальтище и как тот барахтается, не доставая до дна рукавов.

— Трудно поверить, что это большой человек, новый заводчик, баловень своего министерства. А ведь я и его предупреждал, чтобы он не ходил к Елизавете Николаевне, добром не кончится, — назидательно проговорил Т., позволяя официанту, зализанному набок от уха до уха, убрать почти не тронутые тарелки. — Благотворительность должна быть на уровне бухгалтерии и в рамках политики. Только так мы можем скрывать, что ничего не можем. И, в общем-то, ничего не хотим... — равнодушно добавил он, глядя в зал, где несколько очень известных лиц жевали, странно опрощенные питанием, и было, как всегда, много свободных столов.

Тот испорченный вечер оставил у Эртеля тяжелый осадок. Перед глазами его то и дело вставали ожидающая боли гримаса К. и его туго обтянутая лысина такой неправильной формы, точно мозг под ней был завязан в узел. Он теперь догадывался, что сильные мира сего — по крайней мере, многие из них — слабы в своей силе перед своими же человеческими чувствами и потому заменяют их безопасными в обращении копиями. Павел Иванович и сам оценил комфортабельность этих сертификатов, когда неожиданно для себя на них перешел.

Однажды он вдруг признался себе, что больше не любит жену. Это вызвало такую бурю острой жалости к Анне, что целый месяц Павел Иванович не спускал с нее рук. Он целовал сухой пробор, серебрившийся корешками седины, а ночами не мог дождаться, когда она, похожая в сквозистой ночной рубашке на волшебный фонарь, выйдет из ванной и выключит свет. Новым обостренным зрением он увидел пятна горчицы на месте прежних смеющихся веснушек и что грубоватая медь все еще тяжелых и крупных кудрей — давно краска. Он испытал щемящее чувство и сформулировал его так, что седина и морщины у женщины то же, что шрамы у мужчины: отметины жизни, достойные почтительной любви и любования. Он готов был принять эту новую, вдруг увиденную Анну, потому что только он знал, сколько высокого терпения и доблести потребовала от нее жизнь — жизнь с ним.

На беду, Анна стала дичиться его и тайком, потихоньку плакать; невозможно было вынести этот сдавленный лай никогда не плакавшей женщины и бодрый вид ее, когда она, с красными сухими глазами, оборачивалась от своего неизвестного горя к растерянному мужу. Наконец она спросила, словно совершая что-то постыдное, не звонил ли Осип Борисович (был такой доктор, сизоголовый толстяк с замашками большого руководителя, наблюдавший Эртелей по семейной страховке) и не сообщил ли по секрету, что у нее, Анны, обнаружился рак. На этом все и закончилось. Эртель успокоил жену, заверил, что никакого рака у нее нет и не может быть. Они провели чудесный вечер на теплоходике, неспешно чапавшем по лиловой и шелковой Москве-реке — приветливой дороге меж кучевых, повитых печалью берегов, где, словно звезды в тучах, вспыхивали закатным золотом церковные купола. С тех пор Эртель всегда предъявлял Анне превосходно сделанную, тщательно выверенную копию всего того, что прежде испытывал к ней. Ее это вполне умиротворило; только иногда она вдруг настораживалась, озираясь вокруг с недоумением человека, пробудившегося от странного звука в незнакомом месте. Оказалось, что у Анны упало зрение, пришлось надеть очки, и, как ни подбирали оправу в самых лучших салонах, вид в очках у нее получился глуповатый. Павел Иванович хорошо понимал — особенно хорошо в те вечера, когда возвращался от Елизаветы Николаевны, — что с этой женщиной, ожидающей его дома, полирующей каждый предмет в квартире особым моющим средством, читающей, с очками MaxMara на большом беспомощном лице, новомодный роман, ему предстоит провести всю оставшуюся жизнь.

Тем не менее с Елизаветой Николаевной Эртель встречался все чаще и чаще. Он сделался назойлив.

Раз, сильно опоздав к назначенному сроку, вытоптав весь нежнейший первый снег у ее глухого подъезда, он все-таки попытался объясниться. Весь состоящий из сердцебиения и громоздких рук на столе, он призвал себе на помощь давнее-предавнее объяснение с Анной — тогда было лето, чужая скрипучая дача, стреноженные кони угловато, как-то пошахматному, ходили по дымчато-пестрому лугу, глухо тряся бубенцами, — и в результате вместо объяснения получилось, что Эртель пригласил Елизавету Николаевну покататься на лошади в Парке Горького. Она с удивленной улыбкой отказалась, пожаловалась, что боится лошадей и вообще всех животных крупнее кота. Понадеявшись, что раз страшно, значит, немного интересно, Эртель позвал ее в мастерскую, мотивировав тем, что если она хочет чучело Басилевса, то надо же ей взглянуть на производство.

Она приехала неожиданно, подвезенная неизвестным на неизвестном авто: юная, как гимназистка, в неумело накрученных и уже развившихся локонах, в песцовой шапочке, обсыпанной бисером тающих снежинок и необыкновенно ей шедшей. Эртель, взволнованный, еле успевший сполоснуть руки от мертвых жидкостей (препарировал голову лося, спешно прикрытую закровяневшей тряпицей), устроил ей экскурсию. Из самого интересного в мастерской был черный кайман, застывший в энергичной армейской позе «упал-отжался»; кругленькая, словно надувная, зебра, по которой так и хотелось хлопнуть, чтобы она подпрыгнула; антилопа орикс, с мощной бычьей грудью и прямыми рубчатыми рогами; огромный, поставленный Эртелем на задние лапы белый медведь. Елизавета Николаевна с опасливым интересом трогала рога, зубы, горы жесткого медвежьего меха, заглядывала в звериные глаза, которые Эртель, как никто, умел делать живыми, со слезой. В ней не было дамской жалости к зверушкам, одно детское любопытство; Эртель никогда прежде не видел ее такой оживленной. После экскурсии он угостил ее, будто в зоопарке, ореховым мороженым, кстати нашедшимся в холодильнике. Сидя в тесной комнатке-кухне для персонала (деликатно убравшегося кто куда со своими закопченными пепельницами и литровыми кружками кофе), они болтали гораздо свободнее, чем в плюшевой гостиной. Елизавета Николаевна вдруг принялась рассказывать про свою бабку, бывшую в тридцатые и сороковые знаменитой летчицей, про маму, которую помнила смутно, только голос да бледные руки, витавшие над пяльцами. Разговор прервало появление громогласного медиамагната, заказчика медведя. Против обыкновения, Эртель не стал заниматься клиентом, поручив его заботам расторопных помощников, а сам повез Елизавету Николаевну домой, сквозь густой, тянущий вкось снегопад, по умягченным улицам, словно застеленным сбитыми простынями. Он навсегда запомнил, как Елизавета Николаевна помахала ему с крыльца, сколько радости и молодости было в этом жесте и как сверкнула между рукавом и перчаткой браслетка часов.

Она начала меняться, медленно и при этом неровно; то она казалась юной девушкой, нелепо одетой, но очень хорошенькой, улыбчивой, жемчужной; то превращалась в старуху семидесяти лет — нежную дряблую личинку, пристойно украшенную жеваными кружевцами. Перемены эти были лихорадочны и слишком скоры; казалось, в одном узеньком теле живут, сменяя друг друга, бабушка и внучка. По всему выходило, что в семье Елизаветы Николаевны, когда она была подростком, произошла катастрофа, повлекшая тотальный запрет на жизнь. Юное существо, лишенное права на ошибку, смотрящее прямо перед собой до странности тусклыми глазами, — такими становятся прилежные девочки, если их слишком рано перестают любить и опекать. Этот тусклый взгляд поразил Эртеля на снимке седьмого класса, где будущая маленькая вдова, самая маленькая из всех недооформленных девчонок, сидела в первом ряду, с руками на коленях, знакомо связанными в узелок.

Руки Елизаветы Николаевны, словно обклеенные папиросной бумагой, были испорченными и неловкими руками падчерицы — хотя внятных свидетельств присутствия мачехи в семье Эртель не уловил. Видимо, катастрофа не закалила, но оглушила послушную школьницу. Оглушенной она досталась пожилому мужу, чьи дополнительные подбородки и боязливую манеру брать карабин за ствол, будто кочергу, Эртель вспоминал теперь с каким-то едким отчаянием.

Теперь маленькая женщина как будто пыталась перейти через катастрофу — туда, где в ней еще не было рокового таланта сжигать в человеке все ресурсы доброты. Она приглашала Эртеля в участники перемен. Она много раз показывала ему семейный альбом — целый сундук, обитый медью и потертой кожей, едва помещавшийся на коленях двух близко сидящих друг к другу собеседников. Бабка-летчица на твердых карточках была по-крестьянски круглолица, с глазами белыми, как пепел, с двумя орденами на черной жакетке, похожими на два железных сердца, высаженных в ряд; от матери на фотографиях, как и в памяти Елизаветы Николаевны, осталась светлая муть, в которой угадывалась страшная худоба, какая бывает у очень больных или сильно пьющих людей. Фотографии словно запечатлели исчезновение женщины, буквальный уход в себя; на одной, бывшей четче остальных, можно было рассмотреть свисающий на нос слабенький локон и что-то скрипичное в движении руки, возносящей иглу.

— Мама всегда вышивала очень длинными нитками, — проговорила Елизавета Николаевна, как бы удивляясь сама себе, и было видно, что она совсем забыла об этом, а вот теперь вспомнила.

Эртель ждал, что Елизавета Николаевна расскажет что-то еще. Но она только вздыхала и щурилась; ее костлявенькая рука теперь подолгу задерживалась в руке Эртеля, и он сохранял угловатый оттиск с колючками колец в глубокой теплой перчатке. Он понимал, что перемены для Елизаветы Николаевны небезопасны. Пока она оставалась «пенсионерочкой», у нее был, по человеческим стариковским меркам, огромный запас времени, лет сорок или пятьдесят; старушкой она была почти бессмертна, сложным метафизическим образом защищена от гибели и серьезных болезней. Если же она возвращалась в отрочество и начинала оттуда, то времени у нее становилось катастрофически мало, потому что большой и лучший кусок жизни оказывался украден. Все-таки Елизавета Николаевна избавлялась от нажитых в юности пут стариковства. Старушечий мир, опасно скользкий, изобилующий предательскими выбоинами и крутыми ступеньками, вновь становился упругим под ее истертыми сапожками, и маленькая вдова все смелее предпринимала пешие вылазки, одна и под руку с Эртелем. Помогая спутнице пробалансировать по высокому поребрику, Эртель словно держал за крылышко неверное, порхающее счастье; Елизавета Николаевна смеялась и, роняя жаркую шапку с примятых куделек, спрыгивала на тротуар.

Между тем будущее становилось все более неопределенным. Теперь Эртель совсем не знал, что станется с ним и с маленькой вдовой. К обычной неизвестности завтрашнего дня, куда человек ступает не думая, вдруг добавились какие-то новые объемы, и казалось, что впереди, буквально в двух шагах, обрывается почва и разверзается бездна.

Началось с того, что обворовали соседей — тех самых, что скупали у Елизаветы Николаевны по дешевке ее драгоценности. Воры унесли и брошку, и часы — вместе с мерзлым кирпичиком денег, спрятанным в холодильнике среди мясных горбатых глыб, и пригоршнями металлоемких золотых украшений, которыми хозяйка, заслуженный работник советской торговли, набивала карманы старых пальто. Елизавета Николаевна заволновалась и даже сходила посмотреть на место преступления. Соседка, раскачиваясь из стороны в сторону, сидела возле разверстого платяного шкафа, должно быть, чувствуя себя многократно ограбленной во всех своих упитанных твидах и пожелтелых песцах, висевших с вывернутыми карманами и нелепо задранными рукавами. На кухне, возле холодильника, исходила водянистой кровью куча бурого мяса, точно оттаивал разрубленный мамонт, и участковый милиционер, с выражением привычного неудовольствия на юном курносом лице, писал протокол.

Приехав через несколько дней, Эртель заметил в квартире новый беспорядок, как бы горизонтальный по отношению к обычному вертикальному, связанному с падением предметов и оседанием пыли. Перетасованные, взъерошенные книги, косо заставшие ящики сразу подсказали бы вору, куда и откуда хозяйка перепрятывала деньги. У нее должна была собраться изрядная сумма, и до сих пор Елизавета Николаевна не беспокоилась о судьбе своих припасов, а зря: когда она сидела дома, ее защищал монументальный засов, но в отсутствие ее вся надежда была на два расшатанных замка, примитивных и хлипких, будто заводные детские игрушки. Эртель потратил вечер, разъясняя Елизавете Николаевне, что такое банк, как открывают счет. Обеспокоенный, он не поленился привезти ей на следующий день несколько банковских проспектов, которые она прилежно изучила, кусая карандаш в усилии постичь выгодные принципы сложного процента.

— Честно говоря, боюсь я к ним идти, вдруг они закроются или куда-нибудь переедут, как я их потом найду, — жалобно говорила она, глядя на Эртеля исподлобья. — Или просто не захотят отдавать деньги назад. Они ведь как бы не мои. Спросят: откуда взяла?

— Ничего не надо бояться. Мы поедем вместе и решим все вопросы, — терпеливо уговаривал Эртель. — Именно в банке, на личном вкладе, деньги станут юридически вашими, до них уже никто не доберется. Хотите, прямо завтра вас отвезу?

— Нет-нет, я пока не решила, — Елизавета Николаевна, вспыхнув, загородила локтем карандашные столбики чисел с итогами дивиденда. — Я еще подумаю, может, вообще не стоит так хлопотать...

Похоже, она стеснялась накопленной суммы, будто какой-то постепенно образовавшейся опухоли, и боялась поездки в банк, словно визита к врачу. Эртель не решился настаивать и разоблачать Елизавету Николаевну в ее небедности, надеясь, что разумное решение созреет само. Тем временем Басилевс, истошно квакая, изрыгнул прямо на ковер едкую желудочную лужу и на полусогнутых, виляя низким задом, смылся за диван. Остаток вечера убирали за котом, обсуждали новую поездку к ветеринару; Басилевс, подрагивая вислоухой бесформенной башкой, похожей на увядший георгин, кемарил в кресле, и было видно, что он уже круглится от стариковского плотного жира и, может быть, уже недолго осталось до того момента, когда влюбленный чучельник натянет его потускневшую шкуру на гипсовый каркас.

А затем, безо всякого предупреждения, произошло следующее.

Тусклым зимним утром автотранспорт тащился по Москве шаркающим шагом. Обледенелый асфальт, в мерцающей поземке и смутно белевшей дорожной разметке, напоминал бесконечные рентгеновские снимки. Дорожные пробки светились как «Титаник»; пешеходы, спешившие по «зебре» на свой фасеточный зеленый огонек, были точно бесплотные тени, удлиняемые фарами скопившихся машин. Никто не обращал внимания на старуху в нелепой коричневой шляпе, вылезшую мелкими приставными шажками из сырого метро и тоже устремившуюся к переходу, прижимая к себе, точно бог весть какое сокровище, драную хозяйственную сумку. Осторожно оставив тротуар, бабка засеменила крошечными ножками по накатанному льду, несущему ее наискось, и кто-то из встречного потока пешеходов ее толкнул.

После многие свидетели происшествия не могли отделаться от ощущения, что все случившееся было устроено нарочно. Многим казалось, будто они за несколько секунд до первого визга тормозов почувствовали некую связь между мутным дорожным полотном, рекламным щитом с изображением гигантского мобильника, крытым дощатым переходом, за которым темнели черствые кирпичные корки каких-то разрушаемых зданий, оранжевым рабочим в стакашке подъемника, чинившим вертикальную вывеску банка, фруктовым ларьком у метро. Наиболее чуткие рассказывали, что их точно обвело громадной механической игрушкой, вроде тех, где от толчка переливаются лентой пивные пробки, высвобождаются шарики, падает груз. Все было рассчитано по секундам и миллиметрам, не хватало только старухи, которая и вылезла на обледенелую сцену, подрагивая безобразной шляпой, на которую словно был надет увядший и засохший траурный венок.

Итак, старуху толкнули, и от толчка хозяйственная сумка, висевшая у нее на локте, плашмя полетела на лед. Оскользаясь, бабка нагнулась за своим имуществом, и в это время зеленый пешеходный свет сменился на красный. Автомобили, ждавшие у «зебры», медленно тронулись, медленно объехали, обдавая фарами и сердитыми гудками, копошащуюся фигурку, у которой из-за игры лучей словно выросли на кругленькой спине стеклянистые крылья. Сумка, как на грех, юлила на скользком. Тем временем первая порция авто схлынула, и по свободному полотну, на зеленый свет, под уклон, рванул, оскалясь бампером, громадный джип.

Тут бы старухе бросить свою кошелку и спасаться. У нее было вполне достаточно времени, чтобы мелкими шажками достичь тротуара. Но полоумная бабка продолжала возиться на проезжей части, будто мыла полы. Водитель джипа такого не ожидал. После никто не мог взять в толк, какую ценность представляла собой пустобрюхая кошелка сапожного дерматина, фигурировавшая на следствии вместе с ее содержимым, а именно: потертым кошельком с двумястами тридцатью рублями денег, ветхим, как промокашка, батистовым платочком, паспортом на имя Ракитиной Елизаветы Николаевны, 1969 года рождения, раздавленным, будто карамель с малиновой начинкой, тюбиком губной помады, рекламными проспектами Универсум-банка, чью вывеску как раз чинил рабочий в оранжевой каске, карточкой метро на десять поездок, двумя грубыми квартирными ключами на проволочном кольце. Некоторые, в том числе Эртель и ушедший в многосерийные запои господин К., могли бы подсказать, какая примерно сумма исчезла из кошелки, прошедшей до составления протокола через многие руки; им еще предстояло ужаснуться тому, во что сложились их щедрые конверты — потому что никаких припрятанных денег в квартире маленькой вдовы никто не нашел.

Наконец старухе удалось ухватить свою кошелку за хвостик железной «молнии». Она распрямилась, держась за спину, но было уже поздно. На нее летел зажженный электричеством пронзительный снег, и сквозь эту яркую пургу, сквозь бьющие, как пожарные брандспойты, смывающие ее с асфальта холодные огни она еще успела увидать неясное пятно — лицо водителя, похожее на полную луну. Тем временем водитель (был круглолиц и рябоват) матерился в голос на старуху, на лысую резину; вдруг он увидел, как с бабки свалилась навзничь громадная бурая шляпа и одновременно у нее за спиной затрепетали прозрачные крылья. Юная женщина делала летательные движения у него перед бампером, вздымая в воздух дерматиновую тушку, и смеялась. С матерным рычанием водитель вывернул руль, чувствуя, что хозяйский Grand Cheroky с этой минуты и навсегда и полностью принадлежит ему. Впереди, на людном асфальте, он видел пустоту, похожую на помрачение рассудка; тяжеленный джип, протащившись боком, только вскользь задев золотоволосого ангела, ринулся туда и буквально в прыжке врезался в основание рекламной конструкции, надсадно заскрежетавшей.

Очень медленно рекламный щит, с которого снялись, постанывая, десяток голубей, начал крениться и прорубил углом жестяную крышу фруктового киоска. С воплем закутанная продавщица полезла через лоток, яркие фрукты хлынули из ящиков, заплясали, будто лотерейные шары, и один счастливый апельсин покатился в точности так, чтобы попасться под ноги вислогубому малому, толкавшему хромую тележку с башней баночных напитков в ближайший магазин. Малый запутался в апельсине и в своих коротких, как бы заячьих ногах, башня заерзала и, разламываясь на тугие соты, съехала на дорожное полотно. Под колесами раздались хлопки, сладкая пена волной пошла под уклон, и автомобили, волоча раздавленные банки и лохмотья полиэтилена, закружились в вальсе по своей и встречной полосе. Жестяные «копейки» и породистые иномарки передавали друг другу крепкие удары, скачками открывались багажники, лились разбитые стекла, пассажиры метались в салонах, будто летучие мыши. Через несколько секунд груда перемятого железа влепилась прямо в простую морду ремонтного грузовика, который уже пытался сдать назад и одновременно опустить подъемник с маленьким рабочим, неистово дергавшим царапучие тросы. Но что-то заело в металлических сочленениях: вместе с грузовиком и подъемником дернулась вывеска, заискрила, вспыхнула всеми фирменными рыжими огнями Универсум-банка и, будто высоченная новогодняя елка, рухнула с чудовищным звоном на крытый переход. Хлипкая дощатая конструкция, не рассчитанная на такой удар, зашаталась и стала с треском складываться по направлению к воротам строительной площадки; падающая волной, полная бегущих ног, она напоминала судорожную гусеницу, придавленную меркнущей, полуосыпавшейся банковской вывеской. Выскочившие из перехода люди стали причиной того, что осторожный грузовик с платформой, пытавшийся въехать в раскрытые ему навстречу железные ворота, резко тормознул.

От внезапного толчка доставляемый на площадку груз, напоминавший издали гигантское наглядное пособие по физике, гулко содрогнулся, и начался последний акт механической трагедии.

Чугунный стенобитный шар, должно быть, предназначенный для разрушения кирпичных останков — еще обросших изнутри человеческой жизнью, поэтажными полосами подгнивших лохмотьев, подобными кругам органики в кастрюле из-под супа, — неуклюже смял свою опалубку и боком, как толстая женщина, слез на асфальт. Был он изъеден ржавыми кавернами и словно обожжен космическими температурами; по мере того как он разгонялся все под тот же проклятый уклон, он становился полосат, и мокрая полоса посередине, полоса намотанной его вращением дрожащей влаги, холодно поблескивала. Ласково воркуя и подскакивая, чугунное тело неслось на перламутрово-зеленый БМВ, избежавший главного вальса, но все же получивший, к досаде владельца, две кривые царапины на идеальном капоте. Столкновение произошло в лоб, скривившийся автомобиль словно подавился кислым чугуном, на лобовом стекле вздулась как бы переспелая дыня, покрытая светлыми трещинами, — и на этом все кончилось.

В невиданном ДТП пострадали и получили травмы разной степени тяжести десятки человек. Но, по счастью, погибших оказалось всего трое: молодая женщина, зазевавшаяся на переходе, водитель джипа, которому рулем смяло грудную клетку, и владелец БМВ, получивший перелом основания черепа. Смерть этого последнего превратила дорожно-транспортную новость в политическую сенсацию. По странному стечению обстоятельств, погибший был тот самый молодой финансист, победитель африканского носорога, которого жажда подвига сделала лидером бритых юнцов, с головами как розовые погремушки, на которые они наносили татуировки в виде разросшейся, пустившей корешки, но вполне узнаваемой свастики. Организация, задуманная как декоративная и в этом качестве профинансированная, уже переставала быть свистком для отвода пара: харизма вождя, обожавшего хлопанье флагов у себя за спиной, гнала юнцов на уличные акции, напоминавшие налеты саранчи, — в то время как лидер, отпустивший для пущей брутальности ржаную бородищу, все чаще украшал собой страницы популярных глянцев и охотно давал интервью. Залпы либерального негодования шли ему только на пользу. К великой досаде политических сценаристов, он обнаружил свойство питаться всеми видами направленной на него энергии — и рос на глазах, заставляя задумываться уже всерьез, что же написано у него на роду. Чугунный стенобитный шар прервал карьеру вождя в самом неожиданном месте — и та умышленность, которую наиболее чуткие свидетели уловили в расстановке участников и в развитии памятного ДТП, была сгоряча приписана вполне земному ведомству. Разумеется, думавшие это совершали ошибку.

Что касается двух других погибших, то о них было практически нечего сказать. Водитель джипа, тяжелый молчаливый украинец, кормивший московскими заработками двух детишек и безработную слезливую жену, мечтавший скопить на новые «Жигули», не представлял собой ничего особенного; если бы он мог сообщить, что видел на обледенелой дороге золотоволосого ангела, никто из очевидцев этого бы не подтвердил. Вообще зеваки, обступившие целым стадионом дорожное ледовое побоище, были в своих свидетельствах не вполне корректны. Так, многие утверждали, что горбатая старуха, с которой все началось, нашарила в месиве свою драгоценную кошелку и преспокойно уковыляла с места происшествия. В каком-то смысле так оно и произошло. Никакой старухи не было на дороге; там лежала, примерзнув рассыпанными волосами к липкому полотну, бледная красавица лет тридцати; ее полуприкрытые сонные глаза были кружевными от легкого снега, садившегося на ресницы, ватное пальтишко задралось, открыв прекрасные ноги, затянутые в дешевые старушечьи чулки. Джип не нанес ей смертельной и даже сколько-нибудь серьезной травмы: Елизавета Николаевна Ракитина скончалась от сердечного приступа. Удивительно, но ни один из визжащих, бьющихся, сошедших с ума автомобилей даже не задел распростертого тела: оно осталось неповрежденным, с единственным кровоподтеком на высоком, как амфора, белом бедре. Казалось, женщина просто-напросто ушла в себя — настолько глубоко, что возвращение к жизни стало невозможным.

Разумеется, Эртелю о гибели Елизаветы Николаевны никто не сообщил.

Он позвонил из мастерской в условленный день. Ему показалось, что он ошибся номером. Отвечал мужской голос, бесцветный и сиплый, точно кто наступал раз за разом на пустую картонную коробку. Судебный исполнитель? Как — позавчера похоронили? Нет, не родственник. Нет, просто знакомый. Если позволите, я сейчас приеду. Пару раз наткнувшись на сотрудников, Эртель запутался в пальто —

и, с перекрученным горбом из кашемира на спине, ушел, как в зеркало, в зеркальный лифт.

Он управлял автомобилем машинально, плавая в боли, словно экспонат в формалине. Падал снег, тяжелый, будто белый хлеб, размоченный в воде. Вся Москва тихо тонула в этом питательном снегу, стеклянистые громады Нового Арбата были как мутная нержавеющая сталь. Ничто из внешнего мира не отражалось в душе у водителя серого «форда». Тем не менее он кое-как добрался до места. Все три ее окна, выходящие во двор, горели тусклым желтым электричеством, видны были огонечки люстры, мелкие и мокрые, дрожащие в снежной пелене. Бешеная надежда, что вот сейчас все разъяснится, все окажется неправдой, заставила Эртеля опрометью броситься в подъезд. Он длинно позвонил в квартиру, дребезжа всеми наэлектризованными нервами, но никто не ответил. Тогда он тихо толкнул незапертую дверь и, как во сне, вошел.

Развороченная квартира была полна людей. Из комнаты в комнату перекликались голоса. Навстречу Эртелю сразу попался юный участковый. Он держал себя за запястье, неся перед собой правую кисть, будто неживую вещь; из-за множества кровоточащих царапин рука напоминала осенний кленовый лист, и участковый шипел сквозь зубы, запинаясь о разбросанную обувь, постаревшую еще на десять лет.

— Вы сейчас звонили? — остановил он Эртеля. — А, знаю вас и ваш автомобиль. Не подскажете, где тут может быть йод?

Он немного подождал, глядя в бесстрастное лицо посетителя, потом пожал погонами и увалился на кухню. Эртель двинулся дальше. Слезные железы его горели, как угольки, но глаза никак не смачивались. Казалось, будто пустота, которую он угадывал в Елизавете Николаевне, теперь освободилась и стояла вокруг, обеспечивая ее присутствие. В гостиной все шкафы были нараспашку, напоминая курятники; на плюшевом диване смирно сидели какие-то грузные люди — одна была, кажется, обворованная соседка, чьи стеклянные глаза таращились, будто пуговицы, никак не пролезающие в тугие петли. Маленький мужчина с крупными чертами, растущими будто грибы на его угловатом лице, обращался к ним «гражда-не понятые». Увидев Эртеля, он привстал от мелко исписанных бумаг, устилавших обеденный стол.

— Вы звонили? — повторил он вопрос участково-го, и Эртель узнал бесцветный голос из телефонной трубки. — Судебный исполнитель Кравченко, — пе-ред глазами Эртеля мелькнуло удостоверение с пят-нышком фотоснимка. — Вы, значит, точно не родст-венник?

Эртель отрицательно покачал головой, отчего гостиная поплыла и не сразу вернулась на место. Все предметы в пустоте были плохо закреплены, в том числе и стул, чью гнутую спинку Эртель ощупал, как слепой, но садиться все-таки не стал.

— Одинокая женщина была гражданка Ракити-на, — сипло вздохнул судебный исполнитель, вновь укладывая потертые локти на свои убористые стра-нички. — Сейчас составим опись имущества, кварти-ра будет опечатана до объявления наследников. А вы, собственно, чего хотели?

— Я хотел забрать кота, — прошептал Эртель, гля-дя на буфет, где стояли принесенные им в позапро-шлый раз голландские розы, ставшие теперь тусклы-ми и жестяными.

— Да ради бога, уважаемый! — оживился судеб-ный исполнитель, растянув грибные губы в подобие доброй улыбки. — Нам меньше хлопот, не надо оформлять животное в приют. Валера! — крикнул он в коридор. — Тут за котом приехали, где он у нас?

— А ушел! — сердито отозвался участковый, воз-никая в дверях. — Такого кота надо брать брезентовой рукавицей. Я его в туалете хотел запереть, а он мне руку располосовал — и в подъезд!

— Ну, значит, в подъезде сидит, — примирительно сказал судебный исполнитель, ерзая измятой задницей по цепкому плюшу. — Никуда он не денется, зима на дворе. Можете, кстати, «Вискас» захватить, там, на кухне, полмешка осталось.

— Нет, спасибо, я возьму вот это, — Эртель поднял с пола затоптанную плюшевую крысу, на которой отпечатался четкий, словно шоколадный, след сапога.

Участковый и судебный исполнитель переглянулись, пообщавшись круговыми движениями бровей.

— Может, вам валерианочки накапать? — спросил участковый, переменив голос и взгляд. — Я лекарства нашел, целую коробку. Вы бы за руль не садились пока, а то бывает: сердечный приступ — и в столб. Покойница тоже от сердца...

— Спасибо, я здоров, — перебил Эртель.

Участковый, испуганно моргнув, отступил. Эртель много раз представлял, как он будет уходить из этой квартиры, получив от Елизаветы Николаевны твердое «нет». Теперь он словно попал в свое воображение. Знакомая, наперед пережитая зыбкость в ногах заставила его споткнуться о капризный столик, с которого, стрекоча, скатился карандаш. Эртель резко нагнулся над сбившейся в кучу маленькой обувью, сообразил, что надевать ничего не надо, ботинки на нем, и, надев одну только отрепетированную улыбку, вышел в подъезд.

Здесь он провел неизвестное количество времени. Подъезд, просторный и пустой, толсто крашенный в охру, казался глиняной пещерой; то и дело Эртелю мерещился скользнувший по лестнице, утянувшийся за чугунное колено мусоропровода кошачий хвост. Он спустился, обследуя мусоропроводы и пахнущие горелой пылью батареи, в пустой вестибюль, заглянул за будку консьержа, задернутую мятой синей занавеской. Несколько раз он выходил на улицу, вдыхал сырой мороз, глядел на утонувшую в снегу детскую площадку, похожую на зачехленную маленькую мебель, на застрявшую в косом сугробе железную карусель. Было как будто в другой жизни. Перемазанный плащик. Потом он, поглаживая коричневые перила, поднимался до чердачного люка, с которого свисал тяжелый, как набитая копилка, амбарный замок. В какой-то момент Эртель обнаружил себя сидящим на подоконнике, посреди вертикального, смутно-слоистого лестничного пространства, где он, кажется, все перетрогал. В одном из карманов заливался мобильник. Найдя его на себе, Эртель переговорил с господином Т., уже знавшим новость. Еще через какое-то время внизу, у подъезда, просияли и скрестились фары нескольких машин, и господин Т., возникнув, точно циркач, из сложно-раскладной коробки лифта, протянул ему первым делом фляжку коньяку.

На следующее утро поиски Басилевса были развернуты по полной программе. Эртель мобилизовал во двор почужевшей «сталинки» практически всех сотрудников мастерской. Педантично, с любезностью автоответчика, он обзвонил клиентов и предупредил о возможной задержке заказов; у каждого, кто слышал в трубке его спокойный голос, что-то обрывалось внутри, будто предстояло узнать о беде, и только через минуту клиент понимал, что речь идет всего лишь навсего о чучеле. Господин Т. прислал в помощь Эртелю четверых лобастых крепышей из собственной службы безопасности. В прошлом военные, эти четверо сперва посмеивались над «операцией» в профессионально поднятые воротники, но потом осознали, что чем-то им нравится этот блеклый человек с прозрачным, как пробирка, розовым носом, хладнокровно разбивший жилой район на полевые поисковые квадраты.

Под руководством крепышей долговязые очкастые лаборанты прочесывали дворы. Был сделан поквартирный обход в подъезде Елизаветы Николаевны; к сожалению, ни одна квартира, представленная то красноротыми новорусскими домохозяйками, то полуистлевшими призраками сталинской эпохи, не принимала беглеца. О поисках поставили в известность участкового; тот покраснел от выданных денег, как краснеет сытый, нетребовательный комарик, и обещал всевозможное содействие в рамках присущих ему полномочий. Привлекли и дворников-таджиков. Таджики, маленькие и хваткие, с глазами как арбузные семечки в кровянистой арбузной водице, были ценны тем, что знали все подвалы и чердаки, все теплые лазы, куда могла укрыться живая тварь в десятиградусный мороз. Вдобавок все подъезды, все столбы в радиусе двух километров, все магазины, от круглосуточной продуктовой палатки до ювелирного бутика, были оклеены объявлениями о розыске Басилевса. Вознаграждение предлагалось внушительное. В качестве особой приметы указывалась зеленоватая шерсть на брюхе: после памятного посещения ветеринарки крашеные клочки так и не изросли.

Эртель приезжал с утра и оставался во дворе до темноты. С проводниками-таджиками он, не жалея пальто, лазал по подвалам, где осыпались ржавчиной похожие на жерди горячие трубы и спертый воздух тлел, как тряпка, когда от нащупанного выключателя зажигалась далеко впереди слабосильная лампочка. Он сам прошел рискованные десять метров по заледенелой, ахающей крыше к заснеженному улиткой слуховому оконцу, откуда доносилось гортанное мяуканье — принадлежавшее худому, как тапок, безухому бедняге, который дрожал и мочился, пока его сносили вниз. Участковый — многократно возвращавшийся к эпизоду побега призового животного, всякий раз уснащая его новыми кровавыми подробностями — отвел в опорном пункте милиции лучшую каморку, в которой Эртель принимал от населения кандидатов на роль Басилевса. Кого только не приносили за вознаграждение в пятьдесят тысяч рублей! Перед Эртелем прошли коты грязно-белые; полосатые и плоские, как окуни; пестрые, словно накрытые лоскутной попонкой. Старуха в черной, как тушь, высокой прическе, с пепельными усами над малиновым крашеным ртом, несколько раз приносила выловленную у себя в подъезде беременную кошку и предлагала принять хотя бы за тысячу. Были даже собаки, две попадавшиеся по очереди болонки, одна с челкой, как у Гитлера, злобностью превосходящая все его карикатуры. Продавщица из продуктовой палатки принесла дрожащего рыжего котенка с мятой резиновой мордочкой, видимо, только-только открывшего сизые глазки; участковый, почесав под фуражкой какую-то ответственную шишку головы, взял котенка себе.

Эртель твердо держался за то, что должен непременно разыскать и взять к себе Басилевса. Это уже почти не имело отношения к Елизавете Николаевне — ведь там, где она пребывала теперь, она не могла утешаться котом и его будущим чучелом. Пустота, которую она оставила после себя, была несоразмерным человеку явлением природы; стихию то и дело штормило, величиной своей она посягала на человеческий разум — но какая-то часть Эртеля радовалась, что можно уже не обмирать на краю, а напрямую схватиться. Поиски кота были единственным возможным действием в невозможных обстоятельствах, и Эртель, понимая, как дико выглядит это со стороны, занимался ими упрямо, методично, перехаживая горе на ногах, как переносят на ногах тяжелую болезнь. Поиски затягивались. Это грозило Эртелю потерей двух важных клиентов, готовых ждать месяцы, нужные для правильной таксидермии трофея, но в последнюю неделю перед получением новой меховой игрушки топавших ногами от нетерпения. В холодильнике осталась замороженная, громадная, как кресло, голова африканского слона, которую владелец, генеральный директор крупного телеканала, собирался сделать лучшим украшением своего кабинета. Небрежно подготовленная известной Эртелю аутфитерской компанией, голова подмокала и размыливалась, трофей следовало спасать немедленно. Однако Эртель не снял с поисковых работ ни одного сотрудника: все они, обсопливевшие и залубеневшие, с нестройными криками «Кыс-кыс-кыс!» распахивали сугробы и, как подпольщики, клеили объявления в неположенных местах.

И сотрудники, и семенившие мимо обитатели «сталинки», и даже золотозубые таджики посматривали на Эртеля с опасливым любопытством, точно немец на их глазах внезапно спятил. Вероятно, они не совсем ошибались. Будучи в абсолютно здравом, кристально твердом уме, Эртель боролся со стихиями, по которым странствуют только сумасшедшие. Опять товарищем ему был младенчески одутловатый обитатель лондонского Бедлама, сиделец долговой тюрьмы Кристофер Смарт со своим котом Джеффри:

> Ибо проворен он в оборонении,
> и се от великого благоволения к нему Господа.
> Ибо несть твари проворнее.
> Ибо настойчив в стремлении своем.
> Ибо в нем и степенность, и шалость.
> Ибо знает он, что Господь — Спаситель его.

В "Jubilate Agno" каким-то образом заключалась причина того, что поиски Басилевса не могли быть прекращены. Кот имел билет на животный и птичий ковчег, который Эртель создавал с такой же страстностью, с какой Кристофер Смарт, посаженный в Бедлам за непрестанные молитвы, выстраивал свой универсум, полный очевидных доказательств бытия Божьего. Теперь ковчег не мог быть полон без Басилевса, о котором наверху явно имелся умысел, связанный с судьбой Эртеля.

Ибо стоит он в Божьем дозоре ночном
против лукавого,
Ибо искрами шкуры своей, огнями глаз
своих противится силам тьмы.
Ибо живостью своею противится Дьяволу,
который есть смерть.

После дня морозной белизны Эртель не мог сразу ехать в свою фарфоровую, белую, холодную квартиру, пахнущую парфюмерными букетами моющих средств. Господин Т. забирал его в клуб. Там они в два длинных носа изучали карту вин, заказывали, но по-прежнему не столько пили, сколько смотрели на элитный алкоголь, который от этого казался заговоренным. В нетронутых бокалах шли метафизические процессы. В сознании сидящих над ними произносились слова, которые только иногда звучали вслух.

— Мы все существуем условно, — вполголоса говорил господин Т. — Из нас любого Петрова легко заменить на любого Сидорова или Рабиновича. Каждое утро на улицы Москвы должно выезжать десять тысяч «мерседесов», и кто-то должен в них сидеть. Вот и всё. Мы при государстве, а цель государства одна: существовать самому. Государство выполняет социальные программы, но оно не может протянуть руку помощи конкретному гражданину, потому что это будет рука призрака. Ухватиться за нее нельзя. Так и мы должны вырабатывать в себе призрачную природу. Мы сделали или наворовали деньги, мы как будто способны осчастливить ближнего, но это не так. Ближний не будет нам благодарен и потому не испытает счастья, хоть и поправит дела. Она... — господин Т. тихо прикрывал бесцветные глаза, давая понять, о ком речь, — она умела как-то вызывать нас и держать до третьих петухов. И даже дольше. Она искушала нас счастьем. Это было опасно, очень опасно...

Эртель кивал, понимая, что господин Т. таким кружным способом пытается его утешить. В утешении он не нуждался. Гибель Елизаветы Николаевны заставила его ощутить, из какого прочного материала он сделан. Он уже потихоньку уминал горе в комок, потихоньку оглядывался в изменившейся, разреженной реальности. Он отмечал, что женщины — все, включая бедную Анну, ожидавшую его за полночь с водянистыми, многократно разогретыми фрикадельками — с уходом маленькой вдовы утратили прелесть, словно для прекрасных иллюзий, которые женский мир ежедневно производит для мира мужского, им теперь не хватало какого-то важного аппарата или осветительного прибора. Эртель теперь по-новому видел людей, иначе с ними взаимодействовал. Присутствие некоторых усиливало его душевную боль, другие были нейтральны. Он не поехал на кладбище, хотя преисполненный рвения участковый добыл для него и адрес, и номер захоронения. По сведениям, срочно прилетевший из Лондона господин К. все там завалил до неприличия, буквально скрыл могилу под стогом букетов и роскошных траурных венков, к тому же предоставил новому лучшему другу, акционисту Васе Садову, прихорашивать этот стог по его, Садова, креативному усмотрению; да и не было ничего под стогом и крестом, с чем бы Эртель мог поговорить. Он, однако, чувствовал себя приобщенным к тому безвидному миру, от которого в доме умершего завешивают зеркала. Теперь он часто вспоминал своего отца, Ивана Карловича Эртеля, словно между ними восстановилось почтовое сообщение и стало возможно обмениваться мыслями. Жизнь отца, простого засекреченного оборонщика, состояла из долгих изнурительных командировок, из многолетних усилий построить белый домик на шести заболоченных сотках садового товарищества, из борьбы его крупного жесткого тела с болезнью, завязавшейся в молодости, когда государству очень хотелось делать атомные бомбы, а радиационной медицины не было никакой. Когда же отец, все-таки побежденный той болезнью, отыскавшей способ отключить изношенные почки, умирал в засыпанной яблоневым цветом районной больничке, его последними словами были: «Все хорошо, что хорошо кончается». Отец ушел последним из своих сокурсников, сплошь облученных физтехов выпуска 1956 года; его почти мафусаилов век каким-то образом создавал представление, будто Иван Карлович Эртель пребывает теперь в особом, подчиненном своим законам относительности ковчеге геральдической фауны, где лев, спустившись с двух на три лапы, считается леопардом и отдельно, впереди корабля, парит навершие герба фон Эртелей: роза и крылья.

Басилевса нашли на двенадцатый день. Два таджика, осторожно переступая ногами-калачиками, приволокли клеенчатый черный мешок и, держа его за углы, точно насыпая дорожку песка, вытряхнули перед Эртелем мохнатую длинную гусеницу. Басилевс пролежал в подвале не меньше недели; участковому сделалось дурно при виде бумажной кожи, серевшей сквозь грязную шерсть, при виде вывернутого кошачьего глаза, похожего на женский сосок; зеленые клочки на брюхе еле просматривались, сделавшись цвета лаврового листа. Басилевс действительно истратил все на себя, лихо прожил последние деньки: об этом говорили многочисленные боевые ранения, нанесенные, возможно, теми рваными бродягами, что прошли перед поисковой группой стараниями местных ловцов. Однако выполнить то, что Эртель обещал Елизавете Николаевне, стало почти невозможно.

Но Эртель все-таки взялся. Став почти отшельником в своей вернувшейся к нормальной жизни мастерской, он по миллиметру отделял подгнившую шкуру от вязкой тушки, размачивая трудные места из пипетки раствором мышьяковистого натрия. Шкура разлезалась и лопалась, но розовые пальцы препаратора сделались необыкновенно чуткими, словно туда стекали все нервные импульсы напряженного мозга. Многие участки были почти безнадежны; Эртель экспериментировал с кислотно-щелочными смесями, и результаты, в частности, позволили спасти башку африканского великана, постепенно расправлявшуюся на подиуме, словно гигантская землистая бабочка, утыканная для закрепления складок мелкими блестящими булавками. С туловищем обстояло не так благополучно, пришлось подбирать похожий, лисий и беличий, мех взамен утраченных фрагментов; но Эртель реставрировал кота терпеливо, как восстанавливал бы единственный экземпляр Pseudaelurus, предка нынешних кошачьих, если бы тот пролежал где-нибудь не одну неделю, а свои двадцать миллионов лет. Не жалея денег и сил, Эртель выискал во множестве стеклянных глаз тот самый сахаристо-виноградный оттенок, что гипнотически погружал его в недавнее прошлое; способ изготовления мастики, передающей рыхлую влажность звериного носа, мог бы стать основой для получения патента. Сотрудники бормотали над пепельницами о помешательстве шефа, но Эртель знал, что будет вознагражден. Руки его ликовали от упругих жизненных токов, буквально купалисьв жизни, когда он лепил для Басилевса манекен.

Наконец чучело, представлявшее собой победу профессионального искусства, было готово. Басилевс получился длинноват и клочковат, но все-таки это был не труп, а совершенно живой кот. Выгнув спину, он словно пускал расчесанной шкурой электрические искры, его сахаристо-рыжие глаза горели дозорным огнем. Рядом с ним на полке в рабочем кабинете Эртеля жила постиранная, заново набитая поролоном плюшевая крыса. Теперь эти два существа стали ровней и подобием друг другу; теперь наконец их союз состоялся. На этом сумасшествие Эртеля закончилось. Отныне, глядя на моложавого бесцветного мужчину, с достоинством носившего словно взятое с черно-белой фотографии отцовское лицо, никто бы не подумал, что он способен на иррациональные поступки. Сам Эртель, впрочем, не был в этом уверен. Он никому ничего не обещал. Иногда, во время густого, с тенями, снегопада или осенним дождливым вечерком, он подумывал, что неплохо бы каким-нибудь способом попасть туда, где они с Елизаветой Николаевной станут подобны и равны, где они наконец поговорят.

СОДЕРЖАНИЕ

Литературно-художественное издание

Славникова Ольга Александровна
БАСИЛЕВС
Роман, рассказ

Заведующая редакцией *Е.Д. Шубина*
Редактор *Д.З. Хасанова*
Младший редактор *Т.С. Королева*
Технический редактор *Т.П. Тимошина*
Корректоры *И.Н. Волохова, О.Л. Вьюнник*
Компьютерная верстка *Н.Н. Пуненковой*

ООО «Издательство Астрель»
129085, г. Москва, проезд Ольминского, д. 3а

ООО «Издательство АСТ»
141100, Московская обл., г. Щелково, ул. Заречная, д. 96

Электронный адрес:
www.ast.ru
E-mail: astpub@aha.ru

Отпечатано с готовых файлов заказчика в ОАО «ИПК
«Ульяновский Дом печати». 432980, г. Ульяновск, ул. Гончарова, 14

Ольга Славникова
Стрекоза, увеличенная до размеров собаки

Случалось ли вам попасть в старую квартиру? В ней ничего не менялось целую вечность, она безразлична к внешнему миру, как и те, кто в ней живет.

Героини романа — мать и дочь — из года в год существуют в своем закрытом мире «без мужчин». Они любят друг друга и ненавидят — ведь никто не умеет так мучить человека, как его близкий. Каждая мелочь здесь возводится в ранг трагедии, и даже на вышитой картине фигурка стрекозы оказывается размером с собаку...

Роман «Стрекоза, увеличенная до размеров собаки» стал открытием нового прозаика — Ольги Славниковой. Дебютное по сути произведение сразу попало в шорт-лист БУКЕРОВСКОЙ ПРЕМИИ.